暨南大学中华文化港澳台及海外传承传播协同创新中心
资助出版

暨南中文名家文丛

主编　程国赋　贺仲明

何家槐集

温明明/编

人民出版社

何家槐（1911—1969）

良友文學叢書

昧 曖

何家槐作

1933 年良友版《曖昧》封面

总　序

程国赋　贺仲明

作为中国第一所由政府创办的华侨学府，暨南大学从创办开始就与中华文化传承传播息息相关。学校的前身是 1906 年清政府创立于南京的暨南学堂，后迁至上海，1927 年更名为国立暨南大学。抗日战争期间，迁址福建建阳。1946 年迁回上海，1949 年 8 月合并于复旦大学、交通大学等高校。新中国成立后，暨南大学于 1958 年在广州重建，"文革"期间一度停办，1978 年在广州复办。暨南学堂的创办，与清政府"宏教泽""系侨情"的考虑密切相关。"暨南"二字出自《尚书·禹贡》："东渐于海，西被于流沙，朔南暨，声教讫于四海。"意即面向南洋，将中华文化远播到五洲四海。2018 年 10 月 24 日，习近平总书记视察暨南大学并发表重要讲话，肯定学校"作用独特"，指示学校"把中华优秀传统文化传播到五洲四海"。

暨南大学中文系成立于 1927 年，已有 94 年的发展历史，是暨南大学成立最早的院系之一。自此以来，中文系以其深厚的人文底蕴和国学基础，以传播中华文化为己任，坚持"宏教泽而系侨情"的办学宗旨，培养和造就了一代代人文英才，成为暨南大学办学历史上有着重要地位和影响的学系。

在中文系的发展历史上，名家荟萃，群星闪烁，1949 年以前的各个时期，夏丏尊、方光焘、龙榆生、陈钟凡、郑振铎、许杰、刘大杰、梁实秋、沈从文、李健吾、钱锺书、洪深、曹聚仁、王统照、何家槐、沈端先（夏衍）等一大批名彦学者亲执教鞭，授业解惑。1958 年暨大在广州重建后，萧殷、黄轶球、何家槐、郭安仁（丽尼）、秦牧等著名专家、学者、作家在中文系任教。可谓鸿儒硕学，流光溢彩，有云蒸霞蔚之盛。这些专家、学者不仅有着很深的学术造诣和学术成就，而且拥有浓厚的家国情怀。在随学校几度搬迁的过程中，在暨南大学坎坷曲折的办学历程中，一代又一代暨南大学中文系的师生以爱国爱校、坚忍不拔、顽强拼搏、不折不挠的精神践行着"忠信笃敬"的暨南校训。以抗日战争时期发生在暨南园的"最后一课"为例，1941 年 12 月 8 日，太平洋战争爆发。日军坦克开进上海租界，并炮击停泊在黄浦江上的英美军舰。这天早晨，学校举行会议，作出了悲壮而坚毅的决定："当看到一个日本兵或一面日本旗经过校门时，立刻停课，将这所大学关闭。"何炳松校长含泪向教师们宣布后，大家分头准备上课。上课铃响了，学生们如往日一样坐在座位上。教师们宣布了学校的决定，学生们脸上呈现出坚毅的神色，静静地坐着，听老师在讲台上严肃而镇静地讲授"最后一课"。在郑振铎撰写的《最后一课》（收入《蛰居散记》，上海出版公司 1951 年版）中，他用沉重的笔调记下了暨南大学百年历史上最为悲壮也最为神圣的一幕：

> 我不荒废一秒钟的工夫，开始照常的讲下去。学生们照常的笔记着，默默无声的。
>
> 这一课似乎讲得格外的亲切，格外的清朗，语音里自己觉得有点异样；似带着坚毅的决心，最后的沉着；像殉难者的最后的晚餐，像冲锋前的士兵们似的上了刺刀，"引满待发"。
>
> 然而镇定、安详、没有一丝的紧张的神色。该来的事变，一定会来的。一切都已准备好。
>
> 谁都明白这"最后一课"的意义。我愿意讲得愈多愈好；学生们

愿意笔记得愈多愈好。

讲下去，讲下去，讲下去。恨不得把所有的应该讲授的东西，统统在这一课里讲完了它；学生们也沙沙的不停的在抄记着，心无旁用，笔不停挥。……

没有伤感，没有悲哀，只有坚定的决心，沉毅异常的在等待着；等待着最后一刻的到来。

远远的有沉重的车轮辗地的声音可听到。

几分钟后，几辆满载着日本兵的军用车，经过校门口，由东向西，徐徐的走过，当头一面旭日旗，血红的一个圆圈，在迎风飘荡着。

时间是上午 10 时 30 分。

我一眼看见了这些车子走过去，立刻挺直了身体，作着立正的姿势沉毅的合上书本，以坚决的口气宣布道：

"现在下课！"

学生们一致的立了起来，默默的不说一句话，有几个女生似在低低的啜泣着。

没有一个学生有什么要问的，没有迟疑，没有踌躇，没有彷徨，没有顾虑。个个人都已决定了应该怎么办，应该向哪一个方面走去。

赤热的心，像钢铁铸成似的坚固，像走着鹅步的仪仗队似的一致。

从来没有那么无纷纭的一致的坚决过，从校长到工役。

这样的，光荣的国立暨南大学在上海暂时结束了她的生命。默默的在忙着迁校的工作。

这天早上，王统照教授给学生讲的是大学一年级国文课，内容是陆机的《文赋》。徐开垒从学生的角度记述了"最后一课"对他心灵的震撼和终身的影响：

这天他的脸色非常严肃，课堂上一片静寂，而我们回头从阳台上望下去，康脑脱路上却是一片乱哄哄，但见日本军队卡车正在马路上横冲直撞，卡车的喇叭声像鬼哭狼嚎。王统照老师像法国著名作家都德的短篇小说《最后一课》里的韩麦尔先生那样认真地坚持讲课，在到剩下最后一刻钟时间，他才终于放下课本（讲义），讲课程以外的话了。

他的神情是这样严峻，在他黑瘦的脸上，从玳瑁边眼镜里射出极其严肃的眼光，用十分沉痛又十分关切爱护的口气对我们说：

"同学们，刚才何校长与我们许多教师商量，决定向全校师生员工发出通知：学校从现在开始，停办了！因为日本军队已经开始进入租界！我们决不能让敌人来接管我们的学校！今天这一节是最后一课，我们现在要解散了！"……

多么沉痛的现实！多么使人刻骨铭心的难忘印象！这时我又忽然听到王统照先生对我们讲话了：

"同学们，你们都很年轻，都二十岁不到吧？我们的日子正长，青年人要有志气，要有能冲破黑暗的精神，学校可能内迁，你们跟不跟学校到内地去，何校长说过了：这要看每个人的家庭环境来定，不要勉强。问题在不论留下来，还是跟着内迁，都要有个精神准备，这就是坚持爱国，坚持抗日！……"（徐开垒：《何炳松校长的爱国主义精神》，载刘寅生等编：《何炳松纪念文集》，华东师范大学出版社1990年版）

后来，何炳松曾对人谈及当时的情况，说："与学校同仁共同经过'一·二八'之变，经过'八·一三'之变，又经过'一二·八'之变。我们忍受，我们镇定，我们照应该做的步骤，默默地做去。我们没有丢自己的脸，没有丢国家民族的脸。在事变已过，局势大定以后，总是邀少数友好喝一次酒。我们斟了满满的一大杯'干了吧！'一饮而尽。"（阮毅成：《记何炳松先生》，载刘寅生等编：《何炳松纪念文集》，华东师范大学出版社1990年版）正所谓仰天俯地，无愧于心！暨南百年，屡遭磨难，三度停办，数易其址，而终保华侨高等教育而不断，实有赖于是。

暨南大学中文系前辈学者的学术精神和家国情怀滋养、鼓励着一代代的中文人。在几代人的共同努力下，目前，暨南大学中文学科获得快速发展，在学科建设、人才队伍、教学、科研、社会服务等各方面均取得突出的成绩，截至2021年，本学科拥有一级学科博士点、博士后流动站、国家文科基础学科人才培养和科学研究基地、文艺学国家重点学科（2007年）、广东省一级攀峰重点学科。其中，国家文科基础学科人才培养和科学研究基地是全校唯一一个同类的研究基地；本学科拥有国家教学名师、长江学者特聘教授、青年长江学者、国家"万人计划"哲学社会科学领军人才、青年拔尖人才、教育部新世纪优秀人才等国家级人才20人次，广东省高校珠江学者特聘教授、广东省"千百十工程"国家级、省级培养对象等省级人才25人次，其中，长江学者特聘教授、青年长江学者、国家"万人计划"哲学社会科学领军人才、教育部新世纪优秀人才、广东省高校珠江学者特聘教授、广东省"千百十工程"国家级培养对象等人才称号的获批，均实现我校在同一领域的突破；目前本学科在研的国家社科基金重大项目14项，近五年新增国家社科基金项目62项；在2020年第八届教育部高等学校优秀成果奖评选中，中文系教师共获得一等奖1项，二等奖3项，这是全校迄今为止第一个教育部高等学校优秀成果奖一等奖，实现我校在科学研究领域的重要突破；近年来本学科教师发表论文715篇，其中在《中国社会科学》《文学评论》《文艺研究》《中国语文》等权威期刊发表论文125篇；入选首批国家级一流本科专业，在2020年软科中国最好学科排名中，暨南大学中文学科进入全国前 5%，在全国排名第九。2020 年 9 月，依托暨南大学文学院，中华文化港澳台及海外传承传播协同创新中心被教育部认定为省部共建协同创新中心，这是全国侨务系统第一家，同时也是广东省第二家人文社科类省部共建协同创新中心，协同创新中心的认定对于向港澳台和海外传播中华文化、对于包括中国语言文学学科在内的暨南大学文科的发展将起到很好的推动作用。

暨南大学中文系薪火相传，生生不息。目前，学科处在一个重要的发展时期。中文学科入选广东省高水平大学建设的行列，入选"冲一流、补短板、强特色"重点建设的学科。在国家双一流建设以及广东省高水平大学建设的征程中，暨南中文人将在前辈学者打下的扎实基础上不断开拓，力争将学科建设提上一个新的台阶。

为了纪念曾经在暨南大学中文系工作、任教过的前辈学者，为弘扬他们的学术精神和家国情怀，经中文系系务会集体讨论，决定编撰"暨南中文名家文丛"。暨南大学中文系前辈中优秀学者云集，我们无法悉数纳入，只能依据一定的选取原则。具体有三：一是学术或创作成就卓著；二是与暨大中文系渊源深厚；三是业已辞世。在此原则上，我们选取了夏丏尊、方光焘、龙榆生、郑振铎、刘大杰、许杰、王统照、何家槐、秦牧、萧殷等10 位教授，编撰文集。其他许多名家大家，只能留遗珠之憾了。我们编撰该文丛的目的，既表达我们对前辈学者的崇高敬意，同时也希望更多的后来者知晓来路，立足当下，展望未来。这套丛书由中文系 10 位年轻老师主持编撰，分两年出版。

最后说明一下编选体例。版本方面，我们采用初版本和善本相结合的方式。编选上，尽量保留原文风格，但对一些术语、译名上的差异，以及异体字、标点符号等，则按照现在标准给予修订。个别逻辑错误或文字疏漏，也进行了补正。

　　"暨南中文名家文丛"的编撰得到中华文化港澳台及海外传承传播协同创新中心和广东省高水平大学经费的支持，得到人民出版社的大力支持，特此致谢。

2021 年 10 月于广州

目 录
CONTENTS

前　言

何家槐是我国现代知名作家、评论家和翻译家，既是左翼文学运动的重要参与者，也是苏联工厂史翻译的开创者。他曾与暨南大学中文系两度结缘：20世纪30年代初期就读于上海时期的暨南大学中文系，60年代中期重返在广州复办的暨南大学任教，担任暨南大学党委委员和中文系主任。

何家槐（1911—1969），字与如，另有永修、先河、河溃、时旦等十余个笔名。1911年10月5日，何家槐出生于浙江义乌稠城镇何麻车村，出生仅三月，母亲去世，父亲再娶后常年寄住在外祖父家，从小感受到没有父母依靠的孤苦，他在后来的散文集《怀旧集》中，以"怀旧"的方式描述了这段童年时期的忧郁记忆，散文《第一夜失眠》中，何家槐将寄住在外祖父家的自己比喻为"抛在大路上的孤儿""吹在半空的树叶"[①]。1918年，何家槐进入义乌稠川小学学习，1923年考入浙江金华省立第七中学，1926年升入该校师范科，至1929年毕业，共在浙江省立七中学习了六年。

在浙江省立七中读书期间，何家槐经常阅读"五四"新文学作品，表现出对文学的浓厚兴趣，并创作新诗和散文，1929年开始在报刊上公开发表作品。此外，何家槐还与同学创办校园文学社团蔷薇社，合编文学期刊《浮沤月刊》，成为浙江省立七中颇为活跃的文艺青年。何家槐是受"五四"

---

① 浙江文艺出版社编：《何家槐小说散文精编》，浙江文艺出版社1995年版，第119—120页。

新文学熏陶成长起来的文艺青年，主张文学对现实的积极介入，他在1928年6月发表于《学蠡》上的文章《告青年作家》，可视为刚走上创作之路的何家槐的一篇文学宣言。他在文中强调"文学家都是社会的产物，他所表现的都是社会的真相"，作家的使命"是在表现社会，移易社会，改造社会"①。在这篇"文学宣言"中，我们看到了"五四"新文学启蒙思想对何家槐的重要影响，这为他后来走上左翼文学创作奠定了良好的思想基础。

1929年6月从浙江省立七中师范科毕业后，何家槐考入上海中国公学大学部，先后在政治经济学系和中国文学系学习。1931年春，何家槐在中国公学发起成立白虹文艺社，聘请李青崖、徐志摩、郑振铎、赵景深、沈从文、邵洵美等6人为文艺社指导员，创作上受到他们的影响和提携。1932年，何家槐第二部小说集《暧昧》出版后，赵景深发表评论《论何家槐的小说》，肯定小说集内作品在人物心理刻画和结构等方面取得的成绩，推动了何家槐在彼时文坛上成名。而何家槐与名诗人徐志摩更是成为亦师亦友的关系，20世纪30年代初期他在《新月》杂志发表的作品，都缘于徐志摩的提携，小说集《暧昧》中的许多小说也是在徐志摩的激励下创作的，尤其是使何家槐在文坛上成名的小说《猫》，其素材来源于泰戈尔访华时讲述的一个故事，徐志摩曾将这个故事详细复述给何家槐并鼓励他写成小说，《猫》完成后，徐志摩又将其推荐到郑振铎主编的《小说月报》发表。徐志摩逝世后，何家槐曾创作散文《怀志摩》，收在1948年出版的散文集《稻粱集》中，感念徐志摩生前对自己在生活和创作中的诸多帮助。这说明，后来被贴上"左翼作家"标签的何家槐，其文学交往及所受文学影响，其实并不限于"左翼文学"。

由于家境贫困等原因，1932年，何家槐由私立中国公学转入国立暨南

---

① 何家槐：《告青年作家》，《学蠡》1928年第1期。

大学，就读于中文系和外文系，积极参加校园内外的文艺活动，在《小说月报》《新月》《申报·自由谈》《东方杂志》《文艺月刊》等发表许多文学作品。1932 年 8 月，何家槐出版第一部小说集《恶行》，1933 年，又先后出版了小说集《暧昧》和《竹布衫》，逐渐引起反响，成为彼时上海文坛活跃的青年作家。

20 世纪 30 年代的暨南大学聚集了一批创作上颇有成就的作家型教师，也带动了一批进步青年学生走上文学创作之路，"左联"成立后，先后有 10 余名青年学生加入其中。何家槐 1932 年转入暨南大学后，其创作上表现出来的才华，很快获得了暨南大学"左联"成员孙石灵、陈百曙、雷溅波等人的关注，并介绍何家槐加入"左联"。1933 年冬，国民党在上海大肆逮捕进步学生，何家槐也被列入被逮捕名单，鲁迅知悉后，通过赵家璧通知何家槐搬到上海租界躲避。为了保护何家槐，在暨南大学"左联"小组的商议下，何家槐离开暨南大学，进入上海租界继续从事地下革命活动，并于 1934 年 4 月与周立波等一同加入中国共产党。

何家槐离开暨南大学后，将主要精力用于参加和组织"左联"的各项活动，成为"左联"后期主要负责人之一。据张广海在《政治与文学的变奏——中国左翼作家联盟组织史考论》一书中考证，何家槐曾担任"左联"沪东区委书记（1934—1935）、法南区委书记（1934）、"左联"常委（1935）、组织部长（1935）、创作批评委员会成员（1932）、大众文艺委员会委员（1932—1934）、小说研究会委员（1933—1934），1935 年 9 月，何家槐还担任"左联"机关报《时事新报·每周文学》主要撰稿人，为"左联"的发展作出了积极贡献。"左联"的这段岁月，是何家槐一生中极为"耀眼"的一段经历，彼时的他才二十岁出头。这一时期，何家槐还出版了散文集《怀旧集》，参与了《大美日报·七日谈》《时事新报·青光》《时事新报·每周文学》等文学副刊的编辑工作。

1936年初"左联"自动解散，同年6月，何家槐与郭沫若、茅盾、王任叔等人发起成立中国文艺家协会，并被选为候补理事、协会书记。全面抗战爆发前夕，何家槐参加上海文化界救国会，编辑文学刊物《光明》半月刊。1937年"七七事变"后，何家槐参加钱亦石、杜国庠领导的战地服务队，在第八集团军总司令张发奎部从事抗战文化和统战工作。战地服务队解散后，何家槐被张发奎任命为司令长官部秘书，后随张发奎部辗转到西南，在广西柳州第四战区司令部任职，1945年抗战胜利，何家槐随张发奎部移师广州，任职于广州行营。在近十年的军旅岁月中，何家槐先后参加过淞沪会战、武汉会战、昆仑关和桂柳战役，践行了那个年代爱国知识分子参军报国的基本信念。

参军报国之余，何家槐在近十年的军旅生涯中也坚持文学创作和翻译。1937年，出版了短篇小说集《寒夜集》和散文集《稻粱集》，此后受战时环境的影响，何家槐主要转向创作杂文和短论；1942年，在桂林出版了杂文集《冒烟集》；1945年，在广州行营期间，与司马文森、陈残云等创办进步杂志《自由世界》。创作之外，何家槐这一阶段极重要的一项文学工作就是翻译，他不仅翻译了美国作家福克斯的《小说与人民》，还集中翻译了苏联工厂史系列作品，发表在当时桂林"文化城"出版的期刊上，包括：《齿轮》（苏联工厂史之一，罗帕脱诺伐作，《文艺生活》1941年第1卷第1期）、《土》（苏联工厂史之二，派斯钦坷作，《文艺生活》1941年第1卷第2期）、《学习》（苏联工厂史之三，克拉索文作，《文艺生活》1941年第1卷第3期）、《OK》（苏联工厂史之四，罗洛·华特作，《文艺生活》1942年第1卷第5期）等十二篇，其中部分译稿1944年结集为《齿轮》，由桂林文苑出版社出版。1950年，生活·读书·新知三联书店又出版了高尔基著、何家槐翻译的《建设斯大林格勒的人们》；1954年，中国青年出版社还出版了伊凡诺夫等著、何家槐翻译的《建设斯大林格勒的人们》。以往对何家槐的研究，更多着眼于他的文学创作和"左联"时期的文学活动，较少涉及他的苏联工厂史翻译，但正如有的论者所言："何家槐开创了苏联工厂史在我国的翻译，而其翻译又带动了我国 20 世纪 50 年代末 60 年代初的工厂史创作。这是翻译家对本国文学构建作出贡献的一个鲜活例子。"①

1946 年 5 月，蒋介石知道何家槐的中共党员身份后电令张发奎拘捕何家槐，但张发奎没有执行蒋介石的命令，反而出资让何家槐一家离开广州前往上海。1946 年 5 月至 12 月，何家槐回到自己的故乡浙江义乌，在大成中学任教和继续翻译苏联工厂史；1947 年 7 月至 1948 年 10 月，何家槐离开义乌，转至上海浦东南汇县鲁家汇大江中学任教并翻译苏联工厂史；1948 年 11 月，党组织要求何家槐北上，他从上海到香港，又从香港经广州、武汉、郑州、徐州、济南等地，于 1949 年 4 月艰难抵达北平，5 月到马克思列宁学院（后改名中央党校）任教，7 月出席在北平召开的第一次全国文代会，当选为候补委员。

1949 年 5 月至 1964 年 8 月，何家槐主要在中央党校任教，担任该校语文教研室副主任、主任；1957 年 11 月至 1960 年 2 月，何家槐又被调入中国科学院文学所工作，历任研究员，现代文学组代理组长、副组长，当代文学组组长；1960 年 3 月，何家槐重返中央党校。20 世纪 50 年代以后的何家槐，在作家、翻译家身份之外，又增加了学者这一重身份，创作、翻译和文学评论三管齐下，成为何家槐一生中继"左联"时期之后又一个文学的"丰收"期。创作上，这一时期何家槐先后出版了杂文集《寸心集》、散文集《旅欧随笔》、短篇小说选集《湖上》；翻译方面，翻译了苏联席达诺夫等的《论俄国作家》，匈牙利莫里兹的《莫里兹短篇小说集》（合译）、《七

---

① 袁斌业：《何家槐的苏联工厂史翻译及其影响》，《抗战文化研究》2019 年第 12 辑。

个铜板》；文学评论方面，主要出版了《一年集》《海淀集》《西苑集》《"故事新编"及其它》《鲁迅作品讲话》《作文基础知识讲话》等。

1964 年 9 月，何家槐从中央党校被调到位于广州的暨南大学，担任校党委委员和中文系主任，并兼任广东省文联副主席。这位曾在 20 世纪 30 年代初期就读于暨南大学中文系的学生，三十多年后重返母校任教，接续了与暨南大学的情缘，对何家槐来说，这人生的最后一站本应是自豪而光荣的。但可惜的是，由于历史的原因，他重返暨南大学的这一时期，政治意识形态逐渐走向极左，他刚到暨南大学不久，就碰到"四清运动"，大量师生下乡，何家槐虽然是以教师的身份重返暨南大学，却并没有机会给学生上课。"文革"初期，他又因为在张发奎部参军的经历受到隔离审查和政治上的冲击，1969 年 2 月 19 日，在监禁中因脑溢血逝世，1978 年被平反，摘掉了"文革"期间强加在他身上的"叛徒"帽子。

本书选取了何家槐不同时期的代表性作品，分为"小说"、"散文游记"、"杂文"和"文艺评论"四个专题，以期整体呈现何家槐文学事业的阶段性和多样性面貌，从中感受一位从民族苦难岁月中成长起来的爱国知识分子的家国情怀和赤子之心。[①]

---

① 本文对何家槐生平经历的梳理，主要参照了谭显明的《何家槐的足迹和笔迹》（收入广东省政协文史委员会、暨南大学合编"广东文史资料第 83 辑"《侨教之光——群星荟萃暨南园》一书）、袁斌业的《何家槐的苏联工厂史翻译及其影响》（载《抗战文化研究》2019 年第 12 辑）等文。特此说明，以示感谢。

| 第一编 |

小 说

湖 上 *

雨晴了。天色渐渐地褪清，凝厚的黑云，已经意兴索然地纷散。澄澈的湖水，受够了暴风雨的蹂躏，现出了青苍的、疲倦了似的神色。它再受不了什么刺激，它已兴奋得够了。连对那仅能掀起一薄层涟漪的微风，都好像太软弱了的一样。游客很少，公园里的几条座椅，都给雨湿了。山影模糊，雾还不曾全收，远雾里透出荷花的幽香。

这时我们正沿着湖边缓步。我们要在一点钟以前，赶到岳坟。我们不能从容地浏览风景，我们有比雨后的湖山更明媚、更娇翠、更醉人的约会。虽然我没有把握，没有得她的允许，不免使我感到了一点慌乱；但在这样美丽的天气里，去会一个心爱的女人游湖，总是一件愉快的、激动人的乐事——不论这件罗曼司的进行是否顺利。

我的同路人野莘，是个低身材、善言笑的青年。我们的年龄相仿，但我的外貌，却比他苍老得多了。我容颜枯槁，身体衰弱，日常的一举一动似乎都已僵化。我对付一个女人，老是显得愚蠢而且可怜。我不会逢迎，不会取悦人，我简直没有一件事不是惹人发噱的。但是他，却是强健而且灵活，女人见了谁也抵抗不住他的诱惑。他在我舅父底下做过科员，后来升为科长，在一个偌大的公署里，就算他臂膀最长，话语最灵。舅父什么事都听从他，简直到了迷信的程度。就在这个时期里，他看上了我的表妹曼仙，勾引她，使她未达成熟的年龄就堕入恋爱的疯狂里了。我的爱，刚好是她的表姊——我姨母的女儿雪雁。这时她们正在同一个学校里念书，朝夕相从，感情非常和睦。我们都是秘密地去幽会，因为我们的目的相同，

---

* 载《新月》1930 年第 3 卷第 7 号。

所以我们才能那样毫无忌讳地同行。

他尽是谈话，一路上尽是那样的喋喋不休。他说我们在游湖以后，最好合雇一辆汽车，在湖边兜了一个圈子。他说他熟悉一家新开的汽车行，他去雇大约可以多打点折扣。他又说兜过了圈子，再吃次大菜，看夜戏，然后开一个旅馆——最好是武林大旅社，因为那里他可以挂账。他暗示给我所有奢华的，安逸的，旖旎动人的幻梦。他约略地计算了一下，说每人只要花上二三十元就可应付裕如了。但是我，虽然就在目前的幸福使我激动，但那一种好像命上注定要失望的预感，却使我困恼。雪雁新从乡下出来，当然还免不了羞缩，免不了胆怯。而且她已订过婚，她的未婚夫是我的表弟——就是我舅父的儿子，而我现在正寄食在他的家里。这关系，当然使她不敢怎样大胆地接受我的挑拨。何况我从未向她公开表示，就是昨天那张约会的条子上，也只有几句模糊的，影射的话语。那短简能否递到还是疑问，就准之已经递到，她看了以后是否愿意，却更难说。

我怀着惴惴的心，跟在我同伴的后面，我的精神忽而紧张，忽而松懈；一时感到所有的幸福都已实现，但忽然所有的希望都消灭了，留下来无底的黑暗。我临事老是这样的懦弱，这样的优柔寡断，这样的喜欢往绝望扫兴方面想。走一步，慢一步，犹豫心情的增浓，竟使我隐约地感到一点儿恐怖。想到雪雁如果公然在他们的面前拒绝我的邀请，或者给她未婚夫偶然碰到的难堪，我几乎想在半途折回。像我这样胆怯的，神经过敏的男子，不要说不能做什么事，实在就连谈恋爱都够不上资格。

天色越来越明朗了。远峰渐渐褪出了浓雾，远在对岸的别墅，看去只像疏落落的白点。系在柳树下的画舫，都纷纷地解缆了，绿波的深处顿时荡漾着歌声。那在晨雾里听来缠绵，黄昏时显得凄厉的悲笳声，在这晴和的午后，却如此雄壮。

狼狈的心情渐渐平静下去，我开始走得很快，野莘几乎赶不上我。但是走到平湖秋月的时候，一看表，已是一点多钟了。我们在不知不觉间，已经误过了时刻。一阵急，使我们得了莫大的勇气，用长距离赛跑的方法代替缓步。我很少跑路，平日总是跑不到几步就会喘气；尤其是在去年大病后，就连较急的走路都觉困难。但现在，我却毫不放松地跟住他，不让他先跑前一步。可是我的眼睛终于眩晕起来了，一条修长的马路，仿佛变成了一些模糊的圈圈，路旁的沙砾，仿佛都在迸裂着火星。我的头，也随着沉重起来。我几乎载不住躯体，若不是为热情所支持。我们有时碰到了电柱，有时同黄包车夫撞了一个满怀。听了那些粗野的、无礼的诅咒，我们并不站下来斗气，实在没有多余的时间给我们在路上勾留。我们如果再不赶快跑，那她们会怎样怨恨，怎样的焦灼！

我的脸色灰白，喘不过气来，拖着一双脚就如拖着一具犁。人们很惊奇地看我，站在路岗上的警察，几乎想禁止我们。我们其实都已感到了绝命的疲乏。恨不得随便倒在那里休息一刻——只要休息一刻。但是那湖水，湖风，温暖的臂膀，亲切的抚慰，以及武士式的矜夸，这一些憧憬是那样地鼓舞着我们，终于使我们勉强地支持到底。当我们跑过西泠桥，看到岳坟的时候，我们真的禁不住欢呼，喘着气，断续地喊出我们的快乐。

还不到岳坟，我们忽然的一阵怔忡，一阵惊愕，因为我们看见她们正在白云庵前雇车。

"怎么——你们打算哪里去？"野莘失声问。

"回家去。"

"回家去？怎么你们全不记得那件事？"

"记得的，不过天晓得你们什么时候会来！"曼仙似乎有点生气。

"对不起。我们——不过现在总算赶到了，是不是？"他一面说，一面马上退了黄包车。

他们并肩地在前面走，似乎有意地撇下了我同雪雁。但雪雁却不解这种意思，或许不愿意这样，老是不前不后地走在当中。她沉默地低着头，显出那样庄重的，大方的态度，以致使我不大敢开口。就是偶然说几句，但接着却是更难堪，更苦窘的沉默。他们却谈得很高兴，很欢畅。衬着那种亲密的样子，使我们的冷淡，变成更触目。

盘算了半天，我胆怯地问道：

"学校到了吗？"我记得这句话已经问过三四次了。

"就在那边，你看，那些白房子。"

"学生很多罢？"

"还不上一百。"

"先生严厉吗？"

"很宽松。"

"很宽松？"

"你以为宽松是不应该的——你以为？"

"并不是这个意思，不过你们的年龄还不及从前的高小生，你们都还是些不大懂事的小宝宝呀！"

她不说话了，仿佛我的话冲撞了她。我为什么要说她们还是些小宝宝呢？她们不是已经懂得了恋爱，而且正在恋爱了吗？我不论做事说话，老是带几分傻气，不恰当而且好笑。难怪我向女人献殷勤，结果老是失败的。

校舍是经过粉饰的旧屋。紧邻门房的，就是学生会客室。几条凳，一个桌，两张学生团体的照片。满壁都是蜘蛛网，砖石发霉的气息，窒塞我们的呼吸。女学校里的房屋，会如此阴沉，如此简陋，简直难以使人相信。在我们过去经验中的女学校，总是光明的，愉快的，到处都可以听到婉转的歌喉，和着嘹亮的琴声。但那天，就连较动人的笑声都不曾听到。我们去看了校园，校园是荒芜的；去看了教室，教室是黑暗的；走进了饭厅，却只见一些杂乱的饭桌。总之，这整个学校，实在给我们一整个坏印像。

想到我们的心肝就在这里面念书，就在这里面作息，我们不免感到了一点懊恼。

走到一条走廊的尽处，他们忽然不见了。他们的故意避开，我知道，是要给我一个邀请的机会。时间是短促的，我如果不快点下手，那这一次的冒险，又会毫无结果。

我抖擞精神，轻轻地问道：

"你乐意出去玩玩吗？"

"哪里？"

"随便——最好是湖上。"

"也好。"她的答应是勉强的，"请在这儿等一歇，我上楼换衣服去。"

她上楼去了。我的心是这样急，但时间过得却是那样慢。我站在走廊里，看看来往的校役，唯恐他们来质问。有几个女生走过我的身旁，露出奇怪的，探问的眼色。尤其使我放心不下的，是恐怕表弟也趁着假日来访雪雁。我等了又等，倾听着，希望楼梯上有她的脚步声。但四周始终沉寂着。我越等越急，越急越怕，唯恐她有心玩弄，想门房去喊，但那奸滑的老汉，却回说他不知道新生的宿舍号数。我自己又不敢跑上楼去找——因为女学校不比男学校。正在这个进退两难的时候，他们臂挽臂地向我走来。

"你独个儿呆在这里干吗？"

"她上楼换衣服去了。"

"那末已经答应了？"

"答应是答应了。但她上楼去已经很久，曼仙！尽等在这里我心慌，请你喊她下楼罢。"

终于她下来了。她改了服装。她系了一条黑裙，上面衬着天青色的短衫。一双红色的皮鞋，大约是新置的，擦得很光亮。我平日最喜欢女人穿高跟鞋——那样会使脚富于曲线，而且合于天然的节奏。我不喜欢少女着黑裙，那显得老成，显得村俗，那太像老太婆的装束。但在她的身上，却显得那样朴素，那样高雅。在都市里的香艳中过久了，突然看到这样洁素的打扮，仿佛吃一口清茶，我感到一阵凉爽。我眈视着她，这乡下姑娘会很迅速地变成这样美丽，我微感惊异。她脸红红地走在我们中间，还是同以前一样地避我，而且更紧贴地跟住曼仙。

"你为什么老是跟着我？"曼仙笑着问。

"她以为我是蛇蝎呢。"我很快地插了一句嘴——自以为很聪明的，想逗她发笑。但她却蹙着眉额，一声也不响。看她的样子，我知道自己又把话说岔了。

走到湖边的时候，野莘忽然问：

"四个人同船，也还是两两分开？"

"这是怎么讲？我不懂为什么分开——"雪雁气愤愤回答。

"他不过随便问问，以为人少比较自由点，请不要误会有别的用意。"

曼仙说得很委婉，她也就平下气了。

船都荡开了。沿岳坟一带，只剩下三四只。船破旧，索价又贵，我们都迟疑不决。这时太阳已经转西了，湖水上碎着一片阳光。天上无云，清朗朗的一望无际。因了阳光的蒸郁，荷花的香气，更来得馥郁。景色是这样明媚，给她的冷淡阴沉下去了的心，这时又渐渐地炽狂起来。我满望想出一个方法，使她愿意同他们分离。湖水，湖风，温暖的臂膀，亲切的抚慰，以及武士式的矜夸，这些似乎已近实境的憧憬，这时更进一步地撼动我。我跑去买生菱，买生藕，以为水果买来，她再也不好过拂人意了。那料我正要跑进水果铺，我忽然听到雪雁喊我。

我惊奇地跑回来问道：

"什么事？"

"你可以少买点水果。"

"为什么？"

"因为我要先回家。"

"先回家？"

"我不回去家里会挂虑。而且我有点头痛，是的，有点儿头痛。我不能奉陪了，所以我想你只要买三个人的水果。"

她说话时，现出很固执，很坚决的态度，虽然经过我们的苦劝，我们的哀恳，但她却一点也不迁就。她固执地抄直路，没有一点转弯的余地。我们不知所措地凝视着她，苦闷地沉默着，不知应该怎样才能挽回她的心。这半途的碰壁，突来的扫兴，使我慌乱了。一些欲壑难填的船夫，还不知趣地向我们纠缠，要我们多出一点价。他们喧闹着，催促着，更使得我们失了主意。其实只要她回心转意，什么价我不愿出？

"我决计不去，你喜欢就同他们去罢。"

"这怎么——怎么可以？我们四个人出来，最好四个人同道去。"

"但我感不到一点兴趣。"

"就会感到兴趣的，"我说，仿佛又有希望了的一样，"这样凉爽的天气，马上会医好你的头痛——"

"但我已经决定了。"

"绝不能通融吗？"我差不多哭了，"你如怕回家太迟，那我们就少玩一刻罢。"

"实在不能勉强。我这样颓丧，使你们也会感到不欢的。"

"不，只要你愿去，无论如何我们会快活的，会快活的……"

我用袖口擦了擦眼泪，实在我不能再忍受失望的摧残了。但她看了看我，好像鄙夷的样子。说道：

"不论怎样我都要回家。不过，你如愿陪我——"她说得是那样镇静，那样泰然，一句话都有一句话的力量。听她说愿意我陪她回家，我们都像重得了光明，顿时又活泼起来。我们决计分两道——他们荡船，我们却走路。在我们临走的时候，曼仙脸红红的，低声向雪雁说道：

"如果你到我家里，表姊！请代我说一声谎。"

温暖的，但不是郁热的阳光，酣畅地睡在里湖一带的荷叶上面。荷花是红的多，白的少。那蒙密的香，那鲜艳的色，使我们感到古怪的甜蜜。四面是一湖的碧，上下是一片的空。远处有鸟声，因为太悠远，太杳渺了，我们辨别不出是谁的歌唱。我们只觉得一片谐和，一片宛如梦境里的箜篌。公共汽车在前面疾驰。它那神奇的迅速，在这午后的苍空下，似乎带点儿懵腾，带点儿醉态。喔，这是多愉快的，西湖的五月！

她在前面走着，那绰约娉婷的姿态，把我迷住了。她还是镇定的，沉默的，不大愿说话。但在那沉默之中，我已看出她的眼睛渐渐地发亮，脸孔渐渐转成微红。她时常假装看后景的样子，看了我一眼。她的黑裙轻柔地飘荡。身体的曲线，就是她不着高跟鞋，也很清楚地显出了。那双玲珑的，纤美的天足，格外地使我销魂。

"你为什么感不到兴趣？这样柔媚的天气！"

"他们的关系谁不知道？如果我们杂进去，你想，有什么意味？……"

她动人地看我一眼，这一眼，使我壮起胆来了。

"那么现在去——现在只剩我们两个……"

"现在去？"

"是的……这正是时候……"

"不可以。"

"为什么？"

"如果给他们看到，不要说我们的闲话吗？"

"再不会碰到，这样偌大的一个湖，我亲爱的姑娘！"

她脸红，我也脸红了。我从未用过"亲爱的"三字称人。第一次喊出这一声——这轻轻的一声，甜蜜的滋味上着实混含了一点儿恐怖。

当我们走到了一带深邃的，浓媚的树荫下，忽然听到在背后的画舫上起了一阵狗男女的窃窃声：

"你看那一双，一高一矮，多滑稽！"

接着是一阵狂笑，一阵难堪的，尖锐的狂笑。听了这刻薄的讥刺，我的愤怒几乎爆发了。这是如何的侮辱，如何的羞耻！我们实在是一高一矮，很滑稽；但这也足以使他们这样开心，这样狂笑吗？她的脸色苍白，加急了脚步，还回过头来瞪我一眼——表示她的难堪。她的确是不能忍耐的，这样无故地受人嘲笑——而这嘲笑的人，又是几个无聊的，毫不相干的狗男女！

"你不觉得难过吗？"她忽然问我。

"不难过，只要你愿意——命令我一声，就是为了这个同他们去决斗，抛了命，我也决不后悔的。"我说这话时，摩拳擦掌地，把手指弄得霍霍地响，好像真的要去决一个雌雄。

"那又何苦来。"她向我譬解，说同这种人计较，是不值得的。但她显然又变得沉默了，而且愈走愈快，仿佛要立刻逃开那些狗男女的视线。我也感觉到不安，我实在太高大了。她虽然身材适中，但一走近我，就显然矮得好笑。

我们默默地走到平湖秋月，我的希望又重苏了。离旗下已经这样近，如不再请求一次，那么所有的希望就会马上消灭。

"雪雁！你允许我雇一只小划子吗？"

"做什么？"

"到旗下已经很近了，我们可以雇一只划子荡过去，用不了多少时间的——"

她听了我颤抖的声音，只一笑。过一会她才说道：

"坐船怪讨厌，我不惯。而且在旗下倘若给你的表弟碰见？……"

我极力想说明坐船并不慢，而且给表弟碰见，事情决不会这样凑巧。但她绝对不听从，摇摇头，表示她是下了决心的。

"我坐黄包车回去。"她要我替她雇车。

"坐车不是比荡船有趣得多吗？"我乘机想再央求她一次，但她对于我的热情，毫无怜悯；她不回答我的话，却自动地喊了一辆黄包车。

我的心沉下了，我最后的幻梦已经打破，我伤心地望着她上车。她也并不向我说句温柔话——这是我最后的妄念。

"你就这样走了吗？"

"你还要什么呀！我实在什么也不耐烦——厌人的沉闷！"

我沮丧地望着前面，好像望着一片空虚。想起正来的时候经过此地，是那样的兴奋，那样的热烈；但现在，却所有的情景，仿佛都掩上了一层黑暗。野莘和曼仙，这时他们在三潭印月，也还是在湖心亭？想起他们并坐在船梢调情，我觉得一阵自伤，一阵妒羡。

但是，天下不幸事老是双行。当她正要向我忍心告别的时候。我们忽然听到了一声呼喊，从刚刚停在附近的一辆公共车汽身上发出。

"雪雁！你上哪里去？"我听出是表弟的声音，不禁打了一个冷战。

"回家去。"

"那是表哥吗？"这近视眼，认清了未婚妻却还认不清我。

"是的。"

声音渐渐地逼近，表弟似乎很惊讶的，走过来握手。

"你到过岳坟吗？"

"没有，我们是在路上碰到的。"我竟撒谎了。对于这欺骗，我感到惭愧。

"记得你是告诉我上戏院去的，是不是？"

"本来我是那样想。因为找一个姓徐的朋友不着，一个人去又没有意味，所以独个儿出来逛逛。"

"可是——"他斜睨我一眼，不信任似地说，"有位姓徐的朋友到我家里找过你。"

"那末他一定先去找我，因为我到他家里的时候，他不在。"

"但他说等你不着，才找到我的家里去。他不说你不守约，以为你有急事或者病倒了，哪料你却独个儿在湖上逍遥？"

他大声地笑了。我无话好说，我觉得自己的秘密已给人揭破，给人看穿。我觉得受了无礼的盘问，难堪的审讯。我差不多又因羞愤激成暴怒了。我想厉声地辩白几句，责斥一番。但我的嘴唇抖了，我的嗓子也嘎了，我说不成话。

"你想回去了不是？"他们同声问。

"不——谢你们好意。我还要再走一点路，再逛几个地方，因为我已好久不到西湖了。"

说了这些话，我觉得松了一点，因为可以马上走开了。

他们唧唧哝哝地同坐黄包车回家。我却忧郁地，沮丧地无言独上孤山。

猫 *

一

妻爱猫。

她说猫的温柔就像未出嫁的姑娘；驯善就像丧了子的老妇；捕鼠时候的倔强，又像希腊古神话里的英雄。蹲在你的膝上，或者睡在你的怀里，犹如一个心爱的儿，使你感着满是爱，满是痛的甜蜜。那股不可抗拒的体热，从它绒绢一样的毛里，传到你的身上，就会使你感到拥抱着情人一样的温软。你抚摩，它就俯伏着不动；你逗，它就在你怀里跳着玩。如果你偶不留心，它就像个孩子似的溜到地上，眯着眼，挺着须，笑似的向你望。它既不像家犬一样蠢，又不像野兔一样滑。忠诚，机警，那样的伶俐，美丽，不叫你不欢喜。

妻爱它就爱得要命，简直胜过于爱我。但我却极端地厌，恨不得杀尽天下的猫，绝它的种。因为在过去，它分去妻给我的爱；到如今，又增加我一段痛苦的回忆。

去年深秋的一个下午，我们家里忽然来了一位客。

他是我的老友，中学时代的旧知交。他新从杭州来，就在附近的仅海女校教书。学校离我家不远，横过狄威路，再转几个弯，就可以看见灰黑色的校门了。

那时我们住在福恩路，地方很寂寞。一条光滑如砥的马路，在瘦叶扶疏的桐荫下，迤逦到远处。因为偏僻，不热闹，车马的喧声真是难得听见。

---

* 载《小说月报》1930 年第 21 卷第 10 号。

一切很静穆，很悠闲，就连戴笠帽、穿号衣的清道夫，也似乎很懒散的，在跟着垃圾车慢慢地走。

我们初到这里，很生疏。终天幽闭在家里，郁闷得要命。亲友既远隔天涯；是近邻，又都不相往来。大门静悄悄的，像在做着噩梦。除了佣妇以外，一天简直没有第二个人进出。

我赋闲，妻也找不到事做。没有地方走，缺朋友谈天，实在怪难受。尤其是妻，她原是好动的，还有孩子气的女子。她是活泼，强健，喜欢交际。整天地说，笑，跳，她整个的生命就是韵，就是音律。因此这种枯寂的生活，她怎么也过不下去。过一天，就像过一年，整天闷坐在房里，望着狭窄的天，飘忽的云，就像这种生活永远不会穷尽一样的忧郁。

"闷，闷，闷！"她每天总是这样重复着叫。每说一句话，叹一声气，她那哀愁的眼光，总是很严重地落上我的面，那眼光，含着勉强遏抑住的恨、怒，仿佛完全是我害了她的一样。

"有什么办法呢？乖！"我总是迟疑着说，好像怕她谴责似的。

"但是这种生活，是永无穷尽的么？"她失望地问。

"请不要忧，我们就搬家的。"我总是这样说，叫她不要忧。但是看到她那戚然寡欢的神态，又觉得自己的话是谎了。

因为生活这样枯，一时又无力舍弃，所以朋友的突然来访，确使我们很惊喜。仿佛一群久困囹圄的囚徒忽然会见了亲友，我们几乎疑心这是梦。

我们尽量笑，尽量谈，絮絮休休的，不时地握手，像久别的兄弟。我们一味说着亲热话，想出各种方法，闹着玩。尤其是妻，好像格外的快乐。她忙碌地穿来穿去，吩咐佣妇买这样，买那样；想了又想，仿佛要搜罗到所有的珍品。恐怕年老的佣妇不懂事，记性差，于是使着嗓，叮咛又叮咛。她那亮澈的声音，在马路上都可清晰地听到。

她嫌佣妇脏，亲自在厨房里烹调。刀叉的响声，葱的气息，油的怪味，散布了各处。钟在悠闲地走，落照镀金了客厅里所有的陈设。乌油的桌椅上，错杂着五彩斑斓的晕光。一种悠远深邃的情调，使人想起了古代的乡村。

"来，请为我们多年不见的老友干尽一杯！"我微笑向妻，双手擎着银色的酒杯。

"是的，戈琪君！以后我们是邻居了，请为我们以后的交谊干尽这一杯！"妻向戈琪笑，殷勤地劝酒。看见戈琪迟迟不举杯，似乎很着急。久已消失了的红晕，升上了她的腮。眼里闪耀着幸福的光芒，很妖媚。那种似有意又似无意的微笑，确是迷人。

"谢谢。"素性沉默的戈琪，还是以前一样的不愿多说话。他无声地干尽一杯，脸上浮着笑。

"你还不曾变！"我看着他说。

"不曾变？"他像不信这是实话。

"不过稍微老了一点——"我再举起酒杯，望着他，想在他的脸上找出一点与前不同的标记。但是除了新添的几条皱纹以外，简直找不出什么。圆睁睁的眼，还是那样有力；微微向上的鼻孔，直竖的双耳，短而硬的髭须，还是九年前一样——像一张猫脸。他的声音，也还是那样沉浊，雄健，断续不连——像只猫的声音。他的性情，也还是猫一样的温驯，猫一样的柔弱。

我们的分离已经好多年了，不但未曾多见面，就是通信也是很少机会的。从几次短讯中，我知道他自离校以后，做过教员，当过兵，在家赋过几个月的闲。因为朋友的介绍，他曾权充某小报的编辑。据他自己说，那时他只有月薪十五元，而且伙食住宿都要自理的。因为不备稿费，投稿者寥寥，大半文章还得亲自动笔。"真倒霉——"他有次来信说，"榨碎脑，呕尽血，自己编，自己做，还得自己付印。兼门房，兼打杂，一天简直忙得发咒。但是所得的报酬，却只是疲劳，困倦，绝望和失意而已。……"

在这种生活中，他也居然住上了一年。直到现在，他才重新献身于教育。据说他的离开报馆，还是因为报的销路落，生活程度高，经理先生说要给他减薪，补一点亏损。因此，他实在没有再住下去的可能了。……

"从此，我又要开始念经吃素的生活了。"他苦笑，——那种不自然的笑，多奇异！它能给你软，给你酸，仿佛吃了醋溜鱼。只有还未离校的时候，我是时常看见这种苦笑的。那时他也这样的冷静，这样的沉默。整天枯坐书斋中，像在念书，又像在沉思，其实谁能知道他在做些什么呢？他快乐的时候很少，我们却很喜欢吵，喜欢闹，整天想寻开心。"你看，他那付冷峻的神气！"我有时耐不住他的沉默，故意对人这样说。声音很响亮，意思是叫他听见，但他却装着像理不理的样子，一味地苦笑。

"但是，我们以前不是很羡慕教书匠的么？"我说，记起了我们以前热衷于教员生活的事。

"那时候，我们全是傻，全是呆，一点不明白社会的情形，只是一味地空想。你大约还记得，我们那时候以为：教书是愉快，自由，神圣而且廉洁。我们幻想着幸逢女校，还可以同女生发生几件艳丽的罗曼司。但是现在——"他又苦笑了，我却沉默着不答。他是从不曾说过这样多的话，显然他是给教书的苦味所激动了。

"我求求你们，不要说这种乏味的话——"妻一面说，一面高擎起酒杯，"戈琪君！请再干尽这一杯！"

我们听到她的说话，也就竭力地振作精神。于是一阵热烈的碰杯声，在沉沉的夜气中荡漾到各处。

客厅上开亮了电灯，水绿色的灯光下妻在弹着愉快的钢琴。

二

从那天以后，他就差不多天天来了。开始那几天，我们似乎还有一层隔膜，于接待中，还不免掺杂些虚伪的客套。但是过了不久，我们就恢复了求学时代的亲密，妻也很热诚的欢迎他来。他也似乎很快乐，虽然还是以前一样的缄默，但是那层忧郁的面容，却已经完全消失了。

他一来，总是照例地坐在窗前。进门的时候，他总是照例地半天不说话。没有寒暄，也没有问好。静默了一会，然后慢慢地抬起头来，照例的说一句：

"为什么这样沉闷呢？"

他说这句话，像是不得已似的，并不希望有人回答。

"我想听一次钢琴——"接着他就照例的要求妻弹琴。有几次，妻虽很疲倦，想拒绝，但是看到他那恳切的面色，又不得不在钢琴的面前坐下了。

> 热情麻木了疲——倦，
>
> 恋爱充实了空——虚；
>
> 人们只有找到爱——
>
> 才算不是空过一世。

妻总是照例地弹着同样的歌，他也爱听这支同样的调子。那种愉快的琴声，仿佛很使他感动。他惘然地站在妻的背后，两眼无神地望着琴谱。

因为我们摸到他的脾气，了解他的性情，所以他来也好，去也好；说话好，不说话也是一样。他坐在窗前，无聊地翻书，或者注视着在窗外过往的浮云。我们却照旧地做着工作，仿佛没有他在房里一样。四周很静寂，只有萧萧的落叶声可以听见。他这样地默坐了一会，好像觉得沉闷，总是坐不到半点钟，就匆匆地出去了。

"出去玩玩罢。"有一天，他捻着短髭说，"我觉得很闷！"

"你请的是哪一个？"我笑着问。

"你们两位。"

"但是我的稿还不曾誊好，"我说，"这篇东西今天是要付邮的。"

"那末密赛司金呢？"他苦笑着问妻。

"我么？"妻沉吟着说，看一看他的脸。"自然可以奉陪。"看她的神气，显然是勉强答应的。

"谢谢。"他很有礼地向妻鞠了一躬。

妻脸红红的，笑着向我说了一声"再会"。

我惘然地听他们走下了楼。

从此，他就每天要妻出去散步。妻呢，也是有可无不可地跟着出去。

他们走得并不远，大约就在附近马路上打了一个圈子。我每次计算，没有写上三页稿，他们就手挽手的回来了。他们的态度，真是出我意外的亲密。每次走进走出，总是夫妇一样的手握手，肩并肩的。我懊恼妻太放荡，太浪漫，在一个丈夫的朋友面前，我觉得是不应该这样过分亲昵的。

戈琪的愉快，也是增加我的疑虑的原因。他出去的时候，好像很抑郁；但是经过一次走，却像枯了的野菊重苏的一样，精神顿觉蓬勃得像个小孩。他虽然还是同样的镇静，同样的沉默，可是从那掩不住的笑容看来，他的心里是在激动着愉快的狂潮的。

"天气多美丽！"同妻散步回来，不论天晴或阴雨，他总是这样的赞叹着说。在这短短的感叹语中，可以看到那不可遏抑的热情。

"不，天气并不见得好呢？"我反对说，差不多是故意的。他照例地说好，我就照例地说坏。我自己也很惊异，看见他那样快乐，心里就觉得十分不快。虽然他们散步的时间并不长，走的地方并不远，但是他们出去的次数多了，我总觉得有发生暧昧事的可能。"或者——在偏僻的小街里——"我时常这样想，但立刻又给自己对于妻的信任否认了。的确，妻是贞洁的。她对自己的爱情，还同结婚前一样的专挚。"结婚是爱情的坟墓"这句话征之我们的历史，是不正确的。"难道为了一个新交的朋友，她会牺牲了对于自己的忠实么？"我这样的自问，又即刻给自己宽解，"这是无论如何不会的，简直是不可能！……"

我诅咒我自己的多疑，量窄，心地不光明，而且头脑腐旧。"但是人——"我又时常这样想"多半是靠不住的。谁能永远保证自己的爱妻？那个女人不是水性杨花的？而且那个寡言的戈琪，未必不是貌诚心奸的痞子罢？……"因此，怎么也摆脱不掉在我心目上日渐滋长起来的猜疑。我觉得妻已对我疏远了，不然为什么天天同他出去散步呢？怪不得这几天来，她时常怄我的气：姑息一只猫，任凭它打翻我的墨水瓶，喔，这可不是她变心了的证据么？而且她愈爱打扮了，花枝招展的，装饰得像个未嫁人的姑娘。不烧饭，也不煮菜。洗衣服，更休想她来动手。如果这不是她变心的象征，岂不怪？她整天望着窗外，似乎在等着他。他一来，她的举止就活泼了，话语就响亮了，态度就柔嫩了，钢琴的声音也似乎更娇媚了，呒，这可不是又是一种证据？"这定是——"我时常给自己下判语，"一个弃夫如遗的荡妇！"这样想时，我就会不自觉地打起寒噤。因此我恨妻真是出于意外的澈骨了。这种心理上的变化，着实使我自己吃惊。

我想捶妻的头，拧她的腿，而且踏扁她的嘴。

"你这畜生！"有时我觉得无所发泄，总是借猫出气。

"它好好的蹲在那儿，可曾侵犯到你？"妻看我无故打猫，就出来说话。的确，猫是她的生命，她灵魂的殿堂。我们有时偶尔不称心，动不动就口角。妻生气，我也生气，大家弄得难为情。但是她对猫，真是爱护得无微不至的。天天替它洗澡，修须，而且不时地替它搔痒。她总是笑着对我重复的说，"猫是最伶俐的动物，它给你的尽是安慰，尽是温柔"。说这话时，她总是很骄傲，抚摩着睡在怀里的白猫，像有无限的光荣。只要有人触一触猫尾或是猫背，她就会出来干涉。她每夜总是带着猫儿睡，唱着催眠歌，很亲昵地喊着"小宝宝"。她整天的找猫，防走失；而且逢人便称赞，好像怕人忘了她有这样一只猫。"唉唉，你又照例的来那一套——"我不知怎样的，那时虽不十分厌恶猫，但是那种千篇一律的赞语，实在引起我的不快。"它是你的丈夫不是？"有时我这样问，她的眼泪就很快的流下来了。

"它不时打翻墨水瓶，妨害我的工作！"我总是这样的替自己辩护，妻愈想助猫，我就愈要打猫。猫受了痛，照例总是咪的一声，跳出门外不见了。

"你这狠心鬼！"妻指着我骂，连忙跑去找猫。看它那种垂头丧气的神气，她的芳心似乎痛惜得碎了。

"由不得你骂！"我愤然地拍着书桌，"你去叫'猫'来！"

"叫猫？这是什么意思？"妻疑惑的问，"猫不是卧在我的怀里么？"

"不是这只真的——"我摇着手。

"是假猫？"妻骇然了。

"是那个像猫的——像猫的——"我踌躇着说，觉得这是太忍心了。妻是神经过敏的女人，一定懂得我的话。在我家进出的，除了戈琪以外，还有哪个呢？而且在平时，我仿佛记得已经对妻说过戈琪像猫一类的话了。

"我已经懂得，你是疑心到戈琪——"妻果然懂得我的话，啜泣着，恨恨地抱猫出去。看她那种苦恼的样子，我又不禁后悔自己不该这样鲁莽。他们出去散几次步，原是极平常的事。就是手握手，肩并肩，也是毫不足怪的。而且戈琪每次出去玩，总是照例的邀我一同去。自己拒绝，又自己怀疑，啊，你这自私的男人。

我们时常这样吵，这样闹，感情的裂痕，终于不可收拾地爆发了。

那是一个宿雪初霁的冬晚。我们因为觉得闷，散步到附近的墓地里去。那里阳光正照着雪地里的枯杨，有水从枝上滴下。白色的十字架，石墙，墓门，以及埋在乱石中的墓碑，都在金色的交错中，镶着银色的绢边。草地上的雪，还不曾完全溶解，我们的脚下发出雪块碎了的声音。

"太太，你有信。"佣妇匆匆地跑来，匆匆地递过信，又匆匆地跑回去了。

"是哪儿来的？"我无意地问。

"表妹。"

"可以给我看看么？"我问这句话时，觉得我们只是泛泛之交一样。

"自然可以，不过——"妻迟疑地说。

"不过什么？"

"要等我看完了以后——"

"这又是什么意思？"我明知是她表妹的来信，因为我认得她的笔迹。但是为了某种缘故，我却故意地加上一句，"莫非是'猫'的消息？"

"……"她在看信，不曾注意我的话。

"这畜生！"看见她不答，我又愤愤地打猫。这时猫正蹲在她的身旁，睁着那双圆眼，对着浮云望。

"给我滚！"我踢猫，拉住它的尾巴，在雪地里倒拖，这时她已经愤怒得不能再忍耐了。

"它又侵犯不到你，"她的脸色都变了，"我真不明白你为什么这样的厌恶猫！"

"因为你爱它胜过于爱我——"我明知自己的话没有理由，却还是说。

"请你自己想想——"她哽咽着说，"难道我会爱猫胜过于爱人？"

"但我并不是说——"我吞吐着说。

"那末你所说的是——？"妻摸不着头脑，懊丧地问。显然的，她已忘掉前几次的口角了。

"是那位像猫的——"我手不随心的,指着仅海女校的那面。一个猫声音,猫脸,而且猫性情的戈琪,立刻电影般地浮现在我的眼前。

"哦,你还是疑心到我们。"妻突然站起来说,一个水绿色的信封落在她的脚下。"我真不知道你的居心何在,我们不是已经好久不曾出去了么?"

"有什么不明白?你自己倒给情热昏迷了。"我执拗地说,"难道除了散步以外,你们就不曾有过别的——?"

"这只有天知道!"

"天知道?好巧妙的修辞!那种手挽手,肩并肩的情形,请你自己想,多刺眼!"

"好,你既这样的怀疑我们——"妻镇静自己,"你的眼光竟是这样浅,心地竟是这样窄,很抱憾的,以前我竟一点也不知道!你怀疑我们已经好久了,就是替我自己辩白,我知道也是无用。我早已知道,你已渐渐的厌弃我了。因为一个正热衷于妻的丈夫,无论怎样不会无故疑心到她的贞洁的。"

妻的态度突然变成这样镇静,颇使我惊异。她的头发散披在脑后,晶莹的泪珠隐在她的眼角,欲流不流。那种不胜忧伤的姿态,又使我不胜怜惜。我想跑过去,抱着她痛吻一阵。但是固执的自尊心,怎么也不允许我这样做。我觉得在妻的面前认错,是很羞辱的一事。虽然知道这是虚伪,这是道学气太重,但是要我向妻低首下心,怎么也是做不到的。而且同妻闹翻的事情,已经司空见惯了。我是始终相信:妇人是眼泪一干就会眉开眼笑的。

"那你打算怎样办?"我冷笑。

"马上离开你。"

"离开我?"我又冷笑。

"当然。"妻坚决的答。

"那你预备哪里去？可是'猫'那里——"看见她那坚决的样子，似乎受了委屈，愤怒又不自觉地回上我的心头。那个猫脸猫声音的戈琪，又像电影般的在我的眼前浮动。"这是一个貌诚心险的痞子！"我愤愤地想。而且我给自己决定，他们在散步的时候，一定有过什么不可语人的，暧昧的行动。

"可是到'猫'那里去？"我又逼着问。

"……"她不答，很悲伤地旋转身去，只吸了一支烟的功夫，她已默默地独自离开了墓地。她那宽敞的皮氅，渐渐地消失在远处。

我料定她是回家去的，一点也不着急。站起身，像胜利似的叹了一口气。

果然，她已先到家。一看见我，似乎不好意思，连忙脸红红地跑上楼去。我看见她那仓皇害羞的神情，不觉得意地笑了。

我悠闲地坐在自己的房里，悠闲地吸着卷烟。成圈的烟影，似乎幻出了不少形形色色的猫脸。喇喇的吸烟声，催眠着我，使我就是这样悠闲地入了睡，而且悠闲地做了梦。

第二天清早，我起来很晚。这时已是上午十点钟，门外可以听到刷马桶的声音，我走过她的房间听没有一点声息。我以为她睡熟了，窥进门缝低声的喊：

"曼娜，已是起来的时候了。"我叫得很粗声，几乎疑心自己又是发怒了。我觉得对妻太温柔，是有损自己的自尊心的。

房里没有答应。

"好大的脾气！难道昨天的气还不曾全消？"我以为她在撒赖，故意同我赌气。

但是房里还是没有答应。除了自己粗哑的声音外，四周很静寂。

我觉得奇怪，一种笨重的预感压上我的心头。我推门进去，立刻惊住了。房里很凌乱。床上已经没有蚊帐，空空洞洞的，除了一些碎纸片以外，简直没有留下什么东西。

"难道真的走了？"我疑心这只是一个玩笑，决不是真实。难道同居了这么久的夫妇，因了这次毫无意义的口角，就会这样简单的，平淡的，毫不留痕迹的分散了么？

我捶着胸，跺着脚，想在什么地方，找出一点她真的已经走了的证据。但是没有，一点痕迹也没有。她走的时候好像很匆忙，连写条子的功夫都没有。但是房里的东西收拾得很干净，又显见她临走是很从容的。"她不愿意使我晓得！"我自语着，在房里踱来踱去，思想很乱，没有一点头绪。我仿佛听见猫叫，以及妻抚慰猫的柔声。悲哀像冰块似的，从我的喉间，一直落到我的肚里，渐渐地溶解，又渐渐地凝冻。

"一定是到戈琪那里去了？"我坚决地想。我似乎亲眼看见她走进仅海女校，不一会，他们就又手挽手，肩并肩地走出校门，向不可知的方向跑去了。"他们一定已经离开这里！"我一面想，一面疯狂地吸着香烟。那个猫声音猫脸而且猫性情的戈琪，总是幻影般的留在我的眼前。"这畜生！"我愤怒地伸出拳去，好像一拳打中他的胸，并且还听到他的呼声。但是仔细一看，却只打着自己的腿，白皙的皮肤顿时起了一块红疤。

我苦笑着，在心里嘲弄着自己。

"王妈！"我忽然想起王妈，于是喊着她，想问她一点关于妻的事。

半天没有答应。

"王妈，王妈，王妈！"我连声叫，这才听见一声微弱的疲音，"嗳，来了。"

"快。"我喊，但是王妈还不见出来。

"你还睡在这里？懒猪！"我愤怒地跑到她的房门前，看见她还在那里铺被。这真是火上添油，我恨不得用随便什么东西，猛力地打她一下。

"先生！你得原谅我才是！"王妈苦笑着求情，眼睛似乎浮肿着。看她那样的没有精神，好像还想睡。

"你说什么？"我惊异地问。

"我昨夜帮了太太一夜忙，到得今天东方发白才睡了的。"她说着，从口袋里取出一张皱缩了的字条，"这是太太叫我给你的，她说她到亲戚家里去，什么事情都是写得有，无须我传话。"

"就是这样？"我觉得事情太简单。

"是，先生！"王妈看见我在看条子，为了暂避我的怒锋，一溜烟跑去煮菜了。

条子上写的很简单，但这短短的几句话已很够使我流泪了：

"我们的一切都已完了。

"但我并不怨你，因为使得我们决裂的，并不是你，也不是我，更不是你那可怜的朋友戈琪。我们的幸福，完全是给'猜疑'破坏了的。因为我们互相间的'爱'，渐渐的因为猜疑而变成'恨'，变成'妒'，因此我们不能不忍痛地诀别了。或许因为这一别，我们会在悔恨中互相了解了的。因此我的走，完全是为保全我们过去值得纪念的几页。……

"啊，我们终于诀别了，请你忘了一切罢。——你的曼娜。"

三

几个月的光阴过去了。

妻走后的几个星期，我是差不多发疯了。一个人整天地坐在客厅里，无可奈何地吸着纸烟。看到那种虚飘飘的，不着边际的烟影，一种空虚的感念，就会螺旋似地钉上我的心头，冰块似地冷了我的手足，终至苦酒似地麻醉了我的思想。在那个时期以内，我是怎样地厌恶我自己，怨恨我自己，恐怕没有人会相信的。仿佛刚才做了一场噩梦，一切梦里的罪恶都要我来负担。我想登报，去问仅海女校的当局，但知道这都是无用。每天清早，我就像落了魂，失了魄的一样，走到马路上，盼她回来。但是那条寥阔的大道，看去只是一线无穷尽的延长而已。

我最后才发现，猫也不见了。一想起从此再也听不到妻的软笑，和猫的欢叫，我就觉得坐不安，睡不安的，很想不顾一切地大哭一顿。"的确，这怎能怪她呢？她也是有自己的人格，有自己的自尊心的一个女子，她怎能任随你的作践，忍受你的冷嘲热讽？！"我不时这样地自谴，觉得弄成这样的僵局，完全是自己一个人的罪过。"妻走了，朋友也走了，你这孤独的男人哟！看你还能安然的生活下去不能？"我捶自己的胸，拧自己的腿，恨不得把自己一头撞死。

但是时间是能麻木人的感觉的，我自离开妻以后，居然已经孤寂地过了几月。她在我的记忆里，已经渐渐的褪色了。厌恶自己的情绪，再也不来痛苦我的心了。吃，睡，看，写，马马虎虎地我又过了一天。倦怠的时候，我就跑马路；马路跑够了，我又静下心来写。我觉得没有曼娜，也是同样的能够生活下去。我摒除一切思念，专心于材料的搜集，内容的结凑，以及字句的推敲上。天天期待着的，只是编辑所里的来信。我的愿望变成更单纯，任何事情都不足打动我的心。只有编辑所里的来信，才能使我快乐或是忧郁。我觉得自己的幸福：财产，名誉，以及第二个妻，都要靠那几篇文稿决定的。

真的，我已完全地忘掉妻了。就是偶然地想起了她，也只如一阵白烟的飘过，丝毫不留痕迹。在我这个快已麻木了的心湖上，再也吹不起痛苦的涟漪。"想她干么？算她已经死了，葬了倒也干净。"有时我竟这样想。

但是有一天晚上，我正在誊写文稿，忽然佣妇送来一封信。我满以为是编辑所里寄来的，哪知拆开一看，却是戈琪的笔迹。字迹很潦草，显然是在精神不好时写的。

"你不晓得，我是病得多厉害！如今虽已好点，但是痊愈之期却还遥远得很呢。

"现在我请你来此一走，因为最近曼娜有信来，提起了你们口角的事。

"我不能多写信，这是医生禁止的。我仍住在原校，功课有人代授。——你的好友戈琪。"

"我不能信！"我虽然这样说，事实上却不能不信。

饭也不吃，戴上帽，立刻就往仅海女校走。

戈琪的卧房，是在教员寝室的最后一列。窗子都敞开着。枯草的香气，随风飘了进来，使人感得很沉闷。

我一直走进他的房里，就在临窗的一把圈椅上坐下。

"戈琪！"我轻声地叫，这时他正背着帐门睡。

"哦，你来了么？"他含糊地说，仿佛刚从睡梦中醒来似的。

我们紧紧地握着手，默然了良久。我注意他的容颜，憔悴了；他的头发，秃了；他的眼，已没有猫眼那样有神；他的声音，也没有猫叫那样雄健了。可是他的性情，还是猫那样的温柔。我对于他的嘲弄，怀疑，他像毫不介意，很亲昵的握住我的手。

"你说曼娜有信来不是？"我含泪问。

"有的。"他从枕旁掏出一个信封，那纤美的手迹，一看我就晓得是曼娜的。

"我丈夫的朋友——不，我的朋友戈琪君！因为我已离开丈夫了，所以我不能借用丈夫的名义。其实，你也一样的是我的朋友哪！

"我们决裂的原因，是完全为着你。但这决不是你的罪过，也不是我的不好，我们只不过很寻常地散了几回步，我们可以互誓，相互间决没有什么可耻的，暧昧的行为。

"罪过的本身,是'猜疑'。因为丈夫猜疑我的贞洁,时常冷嘲热讽的,逼我走。我也一时昏迷,怀疑丈夫另有钟情,所以才会这样的无中生疑;因此他逼我走,我就走。啊,感情真是盲目的!我那时的贸然出走,还不是凭着一时的冲动?

"离开丈夫后的痛苦,我不愿多说。其实事已如此,多说也是无用的啊。

"现在我担任着一所小学校的功课,生活很枯寂。事情很鲜,日唯娱猫以自遣。的确,猫是最堪怜爱的动物,它给你的'爱',有时竟胜过情人们给你的'恨'。而它于我,啊,更有另外的意义。因为在它身上,我可以发现许多被我丈夫打伤了的疤痕。这伤痕,使我不时忆及那些可纪念的往事。所以猫是我们恨的结晶,在这一方面,它给我的只是伤心。但在另一面,因为恨的极端就是爱,所以它给我的,又是希望和追怀的交错。

"你大约还在那里服务罢?如果你还不曾离开,那末同我丈夫晤面的机会,想来总该有的,恐怕这个时候,他还在怀恨着你呢。

"近来我很烦闷,因为我又不自禁地想起了他。但我却不愿见他,除非'恨'已转成了'爱'的时候。

"请为你自己洗白,我写这封短信的动机,就是为此。——你朋友的妻,不,你自己的朋友曼娜。"

我真的几乎晕倒了。曼娜又在我的记忆里苏醒过来。一个梦影似的,她怎么也不离开我的眼,我的脑。我似乎听到她那柔弱的声音,在抚慰着心爱的花猫——我们"恨"与"爱"的结晶。她似乎很忧郁,很痛苦,那样清贫的教师生活,或许已经把那美貌年轻的太太,变成一个善愁多病的老教师了。我还看见那头花白的雄猫,蹲在她的身旁,很忧伤地向她痴望。她的书房必定是很卑陋而且龌龊,她那些学生们必定是很顽皮而且愚蠢,同他日常接近的人们:校长,同事,以及学生们的家属,一定也很腐败而且可笑。……她过的是怎样的一种生活？这一种生活，究竟是谁给予的？是谁逼她走上这条路？……我真的流下泪，更紧的握住戈琪的双手。我追悔起一切，自谴自责的情绪燃烧起来。一些可纪念的往事：结婚前的恋爱，度蜜月时的浪漫，以及迁住到上海来以后的愉快，甜蜜，争执，决裂，以至于分离，而致今日的后悔。……

"你想，我可以再见曼娜么？"我无意识地问。

"那怎样得知？她也并不曾告诉我一些更详细的事情！"

"但是，你难道只接到过这一封信？"我一问出，就觉得太孟浪了。

"怎么？难道你还疑心我对你的诚实？"戈琪喘着气说，语气里面含着怒意。

"这并不是说——"我吃吃的说不成话，觉得很不安。妻是没有归意的，否则为什么不附写一个较明白的通信处呢？

"那末，我的好友！我告诉你，曼娜是不会同你再见面的了。"他看我沉默着不响，又喘着气说，"请你平一平气，告诉我为什么我是你们闹翻的原因？"

"请你恕我，我亲爱的好友！"我嗫嚅着说，"我们分离的原因，是因为她不能忍受我给她的怀疑——怀疑你们每次散步的时候，有什么——"

我不能再说下去了，溜出他的手，抓着帽子就走。

这时风正刮得很大，黑云在空中驰逐，是落雨前的光景。泥土很湿润，各处已在透露出早春的气息了。

我很懊丧地回到家里，心很虚。好像很恐怖，怕戈琪从后面追来，要我把决裂的经过说出底细。我狠命地关上门，而且加上锁。疯狂似的跑上楼，坐在床边疯狂地搓着双手。

写稿，誊稿，卖稿，前途的希望，意外的荣誉，第二个爱妻……这些这些，在这一忽中，忽然都变成毫无意义了。

"咪——嗡——"当我正在踱来踱去的时候，忽然听到一声猫叫。我疯狂地跳出卧室，滚下楼梯。啊，这是一种多么熟悉的声音！

我顺着声音走去，找了许多时，才见一个花钵上，蹲着一只雄猫。它是花白的，各部分都很像妻心爱的那只。我跳着跑去，想把它紧紧地抱在怀里，亲他，吻他，问他主人的起居。但我一走近去，他就竖起尾巴逃走了。看他跳跃的样子，我才想起家里那只猫早已给妻带走了。

"或许他正睡在妻的怀里罢？"我叹气。仿佛失了心的一样，惘然地望着雄猫逃走的方向。

到了应该写稿的时候，我还颓然地躺在大椅上，剧烈地想起那只猫，爱猫的那个女人。

如今已经半年多了，妻的消息还是云一样的渺茫。一听到猫叫，梦境似的追忆就会痛啮我的心。

五，五，初稿于中公社会科学院

暧 昧[*]

那天的月光分外朗澈。

修整的马路,阴郁的街枫,在如水的月光中,似乎镀上了一层银色。蝉在悠闲地唱。公园里飘出音乐的声音。汽车密密的排列着。兜风的太太们,坐在宽敞的车厢里畅笑。日人办的浴池里,喷泉的水声丝丝的在响。晚风逗着枫叶玩。幽寂的走道上,点缀着婆娑的树影,显出轻舒的,恬静的情调。

市声,只在遥遥的远处喧噪。

这时我正踱来踱去的,在走道上面往复的打着圈子。幽静的夜景,把我催眠入儿时的记忆里。我梦着母亲,描绘出母亲的音容。音乐的声音,由轻微的,隐约的,迷离恍惚的,渐渐转入了高音。那柔和欲醉的琴音,使我想起了母亲的言语,母亲的催眠——那慈祥的,神圣的抚爱。我仰视着太空,星星正在熠熠地发光。这清澈的星光,使我想起了母亲的微笑。这微笑,仿佛填满了所有的空间,寄附在所有的灵魂里。一种泛然的愉悦,流水似的渗入我的情窍。

忽然一双柔软的手臂,轻轻地触了我一下。一个蛋圆的,女人的脸孔,隐现在漆黑的枫叶深处。

“先——先生!”从那小圆脸上,发出一阵微颤的娇声。断断续续的,仿佛一串哀怨织成的愁丝。说话的时候,那个蛋圆的小脸晃动了一下,微微地垂在一边。一双水汪汪的泪眼,在黑暗中懦怯的,疲惫的发着微光。在模糊的夜色中,画出一个苗条的身材。

---

[*] 载《金屋月刊》1930 年第 1 卷第 12 期。

"什——么？"不知为了什么，听了那种微颤的声音，我竟微微地吃了一惊。

"先生，我想——"在那渐渐颤抖得厉害起来的语音里，我懂得她是必有难言之隐的。

"有话请直说。"我谦和地向她鞠了一躬。

"简单说，简单说——"她愣了一会，才勉强地继续下去，"我说，我从吴淞来——"

"请爽快点说罢。"看到她那喃喃说不下去的样子，我有点生气了。我说得很响亮，仿佛不是我自己的声音。

"请你原谅我，我并不是坏人。我是女学生，给学校里开除出来的。"她说这话的时候，忽然一辆汽车驶过我们的面前，如炬的电光照出她那苍白的脸色。仿佛难为情，她渐渐地低下头去。

"开除？"我同情地问。

"是的。"她失望地搓着双手。

"为什么？"

"说来话长。就是说了或许你也不会相信。"她顿了一顿，"其实你也何必晓得我的事？"

"那么，你想向我说的是——？"我怀疑的望着她。

"请恕我唐突——"她喘着气，"我想问你借点钱。"

"借点钱？"

"是。"她怕羞似的退后一步说。

"可是你得原谅我，在散步的时候，我是照例不带钱的。"我歉然地说，手摸着衣袋，轻轻地拍了几下，表示并不说谎。

"可是，你不能带我到你的寓所里去——？"

"我的寓所远着哪。"我连忙说。

"不要紧，只要你愿意。"她吞吐着说，"你怕不会晓得，我是饿的多么慌了。"

她说这话的时候，那双乌溜溜的眼睛，在黑暗中闪耀得更其明亮了。在那眼光中，冒出不可抑止的饿火。

"这怎么行？"虽然我心里这样想，可是口却不随心意地答应了，"自然可以，不过我还有朋友——"

"同房的？"她大胆地握着我的手问。

"是。"

"那有什么关系？"

"恐怕他问我——"

"你就说我是你的亲姊妹。"她松懈了手，急急地催着我走。一顿上好的晚餐，在引诱着她，似乎立刻使她活泼强健了不少。

仿佛做梦似的，我又给她握上了手，梦似的跟着她走。她像故意催眠我，一双小手愈握愈紧。痒痒地，我的手心里觉得发烧。

在月光中走仿佛有点寒意，她就借故的愈挨近我的身。"好料峭的夏夜，"她感叹着说，"究竟是近海的地方了。"仿佛这句话含有特别的意义，她说得很高声。她尽管说着说着，仿佛忘记了我是同她初次会面似的。她说到月，说到花，而且说到爱。我很惊异，刚才还是那样软弱的，胆怯的，可怜的一个女子，现在竟突然这样的活泼起来。我很想问她，却不愿开口。"把她怎么办？"我一路只是这样想。

"你想我是怎样一种人？"在一阵悠久的沉默后，我突然听到她的声音。

"自然是女学生。"我虽然这样回答。可是心里却在想着，"你么，喔，还不只是一个无聊的女丐？"

转过了公安局，我们到了寓所。

当我按电铃的时候，她更紧紧地偎依着我。好像一开门，我就会把她摈弃在门外似的。

娘姨睡眼朦胧地出来开门。她看了看我，又看了看站在我旁边的"捡来货"，狡猾地笑了笑。她是从来不曾看见我同女人一起走过路的。

我们进了房，海正坐在桌旁看书。

"好用功。"我拍了拍他的肩，"我给你介绍这位女友。"

"呃——"他跳起来说，"这位是——？"

"密司何"，我笑着介绍。看了看她那玫瑰色的面颊，心想大约她还年纪很轻，于是我就毫不迟疑地加上一句，"她是我的亲妹妹。"

"是新到上海的么？"海像信疑参半地向着我笑。

"是。"我一面回答，一面把她交代给海，"请你伴她谈谈，我去买点菜。"

走到门外，我又回转身来，对她暗使了一个眼色，"妹，请不要拘束，海是我的好友呢。"

我买菜回来，海已生好炉子了。一间小小的书房里，充满了洋油的臭味。

我替她炒好一碗蛋，一碗牛肉，还做了一个炸菜肉丝汤。

放汤的时候，我忽然无心地问，"妹妹你可愿意汤里放点醋么？"

"不，——"她仿佛吃了一惊。但是看了看我的脸色，晓得我所说的并非开玩笑，于是立刻改口说，"少放一点也好。"说着，她的脸都红了。

我方才注意到她的衣服，是件自由布的短旗袍。衬着肉色的丝袜，淡黄色的高跟鞋。倒也标致得异常动人。她很年轻，很快乐，又长得美丽，仿佛一株青葱葱的水仙，异常柔嫩。一种迷人的香气，从她的衣服上散布开来。

这衣服，这香气，都是微妙不可思议的。因着这不可思议的力，我的心扉预备第一天向女人开放了。

当我打水去的时候，忽然海从后面赶来，握住我的膀子，附着我的耳朵低声说，"你做得好事？"

"你说的什么意思？我不懂。"我放下脸问。

"不要假正经。"海弯着腰笑，"你带来的女人可是你的妹妹？"

"为什么不是？"

"为什么连你自己妹妹的脾胃都不晓得？"海反驳，"放汤的时候，哼！还得问她要不要醋？"

"你要晓得，我们已经一别多年了哪。"

"但是你们的面貌，我看来也不像。"

"因为她是我叔父的女儿。"

"但你不是刚才说过——她是你的亲妹妹么？"

"这——这——"我讷讷地说不出理由。

"这——这——"海学着我的语调。

于是我们相视而笑了。

"我觉得郁闷。"她听到我说她是我的亲妹妹，仿佛这就是一个保障似的。她就渐渐地放荡起来，渐渐除掉那种羞答答的神情了。

"那么出去走走罢。"

"进影戏院好么？"她问，眼睛探询似地紧觑着我。

"可以。"我有可无不可地说。

于是我们择了一个最接近的影戏院。

我们进去的时候，正在开映滑稽影片。黑漆漆的人潮中，不时发出锐利的喝彩，影机的声音，微弱得似在向什么人私语，妇人们的香气，弥漫遍宽敞的空间。

我们坐在最后的一排。孤单单的——谢谢天爷——就只我们两人。

我们坐得很近，同挤在一处似的。仿佛凳会移动。她的双腿总是一步步地移近，到后来，几乎她已一半多坐在我的腿上了。

快乐和期望，渐渐抖动我的全身。我骄傲地看着面前的观客，仿佛心里在说，"看哪，我也居然挟着一个女人了。"

"我最爱看滑稽影片。"她看见我在沉默地幻想，忽然拍了我的肩说。

"为什么？"

"因为它能使人软，使人笑，"她笑着说，"你知道，笑是生人欢愉的标志哪。"

她说，而且笑出声来。看她那种愉快的样子，我的心里忽然冒上了火，"你这小娼妇，饭都没得吃，还亏你这样开心！"

忽然一阵喝彩的声浪，雷似地响了起来，她连忙摇了摇我的膀子，要我注意到前面。

"你看，那傻瓜！"我顺着她的手指看去，只见灰色的银幕上，一个长鼻的矮子，把一只小腿倒悬在空中，装出恶俗的各种鬼脸。

我正注意着银幕，忽然一片潮润的，温腻的，而且软滑的唇瓣，油似地飞上了我的左颊。

我看了看她，她却装着不动。

但我刚一回头，同样的肉片又很温暖地贴上我的颈脖了。软洋洋的，仿佛落入甜甜的午睡中。我只觉得酥，觉得软，好像支不住自己的身体。一阵留在颊上的唇香，直落心的深处。

看到我那仓皇失措的神气，她在旁边掩住口笑。好像我是一个在她掌握中的俘虏，料定会得屈服在她的脚下似的。

虽然我还勉强保持着尊严，不敢十分放肆。可是心里却很想俯到她的小耳边，低低地喊一声："我亲爱的乖乖！"

"如果我有这样的幸福，"她忽然把头紧靠着我的胸膛，轻声说，"永远的同你做个朋友！"

"那容易。"我推开她的头，很想趁势地吻她千次。可是一想到渺茫的未来，却又极力地把自己的热情遏抑了。

"不过——"她迟疑地说，"你有妻子不？"

"有，没有，连我自己也不明白，"我故意这样说。"这简直是荒谬绝伦！"我这样想时，很想酷毒地骂她一顿，可又怕她生气。

我们走出影戏院的时候，已是十一点过了。街上很寂寞。电车，汽车，都已停驶。红绿的电灯，在疲惫地吐露着光芒。魁伟的巡捕，无可奈何地站在岗位上面。

"坐车罢。"我想雇车，她不答应。她说路并不远，而且深夜散步是很富于诗意的。

"你疲倦么？"她像不放心地问。

"不，你呢。"我抖擞着精神，跟着她走。

"我很愉快，"她指着挂在天际的几颗星星说，"多么美妙的夜色啊！"

于是我们就肩并肩的，在马路上故意地放慢脚步走。

我们朦胧的，过了许多幸福的日子。

那时刚好我还有钱，因此每天不是进戏院，咖啡店，就是到跳舞场。足迹所常到的，其实还是几个有名的舞台。她很爱看旧剧，以为旧剧中就只唱戏一项已够令人留恋了。

最难忘的，是那晚上的一幕，——哦，愿她永生记住那一夜——那是一个多温情，多柔和的晚上！那时我们正在马路上散步，悠闲地领略着秋趣。咖啡式的街枫，温凉欲醉；如洗的青天，渺远无穷。路上的落叶，因着汽车的飞过，引起了一阵飒飒的怪响。晚风吹上人的衣襟，已有十二分的秋意了。

"你还记得那晚的情景？"她忽然问我，"我竟沦落到那步田地！"

"记得，"我说，"不要想它罢。"

"我并不想它，不过随便问问罢了。"她忽然又接着问，"可愿什么地方逛逛去？"

"可以。"我摸一摸衣袋，还有三只大洋。

"天蟾好不好？"

"随你便。"

我们进了舞台，离开锣的时候还远得很。

舞台是三层的建筑。虽然还宏伟，可是装潢得并不十分华丽。到处很黑暗，只有舞台上的红绿脚灯在出微地闪光。这幽光，在无垠的黑暗中，显得多么的神秘！上下的窗门都闭得紧紧的，一种窒人的空气，在各处流动。我们坐在靠右的包厢里，前后还不曾有人。茶房送来戏单，匆匆地冲过开水走了。

我们默默地坐着，眼望着墙上的挂钟。我的心上，浮沉着冲动的，好奇的欲念。我偷偷地看了她一眼，决定今天做一点傻事。

果然，她突然的把头向我一依。"我爱你，"她眼睛看着别处说，"我觉得心跳。"

"你说谎。"

"为什么？"

"因为你——"我指着胸，"并非出于诚意。"

"何以见得？"

"因为如果你是真心爱我，"我说，"必愿告诉我你的真姓名。"

"啊哈，你这人！"她笑了，"原来就只这点理由？"

"难道这还不够证明？"

"当然。"

"那末请你告诉我，告诉我。"我拉她的袖口。

"不要什么认真，"她挣脱了袖口，"随便一点罢。"

"那末你要我怎样叫？"

"随便一点罢。"她重复地说。

"怎样随便点？"我又拉她的袖口，而且搔她的手心。

"不要动手动脚！"她微愠着说，"放庄重一点！"

"不是你自己叫我随便的么？"

"难道我要你这样随便的？"

"为什么不是？"

"不能。"

"为什么不能？"

"不行。"

"为什么不行？"

"不要傻！"

"我偏要傻。"我突然地搂住她的腰，一股浓烈的香气留在我的唇上。她完全服从，仿佛孩子似地任我拨弄。

"痒，痒。"我的手伸入她的衣袖，她笑着打滚。

"你要我痒，我却——"她出其不意地捏了我一把，"要你喊痛！"

就是这样的，这样的，我们渐渐地忘了人，忘了舞台，忘了世界。在她的呼吸声里，房子好像旋转着了。一朵朵的花，一声声的笑，一丝丝的舞影，这些好像织就了一个花环，在我们的眼前滚动。那温凉的手；细腻的颈；那胸脯；那天真的唇；那黑脂似的眼；尤其是那水仙一样柔嫩的，葱茏的嫩肌，都给我一种启示，神秘，近乎荒唐的可笑。我惊异，那样羞怯的，胆小的，向人求乞过的一个女子，现在竟会同自己纠缠在一起。而我自己呢，竟不知道她的名，她的姓，她的身世，居然就这样容易地堕入她的暧昧圈里，莫能解脱。这简直是荒唐得可爱，神秘得可怕！

我们沉醉在另一世界里。因此什么时候开锣，做的什么戏，以及什么时候走出舞台，我们一点也不明白。只觉得我们做梦一般的，混在马路上的人丛中，两双眼睛不时地透过人家的肩膀，解意地相视而笑。

我们这样地过了几个月。

我们不希望她走，她也不愿离开。她时常赞叹都市生活，说都市生活才是活泼的，生动的，而且迷人的。她同海也渐渐地亲热起来了。如果我有事，她就约他出去，总是夜深了才回来。

虽然我们住得这么久，可是她的姓名，她的身世，我们还是茫然。我们问她，她总是头一歪的，支吾到别的话上去。看她的样子，好像姓名就是她全部的秘密，姓名一说出，她的秘密就会全破了似的。她很快乐，整天的说笑，可是一提及她的姓名，就会忧郁地俯下头，注视着地板，无可奈何地擦着双手。

"随你们怎样叫罢。"她总是这样哀怨着我们，我们也只得随她了。

我们正想同她多住一些时候，可是，在那可诅咒的一天晚上，她却突然地走了。

那天因为我们都有事，她说一个人去看电影。但是一直等到夜深，她还不曾回来。

我们急了。

"难道就会这样突然地走了？"海像不信似地问。

"不然，为什么这时还不回来呢？"

"或许她到朋友家里去了？"

"不，她是没有朋友的。"

"你哪里知道？"

"她告诉我的。"

"那末她到哪里去了？"

"或许给汽车撞到了？"

"或许跟人走了？"

"也或许迷路了？"

"……"我们哑谜似的猜了许多时候，仍是不得要领。一种轻微的失望，像影子似的，跟住我不放。

"出去看看罢。"我无意识地要海出去。

"出去有什么用？"

"在马路上，或许能够遇见她罢。"我勉强笑着说。

"妄想。"海叽咕了一声，像生气了似的，默默地跟着我走。

我们茫然地在走道上打圈子。两人都不愿说话，好像都突然地上了心思。真的，她同我们之间，虽然说不上什么真的爱，真的情，可是她在这里，多少总能安慰我们的孤寂。她的一颦一笑，一言一语，甚至于她那泼辣的性情，桃色的谎言，都能热情地鼓舞我们，使我们感到活泼，新鲜，年青而健康。可是现在，她已突然的走了。我们的生活，又将变成枯寂，憔悴，乏味而且可怕。

月色还是一样的朗澈，街枫却已差不多落尽了。阵阵的寒风，预示着严冬的残酷。

汽车很稀少。公园里的音乐静寂了。艺术学校里的钢琴，正在远处微颤着。听不见人的语声，也看不见人的影子，一切都显得很静默，很凄凉。

我回想到初逢的那晚，以及中间过的许多欢乐的日子，不觉梦似的滴下了眼泪。恐怕给海看见，我连忙在衣袋里找手帕；可是摸出来的，却是一纸折叠得很整齐的素笺：

"我亲爱的戈琪，我亲爱的恩主！

"命运把我们聚在一起，如今又是命运给我们分散了。

"我是——我敢发誓，赌咒——把第一颗心给了你的，但你却似乎并没有什么诚意。我可不怪你，你那宽大的心胸已够给我满足了。

"我不愿意使你晓得我的真姓名，因为我是一个被人遗弃了的妇人。（我说我是学校开除出来的女学生，不过谎你罢了）。我不愿有人晓得我的过去，因为那是太惨了。我沦落到那个样子，也是因为过去的一段恶姻缘。那姻缘，——不，那悲剧，简直是我永生的创痕。它给我的尽是伤心，失意，人类虚伪的显示。因为我想忘掉过去，所以我想永远地忘掉我的真姓名。那姓名——啊，那悲伤的符号，是多么的该遭诅咒啊。

"现在，我要回家去。因为我在影戏院里，无意地遇见一个同乡。他告诉我，告诉我，啊，天哪，我的母亲竟病倒了，而且快要临终了。我得星夜赶回家，（家并不远）虽然我舍不得离开你，可是陪我历尽患难的母亲，（只有她是分负过我的悲苦，分流过我的眼泪的）她竟不前不后地在这个时候病了。我得回去，我愿为了母亲，真的，我愿为了与母亲的最后一别，牺牲了一切情，一切爱，一切桃色的欺骗！

"别了，我的爱，我的恩主！

"请你把我永远的，永远的留在你的记忆里！啊，那梦一般的几个月的生活！

"你的枕下，有绣帕二方，那是我在平日，避了你们的眼睛绣成的。我是早料到我们有这么的一天，现在却因母亲的病而实现了。

"请你给海一方，啊，这是多么值得眷念的，追忆的一个朋友！……你的"。

我连忙跑回家里，果然在枕下捡到两方绣帕。水仙色的细绢上，很细密的绣着两行蟹行字：

"我们无心的相逢

现在却是有意的别了。"

我注视着帕边，一股茉莉似的浓香扑入我的鼻观，仿佛在不可知的远处，那风姿绰约的，水仙一样柔嫩的女人，在葱茏地微笑。

我记起了影戏院，咖啡店，以及宏伟的舞台。仿佛刚才恢复了知觉，觉得一切都是荒唐得异常动人。"会不会再逢？"这个渺茫的问题使我感到兴趣。

我一面给海绣帕，一面问：

"绣这帕儿的，究竟是谁呢？"

"我不知道。你呢？"

"我也不知道。"

我们看着娟秀的小字，不觉相顾惘然了。

从此，我们就没有得到她的一点消息。洁白的绢绫，已快变成焦黄的揩桌布了。

梨*

一

我儿时的一个深秋，梨已经熟透了。

那时我们家里的梨树真多。一行一行的，交荫在纵横参错的阡陌上，是那样的繁茂。我最忘不了黄昏时候，那些梨树就像忧郁的，惨淡的葬列，衬着渐渐黯淡下去，渐渐模糊下去的阳光，浓碧的梨叶变成苍黑。累累下垂的浆果，肥而又圆，在和风中不胜厌倦地摇曳。人们只要一看到，就会想及鲜甜，那清凉，那滋润的香味，而不自禁地垂下涎来。

我们家里正兴旺。母亲还健在，哥哥还没有现在一样的堕落，嫂嫂也还是一个年轻美貌的妇人。我自己只有十多岁。聪明，漂亮，性情又倔强。那种荒唐浪漫的程度，直同一个最难驯制的男孩。母亲绝不管束我，她不愿心爱的女儿有什么拘束。家里人也都不敢惹我，事事都听我自便。你一声妹妹，他一声妹妹，极力奉承我，纵容我，把我娇养得惯了。

我那时确是幸福。但那不是狂热的，同现在都市姑娘所享受的一样；却是清翠，明媚，天真而且纯洁。

同我分享幸福的，是姑母的儿子，也就是我现在的丈夫。他是个温柔，美貌，而又勇迈的少年。他的外表和性情，都是同样的使我心醉。梨一熟，他就同姑母来了。他来的时候，很斯文，很儒雅，坐在他母亲身旁，像一个贵客。不说话，也不吃梨，仿佛很庄严自重。母亲是个欢喜孩子的，爽性而又温和的妇人。她看见孩子呆坐在那里，就大声地喊：

---

* 载《文艺月刊》1931 年第 2 卷第 5 号。

——呆在那里做什么？木头！动动手，动动脚，拣那顶大顶好的吃罢！

但那孩子看看成堆的梨，在屋隅闪光，摇摇头表示不要。他知道野外的梨，要比家里现成的新鲜得多，滋味得多。何况同我分吃的甜蜜，非在树下不能尝到呢？

到了傍晚，姑母回去了，表哥却留在我的家里。

姑母一出门，表哥马上活动起来。扮鬼脸，学猪叫，故意躲在我的背后。当母亲查问他上哪里去了的时候，他从我的背后突然站起，使母亲吓了一跳，过了半天，她才诅咒出声来：

——娘在这里像木头，娘一走，却又像活鬼了。

听到这柔声的诅咒，他只是抿着嘴笑，那梨颊上的微涡多情地向我展开。

二

我们踏着黄昏的阴影，臂挽臂地横过田野，走进漆黑阴森的梨圃。广漠的平原，很安静的躺在天涯，微飔吹静了孩子们的心。一阵朦胧的芬芳，很难辨别出自林木的呼吸，抑是夜气的蒸腾。一切都显得如此神秘，如此不可理解。我们睡上稻草披顶的小摇篮，默无一言地对着星空，幻梦飘过我们的心头。有人在隔圃吹箫，声音原是活泼的，愉快的；但经过薄雾的迂回，竟变成凄戚而且滞缓。浮在远空中的峰峦，好像渐渐地逼近，而且崩溃了似地压上垄亩。另外有种断续的，不分明的幽声，似乎起在林间，又似乎来自远隔圃外的溪涧。看见一阵微颤在我身上掠过的时候，表哥拍拍胸膛说：

——你可怕？有我在这里呢。

他说话很自信，似乎真的什么都不怕，我也就信赖他的大胆了。但是听到夜鸟啄梨的声音，我还免不了躲避在他的腋下，像一个孩子。乘这机会，那有力的臂膀，就把我捉住，而且不让我透气地狂吻着我的嘴唇。

——点上灯笼罢。

大约他也耐不住黑暗的威胁，催促我点上灯笼。于是我就听从了他的话，像一切女子服从男人的吩咐一样，蹑手蹑脚地擦燃了火柴。于是一盏荧光似的灯，就在沉夜的万丈黑渊中幽明。

我们把灯笼斜挂在枝间。一弧灰白的光晕，在黑渊中划出了光明。在灯光的澈照中，那卵形的树叶，显得异常奇玫。表哥能够轻猿似地升上树顶。那轻盈，那敏捷，我如今想到还会动心。他骑在较粗的树枝上，先向我微微一笑，然后拱一拱手，说一声"请了。"于是肥硕可爱的浆果，就一连掉下了五个。

"五子登科。"他高声喊，声音是那样的清朗，那样的柔脆。树叶因为身体的重压，起了一阵轻微的颤抖，发出含糊的，萧萧的声音。他看见梨子都已落入了我的怀抱，于是就活灵活现地溜下树来，用不及回避的迅速，把我抱住，轻轻地亲着我说：

——你可愿意我们的儿子，——不，你的儿子中状元？

他用热烈的眼睛看我。乌溜溜的神气十足，似乎很严重似地待我回答。我不立刻声张，故意使他急一急，只轻轻地往树丛的黑影中移。在这时候，夜色鲜浓的水凉空气里，没有月光却有飞渡河汉的星星。他说"我们"又急忙改口为"你"的用意，羞得我两颊绯红。

——我不懂，……不懂状元是什么？

——你真蠢！怎么连那时常看到的戏子都不认得？

他笑着逼上一步，又温柔地亲我一下。我却愣起大眼，装作愈弄愈糊涂了的光景：

——可是小花脸？

——不，你弄错了。状元都是戴纱帽，穿朝服的公子，怎么会像小花脸那样的轻佻？

他为了解释的便利，离开我，在树影下一摇一摆的弄起玄虚。那似真非真的样子，使我快乐得发抖。

这样的闹了许久，我们又上床睡了。睡以前，我们照例要吃几个梨，不然就会睡不安。他老是拣那最好的给我。我并不推却，却在细心地去了皮以后，突然塞入他的口里，他也不拒绝，但在吃了一半后，却又突然地塞还。这样一推一送，一来一往，使我浑忘了黑夜，浑忘了星光，浑忘了林外河水的低咽。……

夜半的时候，月光朗照。我们鼾睡在小稻铺上，但有时却给防贼的击柝声惊醒了。我们恼恨那种声音，虽然在柔媚的秋夜，并不同白天里一样的噪耳。于是我们吃了几个梨，仿佛这厌烦的感觉立刻冰消了的一样，我们又安然地入睡。

三

表哥如胶似地恋住我。他爱我真是热烈的，近于成人的疯狂。那多情的恋爱，使我的幸福更加上一层浓艳的色彩。

有一个秋夜，雨有时缠绵地轻洒，有时却又狂暴地滂沱。从窗口外望，可以看见一片阴惨的，悲凉的黑暗。在那寒冷的浩荡中，只有一条灰白色的古道，从附近的一个高丘上蜿蜒而下。支离破碎的村舍中，射出耀目的寒光，屈折在浑浊的水洼里。

我因为脚踵上生了一个疮，睡在床上已经好几天了。这几天母亲阿嫂们都在野外拾梨，无暇顾及我的孤寂。只有他，整日夜地陪伴我；一双有神的瞳子，似乎不会厌倦地向我凝视。他庄严地坐在一只榻上，面上毫不露笑容，除了我向他有所询问的时候。他有时伸过手来，摸摸我的前额问：

——你可觉得痛？

——不，一点也不觉得。

就是真的痛，我也不愿意使他知道。但他总是过不了一刻，又担心地问：

——你怕会睡厌了罢？

——不，我觉得舒服，仿佛睡在梨树下的稻草铺上。

我提及梨树下的稻草铺，他似乎想及那所有的甜蜜，微微一笑。

——那么你想吃梨吗？

——拿几只来也好。

于是他出去了。

我以为他是到隔壁去的，因为那里放着许多刚摘回来的鲜梨。但是一刻过去了，又是一刻，他还不见回来。我喊，也没有回应。他一定冒着那样大的风雨，冲向黑夜里去了。我想起他或许会滑倒在泥泞中，或许会跌伤在梨树下，也或许更坏，喔，我怎敢想象，如果落入那条水流湍急的小河中？……

我等着，倾听四周的声响，不觉毛发悚然。

他终于回来了。手里抱着一满筐肥梨，面色微带点苍白。

——啊，你真多费力！

——为什么？

——隔壁不是有现成的鲜梨吗？

——但总不及我刚刚带回来的鲜美。

我咽下哭声，默然地看他把一筐梨统都摆在我的床前。他不顾遍身的淋漓，小心翼翼地刨去梨皮，再切成细片，用手巾托到我的嘴边。看见那沾满泥浆的衣服，浸泡了污水的鞋，我心的深处突然感到了一阵隐痛。

四

十六岁那年，我同表哥定了亲。只隔得上两年，我们便结婚了。嗣后每逢梨熟的时候，我们还是孩子一样地回到我母亲家里，在那稻草铺上过了几个秋夜。我们的兴趣虽已渐渐地减弱，但还不十分稀薄。有时偶尔想起"五子登科"一句话，我还免不了赧颜。

生活愉快而且安静地展延下去。姑母的脾气很好，温厚而且慈爱，什么事都让我们自己作主。整整两年，婆媳间总是氤氲着一团和气。这和平安宁的家庭生活，使我对于丈夫的恩爱，愈过愈浓了。

但在第三年初夏，在姑母的丧事料理妥当了以后，丈夫因为在杭州做事，我们不得不离开家乡。在动身的前一天，我赶回母家，在她老人家的面前整整坐了一个上午。她的面容惨白，一双模糊的老眼，显然是汪满了泪水的。她吩咐我路上小心，要我寒热都靠自己留意。听了那些叮咛小孩子的话，如果在平时，我一定窃笑，但在那天却只能饮泣。我不知怎样感谢，怎样安慰，我只觉得那一颗心的力量。

薄暮。我同母亲去看了梨圃。那时是初夏，梨花已经盛开了。一片锦绣似的白色，衬在那一带深绿的背景上，闪闪发亮。

——你这一去，不知什么时候才能回来，难道梨熟了再走也不成吗？

母亲手指着梨花，向空中画了圆而又肥的梨形，眼圈又红了。

我原想回答一句随便什么话，但努力了半天，却只紧紧的握一握她的瘦手，要她马上回家。在归途中，我们看见阿嫂抱着刚满周岁的孩子，依在篱旁向我们遥望。那孩子是肥胖可爱的，他有一头很润的黑发。当我们走近篱边，他跳起来欢迎老祖母。阿嫂拍拍他的肩膀说：

——叫一声姑姑，从杭州回来的时候，她会买糕饼给你吃呢。

但那孩子只是憨笑，拍着小手。我亲了亲那天真的前额，几乎伤感得落下眼泪。

五

从此，母亲每年总在一定的时间寄梨给我们。带梨来的人，总是随身带一张字迹模糊的便笺。纸是同样的颜色，同样的花纹，写的也差不多是同样的几句话。显然她只有一个心——一个带泪的，慈爱和怜悯交混成的心；她所需要告诉女儿的，也只是同样的，永恒的思念。

——我的儿，你又尝到家乡的土味了。伴这土味同来的，是你母亲的思念。你尝到那甜蜜时，大约也能念到寄梨人的悲苦。老境是凄凉的。但在我的残年中，却于凄凉外，还加上一层期待的焦灼。你难道不能回来看我一次？唉，只要一次！……

虽然字句上略有更动，但内含的意思，却是同样缠绵的相思。看了短简，我们不知有过了多少惆怅，多少叹息。有几次，我真恨不得立刻抓起随身带的衣服就走。母亲的声音笑貌，在我们夫妇俩的心头，同成痛苦的重压。但结果，为了生活的束缚，我们总是勉强抑住了悲哀，由我写了一封婉辞慰藉的长信去。想到信到了母亲那边，以及她展阅时的失望，殊令我心碎。

去年寄梨来的时间，比前年稍迟了几天。梨也比较坏，我竟一连发现了几个给鸟啄空的烂果。母亲拣梨最仔细，最内行，断不会让所有的梨中，有一个小孔，一点缺陷。她装梨的方法也很考究——老是那样匀适，那样整齐。但是去年的情形却变了，梨是杂乱地堆在筐里，上面也不盖一点草。至于便笺上的句子，简直和以前全然无异，仿佛是谁给妈直抄下来的一样。字迹确也不同，虽则骤然看去，容易给它所蒙混。对于这一些好像很微的变像，我们都感到了一点惊异。我们疑心妈生病，或者同哥怄了气，人生最阴暗的方面，我们却绝没有想到。就是那些小疑虑，也经带梨人的一番解说，渐渐淡下了。

六

今年秋天，我们才达到了回家的愿望。那天有小雨，到江干的一条路上，特别泥泞。车辗过低洼，水简直溅到坐客身上。天灰茫，钱塘江浸在阴雾中，远景非常凄凉。濒江一带房屋，在这淫雨天气里，似乎古老了许多。山影模糊，小轮的烟影，渐渐浓聚，又渐渐消散。我们重复地谈着家乡杂话，尤其时常谈到梨，因为现在正是梨熟的时候了。

第二天黄昏，我们才到了家。看见半露在梨圃背后的老屋时，我们真的忍不住下泪。

——你想丈母在家，抑在梨圃里？

丈夫很激动地问我，但我不回答。心境很凌乱，我不晓得丈夫究竟问我什么事。一近家门，仿佛什么事都变了色相，变了声音。连丈夫的说话，也似乎变成更亲切，更温柔。

转过了几条小径，我们停落在一座古屋前，——那就是我们的旧巢。门虚掩着，但我们不想立刻进去，要先看一看它的外形有无改变。这迟疑，就如一对渴想晤面的老友，却为了兴趣与好奇，故意延长见面前的时间一样。房子的四周还是依旧，那清翠的修竹，那蜿蜒的古道，还是同以前完全一样。但是推开门一看，却教我们惊住了。我们只觉得一阵昏黑，一股阴森。冷风吹进了墙壁，尘埃遮掩了天花板的颜色。桌椅孤寂地散乱各处，挂在壁上的铁锄，也已上了锈。黑洞洞的牛栏里，嗅不到一点牛粪气，大约早已空着了。在深沉的静寂中，隐约地可以听到一声声的猪嗥。

——妈！

我低声喊。我的心跳动得厉害，预期着一声热烈的欢迎，一个热情的拥抱。但是我的声音，在萧条的空中消失了，还听不到一点回响。

——妈！

我比较高声喊，心里有点奇异。丈夫插嘴说：

——我想她一定在梨圃里。

我点头。但想她或许在楼上睡熟了，于是再有力地喊一声：

——妈！

大约这次喊得格外重，我听见楼上嫂嫂的应声了：

——是谁呀？

——是我呢，嫂嫂！

——哦，是姑娘吗？我真料不到是你！

于是，我听到一阵楼上的骚动。经过一阵急促的，楼梯上的脚步声后，我才看到一张憔悴的脸孔，出现在近门的一线微光里。那脸孔渐渐地逼近，渐渐地逼近，几乎使我吃了一惊。听了她那老是凄然若泣的声音，握了那双消瘦了的手，我才敢信任自己的眼睛。

——嫂，你像瘦了呢。

——是的，姑娘！从你们走后，我就陷入地狱了。你刚才不是喊妈吗？

——她在梨圃里吗？

——哦，姑娘！我该怎样告诉你，妈已经死了。

——死了？什么时候？

——去年梨熟的时候。

——寄梨给我们以前！

——是的。

——但你竟不给我们晓得……

——那是妈自己的意思。她平时虽很思念你，但她临终时，却极力要我暂时瞒住你们。她怕你冒着那样的大风雨，星夜赶回来送终。这样迢远的路途，她不忍你们跋涉。

她竟哽咽起来了，妈爱她不下于爱我，所以她的伤痛也不下于我的深沉。命运的变化，是这样不测；去年寄梨时的疑虑，竟倍加惨酷地证实了。我不再说话，一个人处在这种境地，还能说什么。我想起母亲临终前的苦心，我的手足感到了一阵冰冷，一阵剧痛。她平日是那样的想我回家；但在大去以前，竟为了不忍我的跋涉，牺牲了渴望已久的，母女的最后一见。……

——表弟哪里去了呢？

丈夫想把静默的空气打破，所以凭空地问了一句。他以为这样把话头一转，或许会把这种可怕的，苦痛的窒闷松弛一下。但是已经哽咽了的阿嫂，听了这句揭开隐痛的话，却突然地放声大哭起来：

——再不要讲，再不要讲，姑丈！他催死了母亲，陷我们于穷困，毫无心肝地叫我们落难了。他典当了一切，变卖了一切，连那些梨树也在内。大约他又吃酒去了，每天总是醉醺醺的，酒醒了就去赌博。……

她伏在桌上，肩膀抽搐着，愈哭愈哀。一顶戴破了的毡帽，落在地上。经了我们的苦劝，她放低了声音。但那强抑制住的啜泣，更使我心痛。"连那些梨树也在内"这句话在我的心头上特别响亮，特别锋利。

七

已经九点多钟了，阿嫂才想起了我们的肚饿。于是她就上楼去，翻箱倒柜地大肆搜寻。钥匙碰在铜锁上的响声，很刺耳。过了许久，我们才看见她的手里端着一束晒面。这是我们家乡的土产，是面的一种，但是滋味远不如普通面馆里所用的鲜美。因为便宜，而且很容易储存，所以农家多用以飨客。我们都不喜欢吃，这是嫂嫂所熟稔的，但这夜她却用来当我们的晚餐。这当然不是她一时的糊涂，一时的昏乱。我们勉强吃了这种年轻时候从未过口的，寒酸的点心，尝到了一种辛酸的苦味。我走进积满灰尘的厨房，帮嫂嫂收拾了碗碟。那里有阵霉烂的气味，几乎把我打倒。炉灶全坏了。从前那种整洁的光辉，已给久积的尘污所掩。那黝黑的，穷困的碗橱，门都大开着，很饕餮似地向着黑处。在那冰冷的锅盖上，很难想象曾有白米饭的香气从那里透出；那交织着蜘蛛网的小灶里，好像从不曾有过炽狂的火焰。……

我们睡在厨房隔壁的中堂里。这中堂，从前是那样的热闹。我仿佛看见那些闪亮光的梨，那整天缭绕着香火的神坛，那孩子的歌，那母亲的笑。"拣那顶大顶好的吃罢，"我仿佛听到了这句话，而且一直在我的耳鼓里响动。

夜半的时候，我听到一阵开门关门的声音。跟着一阵咳嗽声，呓语声，还有一种沉重的，杂乱而又不稳的步声。凳桌都给撞倒了。在一阵静寂以后，我看见火柴在黑暗中擦亮。一个瘦长的男子，在微光中踉踉跄跄地蹈上扶梯。

——哥哥回来了。

我轻声对丈夫说，他只答了一个"唔"。

我们重新静默了。而且像害怕黑暗似的躲在被窠里，听楼上有什么响动。

——爸爸!

——什么?

——梨买来了吗?

——梨?

——是的，爸爸! 你早上不是答应过的吗?

——你真想得出奇，孩子! 你知道我们还有几天饭吃?

——但是你答应过。……

——不要说空口答应，就是你爸爸画上了花押，他也不能凭空变出梨来呀。

　　——就是你变不出，偷也要去偷来的，早上为什么要那样口空呢？

　　嫂嫂插了一句嘴，声音是粗哑的。

　　——不要你多嘴！

　　她果然不响了。在平时，我想她断然不会如此示弱。她所以吞声，是为了怕惊扰我们。但那孩子却啼哭起来。开始是低微的，幽抑的；后来却逐渐地增高，逐渐地洪亮。那尖声重浊的，喑嗄地流布开来，使人不忍卒听。

　　——你起来，我推推丈夫——去买几个梨来罢。这时候，大约梨圃里还有人未睡，你还记得那扇后门吗？

　　——记得的。

　　——你知道最近的梨圃吗？

　　——知道的。

　　于是丈夫没在冷的风，冷的雨中。过一会他就回来了。那沾满了一身泥水的情景，仿佛我以前说起过的那个秋夜。但那时他是为了我，现在却是为了我的侄儿。时日的悬距，心情的变异，都是这样的迅速。

　　我带着鲜梨，轻声地敲门。

　　——呀，怎么你竟回来了？

　　哥哥看见是我，很古怪地叫了起来。他的面色灰败，在那盏油灯的闪耀下，真够骇人。他的眼红肿，好像酒吃过度了，至今未醒。

　　我无心回答，直趋他们的睡床前，把梨子统都放在被上。

　　孩子很瘦弱。黑脸孔，深陷的眼睛，给泪水遮着，模糊地闪光。他的头发棕黄，伸在被外的小手，毫无血色。他看见一整堆梨，仿佛不可信似的，脸色快乐得转白了。他梦似地注视着，注视着。摸摸它们的叶柄，肥大的轮廓，以及那棕黑色的细点，他的心简直在惊奇之中陶醉了。他亲了亲它们，一会儿放在掌上，一会儿藏在被下。最后他把最心爱的一个留在外面，其余的统都放在枕后。这样似乎还不能放心，因为我看他时常翻出来数，看有没有偷走了一个。有一次，他把梨举在唇边，想吃掉；但刚刚碰到了牙齿，却又突然放下，好像太可惜了。他的脸上浮着幸福的微笑，看看我，然后轻轻的叫一声：

——妈！

——什么？

——那是谁？

——那是姑姑。

——我们的姑姑？

——是的。你应得谢谢，你享姑姑的福呢。

嫂一面说，一面禁不住翻过头去。孩子没有说话，只是向我闪闪眼。那孱弱的，可怜的眼光，是乞求，抑是感谢，却谁能知道？他想梨已经想了一月多，整天的站在门外，张着燥极了的嘴，出神地望着梨圃。他从不敢向他们要，因为怕挨打。有几个顽皮的邻儿，晓得他的苦，故意在他的眼前炫耀。当这种时候，他又不敢哭，只是气得发抖地往家里躲。今天早上，醉鬼原答应买他几个，可怜眼巴巴地望了一整个日夜，但到头还是落空。……

——姑娘，你离家时他是那样的肥嫩可爱，但现在却变成了这样！

可怜的母亲，终又忍不住哽咽了。至于我呢，想到自己年轻时候吃梨的容易，同自己只隔得一代的孩子，想得几个梨都竟已如此艰难，也禁不住泪泉汹涌。

第二天破晓，我们去看了母亲的坟墓。墓地是在梨圃附近，而且正对着我们曾经过了甜蜜时代的小稻铺。

竹布衫 *

是阴雨天气。村舍外的翠山，迷濛在白云深处。忧伤的，阴郁的天宇下，是广漠的沉寂。有时那古怪的，独轮车的声音，在崎岖的村道上，迟钝而且噪耳地响过。阴森森的窗外，是寒冷的荒野，上面笼罩着一片彻骨的寒雾。在黑色的泥泞中，蹒跚着赴市集的货客。有几个连人带货地滑倒了，于是透过风和雨，我们可以听到那疲惫的，奈何不得的叹息。

主母在隔壁纺纱，机杼声清朗可闻。她分明是在纺纱，但在我听来，却像她在故意的，不断地纺长时间。姑娘走后已经很久了，但那件竹布衫，却老是湿淋淋地挂在檐下。天是这样的隐晦，这样的潮湿。这件姑娘待穿的衣服，要什么时候才能干燥呢？"一干燥，我的小厮！就请你送到我的舅母家里来。"她临走时，这些话竟一连重复了几遍，可见她需要的急切了。她穿了这件发亮的，天青色的短衫，可以显得更潇洒，更飘逸，这是无可疑的事。不要说那时髦的圆领，月白的素纽，就只那走路时霍霍的声音，已够迷人了。

我无聊地打着草鞋。因被这种焦急的悬盼所扰乱，我竟半天打不成一只。稻草偃卧在身旁，像一堆乱麻，老是理不出一个头绪。我猛力地想锥平结纽，却老是锥在自己指上，填起了一个个红疤。我的眼睛不住地凝视着披檐，我的耳膜上不住地响着那种霍霍的声音，那裹着一薄层天青色的肢体，仿佛就在我的眼前缭乱。

我再也按捺不住了，匆忙地站了起来，走进纺纱室去。

"主母！"

---

* 选自《竹布衫》，黎明书局 1933 年版。

"什么事？"

"小姐的竹布衫，不是吩咐我一干就给她送去吗？"

"是的，但衣服还没有干哪。"

"因为不曾干，所以我请你……"

"请我什么事？"

"请你在锅子上焙焙干，以便我马上送去。否则，怕小姐会怪！"

"怪？"这老妇笑着说，"天气这样坏，小姐自己也眼见的，那能怪别人？"

"但我相信她在盼望的，她在盼望的……所以……我想还是焙一焙比较便当……"

"不必，蠢孩子！小姐又不是赤身的。那件穿走的灰色短衫，也并不坏呀！"

"那灰色短衫，也并不坏呀！"她老是重复这两句话，好像她的话一说出就是天经地义。这自私的母夜叉，对自己亲骨肉的事情，竟这样的不愿操心。她难道会不知道女儿的爱好心？她自己年轻时，不也是喜欢打扮的？她现在，你看！竟变成这样固执，这样懒于收拾了。

我不愿再噜苏下去，其实多说也是徒然的。多费这种无益的恳求，我宁愿多费点精力自己下手，我虽从不曾做过，但我想一定弄得妥帖。于是我一径走到厨下去，生起火，把锅子擦得非常干净。然后静悄悄地走上楼，把竹布衫取下。在锅子上反复了几十次，居然蒸汽上腾了，褪白了，用不到两刻钟工夫，已经全干。

腋下夹着那件轻松松的衣服，我的全身也似乎飘飘然了。我溜出后门，到附近的一个裁缝铺里，费了不知多少话，多少哀恳，那狡懒的麻子裁缝才允许我熨平衣服。摸摸那绒一样柔软，缎一样光亮的布面，我竟快乐地掉下泪来。

我也不通知主母，直向古鹤镇出发。因为给她说明了，那吝啬刻薄的老太婆定要阻止说，"不必，蠢孩子！小姐又不是赤身的。那灰色短衫，也并不坏呀！"或者还要加上说，"你还是安静点打草鞋的好。"

雨下的放肆了。在雨中沿着浦阳江走，真别有风趣。两岸的枯杨，在雾中如一带褐纱。雨滴在船篷上，淅沥有声。岸上差不多不见行人，除了几个趁渡的乡下姑娘。水面很静寂，只有一只货船悄悄的驶往下游，偶尔透出一两响乐声。

古鹤镇朦胧地卧在远处。

路虽只两三里，但因为沿江一带都很泥泞。我竟走了半点多钟。雨滴很猖獗，几乎淋破我的伞。风也异常大，一层雾壁横障在我的眼前。我仿佛看见姑娘穿了竹布衫在雾障中行走。她走得很大方，很自然，而且不断地弄出那种动人的，霍霍的声音。

镇上的市集并不大，店铺大都很零落，很萧条。在各店铺中，听不到一点买卖声。街衢上的货摊，也都赶戏场去了，只剩有几个猪肉摊，菜摊，还七零八落地散在各处。

通过了市街。我走进一个新漆的台门。

里面是一片喧闹的声音。大家都是兴高采烈的，就连那日母亲床褥的老寿星——我姑娘的外祖父，也赶热闹的穿得干干净净，坐在走廊口招呼来客。妇女们香喷喷地走进走出，多半穿着天青色的竹布衫，弄得嘹响的，似乎都很得意。孩子们为了争爆竹哭得一片响——但那哭声是生动活泼的，并不令人难堪。天井里是成桌的客，从厨房里透出来的香味，使刚到的来客垂涎三尺。……

一进门，我就胡乱拉住一个男人问，好像不论什里人都知道我的姑娘。

"我的小姐呢？"

"你的小姐？"他惊愕地问我。

"是的，她在哪里？"

"你真个糊涂，连你的小姐是谁都不曾说明，就劈头劈脑的问我她在哪里。……"

"金雪娥姑娘呀！"

"怕在戏场里罢。"

连感谢的话都给我忽略过了，一听了告诉，我就急忙忙地往戏场方向走。因为走得太快，一路上不知得罪了多少人：沿路叫卖的小贩，大声呼啸的闲手，醉汉，以及一些频蹶在泥泞中的妇人。

戏场是在古庙里的。参天的古松围绕着古庙，在这铅灰色的雨空下，愈见阴森。萧鼓声，正在庙里疯狂地响动。喝彩，叫卖，嘈杂地混成一片。风雨交织中，攒动着毡帽，秃头，油绿的伞盖。

我的眼光扫遍了女座，在第二排高凳上发现了我的姑娘。

"想不到竟干得这样快！"她一看见我就说。几乎一整天不见了的笑容，又在她的唇上浮现了。

"这样快？你以为是它自己干了的吗？"

"是你想法弄干的？可不是？用的什么方法呢？"

"在锅子上焙干的。"

"是妈妈？"

"妈妈？她哪愿替你动手，她简直是——"我几乎漏出，"母夜叉"来了。

"那末是你亲手焙干的？"

"当然，不是我还有哪个！"

她的笑容逐渐展开了。一种赞美的，感激的情绪，很明显地露出。她交错地握着手，一时抚摩着胸膛，一时抚摩着放在膝上的竹布衫。那天青的颜色，那月白的素纽，以及那时髦的圆领，都使她看了高兴。我仿佛看见她双颊绯红，眼睛里闪耀出亮晶晶的，酥软软的光芒。那动人的光芒，我只在一个可纪念的夏夕见过一次。

忽然她拍着竹布衫，羞缩地说道：

"你真好，我的牧童！"

"为什么？"

"因为你是这样体贴，这样聪明，又是这样热诚！我正等着这件衣服穿，是的，我正着急得要命。你看！她们都是穿着亮亮的，只有我是这样灰色……但是天……老是下着雨，老是这样阴湿……谁料你竟把它焙干了，而且把它熨得这样平，这样光滑……就如你那嫩白的脸颊！……"

她清脆地笑了，笑得那样美，那样动人。那温情的感谢，那婉转的抚慰，都是我所再也不能忘掉的。

我冷不防地握住她的右手，她也勇敢地任我偎依，——不顾邻座妇人们的耳语。骄傲的，幸福的表情流露在她的脸上，也同时流露在我的脸上。她好像得意有这样忠诚的一个牧童，我却自负有一个这样美貌，年轻的女主。……

我们在朦胧的意识中，不知究竟偎依了多少时间。我们只隐约地，恍惚地觉得夜已完全降临。但是雨，却还在廊外缠绵地落个不停。

雨 天[*]

我们又给逼回这条狭窄的，阴暗的甬道。

雨尽管下着，缠绵地，凄凉地。这条甬道的两边都是墙壁，一面是两扇小门，通到两个教室里；一面是个小窗，从那里外望，可以看到泥泞的，荒芜的草地，快腐朽了的篱笆，以及一条蜿蜒的，毒蛇似的小路。这带是多山的，几个落在浓雾中的山峰，仿佛在跟着白云飘浮。河水涨得很高了，透过篱笆，竟能见到几阵涌起的浪花，很急地冲到桥柱上面，发出哗啦啦的声音。镇末的一个寺院里，钟声钝重地，接连地响着，郁悒而且愁闷。

下雨的日子很多，可是这几天的雨有点奇怪，这种天气给你的感觉，是绝端的悲哀，绝端的失望。我只有一次尝味过这种情调。记得我才十六岁那年，我的母亲病死了。在大殓以前，依照乡下的风俗，须得先买水替她洗身。那是一个秋天的晚上，也是凄凉地，缠绵地下着同样的雨。我们一行去买水的人全是草鞋，麻布衣，撑着伞子，只有两个在前面打灯笼的戴着笠帽，穿着蓑衣。我们一只手里拈着香，另一只手里扶着一根哭丧棒，微微地伛着身体，弯着腰，沉默地，悲哀地望着前走。大地是黑暗的，灯笼在前面照着，模糊地发着亮光。风吹过伞盖，雨就跟着更大点的落了下来，有几顶伞上的油纸竟给淋碎了。伞子给雨淋碎了的人，自然免不了全身湿透的灾难，可是没有人说一句话，叹一口气，大家只是沉默地，悲哀地望着前走。一走到井边，我们就跪了下来，点上蜡烛，烧了纸钱，再把一个大青钱投入井里，打了一桶子清水。于是我们又撑着伞，扶着孝棒，沉默地，悲哀地走着回家。带着那一桶水，我们都感到一种刺心的，沉重

的，冷彻全身的失望，因为一回去，我们就得在一个人身上抹去一切生命的痕迹，抹去她在世上生活的最后的灰尘。这几天的雨很怪，它所给我的感觉，就是那种沉重的，冷彻全身的失望。不论白天或晚上，我全觉得仿佛撑着伞，提着一桶水，悲哀地，沉默地走着……

是的，我们又给逼回这条狭窄的，阴暗的甬道，因为除了这一线地方，我们简直没有别的去处了。这样的雨天，叫我们能够到那里去呢？如果有太阳，那倒可以到河边走走，到桥上坐坐，到桑林里去采点野花野草，可是现在下着雨，什么地方都不能去。我们也曾勉强地坐在房里，想做点事，可是房里是那样的阴暗，昏黑的，凄冷的，你坐在那里，直同坐在阴司里一样。天花板是没有的，几片残缺不全的竹帘，从那给虫蛀坏了的梁上倒挂下来，就是白天，也有老鼠在上面跳跃，在上面叫。窗门用木板做成，遮得了风雨，却透不进光线。地板已经霉烂了，沿着黏潮的冷壁，流下了雨水，接在墙角跟的一只铅桶，笃笃地响着，仿佛午夜的更声。我们点上了一盏油灯，可是煤烟太大了，又马上把它灭掉。我们都大声地叹气，有的坐在凳上，抽着最下等的香烟，有的却睡在床上，满头满脑地盖着一条棉被，全身屈曲着，像雄狗睡在稻草窠里一样。这样湫隘的一间房子，却有五张铺子，并排地铺在一起，简直室塞得闷死人。

"出去走走吧。"图画教师周丽生说。

"走哪儿去呢？"

"那条甬道上。"

"还不是同样沉闷？"

"可是比这里总要好得多了。"

"也好。"

于是我们就走出房间，回到这条阴沉的，狭窄的甬道上来了。

在雨天，雪天，这条甬道是我们唯一可去的地方。别处全是泥泞的，卑湿的，只有这儿是铺的砖块，比较的干燥，也比较的明亮。甬道的一端是厨房，另一端却是盖着洋铁屋顶的厕所，下着大雨的时候，那里就整天整夜的响着，沙沙沙，沙沙沙，仿佛在不住地洒着一阵阵的沙子。我们背着手，低着头，在这条甬道上面踱来踱去。我们不说话，不笑，只是来回地从这头走到那头，又从那一头走了回来。孩子们都回去了，否则这里倒是热闹的。他们在这儿玩，在这儿吵，在这儿排队上操。他们的笑声，歌声，哭声，现在都消失到什么地方去了呢？这样的沉闷，这样的冷清，我们的呼吸都感到了很大的压迫。雨尽管下着，天地全是昏黑的，究竟什么时候才能希望到一点天光？我们梦想着阳光，仿佛它已热烘烘地照入这条甬道，可是这凄冷的天色！

一之是教音乐的，他想唱支放夜学的歌，解解愁闷，但未开始唱，他的喉咙已经窒塞住，已经哑然不能成声了。

"回去叫一声姊姊，

回去叫一声姊姊，

阿丽——"

勉强地榨出两声，他又哑住了，不能再继续下去。他能再唱些什么？他有什么心情再唱什么呢？这样的天，这样的雨，这样的生活！他涨红着脸，绞着双手，照以前一样地踱来踱去。于是沉寂又占据着全条甬道，我们都觉得单调，无聊，沉闷。尤其是一之，仿佛他后悔不该唱歌似的，因为他那不自然的歌声，只能增加我们的忧郁。我们是变相的囚犯，给长年累月地关在这个小学校里，同外界是完全隔绝了的。离开这儿不远的地方，就有繁华的都市，我们曾经住过很久的都市。那儿有生命，有欢乐，有新鲜的变化。我们渴望去那里，可是不能。一个乡下的老太婆，一生不离故乡是平常的事，可是我们是见过世面，见过欢乐的，也给活活地关在这只狭窄的，生活的小笼里，真比灭亡还要难受过万倍。

"怎样挨过这长长的日子？"

志青很忧郁地说，这时他正站在窗前望着外面的天色。

"还是回房里睡觉去吧。"

"连晚上也不能睡，眼开花似地睡在床上，望着乌黑的帐顶，有什么意味？"

"那么尽管这样踱来踱去总不是事！"

"你还想怎样呢？饭又没有开，不然倒可以吃饭……"

提起吃，大家全觉得肚饿了。可是饭还没有开。日子是这样的长，六点就吃稀饭了，到十二点才能尝到饭的滋味。怎样挨过？如果是有太阳的天气，那倒可以袋里放几个铜子，到镇上去走一趟，买几个包子暂时充饥。这儿的绍兴蛋糕非常便宜，可是这样大雨天，谁给你去买？一天除了三顿饭以外，就一点没有什么东西可吃了。我们奇怪为什么我们能够这样清淡刻苦的过着日子。

"跑到厨下去看看，不知金荣煮饭了没有？"国涯说。

"见你的鬼，现在是什么时候呀？"

我们同声地失笑。现在刚敲过八点，离开饭还有四个钟头，哪里这样早的煮饭呢？我们骂他饿杀鬼，说他昏了头，住了这样久还不知道吃饭的时间。他是个体操教员，强壮，矮小，说话的声音仿佛打着燥雷，很雄健，很响亮。在我们一群中，要算他最乐观，最不知忧虑了。他时常在河边赛跑，在操场上打秋千，有时他还爱同年纪较大的女生开开玩笑。可是这几天，他也似乎消瘦下去，精神也渐渐地萎靡了。这昏沉的天，这连绵的风雨，这单调的生活，——整天给逼在一条甬道上来回踱着方步的生活，实在使他同样的感到苦闷。别人都是静默的，忧郁的，仿佛陷入一种深沉的悲哀。只有他，还不失他多话的本性，不时地嚷着肚饿，嚷着开饭。他每次说"我又想吃了"，我们总是取笑他，这时他说到厨房里去看看，尤其笑得厉害。可是我们还是经不起好奇心的诱惑，跟了他去。我们无聊地想着咸鱼，螺蛳，鲜蟹，小虾，以及其他腥气的东西。我们都长大在水地，很爱吃鱼虾，只要一想起这类食味，我们就会流涎水。平时我们是同学生一道吃饭的，因为菜很少，时常不够吃，那种从这桌走到那桌，揩油残羹剩汤的情形，老是使我们感到寒酸。

不知怎么的，一到厨下去就使我们高兴。明知时候还很早，这时决没有煮饭，可是我们好像已经闻到了菜香。

进了厨房一看，那里的情景马上使我们失望了。饭锅是冷的，锅盖子也是冷的，灶门有冷风在吹，几根松枝上满是冷灰，碗橱大开着，里面放着的盘子，似乎才洗好，还有水在那里闪耀。金荣的老婆坐在水缸旁边打盹，听到我们的声音，从昏沉中骤然地醒了过来，似乎很奇怪。我们敲着锅子，翻着碗橱，搅着昨夜剩下来的冷饭。门旁边放着一个破的钵子，里面盛着各色各样的菜汤，有一头狗在那里大吃。丽生仿佛要在它的头上出气，偷偷地从灶下拣出一条很粗的松枝，在它的腿上死力一戳。这可怜的生物痛得发抖，无可奈何地摇着尾巴，一路逃，一路猎猎地叫着，很远很远我们还听得到那种凄厉的叫声。

"老太婆，金荣上哪儿去了？"

"买菜。"

"怎么到这时候才想到上街？"

"迟了？先生，不是你们才吃了早饭吗？"

我们还是不住地敲着锅子，翻着碗橱，搅着昨夜吃剩下来的冷饭。这种举动是像孩子们做的，而我们却是要教导人的教师，难怪老太婆要像那样的失措了。她受了惊吓，还以为金荣什么事得罪了我们，连连地说：

"迟了？先生，不是你们才吃了早饭吗？"

没有人回答。我们来的时候很高兴，可是现在却十分的沮丧了。厨房是冰冷的，没有一星火种，没有一点热气。我们觉得冷，觉得饿，感到一种可怕的空虚。现在刚敲了八点，我们的确才吃了早饭，难道我们真个这样快的肚饿了吗？我们不是兽，不是鸟，我们的胃口当然是同别的人一样。可是我们的确已经觉得肚饿，觉得全身都像融解了似的软弱无力，这种因生活无聊而起的变态，着实使我们自己吃惊。

我们惘然地离开厨房，沉默地，沮丧地走回甬道。大家都像经过了一种大的灾祸，受到了一种大的苦痛，那厨房里的冷气，仿佛阴风似的跟着我们吹，冷透了我们的身心。我们只觉得全身空洞洞的，但不明白是真的饥饿，还是一种茫然的空虚。我们都觉得非常沮丧，尤其是国涯，他简直支持不住似的，踉跄地走着。他捧着他的肚子，一边走，一边叹着冷气说：

"我们仿佛顷刻间瘦成了耗鼠，这样的饥饿，这样的难过！可是我们不是才吃了早饭吗？……"

风刮得更大了，刮过枯了的树枝，发出像风吹着电线似的声音。甬道两旁的墙壁全是用泥造成，有风吹过的时候，它们就颤巍巍地动摇。雨也愈下愈厉害，那盖着洋铁屋顶的厕所，嘈杂地响着雨声。从那小窗外探望出去，只是跟着白云飘浮的山峰，冲着石桥的浪花，隐在浓雾中的桑林。对着这一片灰茫，这一片朦胧，我们真不知道什么时候才能指望到一点天光。

我们又来回地踱着，从这头走到那头，又从那一头走了回来。不说话，不笑，大家只是背着手，低着头，不住地走着，陷在深沉的悲哀里面。我们想打破沉寂，想振作起来，可是不能。有次丽生走到教室里去，在黑板上乱涂一阵，可是不久他就觉得乏味了。一之是会拉胡琴的，志青是会吹笛子的，可是在这种天气里，在这种风雨连天的时候，谁愿冷冰冰地去弄这些乐器呢？

这长长的日子如何挨过？

可是忽然，我们听到了一种熟悉的，亲切的声音：

"大饼油条！"

"我仿佛听到卖油条的声音。"剑秋竖起耳朵，很高兴地说。

"我也听到。"

"快叫他进来！声音是哪面来的？"

"饭厅那边。"

"那么一起到饭厅里去！"

叫卖声穿过狂暴的风雨，渐渐地近来了。那声音是很悲哀的，凄凉的，尤其是那声音间歇时的余音。可是我们五个人全很兴奋，很快活，仿佛一群幽弱的，垂死的生物，又得了生命。我们跳着，笑着，所有的忧郁沉闷，都很快地消失。国涯喊着一二三，丽生拍着掌，一之的歌声也跟着起来了：

"回去叫一声姊姊，

回去叫一声姊姊，

阿丽——"

我们一齐蜂拥进饭厅，那里有一个小门，可以通到街上。我们急急地开了门，那种前挤后拥的样子，简直像群抢看新娘的孩子。雨还是下着，缠绵地，凄凉地。街道是长而且窄的，因为所铺的街石高低不平，到处哗啦啦地流着水，有些深一点的地方，竟能没胫了。学校门口并不是市集，所以很冷清，只有一个裱画店，一个药店，一个卖豆腐的铺子。两旁边的住房也很疏落，全是树木和空地。街的尽处有几片平山，在这雨天中看去，倒是别有风趣的。这儿的小车很多，不时有漂亮的乡下姑娘，打着伞，坐在这种独轮车上招摇过市。

街上是孤寂，荒凉，药材铺里的老钟在远远地敲着。

"大饼油条！"

　　我们再听到了这熟悉的，亲切的声音。我们的心跳着，口流着涎沫，有几个竟在试着大嚼了。我们先听到一阵赤脚在水里走动的声音，然后我们看到一个褴褛的，瘦小的小孩子，慢慢地从一座房子后面转出身来。他很慢很慢地走着，水在他的脚背上流过，呼呼地发出响声。他带着的那个大筐子里，装满了大饼油条，上面很服帖地盖着一张油纸。那些大饼油条似乎还热着，因为我们仿佛闻到了一阵香味，看到了一阵热气。我们拥挤在一块，伸长着脖子，这孩子的迟钝使我们大不高兴。

　　"唅，唅，卖大饼油条的！"

　　我们大声的，一齐的喊着。

　　"走得快一点，笨牛！"

　　听到我们的叫声，看到我们着急的情形，那孩子溅起水花，提着裤子，飞也似地跑了过来。从他的手里，我们一夺就夺过了那个筐子，安放到饭桌上面。我们五个人团团地围着，你一根油条，我一个大饼地大嚼起来。哪里是吃，看我们的情形简直是吞，没有一刻钟功夫，筐子几乎变成空的了。我们的肚子仿佛是无底的，一吃下去就空，一吃下去就空，似乎永远没有餍足的时候。我们尽管吃，尽管吃，就是饿了五天五夜，饿断了肚肠的人，我想也不会那样的饕餮。不是刚吃过早餐吗？是的，是的，可是我们饥饿，可怕的饥饿……

　　"你怎样吃的？"

　　我突然地问国涯，他正吃得很起劲，几乎吓得一跳。

　　"我吗？一个大饼夹一根油条。"

　　"都是甜的，还是一甜一咸的？"

　　"管不了许多，老表，只要好吃就算了。"

　　"滋味吗？"

　　"滋味，滋味！……"

他继续地吃着，满手都是油，有时他来不及找手巾，就用袖子揩一揩嘴唇，像无知的农民似的。看他那种野蛮的，起劲的样子，仿佛连筐子油纸都要吃掉。其实何必单只讲他呢？我们全是吃得很贪的，不论谁全是手快眼快，不肯便宜人家。亏得孩子们都回家了，否则给他们看到不是丢尽脸？

"你吃了多少？"

"不知道，你呢？"

"也不知道，在吃的时候谁去数它？"

我们似乎已经吃得饱饱了。大家都笑着，跳着，唱着歌，摸着圆圆的肚子。我们觉得生活充实了许多，美满了许多，所有的沉闷忧郁都给暂时地遗忘了。我们的血液循环得很快，似乎满身都是热，都是力。我们的肚子总算已经填满了，金荣迟点开饭有什么关系，天下着雨又有什么关系呢？

"先生，请就给我钱。"那孩子说，看着已经空了的筐子。

"呵，给你钱，一共多少？"

"一千五百钱。"

"这样多？下次来拿吧。"

"不，我一定要带回去的。"

"为什么？"

"师父要骂的。"

"我们难道会欠你师父的钱吗？"

"不是这么说，我要去交账的。"

我们原想暂时欠一欠的，但这小无赖一定要，我们也没有办法。于是我们都到寝室里去，忙着找钱。可是找遍了抽屉，帐袋，枕头底下，把所有的铜子都找出来了，却还不够这数目——一千五百钱！结果还是向金荣借了一点钱，才算把这小流氓打发走了。

于是我们又走回这条狭窄的，阴暗的甬道。可是很奇怪，那卖大饼油条的一走，饥饿马上回来了，而且比以前似乎还要厉害。我们感到整个的空虚，一种无法餍足的，茫然的饥饿。我们又觉得很疲倦，很软弱，热与力又完全消失了。我们背着手，低着头，在甬道上沉默地踱来踱去，没有说话，没有笑，我们都是非常的严肃而且冷酷，像在雨夜撑着伞，提着水桶，替死人去买水抹身似的一样沉默。风雨虽然还是老样子，不加猛，也不减退，可是天色愈加阴沉了，仿佛马上压下来似的，非常愁闷。那口寺院里的钟，在铅色的天下钝重地，不关心地响着。

我们互相沮丧地看着。当那忧郁的，悲哀的眼光相遇的时候，我们的脸孔都是灰暗的，阴沉的，没有一点儿表情。我们只是沉重地叹着冷气，在甬道上从这头走到那头，又从那头倒走了回来。生活是单调的，平凡的，沉闷的，像这凄凉的雨天。我们的口空着，我们的手也空着，我们又没有一点事情可做了。时间过去是这样的慢，我们闹了这样久，竟只有半个钟头，离吃午饭还有三点多钟呢。可是我们的肚子又已饿了，而且更可怕，更莫名其妙地饿了——软弱，无力，我们都感到整个的空虚呵！

我们来回地走着，走着，仿佛置身在无底的深渊，时间过去是这样的慢，我们实在不知道如何才能挨过这长长的日子。

灰暗，阴沉，单调，寂寞，唉，在这生活的甬道中挣扎着的我们，什么时候才能指望到一线天光？……

寒 夜[*]

夜是寒冷的。

浓霜开始寂寞地从露水凝结成了。月光在冰冻了的河面闪耀，森林，田野，村庄，全在这一片白光下睡着，只有几阵寒风吹破这广漠的荒凉。

他这时从镇上买了火油回来，预备长夜点灯。乡下用火油的人家很少，就是有钱的，也不大用。穷人大都用菜油，因为这种油全是土货不但比较便宜，而且不必现钱买，可用任何农产物交换。他家里只有一盏油灯，就是菜油也用得非常经济，差不多每天只在吃晚饭时用了一刻，就马上熄掉了。让那盏昏沉的油灯点到夜深，只是当他们要打草鞋，或者做别种夜工的时候。

他怨恨地看着那一壶火油，心跳得非常厉害，仿佛它使他痛苦。的确它使他难过，因为他破费了积蓄多日的钱去买火油。原是为妻临盆时，房间明亮点可以减少恐怖。洋灯是向隔壁一个鞋匠那里借来的，虽则灯泡已经破得不成样子，但比起老式的菜油灯总要光亮一点。

就在这一夜，妻要生产了，他买火油就是为了这件事，他一想到家里又要多一张嘴巴，就觉得满身不自在，不论做事或说话，都带着万分惊慌的样子，仿佛天大的灾难，马上就要降到他的身上了。

他是一个做粗活的人。须得无间寒暑地在田野里劳动，才赚得到一个温饱。在单身的时候，他也当然像所有的年轻人一样，以为有钱娶到一个老婆就很幸福了；可是一娶亲，他就开始担忧跟着这张嘴巴而来的更多的嘴巴。果然她是个很会生育的女人，刚嫁过来一年就生了一个，接着两个，

_{* 选自《寒夜集》，复兴书局 1943 年版。}

三个，……不到十年功夫已经五个了。他记得生第一个孩子的时候，还带有几分快活，几分希望，但一到第二次，他就感到绝大的失望——一个人怎么养得了几个人，一双手怎么养得了几张嘴巴。

他的头缩在两肩当中，发着抖，连牙齿也冷得战栗了，他沿着小河回家，息息索索的，在浓霜上深深印下他那不安的惶恐的脚步。

一推进门，他就听到一阵低微的呻吟。

"现在怎样了？"

"很难过，我想逃不出今晚的。"

是无力的，痛苦的回答。她靠墙坐着，嘴巴很大地张开，嘴唇没有一点儿血色，那泛白的，迟钝的眼睛，仿佛凝视着不可知的远方，忧郁而且可怕。她双手按住膨胀的腹部，突然觉得一阵动，一阵剧痛，这是生产立刻就要到来的预兆。

"孩子竟择这样坏的日子出世！外面霜凝得很厚，是今年第一次大霜……"

他喃喃地说，在屋角把树枝，枯叶，稻草烧起火来，可是寒冷并没有减低。这是一座四壁透风的茅屋，中间隔着一扇竹帘子，一边是泥灶，灶旁就是猪栏和鸡埘。使房子不但充满了臭气，而且整天的鸡犬不宁，因为这些畜生也同人一样饥饿。

屋里弥漫着烟雾，火把，可是寒冷并没有减低。

孩子们统统没有睡觉，他们团团地把母亲围住，流着鼻涕，眼泪，口沫，样子都是非常穷酸的。他们轮流着啼哭，哭声在寒冷的房子里回荡，不停止一刻。他们很肮脏，很褴褛，破棉袄，破棉鞋，像生满虱子的乞丐，身上挂满七零八落的烂棉花。他们一共是五个，都像筷子一样的簇立在她的面前，想将冻僵了的小手，伸到她的怀里去。

但是今天晚上的母亲，如果是个有钱人家的妇人，那是需要许多人为她看护的时候了，她神志昏迷，无力，手足发麻，她看见孩子们的可怜样子，她也听到孩子们的哭声，可是她老是双眼闭着，脸色苍白地躺在那里，不理睬。有时孩子们跑了开去，架起木凳子，从竹橱上面拿下饭篮，像孤魂一样贪地抢着冷饭吃。抢不到就打架，被打的就跑回她的床边，哭哭啼啼地喊着"妈妈"。这种时候她才睁开眼，无力地望望他们，叹着气。那一阵紧似一阵的疼痛，实在使她不能够顾到一班孩子。

"走开，——"有时她竟非常愤恨地推开孩子，"快给我走开！"

孩子的哭声像一阵旋风。在屋角烧火，想使产妇感到温暖一点的父亲，连忙赶过来为她应付孩子。

"睡到床上去，大家不准闹，明天买荷花糖吃！"

他把孩子们一个个的拖到床上去，可是他们都大声哭着，坐在破棉被上面，不肯睡。仿佛正挨了一顿毒打，他们只是哗啦哗啦地喊着母亲。

"妈妈，我要跟妈妈一道睡，……喉喉喉！……跟妈妈睡觉，……喉喉喉！……喉喉喉……"

"不要哭，爸爸陪着你们睡！"

"不要你，不要你，我要同妈妈睡，喉喉喉……"

"妈妈马上会来了，宝宝，妈妈过一会就来同你们睡……她还会带个小弟弟来呢……"

异乎寻常的，他很耐心地亲着孩子们胶着鼻涕的手，又用唱歌般的声调往下说：

"嘿，你们的手都冻得红了，发紫了，……快睡进被窝去烘烘，爸爸给你们多盖一件蓑衣……睡去冷也不冷了……明天一早起来晒太阳，……"

他总算已经用尽温柔了。平日因为操作忙，一回家老是疲倦得要命，连睡觉也来不及，还哪有心情温存这些可怜的孩子们。他脾气又坏，白天所受的冤气，往往都到晚上来发泄，皱眉郁脸，粗声粗气，孩子们多怕他的严冷，不敢亲近。今天晚上因为妻生产，他不能不变得柔和一点，抚慰小孩子，使他们不致吵闹，因为产妇是最怕烦的。

"睡去，宝宝。像你爸爸一样的睡去！"他又把他们一个个的裹进被窝，他自己也睡在床沿，一只脚伸在被外，落在潮湿的地上；他闭上眼，打着盹，假装着睡觉。

"爸爸我要拉尿！"

"我要喝茶！"

"我肚饥，爸爸，有没有饭吃！"

哭声虽然止住了。但他们还是要茶要水，拉尿拉粪，不肯好好地睡去。听到这不断的，嘈杂的声音，产妇实在忍受不住了：

"不要再肉麻了，尽管'宝宝''宝宝'的，谁耐烦？恨不得……哎唷哎唷起来一个个打死他们！"

他垂着头不敢望她，想想一个母亲竟要这样粗暴地对待子女，他觉得有点难过。

她一边骂，一边抬起头，似乎真要起来打的样子。这一番威吓，居然也使孩子们渐渐地睡去了。

看到孩子们睡去，她也便安静了一点。可是一想到孩子们所受的灾难，热的铅一般的眼泪，马上沿着灰白的两颊流下来了。她已经生了五个孩子，现在第六个苦命鬼又来投胎，她真不知道怎样可以养活他们。

"孩子生下来，要不要养活？"

她怪惨地问。

"唔——"

做父亲的无法回答。

"这种天气，连一件衣裳也没有，孩子总不能赤条条的……"

"唔——"

养活孩子的责任，大半在父亲，所以她这样问他，其实问这种话原是残酷，因为能不能养活孩子，谁都明白。她后悔自己多嘴，一有话就遏制不住，看着这不能负起责任的父亲，像哑了似的，惨痛得不能说话的样子，她委实伤心。

对这行将出世的孩子，她早就有了怨恨，因为她一怀了孕，疾病就跟着来了，使她不但不能帮他一点忙，就连烧饭，煮菜，料理孩子一类事，也要他亲自动手，有几天因为他怕孩子们肚饿，早点歇工回家来煮饭，竟被他的东家大骂了一顿。她不能起床的时候，他尤其辛苦，因为忙不过来，夫妇间就往往为了一点小事口角。

"以前我总以为不再生育了，那料苦头还没有吃足，还得再来一个小冤家！"她叹气，皱眉望着他，望着那些横七竖八的，像小猪猡一样睡在稻草床上的孩子们。她想往往有钱的太太，不是根本不生育，就是生了养不大孩子，像她一样的穷人，却一个个尽管生出来，而且一生出来就大，就是冻饿也仿佛伤害不了他们。这是一种多反常的命运！

他正想找几句话安慰安慰她的时候，突然她蹲了起来，发出拖长的，笨重的呻吟。她无力地呼吸，喘气，口角浮起白沫，她的眼睛流出痛苦挣扎的眼泪，不住地扭动着身体，过了半天才喊着说：

"草纸……草纸……"

他赶忙把草纸铺在她蹲着的草褥上，失神的，无知觉地瞪住她的面孔看，神情很惊惶，仿佛有生以来，他还是第一次看见这种事情。

"快下来了吗？"

"还没有……"

看情形，孩子是不难落地的，但她缺乏气力，咬着牙齿，几乎昏晕过去。

"再用点力！"

他粗手粗脚的，很笨的推她，她却用破碎的声音说：

"快去叫王妈，快去！"

他急忙走出门去。一走出门，他才知道天气已黑了，月亮给黑云层层地遮着，透不过光来，寒冷的北风，不久以前还在那条河上面呼啸的，现在却在树林的叶丛中悲号了。有时这疯狂的北风，又从树林中吹开去，刮过广漠的田野，刮破这深沉的寒夜的寂寞。

这父亲还没有走到产婆那边，孩子已经呱呱堕地了。这是一个浴在血泊中的小动物，它挣扎着，一双小脚猛烈地撑动，它一开口就喂呵喂呵的哭，那哭声是很幽微的。

她蹲在草褥上，第一眼看见他的孩子：它有黏在头顶的，潮湿的一层头发；有睁不开的眼睛；有血红的四肢，似乎还有几分可爱的样子。它嘶声叫着叫着，仿佛给谁在那鲜嫩的身上擦下了一块生肉。她推开它的小腿，看看是男还是女。

"女的，呵，又是女的！"她叹气："你走错了路，瞎了眼，怎的出世到我们穷家来，不投胎到有钱人的肚里去？……"

她一边说，一边尽淌着眼泪，抚摸着落在血泊中的小动物。她也同所有的母亲一样，不论怎样总是爱着自己的孩子，自己的血肉。她轻轻的从血泊中抱起孩子，连声的叫着：

"宝贝，宝贝，莫哭哪！"

她抱着孩子，很亲密地抚摸，流着温柔的眼泪。仿佛这是第一产，她的母爱，差不多高涨到了极点。但另一个念头，从她心上很快地闪过。她像突然发了疯，急想摆脱一个恶运似的，猛把孩子往草褥上掷去："走你的，冤家！"虽然孩子很惨地哭了起来，她却一点也不动心地只瞪住看，仿佛她掷下去的是个木偶。她觉得应该诅咒，应该骂，应该把这取债鬼剁成肉酱！她想要把这样毛茸茸，血红红的一个东西养成像个姑娘，就得使大家更穷困，更艰苦。她的力乏了，她的血干了，自己这块老骨头，实在再经不起几次吮吸，几次压榨。看着那些睡得很熟连婴儿的哭声也吵不醒的孩子们，她觉得尤其不应该留住这个新的闯入者。因为如果要养活她，那就非得从他们那里分出一份粮食，分出几件衣服，分出一切能抵抗冻饿的东西。为了她，他们每餐至少要少吃一碗冷饭，每年至少要少穿一件破棉袄，每天每夜至少要多冻多饿多吃苦一刻……真的……为什么要让这毛丫头使大家吃苦，给大家带来灾祸？……

"走你的，冤家！"

她恨恨的在孩子身上用力一捺，似乎想一下把她窒死，孩子又啾啾地细声叫了起来。可是这哭声究竟是刺心的，一个母亲怎能把这样可爱，这样肥嫩的孩子活活弄死呢？这孩子现在看去已是这样可爱了，产婆把她洗干净以后，当然更叫人心疼。看她身体还结实，大约马上就会笑，就会走，就会喊爸爸妈妈。想到那孩子第一次微笑，第一次学步，第一次喊她妈妈的情景，她的心里又充满着慈母的爱了。她把孩子抱了起来，又连声的喊着：

"宝贝，宝贝，莫哭哪！"

可是一转念，她的手又马上松下来。无论如何不能养活这孽种，无论如何不能养活这孽种！为什么要留这孽种在家里，使大家吃苦，而且使她自己吃苦？照顾这五个孩子，已经累得要死了，她怎么能要负起这个新的重担，套上这付新的枷锁！如果是第一产，而且是男孩子，那就是劳苦到死，也要把他养大；但现在传代的人已经太多了，何况这又是一个女的！她想穷人家的女孩，虽也可以像男子一样的做活，但总差得远，差得远，她实在不忍用几个人的血，一家人的血，养大这条蛀米虫。她怜念到孩子们，怜念到自己，尤其怜念到那可怜的父亲。他近来消瘦得，憔悴得非常厉害，每天晚上都失眠，咳嗽声空洞而且艰涩，仿佛在坟墓中咯血一样的可怕。他的眼睛又坏，时常无缘无故地烂肿起来，怕见光亮，怕在太阳下做工，连走路也摸摸索索的不大方便。他每次向她发脾气，老说宁愿饿死也不替人做工了，但这五六张开着的嘴却天天逼着他不顾死活地操作，难道她忍再加上一块石头，活活的把他累死吗？……

她想着，想着，眼泪不住地滚下。她想与其让大家吃苦，大家冻饿，还不如牺牲一个未识人事的毛丫头。她现在最多只能哭两声，动两下，除此外什么也不知道了，不知道痛苦，不知道怨恨，这真是最适当……最适当的时候……

想起问他"孩子生下来，要不要养活"的时候，他不能回答只是"唔，唔，唔"的情形，她真个下了决心了。她记得曾经有许多穷苦的妇人，孩子一生下地就把它沉在尿桶里溺死，可见做这种罪恶的事，并不是从她开始。

孩子一直哭着，没有一刻儿停止。但她已下决心了，紧紧的咬着牙齿，伸出一只手抓住孩子四肢，另一只手捏住孩子喉管，用一条破布猛塞进她的小口。她眼睛闭着，全身很剧烈地发抖，她什么也不想，什么也不知道，昏沉沉的只听到孩子发出哗哗的两声以后，就寂然无闻了。

什么都完了。

她后悔不后悔呢？不知道，不知道，一个母亲，是的，一个母亲竟活活的把一个这样可爱，这样肥嫩，会哭会跳的孩子一下闷死，这是可能的事吗？她仿佛觉得自己浑身是血，满手是血，她的的确确已经谋害了一个生命。她不敢相信自己的行为，可怕的幻想，在她的心中起伏：她似乎看见那稀疏的，潮湿的头发；那睁不开的眼睛；那血红的四肢；……孩子似乎在她的手里挣扎，撑动，那双小手却紧紧地抓住她的心，仿佛反抗把她带进另一个世界去……她刚从那边来，竟连眼睛也未开的，马上给送回去吗？……她也听到那哭声，那低微的，软弱的啾啾声。……

她在床上辗转着，痛苦一刻过一刻的加重起来，她反反复复地流着泪说："害死你的不是我，乖乖！……我原想养活你的，也许长大了，你也能同我们一样的吃苦……可是我不忍看你将来饿死，因为我想我们总有给冻饿毁了的一天！……"

她伏在枕上呜咽，捶着胸：想从稻草底下拖出孩子的尸身，亲她一下，拖她一下，可是她软绵绵地举不起手来。

在外面，在那寒风的悲号中，她忽然听到丈夫催促产婆的声音：

"快点走，她怕支持不住了！……"

回乡记*

一

家乡已经破烂得一塌糊涂了，要找块比较清静一点的地方，都不可得。都市纵然是喧嚣难堪，但比起我那零落了的故里来，仍然觉得是有生味的。因此不论怎样痛苦也还是呆在上海，想回去过几天清闲生活的念头，早已没有了。

但去年冬天，我竟动了回乡之念。这种念头是很突然的，仿佛在清晨睡醒了以后，在惺忪之间，不意间梦境泛上心头似的。朦朦胧胧，并没有明确的概念，不知怎么的，虽明知那是梦一样的故乡，我的心头却仍然充满了温暖的，几乎是热烈的渴望。

"回去几天也好。"

因此在匆促间，我就写了一个明片回去，说是什么时候离开上海。当写明片的时候，我也还是非常高兴的，像个初次出门的小孩子，在外面受尽了冷酷的生活试炼以后，急于回去受抚爱一样。自己虽则已是二十四岁的人了，却还是孑然一身，父母的安慰，还十分需要；偶尔为了离乡背井，在一群不关痛痒的陌生人中过活，以致引起了凄凉之感，对着冷壁寒灯欷歔的事，也是有过的。

可是明片一发出，一团兴致马上消灭了。究竟故乡是否像自己所想似的可爱？究竟父母是否会像以前一样的来抚慰你？就是得到了抚慰，究竟能不能还像过去一样地使你衷心愉快？……

---

* 选自《寒夜集》，复兴书局 1943 年版。

"也许是刚刚相反啊！"

这样一想时，想回去的勇气自然消灭，决心也自然动摇了，因此一天天的过去，我的怀乡病也跟着一天天消灭，最后竟下了决心还是留在亭子间里过冬过年，就是要回家，也等到开春再说。可是日夜在家里盼望着的父亲，却一再来信催促，说是如果我再不动身，他就要赶到上海来了。他说一接到我的明片，就成天等候。天晴的时候，他竟到离家十多里的车站接我，天雨则带着雨伞，在后山背，对准冒着白烟，响着汽笛的方向眺望。如果大路上一有提手箱之类的人影出现，他就拖着沉重的钉靴，踉跄地跑下山背迎去，但结果都是不认识的。就连同我相似的人也没有看见一个。

"……吾儿不念家乡，视血族如陌路，最可痛心……弟妹等均望儿回，余与汝母尤为焦虑，日夜盼祷，寝食皆废；依门望闾，风雨无间……儿年已弱冠，岂犹不能体贴此中苦味耶……"

因此不论怎样不愿去，也不得不回去一次了。

二

下车已经靠夜了。

因为离家还有十多里路，所以非赶快走不可。回家原有两条路可走，一是小路，一是官道。乡人多走前一条。为的比较近一点，我却从来不敢走的，何况是夜间，因为路较长，所以非赶快走不可。

我埋着头，提着一只小手箱，喘着气直往前走。这时火车过去了，汽笛的声音已经非常微弱，透过晚霭，听去嘘嘘嘘的，轻得只像四脚被绳捆住的活猪似的呻吟。

周围很寂静，车站上的骚动已被丛林隔住，完全听不到了。因为是冬天，田里都是荒凉的，村庄上也空闲着，家家户户都紧闭着大门，只有几个褴褛的浪人，几只丧家的野狗，在沉寂的空地上彷徨。

我急急地走着，走着，忽然一阵无力的，然而是比我更急促的脚步声，在我的背后响了起来。在逐渐深浓的黑暗中，我辨不出是什么人。

"这时还有人走路吗？"

我胆子一壮，决计放慢脚步，等他一道走。因为走夜路我总是不惯孤独，总有点惴惴然的，害怕的样子。

但走近一看，竟是父亲。他的脸在黑暗中闪着，虽则冷，他的额角却流淌了汗，而且气呼呼的，显然他已跑了很多路。

"怎么，爸爸？"

他没有马上回答，只是沉重地喘气，凝视着我。在黑暗中他显得异常矮小，背脊弯曲着，全身裹在一件灰黑的旧棉袍里，头上还是戴着那顶风帽。

"从哪里来，爸爸？"

"车站。"

"怎么我没有看到？"

"今天我在城里有点事，到得迟了一点，亏得阿遂告诉我，不然我晚上还要等你呢……晚上还有两班车子的。"

"是的……但你说阿遂，他看见我吗？"

"他在收票子的栅门旁边起货，看见你叫你，你却没有听到，埋着头赶路。你真跑得快，我以为赶你不到了。"

他喘着气，脸上的皱纹动着，鼻子也动着，在冷风把汗吹散以后，他的脸色愈加苍白得可怕。他的口一开一闭，脱了一半牙齿的嘴唇颤抖着，那双给风吹得红肿了的眼睛，像鸟眼一样地闪着茫然的光辉，使我想起了他那常年淌泪的情景。

"我以为你这世里不回来了，唉，恨不得……"

三

在家里盘桓了两天，又想出来了。一天闷在家里究竟是没有意思的，想走走又没有地方可去。父亲成天守住我，怕我会飞走的样子。他原爱说话，年纪老了一点尤其噜苏得厉害，问这样问那样，仿佛谈不完似的。

说起来就是婚事，像乡下年戏的开台锣一样，永远不会变化。

"想想看，你已经二十四岁，不算年轻了。有几次我在家里闲着没有事做，牵着你的小弟弟去玩，人家老是问我是不是我的孙子，有许多竟说我的孙子这样大了哩。唉，叫我怎样回答好？"

"真的，人家也没有人来做媒，怕是我们家里不载福，断了媒根哩！"

母亲叹息着插嘴。

"那倒不见得，是他自己不要呵！"

"在外面有个，每年带回来过过时节也好，我以前还想媳妇帮家的，但现在只得断念了。不过，你的儿子一定要带回来养。"

她又叹气了，用围巾揩着眼睛。因为耐不住这种感伤的叹息，以及父亲的无尽头的唠叨。有时我打断他们的话头说：

"你们这样急于抱孙子，让二弟先说亲吧。"

"那才怪，不割大麦，倒先割小麦吗？"

于是他们惊异着，议论着，但忽然，父亲又说到别的事情上面去了。

"我希望你们三兄弟的，是各各成家立业，分开吃饭也罢了，只要和和气气地住在一起，所以我想造座十八间的大房子。"

"我也这样想。"

"房子样子可以照你们外公家里的，要牢要高，前面围一个天井。地基我已择定了。在后山脚，如果在那里造座房子，只要墙头叠得高一点，那连麻雀也飞不进去。"

"可是子弹会飞进去的。"

我愤愤地想，觉得他们的白日梦非常好笑，而且可怜。

时时刻刻听到的都是这些废话，因此不仅感到沉闷了的我，决定第三天下午走了。在走以前，我到几个邻近的亲戚家里去跑了一趟，原希望新鲜一点的，但回来的时候还是废然。

听到我这样匆促地离家，父亲简直发脾气了，母亲却只是暗自堕泪，弟妹们又是另一情感，他们只希望我第二次回家的时候，多买点礼物送送。

但我的决心，是不能动摇的。因此他们只得让我走，虽则是那么依恋。

"就是再在家里宿一夜，明天趁早车走也是好的。"

母亲汪着眼泪送我一程，先回家去了。但父亲却是固执着要送我到底。

"送你上车。"

"不，爸爸——"我比他更固执地说，"你何苦多跑，天又是这样冷！"

"那样放心些。"

他张着脱掉一半牙齿的嘴巴，古怪地笑出声来，听到那声音，我全身仿佛发冷似地颤抖。

"真的不要送，爸，我又不是初次出门的孩子了。"

在路旁，我们在刺骨的冷风中争论了好一番，他才快快的祝了我的平安，转身回家去。但走了几步以后，他忽然又回来说：

"我似乎还有话说。"

"那末说吧。"

"是的，是的，我倒忘了，你最好就在暑假结婚……"

"爸，你发狂了吗？叫我同谁在暑假结婚？"

"是的，是的，"父亲讷讷地回答，"我不过这样想想罢了。"

于是手一扬，说了一句"到那边马上来信"，他终于走了。

我呢，却是愈走愈沉重，觉得这次回家来，是一桩很大的，无可饶恕的错误，因为我在家里像这样匆匆地打了一个圈子，不但没有给他们一点愉快，给自己一点安慰，反而使大家都很难受。这就是我未回家前所想象的乐趣……

四

又是一只手提箱，孑然地，我埋着头走往车站。

车站还是依旧，在这短短的三天以内，当然不会有什么变化——光景还是那么的荒凉。因为车子还没有到，买票房和行李房的门前还是人迹阗然，只有附近停汽车的地方人声在鼎沸，转进公司附近的出埠活猪在呻吟。这天天色很阴沉，仿佛欲雪的样子，冷气钻似地透彻全身，连鼻子也给冻红了。家里虽然也是很冷清，但孤零零地一个人站在堆垒枕木的地方徘徊，却觉得非常怀恋那陋室里的温暖亲切。是的，是的，自己这么无目的地长年飘荡在大都市里，又不知什么时候才得回来——虽则只是这么短短的三天！铁路汽车在铁轨上辗过，剩下来的静寂尤其是深不可测。

"要是照母亲的话再宿一夜……"

忽然有一阵无力的，然而是急促的脚步声，在我的背后响着，打断了我的思路。我回头一看，却是我的父亲。他还是像我三天前看到似的显得异常矮小，背脊弯曲着，全身裹在那件灰色的旧棉袍里，头上还是戴着那顶油腻的风帽。只是比那个晚上看去，似乎更苍老了。

他喘着气地凝视着我，没有说话。

"你来做什么，爸爸？"

他原答应我不来送行，却偷偷地，又从那条我一向不走的小路赶了来，使我又惊异，又不安。开始我还想说几句"叫你不要来，为什么又来了"那一类抱怨的话，但看到那为寒冷所侵袭，以致由白转青了的脸色，那在冷风中淌着泪水的眼睛，我的心简直因感动而发抖了。

"来看你上车。"

"唉，你真多力，这样冷的天！"

"不，一点也不冷，在家里也是一样的，还是走路热一点；而且我已好久没有送你了，记不记得你以前出门，我总要送你上船的呢？"

"那是真的，不过……"

我沉默了。凄凉悔恨的感情，在我的心里交错。我想说几句安慰的话，可是喉头痒痒地患了痰症似的，怎么也吐不出声音来，室闷得非常难受。地上有碎冰，冷气简直透过了皮鞋渗入心肺，但在沉默中，我们竟一连站在同一个地方半点多钟。

看到火车快要到站了，父亲连忙替我去买了票，又买了一点水果说：

"天气冷，有了这些梨子和橘子，路上大概不泡茶也不会口干了。"

看到我不回答，他又接着说：

"有事情不回来是应当的，但在外边闲着的时候，却还是回来静养几天的好，家庭总是不能忘掉的，祖宗的坟墓也在这里呢；还有，最重要的是婚事，总得有点主张，千万不可随随便便……"

送我上车，替我安排好座位以后，他从口袋里掏出一个小包来：

"这儿是娘替你预备好了的鸡蛋，说是车上的饭怕你吃不惯，里面还有几块钱，是娘的私积，她说怕你路上不够用，其实我还会给你少吗？"

说完后他笑了一笑，这时我又看见了那付脱了一半牙齿的嘴巴，在空洞洞地发光，使我又不期然地起了痉挛。……

这样我又匆匆地回上海来了，自然以后又是过的枯燥的、艰难的、喧嚣不堪的生活。这次匆匆回家的印像，留在我的脑子里虽然很深，父亲的姿态，母亲的颜脸，虽然也牢牢地刺在我的心头，但我还是死心地呆在这个东方的大都市里。回上海后才过几天，我的平安报还未发出，父亲的信却已经来了：

"……吾儿匆匆离家，抱憾殊深，我父子之缘岂竟如此之薄耶。……因吾儿前程远大，不敢多方挽留，否则余与汝母，必尽力阻汝行期……"

| 第二编 |

散文游记

白莲藕粉 *

记得五年前的一个秋天，母亲正病在吴山医院，她病的是伤寒，两礼拜的危险时期，还未过去。我同妻整日夜地看护着她，一步也不敢离开，天天过着提心吊胆的生活。那两礼拜刚巧又是不绝地淫雨，不绝地刮风。我们对坐在一间小病房中，看到的只是天色的愁惨，病容的憔悴；听到的只是无力的呻吟，缠绵的风雨。母亲整天吵着要我们打电报喊回父亲，但父亲自己也卧病在汉口，害的也是伤寒，病势也同她差不多沉重。他的病耗当然不能告诉给母亲，但不依她行事，又要哭闹得一塌糊涂。为了哄骗她，安慰她，我们真不知费了多少心血。这种左右为难的焦愁生活，几乎把我们也弄成病了。

我们一天忙到晚。一时要扶她小便，一时要扶她大解，一时又要飞跑到街上买橘，回来后又要喂药，又要烧米汤……夜里总算安静一点了，但我们还是不能睡觉，就连假寐也不能安心。所以我们都弄得异常疲倦，异常衰弱。

但在将近午夜的时候，我们倒抽得一个时间来偶学忘机，因为那时候母亲照例要睡半个钟头——我们就趁这机会，泡吃白莲藕粉。那是我们共同爱吃的东西，尤其是妻，简直嗜好得要命。在那两礼拜中，省病的亲友很多，连日都有藕粉送来。所以每个夜半，我们都把它用来充当点心。

看见母亲已经睡熟了，于是我们就轻手轻脚地走出病房，在走廊上开始工作。妻临事老是那样兴奋，那样起劲。她擦干净了汽炉，添了汽油，上了火酒，于是熊熊的火焰就在走廊上通红了。在那火光的辉耀中，变成

---

* 载《新月》1931 年第 3 卷第 9 号。

异常可爱。她的肤色原太苍白了一点，但那时她的脸上渐渐泛红，渐渐鲜亮。那种娇艳的颜色，使我想起那些美貌的乡下姑娘，因着秋收很忙，她们也跟着男子到田间工作。她们整整地割了一天稻，打了一天谷，或者扎了一天禾梗。于是，在晚间，满载着工作后的愉快—— 一种自食其力的，神圣生活的满足，在夕照中慢步儿回家。那时汗在她们的额上渗流，血在她们的四肢中沸腾，加以她们的脸孔又染上了半边红霞，因此她们的矫健，更显得迷人。妻在火焰中的脸色，也同她们在那种时候一样的鲜艳，一样的妩媚。

她亲自到井里舀水，一面擦锅子，一面叫我把冷水调匀藕粉。她不时在汽炉上猛力打气，眼巴巴地看到水开，于是把藕粉倒进锅内，很快地用筷子搅动。有时因为搅动得太快了，开水飞溅到她的手上，她几乎痛得想哭。但一想到这会把病人吵醒，她又只得咬紧牙，努力地忍住了。看到那种哭笑不得，苦乐参半的样子，喔，我真恨不得抱她千次，吻她千遍！

看到藕粉快熟了，于是我就准备好碗同调羹，谄媚似地说：

"你做得太多了，乖，让我来盛罢。"

"不，我不做则已，一做就要让我做到底。"

她老是这样拒绝。有时我就顺了她的情，由她盛；但有时却故意闹着玩，跟她推让个不休。有一次因为放水太少，火力太猛，所以推让的时间一长，那费了许多精力泡熟的藕粉，竟变成浆糊似的东西。但我们还是把它吃掉，而且吃得比别次还要高兴。因为我吃的时候做出许多鬼脸，妻几乎喷出藕粉，她想走过来给我一个耳光。但她的手掌还不曾落到我的脸上，我的嘴唇倒已抢先一步地飞送过去。于是两个同孩子一样涂满着藕粉的嘴唇，就黏附在一起唼喋。有一次因为我的嘴唇送得太急，不曾瞄得准，以致藕粉竟涂满了她的鼻梁。看了那种粉彩斑斓的模样，我忍不住大笑。这笑声，终于吵醒隔邻的病人。有些性情沉着一点的，忍耐着让我的笑声过去；但有些躁急的病人，却不客气地叫看护警告我们。她们稍微责备了几句，经过我们的一番道歉，也就笑着走开了。但在病中变坏性情的，再也不会睡觉了的母亲，却喃喃地咒个不休，她骂得真是噜苏，真是刻毒。使我最难忘掉的，是这两句话：

"我病得这样厉害，你们却还在苦中寻乐！"

接着是哭泣，是叹息，是自怨命薄——说她既无法招致体贴妻子的丈夫，又无福招致孝顺父母的儿媳。听到这些话，我们顿觉冷了半截，急忙抛下了藕粉，跑进房去。于是在不断的风雨中，我们又对坐在病床两旁，看到的又只是天色的愁惨，病容的憔悴；听到的又只是无力的呻吟，缠绵的风雨。间或有一两个幻影飘过我们的窗前，有一两次步声阴沉地响过走廊；但是病院生活的惨淡，愁闷，却反而使我们更深切地感到。一想到刚被打破的，梦似的暂时忘记，以及这种焦愁生活了结的无期，我们都不胜怆然。

但不久这种生活终于了结，母亲的病躯渐次复原，我们吃藕粉的欢乐也终于从此中断。如今父母已经双亡，弟兄都已离散，就连誓共患难，誓同生死的爱妻，也遗弃我了。我已成了完全的孤独。在这单调的，平板生活的颠倒中，我的情感已经变成了麻痹。不要说苦中寻乐的兴趣已经没有，就连乐中生悲的心情，也渐渐消失了。

怀志摩先生 *

我正在急切地盼望寒假，因为志摩先生北上时，曾经说了又说："寒假我准回上海，一到我马上通知；你如不回家，又可时常到我这儿玩。"

我成天就只想到这个——寒假的到来。他临走，火车就要开的时候，还忘不了叮咛我用功英文。说我寒假去看他，要留我住几天，考试考试我半年来的成绩。他说要我念名家的诗，济慈的比方说，他希望我能学得像一个样子。他说得那样恳切，那样真诚，真叫我感动。这半年来，我身体不好，又兼国家多患难（宣传请愿就花了我不少的光阴），实在无心情念书。几个月过了，我还是一无成绩。我真怕面对面的试验，那太难，太不易蒙混。没有真货色，你就得脸红。但我还是很盼望寒假。我每每幻想一个大冻的寒夜，一炉熊熊的白火，前面坐了我们两个人，像师生，又像兄弟；旁边蹲着他最疼的猫——那纯粹的诗人。它一定滚动着灵活的眼，半了解半怀疑的，向着我们望。空气又暖和，又宁静，白发苍然的竺旦（即泰戈尔）先生，怪舒服地坐在大椅上，注视着寒冷的门外。在一阵寒暄以后，我照着预定的课程取出诗集，朗声地念了起来。我英文根基浅，那深奥的诗，我一定不能完全了解。我也准不会念得准确，念得流利。听了那坚涩的，吃力的声音，看了那一半惭愧，一半懊丧的样子，他准会发笑。我实在继续不下了，他一定会开导我，像教师，又像父兄。那样的和蔼！如果我还是不懂，我想他还会像平日一样的取笑我说："家槐，你的聪明还不及它——"，指着他那纯粹的诗人。怕我误会，他又会连忙解释："当然这是说笑的"。……多生动的幻想！我以为再过一月就会实现了，谁料我的梦竟

---

* 载《新月》1933年第4卷第1号。

永远成了泡影！

　　志摩先生待人，真是再温柔再诚心不过的。不论老小男女，谁都爱他的脾气。我性情原很忧郁，很固执，他时常劝我学活泼一些。不论在口头或通讯中，他始终眷眷地叫我去了书呆子气，叫我举动不要太呆板，太刻画，要我多交际，衣服也不要穿得太随便，起码要成个样子。我答应是答应的，但从不会照做。"江山好移，本性难改"，这话是真的。我虽想努力振作，结果还是懒得不成话，落拓得异常。虽是因为穷，大半还是因为自己太不要好，太不自爱，太不会修饰。我从不戴帽，头发长得像狗毛，不修面，也不刮胡子；而且不论季候的穿着一件长衫，一双从来不擦油的皮鞋，走路一拖一拖，讲话一顿一顿，眉头老是跟谁斗气似的紧蹙。那种落魄，颓丧，破烂的样子，给一个愉快，漂亮，爱谈笑，不喜欢沉闷的人瞧了，如果不是这样好讲话的志摩，谁容受得下？谁耐烦，谁愿意周旋！但你看，他不但不怕麻烦，反而很欢喜同我一道。有时我坐在他的书房里一连几个钟头，简直"守口如瓶"的，缄默着不则一声。那种沉默真叫人气闷。我现在想起自己的那种阴阳怪气，毫无理由的给人不欢，真后悔。看我很忧郁，很烦心，他老是不安似地问："什么事使你这样烦闷？我看着你的样子难受。"是的，究竟什么事使我这样烦闷？这连我自己也不明白。我只觉一片灰暗，渺渺茫茫的，不知道什么是苦闷的原因。我心地太窄，不开朗，什么事我都只看背光的一面。生命与欢乐，在我仿佛是全没份儿。我的成天呆着脸，不快活，连自己也是无能为力。所以听到他的话，我只有苦笑。这当然更使他难堪。在这种时候，他只得跟我枯坐，硬着头皮活受罪，因为我的心一沉，谁也挽回不了我的欢乐。我自己忧心如焚，就埋怨到人家，我最怕在自己无光的面前，出现带笑容的脸。但一见了他，我就全改了脾气。反而在这种最难得高兴的日子，最爱去找他，找到了又觉无话可说，无事可做。就只在他那里呆坐几点钟，也似乎足以慰我。因此他在一礼拜内，受我闷气的总有几趟。但他从不曾对我表示不满。他老是那样和气，那样可亲；那几乎是慈爱的，殷殷垂问的态度，使我感到人情的温暖。我记得每次去，他老是要握一握我的右手，又紧又长久；有时他还似乎很高兴地叫：

"好久不见了呢。"

"不是前礼拜正来过吗？"

"喔是的，你似乎瘦了一点。"

"我觉得天天消瘦下去，你猜我几岁了？"

"二十三四吧。"

"二十一，你怕不会相信？"

"那有什么不可信的？"

"你已三十多，但看来，还是你年轻。"

"你瞎说！"

看我很不乐，他老是笑着，走近我的身边说："你太沉闷了，我实在替你担心。你真像一个乡下的孩子！你应该多结交朋友，正当花时的青年，还不应该像花草一样的新鲜吗？"我听他讲，点点头，但还是沉默。在这种使人难过的氛围气中，他不是朗声地念几句英文诗，就是看一看钟说："快十二点了，我们吃饭吧。"

吃饭时的情形，我也是永远忘不了的。一上桌，不知怎么的，我就显得很拘束，眼睛看着碗，仿佛不好意思大胆吃菜的样子。看了我那一筷是一筷，一瓢是一瓢，严谨到极了的举动，似乎很使他不安，大声地叫"家槐吃火腿"，"家槐吃鱼"！看到我不动，也不回答，于是他就替我夹了一大箸，放上我的碗。有次他要我吃虾，我回答说："我不会，因为我不惯。""这有什么不会的——"他很温蔼地笑着说："只要咬去就行了。"

今年夏天的一个早上，我在电车上忽然头昏脑涨地感到一阵眩晕，原因是中痧。在郁达夫先生家里吃了十滴水，就觉得比较清爽。到成和邨的时候，已经全好，不过还有点软弱。他没有起来，我就随便拿了一本小说看，不去惊动他。后来吃饭了，我在无意间说及早上的发痧，他不及听完，就连忙很惊惶地叫人买药，一面责备似地向我说："现在怎样了，好过不？为什么不早点叫我？真是孩子，真是不懂事的孩子……"

我最大的痛苦，就是眼病。我是有沙眼的，据医生说。我的眼睫毛不时内卷，一遇到这种情形，我就痛苦得要命。他时常劝我医，我自己都随随便便，打算得过且过的马虎过去。他的急更于我自己，每次来信，总有几句跟下面差不多的意思的话："你的眼，我一想起便系念。身体是不能不顾管的，不论那部分一出毛病，即受累无穷。你的眼既已不好，千万不可在光亮不适处或已感到疲乏时勉强做工。眼睛关系太大，你非得养好。我想你不妨向家里单独要一点治费，趁这时治好。你年纪正青，也不必过分急于成名。沙眼到瞎眼是极近的，万不可玩忽。你那不在意似的宽心，真使我替你着急……"其实我也何尝是宽心？我家境清贫，筹学费已是不易，我一人念大学就累得全家受苦，那忍再为了我的一只眼，再向他们压榨？这苦衷，只有志摩先生知得最明白，因为只有向他我是什么话都会讲的。他最欢喜人坦白率直。有一次，我忍耐不住告诉他说：

"我虽想马上就医，但没有钱……"

"向家里要过没有？"

"没有。"

"也许你父亲会寄一点的。"

"那自然，但我不忍……"

"真为难——"他沉思了一刻说，"那末你问过医生吗？"

"问过。"

"他说怎么医？

"先开刀。"

"就是这样？"

"是的。"

"那费用一定不贵——"他忽然很高兴似的说："我替你负担就是。"

我没有话，在那时，我能说些什么呢？客套的感谢是无用的，他最恨虚伪，最恨敷衍。他时常说："下次客气话不准再说了，况且我并没有帮你什么忙。只要你诚诚心心把我当一个老阿哥看，我就快活……"他就只爱"诚诚心心"。当著他那真诚的笑容，谁能说一句假话？我性急，但他从容的时候虽很从容，一急却比我还急。他那股天火似的热情，不允许应做的事有一刻迟缓。就如那一次，他马上给我钱，要我立刻上医院。那也是冬天，外面是阴霾的云，刮得人倒的风，我真不愿离开那舒适的沙发，那温暖的火炉。但他不容我再坐，拖我起来，把我送出门外。他又怕我只图省钱，所以一连告诉我四次，说我如果三等不干净，可住二等，钱不够尽管打电话给他，他总能够替我设法。我真的住了二等。刚到院一天，我就接著他的来信："难为你在这大冷天，雨天，一个人关著一只眼，在医院里干闷。我不能去看你，又不能多写一点给你解闷。你眼未好以前，我劝你不必急于写文章。眼睛是大事情，我们没有它，天地就昏黑。你先养好，痊了再计划做事吧。……在院时以多睡静养为宜，切不可过度劳神……"

我小说写得不多，一半因为懒，一半因为生活太不安定。而且我的性情也躁急，什么都想速成。一篇小说往往写得很粗率，本来还有许多可写的，但为了早点把它结束，早点送它出去试命运，我就糊糊涂涂地把它结上一条尾巴。譬如去年暑间最炎的日子，我竟一口气写成了一万多字，在两天以内。（那当然是糟！）他往往为了我的这种坏脾气担忧，说我原很可以写，如果用心点，竟许有自己不意料的成功在等候着。但我不潜心修养，不向更高处呼吸，更深处著想，得到的一定只是小成。他像这样的劝我，始终是很温和，很真诚恳挚的。我又不时的愁穷，不高兴多写文章，他老是很郑重的诫我："文章你能写，当然要向前继续努力。写好文章是终身的愉快，穷是不碍的，况且写文章的谁不是穷？……"

我从不曾向他要字，今年暑天忽然想到要他写一张屏。我也从不曾送他礼物，也是今年夏天，我从家里带出一只洋——其实还不到一只洋的鲜梨。一共只二三十个，他还是拼命的不肯全受。"我只要十个尝尝味就行——"他坚持著说，"你得带几只回去自己吃吃。""亏你这样远的路带了出来，"他又问："可是很甜？""是的，"我回答，"又甜又清凉，包你欢喜。"我一边说，一边把梨从小网篮中取出，放在桌上。"你不受，烂也要烂在你的家里——"我比他更坚持，"我千辛万苦地带出来就是为你。"看我说得很认真，很严肃似的，他大声地笑了。"那末你也非得带回去四只。"他竟不容人分说的，硬把四只梨投入我的网篮，于是他大声地笑了。喔，我怎能忘了他那又活泼，又天真，又洪亮的笑声！

还有一次，我在他的抽屉里乱翻，看他的许多信简。过几天去的时候，他很严正的责问我："家槐，你为什么看我的私信？你知道这是犯法的，许多夫妻竟因此离异。"但那严正只是一刹那的。看见我不声响，生怕我难堪，于是他又很温柔地说："不过我是不要紧的，你千万不要介意。"

他临走的前一天，我向他要张小照，留个纪念。他说到北平后再寄给我，因为没有现成的，我以为他随口说说，一定要忘掉，那料在十一月十六的下午，我竟意外地收到了。这是一张最近的留影，精神很好。在十九早晨，我还发了一信，说照片已到，谢谢他不曾忘掉答应。那料信刚发，我就看到报上他惨死的消息了。这惊人的死，我如今似乎还不能信，谁料这离奇的天命？但事实明明摆在我的眼前，我明明眼见他的灵柩运回上海，眼见他那宁静的，在永远安息中的，灰白的脸孔。我不能自欺，这惨酷的殒落，终于不容我否认。想起他死时的惨，以及生前的种种，我那能禁住中怀的摧痛?

"……最初消息来时,我只是不信,那其实是太兀突,太荒唐,太不近情。我曾经几回梦见你生还,叙述你历险的始末,多活现的梦境!……"他在五年前,曾经这样沉痛的伤过双括老人。现在我竟有机会转借来悼念他自己了。我已永无机会再见他,再听他谈话,再握他那又肥又白的双手。生与死的界限,已把我们毫不容情的隔绝。除了一张小照,我就无处再瞻仰他的遗容;除了一些信,一张屏,我已无处再可以亲他笔墨,多难料的骤殁!他最关心我的第一集小说。他原把介绍到新月,因为一时支不到稿费,又替我转送到大东。那里印得慢,生怕我焦急,又只得把我交还新月。为了它,他不知费了多少周折,受了多少麻烦。他临走时向我说:"你的集子出来时,我倒要仔细看它一遍,替写点批评。"谁料我的集子还不曾出,他已永离人世的罗网,重归来处,将来睹物怀人,叫我能不黯然!

他最爱的是娘,她的死给他很大的痛苦。有机会马上去亲那另一世界的母爱,他的许多亲人,竟许跟他自己说的一样"在坟墓的那一边开着天伦的怀抱,守候著他们的'志摩',共享永久的安闲……"。而且他也曾说过"从生入死,在我有时看来,只是投入了一种异样的冒危"所以这半空的死,或许是他巴望已久的解化。那另一世界,也许是他认为更美,更诗化的,更永远的和谐,但在这荒歉的中国文坛,却始终是个无法补偿,无可挽回的损失。想到他未完的,伟大的使命,和想他那不散的诗魂,定在泰山的极巅,当万籁俱寂的五更天,恨绵绵的,怅望著故乡的天涯!

母　亲 *

看见一群人穿得清清楚楚的打她身边走过，母亲亮着眼睛问：

"你们可是看火车去的？"

"是的，阿南婶！"

"我也想去。"

"要去就去，又没有谁阻止你。"

可是母亲摇摇头，她不能去，虽则没有谁阻止。她成年忙碌，尤其是在收豆的时候。这几天一放光她就起身，把家事料理妥当以后，她又忙着跑到天井里，扫干净了地，然后取下挂在泥墙上，屋檐下，或者枯树枝中间的豌豆，用一个笨重的木槌打豆。

这几天天气很好，虽则已是十一月了，却还是暖和和的，像春天。

母亲只穿着一身单衣，戴一顶凉帽，一天到晚地捶着豌豆，一束又一束的。豆非常干燥，所以打豆一点不费力，有许多直像灯花的爆裂，自然而然的会裂开，像珍珠似的散满一地。可是打完豆以后，她还得理清枯叶泥沙，装进大竹篓，而且亲自挑上楼去。这些本来需要男子做的事，真苦够她了。

催，催，催，催；催，催，……

她一天打豆，很少休息，连头也难得一抬。可是当她听到火车吹响汽笛的时候，她就放下了工作，忘神地抬起头来，倾听，闭着眼思索，有时还自言自语：

"唉，要是我能看一看火车！"

---

* 载《文学》1934 年第 2 卷第 1 号。

车站离我们家里并不很远，火车经过的时候，不但可以听到汽笛的声音，如果站在山坡上，还能够看见打回旋的白烟。因为附近有铁路还是最近的事，所以四方八面赶去看火车的人很多。

母亲打豆的天井，就在大路旁，村里人都得经过她的身边，如果要去火车站。一有人过去，她总要探问几句，尤其当他们回来的时候：

"看见了没有？"

"自然看见了，阿南婶！"

"像蛇一样的长吗？"

"有点儿像。"

"只有一个喷火的龙头，却能带着几十节几百节的车子跑，不很奇怪吗？"

"真的很奇怪。"

因为她像小孩子似的，不断地问长问短，有许多人简直让她盘问得不能忍受：

"我们回答不了许多的，阿南婶，最好你自己去看！"

"我自己？"

她仿佛吃了一惊，看火车，在她看来像是永远做不到的事。

"是的，你要去就去，谁也不会阻止你！"

可是母亲摇摇头，她不能去，虽则没有谁阻止。她一生很少出门，成年累月地给钉在家里，像钉子一样。

在这呆滞古板，很少变化的生活中，她对火车发生了很大的兴趣。那悠长的，古怪的汽笛，尤其使她起了辽远的，不可思议的幻想，飘飘然，仿佛她已坐了那蛇一样长的怪物飞往另一世界。不论什么时候一听到那种声音，她就闭上眼睛，似乎她在听着天外传来的呼唤。完全失神一样地，喂猪她会马上放下麦粥桶，洗衣服她会马上放下板刷，在煮饭的时候，她也会立刻抛开火钳，有时忘了添柴，有时却尽管把柴往灶门送，以致不是把饭煮得半生半熟，就是烧焦了半锅。

"你也是坐着火车回来的吗？"

她时常问从省城回来的人。

"是的，阿南婶！"

"火车跑得很快吗？"

"一天可以跑一千多路，我早上还在杭州，现在却在这儿跟你讲话了。"

"那末比航船还快？"

"自然自然。"

"它是怎样跑的呢？"

"那可说不上来。"

"哦真奇怪——"她感叹着说："一天跑一千多路，如果用脚走，脚胫也要走断了。这究竟是怎样的东西，跑得这样快，又叫得这样响！"

"……"

跟她讲话的人唯恐她噜苏，急急想走开，可是母亲又拉住问：

"你想我能坐着火车去拜省城隍吗？"

"自然可以的，阿南婶，谁也不会阻止你！"

可是母亲摇摇头，她不能去，虽则没有谁阻止。她举起木槌，紧紧地捏住一束豌豆，很想一槌打下去，可是一转念她却深深地叹息了。

第一夜失眠 *

天郁热，虽则刚才落过一阵雨，可是我睡在床上，还是浑身是汗的，像苍蝇黏在胶纸上似的黏在草席上面。

我从小就是瘦子，却怕热得很，每晚总要坐到半夜三更的才肯睡觉。那时我们乘凉的地方就是天井，一用完晚饭，小舅母马上排好两条凳子，在上面架了一块又长又光滑的木板，当我露天的床铺。木板下面每晚都生起了蓬蒿，赶蚊子，那香气我是永远记到的。

那夜我们去睡的时候，已经半夜了。

外边有雷声，却是无孕的燥天雷，不会有雨的。这种欲雨不雨的夏夜，热得特别的古怪。

我睡不着觉，尽转着各种念头。尤其是对面鞋匠打老婆，隔壁小寡妇上吊两件事，使我不断地想到。我睡在外祖母一头，靠近窗子。透过方格子，可以看到黑的天，阴暗的厢房，空洞的天井，狮子山的黑影巍巍地耸在天际，似乎就在围墙的外面浮动。

脚后的外祖父似乎早已睡着了，因为我听到他那沉重的，急促的鼾声。他每晚总是落床就睡，心宽体胖的，仿佛毫无挂虑的样子。在白天，他也只躺藤椅子，抽抽水烟，看看隔了好多天的旧报，或者治家格言医药常识一类书，连虱也不会捉一个的，跟长年劳苦，长年牙痛，长年失眠的外祖母全然不同。

因为外祖父好睡，他们每晚都很少谈天，除了有特别重大的事。但那晚，在朦胧中我忽然听到外祖父的声音：

---

* 载《现代》1934 年第 4 卷第 3 号。

"小如长年寄住在我们家里，想想总不大妥当。"

他平时说完一句话总要吐一口痰，那晚也是的，我听到他那连串的咳嗽。

"那倒不见得，我们又没有什么吃的，除了清菜白米饭。"

"清菜白米饭也不容易呢，在这年头！"

"谷快吃完了，这是真情。可是梅仙生过小如就死了，一个儿子换个娘，总该把他养大吧？"

"那当然，不过——"

"又怎么说？"

"不过迪生自己也还过得去，近来坐坐馆，一定可以积点了。我想他不应该续了弦，就把前妻的儿子完全不管，我们那里负得了这个担子！"

"但总是我们的后代，无论如何。"

"你老是这么庇护女婿，小如究竟是他自己的儿子，我们难道要养两代吗？"

"……"

谈话突然中止了，在浓重的黑暗中，我只能听到外祖父的咳嗽。

天仿佛愈过愈热，窗子虽则敞开着，却没有风。全房漆黑的，衣橱，桌椅，蜡烛台，都只能看出一个模糊的轮廓。在屋角放有一只尿桶，从那里传出蚊子的声音，那声势的汹涌，像群正从蜂筒逃走的毒蜂，使你自然而然的，起了遍身奇痒的感觉。有时还可听到老鼠咬着点剩的蜡烛，簌簌簌簌的，非常难受。

我只能静静地，假装地躺着，连动也不能动一下，否则会使他们吃惊与难受。因为满房是蚊子，帐子是垂下来的，那厚得可怕的布帐尤其使我窒闷。

"并不是不爱外甥，何况小如又是乖孩子，只是我们近来也不大宽裕……"

"我知道。"

"那末我们该怎样处置他呢？"

"……"

又没有话了，连外祖父的咳嗽也停止了，全房陷入了深沉的静默。

我机警地听着，忧郁地想着，完全不像一个小孩子。

仿佛辗转在万钧的重压下，我简直不敢透一口气，转一个身。在以前，在外祖母的宠爱下，我从没有想到自己的处境，自己的零丁；自己是在亲戚的屋顶下过活，在这屋顶下的人，不论怎样亲密总免不了有几分外视，这难堪也在那一晚我才深切地感到。我怨恨父亲，怨恨外祖父，却感激我那始终慈爱的外祖母。

那一夜我完全没有睡成，第二天却一早起身了，头昏昏的。不洗脸，也不吃早餐，只发怔似的坐在门槛上想。我像突然间失了凭依，像抛在大路上的孤儿，又像吹在半空的树叶。本来对我异常亲密的一个家庭，似乎突然之间变成生疏了，每个人，每样东西，就连那座道貌岸然的狮子山，看去对我全怀有一种恶意。而且更怪的，走出那间我在里面睡了几年的房子，我竟生出一种离开一座小客栈似的，悲凉寂寞的心情。我的确是早熟的……

"你难道没有睡好，小如？"

外祖母看见我呆坐在门槛上边，很挂心似的问我。

"不，外婆！"

"可是你的眼圈很红呀！"

"那是……那是……"

我突然投身到外婆怀里，口吃的，很伤心地号哭起来。

野　渡[*]

风如果不断地吹，那倒也罢了；可怕的是呼的一阵，停一歇，又是呼的一阵，仿佛害寒热似的，就是你不冷也要战栗。

江水深碧，风刮过，到处就起了白浪。从那白浪里，箭似的射出寒光。江面很寂寥，几只庞大的帆船，全阒无人声，载柴载洋油的木筏也很少经过；所以这只渡船独来独往的横断中流，真是十分孤单的。

摆渡的是个老人，穿一身旧军衣，赤脚，却很古怪的裹着绑腿。他秃头，鼻涕挂在稀疏的胡子上面，如果流进嘴巴他就忙着舐。看他的瘦脸，听他的哑声，谁信他能摇船呢？

"摆渡的，快摇船过来！"

他本来蹲在船头，或者躲在船舱里偷闲吸筒旱烟，听到这喊声，就不得不把剩下的半筒烟丢在那里，尽快地拔起竹杠，顺着水，把船摇到对岸去。天是这样冷，如果他耽误一刻，那末站在对岸沙滩上，在北风中等得僵了的过渡客人，一定会咒死尸一样地咒他：

"死了吗？这半天还不过来！"

风实在残酷，每呼的一声，他就得全身一缩，抖个不住。有时渡船颠簸了起来，仿佛会跟着水势飘走了似的，愈划反而离岸越远了。那根他平日用得熟透了的竹杠，也像骤然生疏了一样，他那冻僵了的手竟拿它不稳，好几次差点掉进水里。

看到他那可怜的样子，许多人喃喃地说：

"真是死东西，看他那里会摇船，还是坐在家里吃老米饭，叫个娘儿服侍服侍吧！"

---

[*]　选自《稻粱集》，北新书局 1937 年版。

有的却说：

"不知他在摇船，还是船在摇他！"

可是在这纷纷的责难中，船终于给他摇到岸了，因为小埠头坏掉，不能架跳板，那段泥泞见底的浅水，穿鞋袜的人简直不能下脚；要从沙滩走到渡船上，除了背就没有别的办法，这苦役自然又是他的份儿。

"水真冷，简直像冰一样的刺骨，我们穷人……"

他弯着背，喘气，不时怯生生地这样说，而且回头偷看他背上的人，想得点酒资，可是谁也没有理会他，谁也不肯给一个小钱。

看看岸上再没有人了，他又挣扎着拔起竹杠，迎着风，在黑暗而且阴森的天宇下，一寸一寸地把船摇了回去。

"今天真冷得厉害，大概要落雪了吧？"

在半途忽然有人这样问。

"我的手指都像落掉了。"

谁马上叹着冷气回答。

"老头子，水风特别冷，你成天摇船不冷吗？"

摆渡的只摇摇头，没有回答，这问话真是无聊。他一面蹙眉郁脸地望着远山，望着荒野，望着白浪滔滔的急流，一面全身发抖地摇着渡船，谁也不明白他正想些什么。

在他这样来回不断的摆渡中，一天悄悄地过去，很快的就是黄昏了。

白天他虽则孤独，却总算还有几个渡客，听得到一点人的声音。可是在晚上，在这寂寞荒凉的江面，只剩他一人独宿在棕叶篷里。

"摆渡的，快摇船过来！"

在梦中，这不安的老头子也会被这喊声惊醒，以为是那个挑年货的或者赶夜路的人，正在等着他，但探出头去一看，却只见到一片寒冷的，夜的深渊。

罗马片断 *

1 罗马的一个墓园

罗马有一个很有意义的墓园，在这儿不但埋葬着很多新教徒，而且也埋葬着意大利共产党的奠基人葛兰西，英国的两位伟大诗人——雪莱和济慈。

我们在1956年4月间第一次过罗马的时候，就想去看看这个有意义的墓园，但一直到5月间回罗马时才实现了这个心愿。

这一天天气很好，我们一进了墓园，就闻到了一股树木和花草的清香。罗马的春天本来是极可爱的，在这个墓园里似乎显得尤其温暖和美丽，到处洋溢着春天的气息和活泼的生机。

我们首先发现的就是雪莱墓。这个墓的后面是一堵古老的砖墙，两边有两棵特别高大的青翠古柏，四周是鲜艳的花草和翁郁的森林，幽静得连鸟儿的声音也听不见。墓的上部是一个浮雕，下部是诗人的墓志铭，前面则是一条曲折有致的林间小路。

雪莱墓上的墓志铭，是莎士比亚"暴风雨"中的诗句：

> 他并没有消失什么
>
> 不过感受了一次海水的变幻
>
> 化成了富丽而珍奇的瑰宝

的确，雪莱虽然于1822年不幸淹死在意大利的斯必塞湾，离现在已经

---

* 选自《旅欧随笔》，中国青年出版社1957年版。

有一百三十多年了，但人们却仍然觉得他好像还在人世，还是同他淹死时同样的年轻和富于生命力；他那些著名的诗篇将永远为人们所爱读，他那伟大的预言："如果冬天来了，春天还会远吗？"过去不知曾经鼓舞过多少人，今后也仍然将给没有得到解放的人们以莫大的鼓舞。

同雪莱墓邻近的，是意大利共产党创始者葛兰西的坟墓。这位卓越的马克思主义者和优秀的意大利人民的儿子，在挨过了十一年悲惨的监狱生活以后，终于被法西斯匪帮活活地折磨死了。他于1937年逝世于罗马，这时还只有四十六岁。这沉重的、无可挽回的损失，引起了意大利人民的更大的仇恨和更激烈的斗争。因为事先没有准备，我们忘了带花圈来，但我们却在墓前默默地向这位英勇的意大利革命领袖表示了最崇高的敬意，并且和几位意大利的朋友合拍了一个照片。

经过盖乌斯·塞斯替厄斯陵墓再往前走，在靠近一堵古老围墙的地方，就是济慈的坟墓。他和他的知友——英国画家约瑟夫·塞佛并排地葬在一起，他在左边，他的朋友在右边。他的墓上雕刻着一把竖琴，下面就是他自己在生前准备下的墓志铭："这里躺着一个人，他的名字是写在水上的。"

事实上，这位伟大的英国年轻诗人的名字决不是写在水上，而是写在人们的记忆里和心坎中；他的诗篇留下来的虽则不多，但也同样地是人类文化宝库中的一些珍宝。据说他一生最爱花草，看到花草的生长和繁荣，对他来说是最大的快乐和享受。此外他也非常喜爱音乐。可是在他那种不幸的生活中，却偏偏缺少花和音乐，缺少美和艺术的滋养，诗人的悲剧就在这里。

有人认为在济慈病死于罗马以后，雪莱和拜伦的愤慨只是出于一时的误会和偶尔的激动。但事实上，济慈之早夭（他死时只有二十四岁）确是由于穷困和寂寞，由于英国社会的冷酷和批评家们的无情，由于资本主义制度对于一位年轻诗人的折磨和迫害，雪莱和拜伦的愤慨决不是偶然的。当然，济慈并没有屈服于当时的环境，就是在他死前的几个月，在他赴意大利休养的途中，他也还曾经喊出"明亮的星呀，但愿我能够像你一样坚定"以及"永远活下去"那样坚决、勇敢表示他热爱生活和渴望活下去的声音。如果当时英国社会真能让他活下去，那末我们可以相信，他一定能够创造更多的、更富于热情的诗歌出来。但就是这样地早死，他所遗留下来的一些作品也足以使他永远不朽了。

离济慈墓不远的墙上还有一块大理石纪念碑，上面是一首悼念济慈的诗和济慈的肖像。这首诗我们当时没有细看，也忘掉抄下来①。

也许有人会问济慈在罗马养病的几个月里生活是不是愉快？不，同在英国时一样，济慈在罗马的生活也是不愉快的，有时甚至很艰苦。他当时住在西班牙广场旁边的一座三层楼上，现在我们还有机会看到这座红色的古老房子。我想如果济慈当时不上罗马，而接受雪莱的邀请先到比萨去住一个时候，也许会比较好些，因为在那里不会像在罗马似的举目无亲，而有雪莱和拜伦等作伴，究竟可以感到一些温暖，但要彻底挽救这位年轻诗

---

① 回国后，偶尔翻阅朱自清先生的"罗马"一文，其中有这首诗的译文（但也未指出系何人所作），现抄录在下面，以供读者参考：

济慈名字好，

说是水写成；

一点一滴水，

后人的泪痕——

英雄枯万骨，

难如此感人。

安睡吧

陈词虽挂漏，

高风自峥嵘。

人于死亡，恐怕也已经不可能了。

2　波尔该斯博物馆和画廊

罗马的波尔该斯博物馆，就在风景优美的宾雀公园后面。它在十七世纪初期就有了，因此收藏也是相当丰富的。但是在它的发展过程中，却遭到了几次"浩劫"，也经过了几度恢复，可以说是一个数经沧桑的博物馆。

在这个博物馆里，有很多雕塑陈列室。游览者进了第一个陈列室里，就可以看见一个美艳绝伦光华四射的半裸体雕像，斜躺在华贵的长沙发椅上，戴着宝镯的右臂支着她的头，左手则轻轻地放在她的右腿上；她的眉眼更是多情而妩媚，似乎在向你温柔地微笑。这个著名的雕像叫做保琳·波拿巴，是十八至十九世纪意大利雕刻家安东尼·卡诺伐的得意之作。

保琳·波拿巴是拿破仑第一的姊妹，由于她的关系，波尔该斯博物馆里的艺术珍藏曾经有一部分被移往巴黎的卢夫尔宫。她年轻时的美丽是很出名的，特别是她那一双眼睛。据说济慈在罗马养病时，就常常在宾雀公园附近遇到她，这时她的年纪已大，美色已在逐渐地衰退，但是她那双不断地注视着济慈朋友——这是一个高大而且美貌的军官——的迷人眼睛，还是使病中虚弱的济慈忍受不住，因此他们往往不得不改变散步的方向。

卡诺伐把她当作一个理想来雕塑，赋以一种纯洁而崇高的女性美，使人感到真像是一尊活着的维纳斯。

在第二间陈列室里，我们可以看到意大利著名雕塑家伯尼尼年轻时的一个杰作——"大卫的投石"。这是一个"圣经"中的著名故事。大卫所要攻击的对象，就是犹太人的敌人郭拉斯，由于英勇和机智，他终于把这个巨人杀死了。我们在雕像上面看到的，正是大卫那个飞起石块向前投去的、雄健矫捷的姿势：他的眼睛一瞬不动地注视着前面，嘴巴紧紧地闭着，两脚一前一后地叉开，全身的肌肉都鼓了起来，充分显露出一种坚决沉着的、使人胆寒的英勇气概。大家都说这个雕像是这位雕塑家的自我表现，因为他当时只有二十一岁，正是年富力强、精神充沛的青春时期。

在三年以后，即在二十四岁那一年，伯尼尼又雕塑了一件非常出色的作品，这就是我们可以在第三陈列室里看到的"阿波罗和达芙妮"。这是一个有名的希腊神话：女神达芙妮被热恋着她的太阳神阿波罗所追赶，求救于她的父亲河神皮尼斯，结果她的父亲使她变成了一棵月桂树。这个大家公认为艺术杰作，伯尼尼也自许为他的最好作品的雕像，把这个美丽动人的神话完全表现出来了：阿波罗正在急急地追赶，达芙妮正在匆匆地逃奔，而且逐渐地变成月桂树——枝叶在她的身上逐渐地生长出来，她的双腿也逐渐地变成了树根。这显然是爱与憎的矛盾，是一个恋爱的悲剧。伯尼尼的艺术技巧是如此高明，以致我们在阿波罗的紧张的脸上，似乎真的可以看到热情的燃烧和失望的痛苦，同时从达芙妮的张开的嘴里，也似乎真的可以听到绝望的、惊恐的叫喊。

此外还有两件伯尼尼的作品值得一提，那就是"帕洛莎比娜的被劫"和"爱尼阿与安卡斯以及阿斯卡尼奥"。第一件作品，是伯尼尼根据地狱之神巴鲁托抢劫帕洛莎比娜为妻的罗马神话雕塑成的。从这个雕塑上，我们可以看到巴鲁托的有力的拥抱和帕洛莎比娜的绝望的挣扎。爱尼阿是荷马史诗"伊里亚特"中的人物，他从被焚的特罗埃城里背着老父、携着他的幼子逃到意大利去。伯尼尼的雕塑就是表现着这个故事，三个人的神情都雕塑得非常生动，虽然那时他还只有十五岁，但已在这个雕像上充分地显示出了他的艺术的天才。由于这个艺术制作是伯尼尼在他父亲的帮助之下完成，因此有人以为是老伯尼尼的作品，其实这种说法是没有充分的根据的。

除了雕塑以外，波尔该斯还有一个拥有十一间陈列室的画廊，古代的和现代的作品都有。在古代的一些名画中，有拉菲尔的"带着一只独角兽的妇人"、"基督从十字架上下降"，波提且利的"圣母和她的孩子以及小圣约翰"，索陀马的"虔敬"，伯尼尼的两幅"自画像"、"一个年轻人的画像"，替善的"神圣的和世俗的恋爱"、"维纳斯蒙蔽丘比特"，陀美尼基诺的"狄安娜的狩猎"，科里奇阿的"狄耐伊"等等都是值得注意的作品。在外国的画作中，则有弗兰德派画家鲁本兹和法国讽刺画家陀密埃等等的作品，陀密埃的讽刺画尤其意义深刻，耐人寻味。

3 圆柱广场和万神庙

圆柱广场就在我们旅馆的附近，我们经常吃饭的一个餐厅也就在这个广场的旁边，所以我们每天都要看到它好几次。

这个广场之所以出名，无非是由于它有一根高大的圆柱。这根圆柱有三十米高，由二十八组螺旋形的大理石雕刻构成。每组大理石雕刻，都说明一个不同的奥利力安皇帝征战的故事。

圆柱的柱顶原是一尊奥利力安的雕像，但以后却被换成圣保罗的铜像了。

我们去年在罗马时正是意大利地方选举的前夕，因此在罗马的大街和广场上尽是各党各派的竞选招贴。在这古老的广场上也是如此，而其中最引人注意的则是意大利共产党的竞选招贴："选举共产党！"人们从那些招贴前面走过，一定要投以意味深长的一瞥；从那匆忙的一瞥中，你可以发现大多数是赞成的眼光，因为意大利人民是很少反对共产党的，就是少数目前还对共产党有疑惧的人，也只是由于一时受了梵蒂冈和反动宣传机构的欺骗和蒙蔽……

在离圆柱广场不很远的地方，就是万神庙。

凡是到过罗马的人，是没有不知道万神庙的，正如没有一个罗马的游客不知道圣彼得教堂一样，虽然它比圣彼得教堂的规模要小得多，也没有圣彼得教堂那样多的神龛、神灯、祭台、神像、华丽的玻璃花窗和细瓷砖镶嵌而成的壁画。

这个神庙还是纪元前的建筑，在纪元80年代曾被大火烧毁，现在我们所看到的这个，是后来由哈德良重建的。在这个古老的神庙里，不但埋葬着罗马帝国的皇帝，而且也埋葬着著名的艺术家，拉菲尔就是其中的一个。在这个著名画家的坟墓上有一个很有趣的墓志铭，上面刻着这样的话："活着，大自然害怕他会胜过自己的工作；死了，她又害怕自己也会死亡。"可见人们对拉菲尔的评价是多么崇高：就是大自然也嫉妒他的艺术天才！

拉菲尔的隔壁，就埋葬着他的妻子玛丽亚·巴比伊娜。

万神庙的建筑确有它自己的特点。它的圆柱回廊是用十六根花岗岩的独石圆柱构成的，它的天花板则听说是用四十多万磅重的青铜铺成，非常华贵。神庙里面一共有七个壁龛，中间一个壁龛上站着罗马主神约芙的雕像，其他各个壁龛中则是马尔斯·罗马拉斯、恺撒等等的雕像。在这些壁龛之间。还有很多神祇和英雄的雕像。

在这个神庙的圆屋顶中间开着一个大圆窗，据说有三十尺宽，柔和的阳光和清新的空气，就从这个大圆窗中进来。透过这个大圆窗，人们还可以看到蓝色的天空和绚烂的云彩，给人以一种渺远的、神秘的、深不可测的感觉。

4 圆形剧场和罗马公所

很多曾经到过罗马的人都要提到古罗马的圆形剧场和罗马公所，我也不免要说一说我自己的印象和观感。

在罗马共和国末期，建筑艺术已经达到了相当高的水平，罗马城内就有不少美丽的邸宅、浴室、广场、神庙、马戏院和圆形剧场，而最宏伟的建筑却是罗马皇帝惠斯伯新和他儿子泰塔斯为着供罗马贵族娱乐而兴建的大圆形剧场。这个可以充当竞技场、斗兽场和剧场的伟大建筑，开始兴建于公元 72 年，落成于公元 80 年，一共花了八年的时间。它和罗马帝国的关系非常密切，它的存毁几乎象征着罗马帝国的兴亡——它建成于罗马帝国的兴盛时期，在罗马帝国灭亡以后它也仅仅残存一些断垣残壁了。但是，这座伟大的建筑即在今天看起来也还是非常美丽的，特别是在月光如水的晚上，英国伟大诗人拜伦就曾经吟咏过它的夜景。

在这个规模宏大的建筑物里，经常进行着残酷的娱乐，人和人斗，或者人和猛兽斗。据说在庆祝它落成的一百天中，就有五千头野兽在这儿被杀死，从此更可以推知被猛兽吞噬了的人数尤其是一个可惊的数目，因为人究竟不容易战胜野兽，哪怕是最勇武有力的角斗士。人和人斗也是极端残酷的，因为失败者即使不在搏斗中被对方杀死，生命也很难得到保证，他们的生死大权，完全操纵在守护灶神的女尼身上，她们说生就是生，说死就是死，而被处死的总是占失败者的多数，只有少数人才能幸存；原来欣赏失败者的被处死也是罗马贵族的一种娱乐呵！

基督教在未曾"变质"，还被罗马统治者称为异端的时候，是当作一种被压迫者的宗教运动而存在的，因此，教徒们曾经受到统治者的残酷迫害和屠杀。在这个专供罗马贵族娱乐的地方，就曾被杀害了成千成万的基督教徒；在受死前他们往往集合在一起，一面祈祷，一面等待着死亡的来临，而罗马的统治者，则看着他们之被猛兽吞噬而纵声狂笑。

这种野蛮的、残酷到极点的所谓娱乐，一直继续到罗马帝国复亡为止，因此这座建筑的历史可以说就是一部血腥的历史；而现在的游客们却大都忽视这一点，倒往往为怀古的心情所陶醉，实在是很可叹的。

在罗马公所里，所有的建筑大部分都已倾圮，但康士坦丁凯旋门却还保存得相当完整。这是公元 311 年的建筑物，是罗马贵族献给康士坦丁的纪功碑。康士坦丁在战胜了他的政敌莱辛尼阿以后，就成为罗马帝国的独裁者；他用各种巧妙毒辣的方法来加强个人的统治，事实上是一个专制的魔王。可是在这座大拱门的题辞上，罗马贵族竟歌颂他"由于神意的启示或者心胸的伟大，从暴政和叛乱中拯救了共和"，这难道不明明是阿谀者们欺骗当时人民和后世子孙的鬼话吗？

这座凯旋门的所有雕刻和装饰都非常精美，但是这些美丽的古代艺术品，却据说都是从图拉真和奥利力安的凯旋门或其他纪念碑上取来的，因此它被嘲笑地称为伊索寓言中的燕鸟：那只燕鸟本来很丑陋，它在宙斯面前所显示出来的美丽，全靠其他鸟儿的羽毛，一旦它们从它身上把它们自己的羽毛拔回去，它就又变成一只丑恶不堪的燕鸟了。

维纳斯和罗马神的庙宇是旧罗马最精美的一座建筑，从那些断烂的圆柱上，我们至今还可以想象出那座四周围绕着圆柱回廊的神庙是多么庄严，多么华丽！

恺撒庙是屋大维为着纪念这个罗马独裁者而建立的，在那里就埋葬着这个独裁者的尸体（现在这个庙也已经完全倾毁，仅仅留下了一个遗迹）。恺撒在未曾争取到政权以前，曾经伪装成一个共和主义者，但一旦获得了政权以后，就背叛人民，阴谋进行破坏共和国的活动，因而终于引起了共和主义者们的愤怒，为勃鲁脱斯等所刺杀。他的同党安东尼曾经在他的遗体前面以最雄辩的口舌（看过莎士比亚剧本的人就可以知道）为这独裁者辩护，掩饰他的罪行，并反过来把反叛的罪名加到勃鲁脱斯的身上，企图煽起人们对于共和主义者的仇恨，以巩固君主制度和达到自己的野心，可是历史的事实总是不容易轻易抹杀的。

此外，在罗马公所的废墟上我们还可以看到双神庙、泰塔斯凯旋门、安东纽斯和福斯蒂娜的神庙、奥古斯都凯旋门等等遗迹，可以供游览者的凭吊。

5 梵蒂冈博物馆的雕塑

罗马人，不，全意大利人都把梵蒂冈博物馆引为骄傲，是一点不足奇怪的，因为这确是世界上规模最大的艺术宝库之一。

在雕塑方面，梵蒂冈博物馆有很多丰富得很的陈列馆，其中圆形馆、九女神馆、动物馆、拉孔群像馆、阿波罗立像馆、商业神馆等等都是最著名的。在一条两旁都是雕像和胸像的走廊里，我们可以看到两件极精美的艺术品，一是"蹲踞着的维纳斯"，一是"奈达斯的维纳斯"。据说后者是希腊著名雕刻家普勒克色替利斯专门为奈达斯人民制作的，奈达斯人民对它是如此的珍爱，甚至拒绝了尼古米特斯王用倾城资财来购买它的建议。这件艺术品的原作已经遗失，但这仅有的一个仿造品也是无比的精美和动人，特别吸引着观众的兴趣。

"拉孔群像"是在十六世纪初期从罗马皇帝泰塔斯的浴室废墟中发现的。当这个群像从荒废已久了的地下室中被发现时，大家都觉得是一个奇迹，甚至连发现它的人也从此出了名。这个群像的雕塑，据说是由于罗马伟大诗人昧吉尔的启发："拉孔是阿波罗的祭司之一，他曾经警告特罗埃人不要让希腊木马进城，因此密纳娃嗾使两条巨蟒出海把他和他的两个儿子缠死。"昧吉尔所指的罗马女神密纳娃，也就是雅典的守护女神雅典娜；当时希腊人想用木马计偷袭特罗埃城，拉孔的警告自然要触怒雅典的保护神。这个雕像确是不可多得的杰作，谁看了拉孔和他两个儿子在巨蟒的缠绕中拼命地挣扎反抗的痛苦和焦急，都会感到颤栗和同情，恨不得立刻去帮助他们从巨蟒的缠绕中解脱出来。

阿波罗的立像也很著名，他那娇健的姿势，充分表现了青春的美丽，仿佛轻灵得要乘风飞去。他那俊美的面孔，是所有文艺女神的范本，也是世界上所有美男子所追求的标准。它的左腿微向后弯，几乎把全身重量都放在右脚上面，它的两只手臂都残缺不全，特别是右臂，但这样，似乎更显出了它的优美；据说密盖朗基罗曾经拒绝把手臂恢复，因为他生怕损坏了这件精美绝伦的艺术品。

此外，还有一件精美的艺术品逃不过大家的注意，这就是一个既没有头，也没有手和脚的雕像。这个雕像坐在一张狮皮上面，大家都以为是希腊英雄赫克勒斯正坐在那里弹奏七弦琴。据说密盖朗基罗非常爱好这个雕像，认为所有古代艺术的精华都已荟萃在这个雕像身上。在他老年时经常说："我是这个雕像的学生"，他一面说一面还用手轻轻地、温柔地抚弄这个雕像，显出赞叹不已的神色。

6 梵蒂博物馆的绘画

提起梵蒂冈的绘画，大家也许首先会想起拉菲尔的"基督升天"。的确这不但是这位画家的一件代表作，而且也是世界最出色的名画之一。拉菲尔死时这幅画还没有完成，据说它曾经被人抬着在他的棺材后面送葬。这张画的下半幅有一部分是由朱利奥·罗曼诺续成的，如果仔细地加以比较，那就可以区别两人用色方法的不同。这幅画给人的感觉是基督的圣洁和伟大，他随时都准备着给受难者以怜悯和救助。在下半幅画里我们可以看到有一个中邪的孩子，由他的父母带去请求使徒医治；旁边有一个人打开一本书，正在为着孩子驱邪，但其余的人却都指向上天，因为他们认为只有基督才是人们的惟一救星。

拉菲尔的"雅典学派"也很著名。我们在上面可以看到古代的伟大哲学家，中间是柏拉图和亚里士多德，左边是苏格拉底正向亚尔西巴德和其他学生谈话，达奥泽尼斜躺在石阶上，毕达哥拉斯正在写着什么，而恩比多克利和旁的人却在看着他……据说拉菲尔之所以要画这一幅和另一幅同样著名的壁画"圣餐礼的争论"，是为了要表现知识的两大来源：一是信仰，一是理智，而这二者他又认为并不是矛盾和对立的，因为它们都是来源于上帝。

此外，我们还可以举出另外一些拉菲尔的著名作品，例如"阿提拉的被逐出罗马"、"福列诺的圣母"和"神奇的捕鱼"（挂毯）、"波尔哥的大火"、"巴尔纳斯山"等等都是脍炙人口的。

我想读者一定急于知道密盖朗基罗的作品，因此在介绍了拉菲尔以后，我还要再简单地介绍一下密盖朗基罗。

密盖朗基罗的作品，同样是梵蒂冈的精华，特别是那些大家都知道的画在圣西斯丁教堂天花板上的图画。据说这个巨大的工作开始于1508年5月，完成于1512年11月，一共费了四年多的时间。

在这伟大的艺术制作中，密盖朗基罗充分显示了他那旺盛的创造力和丰富的想像力：他画了黑暗和光明的区分，太阳和月亮的创造，树木和植物的创造，人类的创造，夏娃的创造，人类的堕落，诺亚的酗酒等等。可是最能显示出密盖朗基罗的才华的，却是"最后的裁判"。在这里，我们首先可以看到盛怒的基督正在举起右手来宣告裁判，他的身边就是圣母玛利亚；其余还有先知、使徒、天使、殉教者、选民、有罪的人等等。其次我们可以看到死人复活的情景：一群带着裁判书的天使站在中间，当死人从坟墓中出来向约沙法峡谷走去的时候，她们吹起了喇叭。善良的人升入天堂，而有罪的人却在魔鬼的盛怒之下被纷纷地投入深渊，在那里，划着船的且龙和地狱里的判官密诺斯正在等待着他们。

这伟大的画幅，密盖朗基罗在1535年就已经开始画了，到1541年才画成功，一共费了六年的时间和精力。这个劳动的巨大和紧张，亲自在那里看过原画的人是很容易感觉到的。据说女诗人维多利亚·珂洛娜的美丽形象，对于密盖朗基罗的绘画很有影响，因为当时密盖朗基罗正热恋着她。

人们往往都提到保罗第三的掌礼官的故事。的确，这是一个很有趣的，也是很有意义的故事。这位掌礼官为了奉承保罗第三，对于这一伟大的艺术作品竟大肆污蔑，说这些画只适用于小旅馆而不适用于教皇的教堂。密盖朗基罗对于这种不能容忍的污蔑的回答，就是把这位掌礼官画成地狱里的判官密诺斯……从这个故事中，我们可以看到密盖朗基罗确是一个骨头很硬的伟大艺术家。

在梵蒂冈博物馆里也有一些达·芬奇的作品，但他的著名作品几乎都在其它地方，例如"最后的晚餐"的原作是在米兰圣玛丽亚感恩院的餐厅壁上，"莫娜丽莎"则在巴黎的卢夫宫博物馆。

此外，还有很多其他著名画家，例如乔托、安格里科等等的作品。

7 圣彼得教堂

参观圣彼得大教堂的人，在没有进入教堂以前，首先就会被教堂的宏伟建筑所吸引；而其中最引人注意的，是那个高耸入云的大圆顶。

这个大圆顶是密盖朗基罗的杰作，确是世界上最辉煌的建筑之一。它那耀眼的银蓝色，在万里无云的罗马晴空下显得特别美丽，给人以一种无限广大的感觉，仿佛整个宇宙都被包容在它那巨大的圆顶之中。

教堂前面的广场也给人以一种无限广大的感觉，它那半圆形的柱廊，与其说是像两只翅膀，毋宁说是像两只从教堂伸出来的、想要拥抱整个广场的巨臂。这美丽的柱廊和无数装饰着它的雕像，都是十七世纪意大利著名雕刻家和建筑家伯尼尼的精心之作。此外，在广场上我们还可以看到一座方尖形的石塔和两个左右相称的喷泉。

进了教堂，就像是进了艺术的宫殿，简直看不完精美的绘画和雕像。各种形式的圆柱，美丽的镶嵌的花玻璃，华贵的大理石，一齐在你面前闪耀着灿烂夺目的光辉。在无数的雕像中间，你一定会特别注意圣彼得的青铜雕像，因为在这个青铜雕像前面，经常有人停下来，而且俯身去吻圣彼得右脚，以表示自己的虔敬；而这只脚经过了多少世代和多少人的亲吻以后，显然已经磨损了。

密盖朗基罗的圣母像"虔敬"也是一定会引起你的特别注意的，因为这是密盖朗基罗在年轻时期的最好的作品之一。他在这个可爱的童贞女的脸上，赋以一种忧郁而且温和的神色，使她注视着躺在膝上受难的耶稣，就像是一个母亲注视着正在睡觉的孩子一样地显露出无限的母爱。

在圣彼得墓上高高地升起了一座祭坛，在那个辉煌的密盖朗基罗圆顶之下，显得又和谐，又庄严，可见设计的精美。此外，在圣彼得墓前还日夜地点燃着九十五盏神灯，那神秘的灯光往往把人引入一种似梦非梦的境界，使人仿佛感到不是置身在人间。虽则游客中间有很多人并不是教徒，但也容易为这种浓厚的宗教气氛所包围、所笼罩；当然，这不过是一时的幻觉罢了。

8 第伏里城的喷泉

第伏里城离罗马三十五公里，建筑在一座小山上面。这座小山的风景原很秀丽，遍山都是橄榄树，可惜前年冬天大冻，死了不少，在满眼青翠之中时时可以看到一些焦黄的枯冻，未免使山景减色。我们的车子穿过橄榄树丛盘旋而上，一直爬到山顶的广场上。略事休息，我们就被引进了一座古雅精致的房子，据说它原是奥匈帝国皇室的住宅，建于 1515 年，现在则被辟为博物馆了。

这座住宅是"文艺复兴"式的建筑，上面是一个小巧的庭园，下面却是依山构造的宫堡，每走下一层，都会使你感觉得另有一个天地，别具一番风趣。在每一层上，都有大小不一、奇形怪状的各种喷泉。特别吸引人的，是小湖旁边的那个喷泉。这个喷泉仿佛悬挂在山洞前面，高达数丈，水珠四溅，有如初春细雨，站得稍远一点，就雾蒙蒙地看不清楚，好像是烟雨中的一面珠帘或一匹素练；在有太阳的日子里，它就好像是一条雨后的彩虹，通体晶莹，光亮四射，景色比雨天或阴天更瑰丽。为了探奇，我们还从旁边的一条小路爬到这个山洞的顶上，就是在那里，喷泉也还是够得到我们，一不小心，就会被水珠溅湿一身。

喷泉最多的是"万泉路"，在那一条幽静异常的林荫小路上，有数以百计的喷泉，它们不但形状各异，就是喷水的声音也各不相同，有的像潺潺的流泉，有的像潺潺的春雨，有的像呢喃的燕语，有的像瑟瑟的秋声……据说这里所有喷泉中的泉水都从山下的一条小河中引来，真可谓"巧夺天工"了。

出了宫堡以后，我们又绕道去看了一下附近的一个瀑布。这个瀑布从一座很陡的山上倾泻而下，势如飞龙。这种磅礴的气势，使我想起了李白在"望庐山瀑布"中所写的两句诗："飞流直下三千尺，疑是银河落九天"。

从瀑布附近的一座桥上，可以望见在云雾中隐现的罗马城。

9 一个古老的咖啡馆

罗马的咖啡馆是很多的，好像我国广州过去的茶馆，几乎走一小段路就可以看见一个。在罗马的咖啡馆中，资格很老的也不少，格列珂咖啡馆就是其中之一

这个咖啡馆在西班牙广场附近，1760年就已开办，已有二百年的历史。它一向是各国艺术家、诗人、作家聚会的地方，果戈里、雪莱、拜伦、济慈、歌德、马克·吐温、比才、华格纳、哥尔多尼、罗西尼、斯丹达尔、波特莱尔、法朗士、萨克莱、密茨凯维支等等在罗马时都曾经是这里的常客。有一本和这咖啡同样古老的签名簿，被当作珍宝似地特别慎重地保存着；而在一本四十六年以前使用起的签名簿上，也已写满了各国艺术家、诗人、作家、哲学家的名字。此外，我们还可以在墙壁上和天花板上看见各种精美的浮雕和绘画，很富于装饰的风趣和艺术的价值。

咖啡馆的主人殷勤地招待着我们，对我们详细地介绍了这个咖啡馆的历史，并且把一些特别富于意义的纪念品和肖像画指给我们看。最后他满

满地替自己斟满了一杯白兰地，说是代表这个咖啡馆全体人员向我国的艺术家、诗人、作家们致敬和祝福。

临走时，我们都在那本金色的签名簿上签了名，一位画家还在上面画了一只和平鸽。

在离开这座咖啡馆不远的地方，我们又看见一座果戈里曾经在里面住过的房子。我们知道，果戈里是在 1837 年春天第一次来到罗马的，这时他曾经写过一本叫做"罗马"的小说，但写得并不成功。接着他却改写成了著名的中篇小说——"塔拉斯·布尔巴"。1840 年 5 月他第二次到了罗马（1939 年他曾回莫斯科一次），并在这时完成了他的不朽巨著"死魂灵"第一卷。1841 年 10 月他回俄国，1842 年他又第三次来到罗马（这次住得最久，直到 1848 年春天才回俄国），并完成或改写了好几部作品（喜剧"结婚"，中篇小说"肖像"、"外套"等）。可是由于长期离开祖国人民和进步的社会运动，果戈里在罗马的以后几年中，心境却是非常空虚的，他日益感到彷徨和苦闷，日益陷入宗教的神秘主义中，终于在 1845 年末烧毁了"死魂灵"第二卷原稿中的好多章节，又在 1847 年出版了那本曾经引起别林斯基极度愤怒的"与友人通信选集"。

在回旅馆的一辆马车上，我一路都想着果戈里的一生经历及其晚年的悲剧……

10　访问卡尔罗·勒维

去年 4 月 16 日下午，我们去访问了著名的意大利现实主义作家卡尔罗·勒维。

卡尔罗·勒维不但是卓越的作家，而且是优秀的画家，同时也是反法西斯的战士。在墨索里尼统治时期，他曾经积极地反对法西斯政府出兵侵略阿比西尼亚（现名埃塞俄比亚）和压迫意大利人民。在第二次世界战争时期，他又积极地反对墨索里尼的参加战争和纳粹匪徒的血腥统治，因而数度被捕，直到反法西斯政权崩溃了以后才获得自由。据说他过去也曾一度参加社会党，现在却是无党无派。在哲学思想上，他虽然赞成唯物主义的原则，却又不同意马克思主义，事实上是动摇于唯物主义和唯心主义之间，企图把二者调和起来。这显然是一个很大的矛盾。这个矛盾自然也影响到现实主义的深度，使他的作品和绘画的表现力受到了一定的限制。

勒维的重要著作有"表"、"话语就是力量"、"南方的农民"、"基督不到的地方"（"基督不到埃坡里"）、"太阳出来了"（诗集）等等，而其中尤以"基督不到的地方"为最著名，早已译成俄文和好几种欧洲文字，我国也于去年出版了这本小说的转译本。在这本描写意大利南方路甘尼亚区的小说（有人称为特写集）中，作者真实地反映了那个地区农民的生活和斗争，歌颂了他们的善良质量和勤劳习惯，同时也无情地揭露了法西斯统治的野蛮残暴和地主官僚的愚昧下流，虽然没有能够更进一步地揭露法西斯的阶级本质，却仍然不失为一个优秀的现实主义作品。

勒维住在一座建筑在高坡上面的房子里。他的屋前屋后都是苍翠的树木和鲜艳的花草。篱笆旁边，还有几根疏疏落落的竹子，更使得他的住宅周围显得满园青绿，景色如画。房子内部也相当宽敞，明亮而且舒适，虽则到处都堆满了书报和摆满了画架，却仍然不致使人感觉拥挤和局促。我们前几天曾经参观过"画家之街"里的几位画家和雕塑家，他们的画室和住宅比起勒维的来，都要窄小得多了。

我们的访问，显然使勒维非常高兴。他很热情地和我们谈着他的写作，并在书堆中找出他的著作来拿给我们看，可惜我们没有一个人懂得意大利文。他一再问我们他的"基督不到的地方"中译本什么时候可以出版，因为他已决定访问中国，中译本最好能在他到中国以前和中国读者见面，好使中国读者对这位意大利作家先有一个印像。

接着他又问我们"基督不到的地方"是不是由老舍翻译，说他有一位朋友特地从莫斯科写信告诉他，老舍正在翻译他的作品。我们回答他老舍主要是从事创作，近年来并没有介绍外国作家的作品，他的朋友所说的恐怕是误会。他说这虽然是一个误会，却也是很有意思的一个误会，因为意大利人知道的中国现作家很少，除鲁迅、郭沫若外，只有巴金和老舍了。他边说边笑，洪亮的笑声不但充满了室内，而且还远达户外。

勒维是一个身材高大的人，眉毛很浓，头发很长，眼睛很大，嘴巴里老是衔着一只琥珀的烟斗，除了讲话以外，他都不住地吸着；一笑起来，他脸上的肌肉就全部松懈，显得在愉快和幽默之中，还包含着几分滑稽。这种类型的身材和脸相，不知怎么使我联想起巴尔扎克的形象，觉得很相像，虽然仔细看起来又觉得并不尽然。

他谈完了写作以后，又把他自己画的几幅油画一一地介绍给我们看。其中一幅是一个老妇人的肖像，画得非常坚强有力，神采奕奕，栩栩如生。据说这是"话语就是力量"的女主人公，是一位反法西斯的英勇战士，曾经为了自己被杀害的儿子勇敢地控诉法西斯匪徒的暴行和罪恶；当时她正在罗马参加意大利全国妇女代表大会。还有一幅画着一个共产党员在法庭上受着审判和折磨，很多劳动人民都为着这种无理审判而表示出无法抑制的愤怒。其他一些画也都主题强烈，富有现实的意义和战斗的气氛。虽然在意大利的现实主义绘画中，勒维的画并不是最重要的，他在文学上的成就比在绘画上的成就更为显著，可是他的画却有他自己所独具的风格，特别是他那些描绘路甘尼亚农民生活的巨大画幅，更充分地表现出了他对于意大利人民的热爱。听说在有一次意大利知识分子的集会上，勒维曾经很自豪地朗诵了一封路甘尼亚农民写给他的信。他认为文学艺术必须和人民结合，必须反映现实（当然，他有这种认识而且在创作实践中予以贯彻，也曾经过了一段曲折艰苦的自我斗争），因此他的小说和绘画有这样的成就，决不是偶然的。

当我们正在欣赏着油画的时候，忽然进来了一位中年妇女。据说她也是一位画家，她的父亲恩贝托·沙巴则是意大利的著名诗人，现在已有八十多岁，但还在写诗。她听说我们还要到威尼斯去，因此希望我们也到威尼斯附近的一个地方去访问这位老人一次，她说这将给这位老人以莫大的安慰。

以后在招待会上我又见到了勒维几次，每次他都要问我"基督不到的地方"中译本什么时候可以出版，可见他对于这件事情是多么关心。有一次他忽然问我意大利语是否好听，是否喜欢。我说我虽然不懂，却也感到这是一种很优美的语言。他不住地点头，似乎很以此为骄傲，事实上也的确值得骄傲。年轻时期的恩格斯就会盛赞意大利语和法语的优美动听，说意大利语"像和风一样清晰而舒畅，它的词汇犹如最美丽的花园里盛开的百花"；而法语呢，却"像小河一样发出淙淙的流水声"（见叶·斯捷潘诺著"恩格斯传"中译本第五页）。可惜我自己既不懂意大利语，又不懂法语，不能和这两国的朋友直接交谈（意大利朋友都能讲很流利的法语），如果没有人翻译，就简直像个哑巴。我把这"苦恼"和遗憾告诉了勒维，他笑着说："其实学习意大利语和法语都不太难，学习汉语才真正不容易哩！"

隔了一个月，在我们从那坡里（那不勒斯）回到罗马以后的一个晚上（5月15日），我们又到勒维的家里作客。这次我们团里的一位画家带了画具去当场作画，一口气画了两张，一张送给老女诗人西比拉·阿莱拉摩，一张送给勒维。他很感兴趣地注视着那位画家如何画苍鹰、喜鹊、树木和花草，并且要求把画具留下，说他也要试试看。

在这次访问中，除开老女诗人阿莱拉摩（她是一个已有十年党龄的意共党员，曾经三十年前同列宁和高尔基见过面）。以外，还见到了普拉托里尼。这也是一位著名的意大利现实主义作家。他出身穷苦，曾经做过开电梯的工人、印刷厂学徒和跑街，还在佛罗伦萨街头同朋友合伙摆过小摊子。他连小学也没有念完，靠了刻苦自修和丰富的生活经验，实现了他当作家的愿望。他写过很多优秀的作品，例如"贫困恋人的故事"、"山达·克洛采的故事"、"山弗莱第亚诺的女孩子"、"麦泰罗"等等都是，而出版于1954年的"麦泰罗"（三部曲"一个意大利故事"的第一部）尤为杰出，曾于1955年8月获得维勒佐文学奖金一等奖。他和我们的谈话虽则不多，却很诚恳、朴素，临走时还把他自己作品的英译本及其出版处都开给李霁野同志，并且和我们合拍了一张照片。

亚得里亚海上的珍珠——威尼斯[*]

> 从童年起，我就爱她了；她的形象，
>
> 是我心头的一座仙境般的城，
>
> 像水柱似地涌现在海上，
>
> 欢乐的家园，财富集中的中心。
>
> …………
>
> 如果我的生命像锦缎的纺织，
>
> 上面也织着一些快乐的时日。
>
> 美丽的威尼斯！一部分就是你的颜色。……

　　这是英国伟大诗人拜伦在其杰作"恰尔德·哈洛尔德游记"第四章中的诗句（根据杨熙龄的译文。下同），他以无比的热情歌颂了威尼斯，而这颗"亚得里亚海上的珍珠"也的确是美丽而妩媚，值得诗人的歌颂。

　　威尼斯位于意大利北部，建立在亚得里亚海威尼斯湾中的一百多个岛屿上，对面就是的里亚斯特港，是意大利的重要海港之一。意大利目前的对外运输主要还是靠海运，几乎占了对外运输的 90%，因此威尼斯不但风景秀丽，就是在意大利的经济生活中，它所起的作用也是不小的。

　　可是这个海上城市的黄金时期却早过去，早已和中世纪以及"文艺复兴"的历史一同消逝。我们知道：在十一至十三世纪，即十字军东征时期，欧洲贵族、地主的生活非常奢华，他们所用的奢侈品大半来自东方，因此当时和东方国家贸易最频繁的威尼斯也是一个最富庶、最重要的城市。在十四至十五世纪，即"文艺复兴"时期，威尼斯更是一个在地中海上占有

---

　　[*]　选自《旅欧随笔》，中国青年出版社 1957 年版。

特殊地位的商业城市。只有热内亚才能和它争夺海上的领导权。在威尼斯的全盛时代里，它也曾经是一个强大的贵族共和国，领有许多殖民地，够得上称霸地中海的资格。但是美洲和印度航线的发现以及土耳其人的崛起，使它日益走向衰落，在 1798 年以后，它更失去了独立的光荣，先后被奥地利和法国所统治，直到 1866 年才合并于统一了的意大利。

我们是在去年 4 月 25 日的早晨到达威尼斯的，那时晨光熹微，朝阳初上，似乎浮在水上的这座城市显得特别神秘可爱。我们一出火车站，就坐着几只小巧结实两端翘起的平底木船——"冈多拉"到旅馆去。这是一种威尼斯所特有的游船，听说已有很悠久的历史，但经过了很多次的改造才成了今天的样子。过去它有多种不同的颜色，到了 1562 年，元老院却规定它必须一律油漆成黑色，但就是这样，它也还是十分美丽的，因为锦缎一样发亮的黑色衬着深蓝的海水，显得特别鲜艳和耀目。据说这种小船在"文艺复兴"时代曾经达到一万多只，但现在却仅仅只有四五百只，而且很少是新造的。威尼斯的船夫大半都为外国游客服务，谁都能操几种外国语，但现在却有很多人失业，生活很苦，我们在游览大运河和亚得里亚海的时候，每靠一个码头，就有一些年老力衰衣衫褴褛的"退休"船夫抢着来给我们帮忙，目的无非想挣几十个里拉。有一次我们看见街头躺着一个垂死的老人，听说也是一个失业已久的老船夫。

威尼斯的整个城市都在水上，因此它的主要街道就是迂回曲折的运河，每座房子门口都有系船的画桩和码头，只要一出门就可以坐上"冈多拉"，让它把你载到任何地方去。据说威尼斯共有大大小小的运河一百五六十条，上面架着三四百座拱形的石桥，其中有的非常古老，例如里亚尔托桥（四十八米长，二十二米宽）建于十二世纪（原来是木桥，到十六世纪时才改成石桥），前后已有七百多年的历史。但威尼斯也有狭窄的街道和小巷，例如从我们住的旅馆通往圣马可广场的那条街道就是狭窄得仅仅能够容纳几个人并排行走。在这种小巷式的街道两旁，却也排列着无数出售纪念品的商店和酒店。

圣马可是威尼斯的保护神，威尼斯人对他非常崇拜。我们到达的这一天，恰巧是圣马可的纪念日（据说也是 1945 年威尼斯区域游击队起义抵抗纳粹匪徒的纪念日，由于这些游击队员的英勇抵抗，威尼斯才幸免毁灭），由几百根花岗石圆柱支撑着的大教堂内香火缭绕，正在做着弥撒。这个教堂开始建于 829 年，原来是一个道基家族做礼拜的小礼拜堂，到了 1807 年才变成了大教堂。在这悠长的时间内，它的建筑形式经过了多次变化，因此你可以在它身上看到拜占庭式、罗马式、哥德式等等多种不同的风格，而且感觉到它们配合得非常协调，仿佛是一下子就建筑成功似的。它有五个金光灿烂的大圆顶，在大门前面的楼上还有十三世纪时从君士坦丁堡抢夺来的四匹铜马。

圣马可钟塔可能比圣马可大教堂更吸引游客的注意。这是一座罗马式的建筑，大部分都用光滑的红色砖石砌成，高九十九米，一共九层，塔顶金光闪闪，高耸入云，显得异常宏伟和庄严。这座巍峨的钟塔曾于 1902 年倒塌，1912 年才照原来的样子修复。在这座钟塔的斜对面，还有一座钟楼。在这座钟楼上有两个摩尔人的铜像，一老一小，传说他们由于不听天使的劝告，被罚撞击中间那口大钟，永无休止地替威尼斯人报告时刻。

在圣马可广场四周的走廊里，也有许多出卖纪念品的商店，橱窗里陈列着著名的威尼斯玻璃器皿、手工刺绣、浮雕皮货、丝织围巾等等东西，但是买的人却并不多，在和广场上的鸽子一样悠闲地散步的人们，大多数只是望了一眼那些纪念品就走开了。

当天下午威尼斯市长请我们到运河边上看赛船。这是威尼斯的一个盛大节日，有很多装饰得很美丽的游船参加比赛，比赛结果由市长亲自颁奖。奏乐的乐队却是英国皇家乐队，这使我们很奇怪，问一问意大利的朋友，才知道最近新开辟了一条从威尼斯到伦敦的航线，因此英国皇家乐队特别在这节日坐飞机赶来参加。

我们一到威尼斯就想游览大运河和亚得里亚海，而在 4 月 27 日那天终于实现了我们的愿望。这天天气似乎特别晴朗，满天没有一片云彩，天色和海水一样的蔚蓝，对面圣乔治岛上，教堂的大圆顶似乎是挂在蓝色的天幕上。运河两边的房屋大都是"文艺复兴"时期的建筑，结构精致，颜色调和，不少还是旧时的宫邸和贵族的庭园，听说其中有拜伦、华格纳、勃朗宁住过的房子，还有一座据说是莎士比亚著名悲剧"奥赛罗"女主角苔丝德梦娜的故居（又说是奥赛罗的故居）。被称为意大利喜剧之父的哥尔多尼于十八世纪初出生在威尼斯，但不知他的故居是否还在。

出了大运河，便是平静美丽的亚得里亚海。海面上的船只很多，可是却再也看不到"人首牛身"的大船①。据意大利朋友告诉我们，亚得里亚海每隔一百年即下沉二十五公分，很多威尼斯附近的岛屿都已下沉，布蓝诺岛上的一个钟楼即因土地下沉的关系而往一边倾斜，虽然还不致马上倒掉，但看去却很危险。在这岛上，有一个属于女修道院的刺绣工场，里面有很多孤女在做工，她们所受的剥削和压迫很重。我们买了一块并不太大的刺绣，竟要二万五千个里拉。离开刺绣工场不远的广场上有一家酒店，它的名字叫做"艺术中心"，里面挂满了画幅，俨然是一个小小的绘画馆。据说这儿每两年举行一次展览会，所有著名的意大利画家都有作品参加展览，酒店主人认为这是这家酒店的一个最大光荣。

在布蓝诺岛上，我们参观了一个玻璃厂。威尼斯的玻璃器皿原是世界驰名的，但玻璃厂的房子和设备都很陈旧和简陋，它使我想起解放以前在上海看到过的玻璃厂来。工人的工资很低，生活很苦，到了四十五岁就筋

---

①　在威尼斯全盛时代，威尼斯总督每年都要坐着一艘船头上雕刻着"人首牛身"标记的大船到亚得里亚海上，将一个指环从船上投入海中，以表示威尼斯霸占亚得里亚海的雄心和权威。

疲力竭，不能再继续工作了。接着我们还参观了一个玻璃珠厂，情况也差不多。

这天我们是在托赛罗岛的雪帕里餐馆用午餐的，吃到了很好的鱼羹。餐馆附近有一个六世纪的教堂和十世纪时候的小桥，很富于中古的风味。

大部分同志还在回威尼斯的途中参观了圣芳济教堂，据说里面非常古雅幽静，有如"世外桃源"。

这天晚上，我们在哥伦布餐厅里招待威尼斯的各界人士，饭后则由意大利朋友招待我们看一个进步的故事片——"土地在颤动"。这个影片描写西西里岛渔民的痛苦生活和英勇斗争，几个主要角色都由当地渔民扮演。

在威尼斯，有两个主要的博物馆，一个是总督府博物馆，一个是美术学院博物馆；我们只参观了总督府的博物馆。总督府的建筑也很庄严美观，可以说是威尼斯繁盛时代的一个像征。它开始建筑于814年，十四世纪和十五世纪都曾经加以改建，不幸遭到了一场大火，全部焚毁，十六世纪（1578年）才修复。在建造这座宫邸的过程中，曾经有很多著名的威尼斯艺术家先后参加了工作。

总督府的天井完全是"文艺复兴"时期的样式，里面有一座楼梯，叫做"巨人楼梯"，上面的两座精美雕像——战神马尔斯和海神奈泊通，据说是威尼斯在陆上和海上握有无上权威的象征。

我们在博物馆里看到了不少由著名画家替善（1477—1576）和廷托勒托（1518—1594）所作的壁画。这两位都是威尼斯画派的巨子，替善的成就尤大，西班牙和现代的法国画家都受其影响。可惜由于年代已久，而且保护得不好，这些壁画都已模糊不清了。

参观了博物馆以后，意大利朋友又带我们去看了一下监狱。这些监狱非常潮湿阴暗，真是名副其实的地牢。联系着监狱和对河宫邸的是一条著名的石桥——"叹息桥"（也有人译为"奈何桥"）。从这条桥上，当时不知曾经走过多少被押往刑场或解往监狱去的犯人，有多少冤苦的眼泪流在桥下的河水上而又和时光一道无影无踪地消逝。可是，站在这座桥上，却也可以看到风光如画的运河和古老美丽的建筑，看到圣马可教堂门前圆柱顶上的插翅雄狮，使人联想起了这座城市的光荣历史及其权势的衰落。拜伦在其"恰尔德·哈洛尔德游记"第四章的开头就曾这样歌咏过：

> 我站在威尼斯的叹息桥上，
>
> 一边是宫殿，一边是牢房。
>
> 举目看时，许多建筑物忽从河里升起，
>
> 仿佛魔术师挥动魔棍后出现的奇迹，
>
> 千年的岁月用阴暗的翅膀将我围抱；
>
> 垂死的荣誉还在向着久远的过去微笑，
>
> 记得当年多少个藩邦远远地仰望，
>
> 插翅雄狮之国的许多大理石的高房。
>
> 威尼斯庄严地坐镇在一百个岛上！

是的，威尼斯的光荣时期确是早已过去了，但威尼斯的风光却永远是美丽的，威尼斯人民的力量也永远是无穷的；它在过去曾经受到无数杰出的作家、诗人、艺术家、音乐家的歌颂，今后它也仍然将为一切伟大的心灵所热爱。

我们于4月28日晚离开这座水上城市到都灵去。这天晚上天气忽变，细雨迷蒙，在到火车站去的路上，我们坐在小汽艇上看着温暖的夜雨和两岸的夜景，听着清脆的钟声和动人的夜曲，觉得比晴天看到的威尼斯更其美丽、神秘和富于魅力，就只可惜再也听不到船夫们歌唱塔索（十六世纪意大利的伟大诗人）的诗句了。

法国东南的几个城市[*]

1 在里昂的三天勾留

里昂是法国的第三个大城市，也是法国的丝织业中心（但人口并不很多，据说只有五十万左右），罗尼河和索恩河在这里汇合。在革命史上，这个城市也是很光荣的，在 1744 年和 1786 年，这里纺织工人曾经举行大规模的罢工，反对法国的封建王朝；在 1831 年，三万名饥寒交迫的纺织工人，在这个城市里对资产阶级举起了武装斗争的义旗，进行了三天的残酷战斗以后，终于占领了这个城市，建立了自己的政权；虽然这个政权只维持了十天，可是它的影响和作用却是极其重大的。三年以后，这里爆发了反对资产阶级剥削的工人武装起义，并且提出了建立"共和国"的口号，但只经过了四天的血战就被残酷地镇压了。

7 月 2 日下午，我们从巴黎坐火车到达里昂，路上只花了三个多钟头。一进城市，我们就感到了一种意外的舒适，因为这儿比起巴黎来，确是要清净得多了。

第二天上午，我们就去游览市容。在罗尼河的一条桥上，我们久久地眺望着这条河流的秀丽景色和它两岸的古老建筑，大家都舍不得马上走开。对面的一个教堂，使我想起法国的伟大作家拉伯雷，因为在四百多年以前——1531 年，这位伟大的作家为生计所迫，曾经从巴黎来到里昂。在当时（"文艺复兴"时期），里昂曾经是法国的经济文化中心，它的地位有点像当时意大利的威尼斯，比巴黎还要重要，在这里找工作也自然比较容易。

---

[*] 选自《旅欧随笔》，中国青年出版社 1957 年版。

第二年拉伯雷在罗尼河桥的慈悲圣母堂医院里当了医生，并且在同年 11 月间就出版了他的不朽巨著——"巨人卡冈都亚和庞大固埃"（现有人民文学出版社中译本，简称为"巨人传"）。当他在里昂两年多的时间中，想必是每天都要翻过这座桥，在这里欣赏河景的罢。

在对岸的一个小广场上，我们看到了法国木偶艺术创始者劳伦·莫奎特的铜像。这位艺术家生于 1760 年，死于 1844 年，活了八十四岁。听说在他以前，法国民间虽然已有木偶戏，但大都比较简单、粗糙，经过莫奎特的加工提炼，才变成了完美的艺术，所以他在法国人民中，是很受敬爱的一位艺术家；可是，在资本主义的制度下，这种民间艺术却早已衰落了。

在一个广场旁边的一条小巷里，有一座古老的房子，据说十七世纪的女散文作家塞维尼夫人曾经在里面住过。

接着法国朋友带领我们去游罗马山。在这座山上，我们可以看到里昂的全城，罗尼河和索恩河在城中蜿蜒而过，风景非常美丽。山上有一个规模相当大的教堂，据说十九世纪末即已开始建筑，但经过了五十多年，直到今年还未完全竣工；在第二次世界大战期间，它曾被希特勒匪徒所占据。教堂里面的建筑也颇富丽，在明亮的阳光中，闪耀着五彩的花玻璃窗和镶嵌细工，精美的浮雕和壁画，不像一般教堂似的灰黯阴沉。

下山以后，我们还特别去看了一下一个罗马废墟。据说这个废墟在二十年前才被发掘出来，里面有一个罗马剧场和音乐台。我们知道，在纪元前五十八年，罗马大将恺撒曾经征服了整个高卢，把它变成罗马的一个行省，因此罗马文化也随着在古代法国的境内建立起来，不知这个废墟是不是当时遗留下来的东西。

当我们在罗尼河沿岸疾驰而过的时候，法国朋友又特别指着一座古老的房子，告诉我们莫里哀的第一个著名喜剧"糊涂人"就是在里面上演的。这个喜剧一共有五幕，大概写于 1653 年，它不但出色地塑造了两个生动的人物形象——愚蠢鲁莽的雷利和帮助他求爱的、机智善良的仆人马斯加里（由莫里哀本人扮演），而且也深刻地揭露和讽刺了当时的法国社会——因此在里昂和以后在巴黎演出时，都得到了很大的成功。可是，莫里哀在这时候却还是郁郁不得志，过着漂泊无定的生活，尝尽了人间的辛酸和流浪的痛苦。

不久我们经过了一条隧道，有一千八百米长，据说这也是里昂一个有名的建筑工程。

过了隧道以后，我们游览了里昂的郊外。这时虽然已是 7 月，北京怕已经很热了，但在这里却风和日暖，仿佛春天。我们看见一个小巧精雅的花园，绿树掩映，草地如茵，湖水清彻，微波荡漾，但里面寂无一人，只有成群的鹅、鸭在水上嬉戏；湖边有无数垂柳，轻轻地飘拂着湖面，真像我国江南的风光，这又不禁勾引起我的"乡愁"来了。

四日晚上，我们到罗马剧场去看了歌剧"奥赛罗"。这是一个露天的剧场，一切背景都利用自然的景色，整个剧场好像都是舞台，据法国朋友说，古罗马的剧场就是这样的。这个歌剧一共是四幕，由十九世纪著名意大利作曲家维尔第作曲，原文是意大利文，自 1887 年 2 月 5 日在米兰的"斯卡拉"歌剧院首次演出以后，即成为欧洲各国歌剧院经常演出的剧目之一。

这个歌剧的情节完全根据莎士比亚的原作，其中的几个主要人物——奥赛罗、苔丝德梦娜、埃古、凯西奥、爱米莉霞、洛特力戈，都演得非常出色，特别是奥赛罗和苔丝德梦娜，听说这两位演员在法国歌剧界都很有声誉，饰演奥赛罗的尤其著名。

一天我们访问了里昂大学。里昂大学成立于 1888 年，比之巴黎大学，当然是年轻得多了，但它却是一个规模仅次于巴黎大学的综合性大学，有很多院系，其中以医科办得最好。我国过去到法国留学的，大概以进巴黎大学和里昂大学的居多，因此它的名字在我国也并不太生疏。里昂市长是法国著名的政治活动家爱德华·赫里欧。这位已经八十多岁了的法国政界元老是激进社会党的终身主席和国民议会的终身名誉议长，在第二次世界大战以前曾经三度组阁，法苏邦交就是在他第一次组阁时恢复的。在纳粹占领期间，赫里欧埋头写作，拒绝出卖法国民族利益的维琪政府，1942 年曾致函贝当，痛责其破坏宪法，分裂和出卖法国，因此被捕下狱，且被移到柏林监禁，直到 1945 年才由苏联军队救往莫斯科。1947 年 6 月，赫氏被选为法兰西学士院院士，1954 年获得国际和平奖金，1955 年又担任了世界和平大会名誉主席和法苏友好协会的名誉主席，所以在法国的政界中，他的名誉一向是比较好的。他对中国的态度听说也很友好，主张促进两国的经济交流和文化交流，可惜我们到里昂时他正在养病，因此没有见到他，只见到了代表他接见的副市长。

2 从里昂到格勒诺布尔

7 月 6 日的早晨，我们离开里昂到道凡尼省的省会格勒诺布尔去。像中国青年代表团已经走过的路线一样，我们的车子也是沿着罗尼河的河谷疾驰，然后又在阿尔卑斯山的群山中间穿过，一路真可以说是看不尽的山光水色。在罗尼河上，我们曾经参观了一个约有三十万瓦电力的中型水闸，据说法国政府早已计划修建二十个这样大小的水闸，但由于经费支绌，迄今没有完成计划。在参观了这个水闸以后，我们又参观了一个尚未完工的水闸工程，它的规模也不很大。以后我才知道，这一带原是法国水电事业最发达的地区，巴黎的一部分电力也是从这一带供给的。中途我们在一个小镇的餐馆中休息和午餐。这一个餐馆的房屋虽小，但内部构造却很奇特古雅，曲折有致；后园有座房子灰瓦石墙，藤萝古树，颇有中国风味，很引起我们的赞赏。到了瓦棱萨，我们又下车休息。瓦棱萨在维尼和蒙得利马之间，紧靠着罗尼河，是一个小城市，却异常整洁优美。我们在一个广场的露天咖啡座上坐了一会以后，就折向东北朝着格勒诺布尔继续前进了。

我们在阿尔卑斯山的群山中经过，这并不是第一次，在瑞士时不知已经走了多少次，但以前都是坐火车的，究竟平稳得多，而这次却是在悬崖绝壁、万丈深谷之间，坐着旅行汽车疾驰。车身很大，山路又窄，而且转弯抹角的地方特别多，真可谓"百步九折"；车子在大转弯的时候，看起来仿佛车身有一半离开了道路，悬挂在半空中似的，真叫人触目惊心，不禁捏一把汗。沿途的山峰都很突兀峥嵘，有些竟高得不可仰视，上面层云汹涌，几与山接，李白在"蜀道难"中所说"去天不盈尺"的"连峰"，大约就是这种情景。万木丛中时有飞湍急瀑，吼声如雷；不久夕阳西殁，群壑倏暝，在薄暮中听着风声和水声的交响，尤其给人一种异常的感觉。中途我们经过一个小镇，背山临溪，风景特别秀美。我们的车子过了一条石桥以后，就穿街心而过。街道很窄，伸手出去，似乎就可以摸到两旁商店的橱窗。街上有一家很精雅的咖啡店，只有散散落落的几个人在喝啤酒，我们也真想下车到那里去闲坐一会，仔细领略领略这一带的景色。深山中究竟比平地冷得多，特别是晚上，我们穿着夹大衣还有些冷的感觉。到了九点钟光景，大家都觉得又冷又饿，偶然看到几座亮着灯光的房子，就不禁幻想里面也许正是全家老小围着桌子在吃晚饭呢。九点半钟以后，我们忽然看见山下一片灿烂的灯光，大家都以为是我们的目的地到了，一问却并不是。直到十点多钟，我们才在深沉的夜色中发现万家灯火的格勒诺布尔在我们的脚下闪烁；以后我们的车子又在曲折的小路上盘旋了很久，才慢慢地驶进了这个法国阿尔卑斯山区的中心城市。

格勒诺布尔从十四世纪起，才被统一于法国的布尔邦王朝。1788 年夏天，在法国资产阶级革命的前夕，这里也曾经爆发起义，人民用砖头、瓦块投击镇压起义的士兵。在纳粹占领期间，这一带也是游击队根据地，在反法西斯胜利的时期，英勇的法国人民完全依靠自己的武力解放了这个城市。法国朋友又告诉我们在这里诞生的伟大作家斯丹达尔（1783—1842），很受这儿人民的爱戴，城内有一个纪念他的博物馆。斯丹达尔是法国浪漫派的巨子，也是法国现实主义小说的前驱。他因生在十八世纪末叶，所以受"百科全书派"的影响颇深。他憎恨宗教，憎恨僧侣，蔑视上流社会的传统习惯和道德风尚，这在他的作品（以"红与黑"为最著名，我国已有译本）中也可以看得出来。对于这样一位作家，格勒诺布尔人民给以应有的敬爱，是很自然的。

我们在格勒诺布尔只逗留了一天，上午全团都去参观素以理工科著名的格勒诺布尔大学。这个城市只有十万光景居民，但大学生却有一万多，占了全城人口的十分之一，因此被人称为"大学城"。

下午我们游览市街，先后参观了博物馆和司法宫。博物馆里所陈列的，主要也是现代的绘画，我们只大略地看了一下。司法宫据说原是一座古老的皇宫，建筑虽不很大，却也相当华丽，里面有不少的雕刻和壁画。给我们作解说员的一位老太太，对我们特别热情，把历史上一些非常细微的情节都讲了又讲；据说她的儿子正在上海，这大约是她对我们表示特别热情的一个原因。在司法宫外面，就是风光旖丽的爱塞尔河（另外还有一条德拉克河，也流过这个城市），沿岸有很宽畅的林荫大道和建筑别致的别墅，还有几座联结两岸的桥梁，建筑形式也相当美丽。特别引起我们兴趣的，是在河上横空而过的电缆车。如果从河岸这边坐着电缆车在半空中横渡到对岸的巴士底古堡去，那么我们一定可以更全面地、更有趣地欣赏这个城市的风光。但由于照顾年老的同志，我们并没有去尝试一下这种特有的滋味。

格勒诺布尔实在是一个幽美的城市，环绕着它的群山景色都不一样，有的是连绵起伏，有的是奇峰突起，终年积雪的阿尔卑斯山最高峰白山，你也可以在市内远远地看到。即在我们旅馆的楼上，只要推窗一望，也就可以望见群山仿佛向你涌来，附近的处女峰，简直就好像是快逼近到窗前似的……可惜我们只逗留一天，不能仔细观赏这个美丽的城市，就和它告别了。

3 地中海滨的重要港口——马赛

7月7日晚上十二时左右，我们从格勒诺布尔到达马赛，差不多坐了六个钟头的火车。马赛属普罗望斯省，是法国在地中海滨最重要的一个港口；它的交通很方便，和欧洲各国、亚洲、非洲、美洲之间都有直通的航路。罗尼河和都兰斯河，都经过这里流入地中海。军港土伦就在它的东面，形势非常险要。马赛的人口将近一百万，商业繁盛，工业也颇发达（以制造油类和肥皂著名），被称为法国的第二大都市。我们到达的时候虽则已是深夜，但几条大街还是灯火通明，热闹异常，比里昂确实要繁华得多。

第二天下午，我们游览了市容和附近的名胜。在圣母教堂的小山上，可以俯瞰马赛的全景，我们纵眼一望，只见街道纵横，树木葱郁，虽则赶不上巴黎，但也不失为一个美丽的城市，海边有的地方尤其景色宜人，气魄宏伟，自有一种海港所特有的风光。在下山的时候，我们看见一棵树上刻着一行模糊的标语："美国佬滚回美国去！"充分表现了法国人民痛恨美国侵略行为的情绪。

法国石油的储藏量不多，大部仰给于国外，我们曾经在九日上午去参观了一个石油港，那里所炼的石油就是大部分从伊朗和叙利亚输入的。这个石油港离马赛约有六十公里，规模相当巨大，每年所炼的石油，据说可供全法国所需石油的40%。法国的石油工业也操纵在垄断资本家手里，其中最大的托拉斯是法国炼油公司，这个巨大的石油港无疑地也是垄断资本家的私有财产。可是，法国垄断资本家事实上并不是法国石油的真正主人，因为法国的石油工业事实上大半是被美英石油公司所控制的，美国美孚石油公司和德士古石油公司以及英国的亚细亚石油公司和英伊石油公司，才是法国石油的真正所有者。有一位法国的进步朋友，也曾经和我们谈过这种情形，表示十二分的痛心。

在从石油港回马赛的时候，我们路经一些很像我国江南景色的农村。海滨有一大片松林和很多别墅，还有不少搭在草地上的帐篷，据说这也是一个休夏的胜地，可惜去年大旱，使松树枯死大半，以致这个本来很美丽的地方也未免大为减色。

当天下午，我和几位朋友去游览港口。这一带全是仓库和船坞，到处矗立着直指蓝天的、好像巨人似的起重机。上万吨的各国邮船都冒着白烟，正在准备远航，有的到阿尔及耳，有的到马耳他，有的到直布罗陀，有的到塞得港……我们参观了一个设备相当完善的船坞，还特意叫小汽艇绕道从一条能够自动开关的大吊桥下通过。这时天色很好，太阳温和地照耀在万顷晶波上，非常可爱，可是海风却仍然相当大，随着波涛的起伏，我们的汽艇也晃荡不已。不久我们远远地看到一座孤岛——蒙特·克里斯多，上有古堡，据说就是大仲马所作"基度山恩仇记"（又译"水晶岛王"或"蒙特·克里斯多伯爵"）的背景。这部小说的内容是写一个受冤害的少年——丹特士被幽禁了二十年以后，终于逃出了黑狱，在蒙特·克里斯多岛上发现了宝藏，过着富裕的生活，自称为豪特·克里斯多伯爵，并且设法把他的仇人一个个地除掉，报了自己的深仇大恨。这部叙述冒险和复仇故事的、充满着浪漫气息的"武侠小说"，流行很广，据说它的发行数量，不下于他的另一名著"三个火枪手"（我国又译"侠隐记"），因此"蒙特·克里斯多的宝藏"一句话，乎几成了当时法国人的成语。

我们很想到那个岛上去游览一下，但一个法国朋友却说路程相当远，来回费时，恐怕赶不上回城参加我们自己的招待会，而且开着玩笑似地说：

"那儿现在已经没有什么宝藏了。"

……

晚间的招待会很热闹，不但到了很多法国朋友，也到了十几位华侨。这些华侨有的经商，有的做工，还有少数在马赛大学学习的。据说过去这儿和里昂的华侨都相当多，但现在却大部分集中到巴黎去了。那天晚上遇见的华侨，则无不表示热心关怀祖国的建设和富强，有一位中国饭馆的主人则形影不离似地陪着我，替我当了很久的义务翻译。在招待会上，我遇到一位年纪很大的法国退伍军人，和他谈起保卫世界和平的问题，引起了他的无限感触，他向我极力描摹战争的残酷和带给人民的灾难，表示愿意坚决反对战争，并对当时法国政府征募青年人去镇压阿尔及利亚的民族独立运动表示了异常的愤恨和痛心；他预言这次战争，和在越南的情况一样，得到胜利的一定是阿尔及利亚人民，决不可能是法国社会党政府。

马赛大学也是法国很著名的一个大学，我们曾经去访问了它的医学院，可惜因为已经放假，不可能进行参观。代表马赛大学校长接待我们的医学院院长莫列先生告诉我们，各国著名的医学专家，都曾到他们的学校里讲学，希望我国也能派人去讲一次。在临走时，他并且告诉我们爱克斯及其附近很值得去看一看，因为那也是一个文学艺术的中心，如果不能够去，多少是有点可惜的，不过他又笑着说："你们下次再去也可以。"他不提起倒也忘了，但经他一提，我却又记起了两位法国作家的事情：左拉曾经在爱克斯度过他的童年，并且在那里上过学；都德也曾经在那里和普罗凡斯省的其他一些地方旅行，并在蒲堪耳买了一所荒弃已久了的磨坊，一个人住在那里努力写作，写成了那本使他"一举成名"的"磨坊文札"，那时他才有二十五六岁。我在年青时就看过这部名著的中译本，其中有很多动人的故事和细致的描写，着实使自己着迷过一时，还模仿着写了一些散文，因此印像至今还是很深刻的。

从医学院出来以后，我们又去访问马赛市政府。刚一进门，我们抬头就看见楼梯上悬挂着我国国旗，这使我们非常高兴。市政府的建筑也很不错，窗外就是一个船只如蚁拥挤不堪的内港，据说在古代这个就是马赛的港口。

中午马赛市商会在运动俱乐部宴请我们。主人在致词中似乎有点感慨地说，过去中法两国的通商，大半是通过马赛的，但自从二次大战以后，从这个吐纳口输出到中国和从中国输入的东西就很少了，似乎大有不胜今昔之感。可是他却没有说明这是什么原因，当然他也是不愿意说破这是法国政府一味投靠美国，不敢反抗美国"禁运"政策的压力的必然结果。

今天是我们在马赛停留的最后一天，下午三点，我们就动身到戛纳去。在火车上，有的同志轻轻地哼起"马赛曲"来了。

4 戛纳海滨

戛纳在马赛以东，尼斯以西，是地中海滨的一个城市，风景异常秀丽；夏天在这里避暑的人很多，其他季节前来游览的旅客也不少，因此城市虽小，在欧洲却很有名。

我们到达这里以后，看到那一片深蓝的海水和金黄的沙滩，顿觉心胸开阔了许多。海滨的马路十分整洁，两旁栽种着高大的棕榈和其他常绿树；在枝叶扶疏之下，则是碧绿的草地和烂漫的鲜花。沿岸都是白色的、浅蓝的、米黄的、豪华高大的饭店建筑，其中间杂着一些现代化的、高层的公寓房子，也有很多咖啡座、酒吧间、糖果铺，以及各种卖纪念品的商店。海面上布满着数不清的游艇，像游鱼似地往来如梭。灿烂的阳光照耀着晶莹的海湾，使海水幻成了玛瑙的颜色。这时时间虽已不早了，但在海边浴场里游泳的人却还贪恋着清凉的海水，不肯上岸，已经上来的则伸开四肢俯伏在沙滩上，听凭紫铜色的背部浸润在温暖的阳光中；男女的笑声此起彼伏，使整个海湾都充满了青春的气息和浪漫的情调。

可惜这样的良辰美景，在这里却都只为各国有钱的人而设，法国的劳苦人民是没有办法享受这一份幸福的。

晚饭以后，我们特意到"棕榈海岸"去参观一个著名的赌场（名义上称为俱乐部），因为这也是戛纳生活的一个方面。在赌场中不但有一个专供赌博的大厅，而且还附设有舞厅和茶座，是赌徒们娱乐和休息的场所；所跳的都是裸体舞或半裸体舞，庸俗而且猥亵。据说这儿的赌风颇盛，豪商巨贾们尤其醉心于这种比投机买卖更方便的"生财之道"；这使我想起离戛纳不很远的蒙特卡罗（属受法国保护的摩纳哥），联想到那个在资本主义世界非常著名的赌城。

第二天上午我也跟着几位同志到海滨游水，并且在沙滩上晒了半天太阳。阳光非常温和，我晒了又晒，却一点也不觉得燠热，似乎还觉得有点儿冷，简直好像是在春天和秋天晒太阳似的。这时海上除了游艇和舢板以外，还出现了很多奇妙的海上运动用具，有一种模样好像椅子，一人站着用足踩，在水面上滑行得像飞一样快；还有一种可以两个人同时坐着用脚踩的、全用橡皮作成的东西，也很好玩。

中午大部分同志到戛纳后面的加利福尼小山上去访问毕加索，我因游水后过于疲劳，没有参加。听他们回来说，七十五岁的毕加索身体健康，精神饱满，还能日夜作画和从事雕塑。由于要求访问者过多，简直无法应付，他常常称病拒绝接见，但他对于我们的访问，却热情欢迎，曾替好几位同志画了他最得意的和平鸽子，并在一位同志自己买的"毕加索画集"和他送给另几位同志的小画册上，摹写了他们的中文名字。侯德榜团长则得到了一束毕加索亲手折下来的桂枝。侯先生非常珍视这份象征和平的礼物，一直把它带在身边，还随时拿出来给同志们看。在晚餐的时候，一位法国朋友告诉我们毕加索画鸽子，已有五六十年的历史，因为毕加索的父亲也是一个善于画鸽子的画家，在他画鸽子的时候，常常叫年青的毕加索补笔，画些爪子之类的细部。毕加索也从小就很喜爱鸽子，经常饲养鸽子，不断地观察它们，研究它们的特点，体会它们的性情，所以才能画得这样神形毕肖，栩栩如生。他又告诉我们毕加索一生都在绘画上追求新的形式，以表达他自己的思想感情，虽则艺术史家们爱把他以往的创作过程分成什么"蓝色时期"、"玫瑰时期"、"黑人时期"、"分析主体派时期"、"综合立体派时期"、"古典主义时期"等等，可是他的创作精神却始是一贯的，创作态度也始终是诚实的，决不是目前一般时髦的抽象派画家所能比拟。毕加索在政治上也很坚定，自从 1944 年参加法国共产党起，他就一直为工人阶级和世界和平贡献他的才能，从来没有动摇过，这和阿拉贡是一样的。

从毕加索那里回来以后，有几位同志又到瓦洛里斯镇去参观了专门烧制毕加索设计和绘画的陶器的玛拉多窑厂，到离戛纳约九十公里的翁提布美术馆去参观了毕加索的一百多幅画。

这两个地方我也都没有去，因此在旅馆前面的露天茶座上，又和一位法国朋友闲谈了一会梅里美，因为这位法国十九世纪的伟大作家是在这儿逝世的。虽然梅里美逝世（1870）离今已有八十六年，但在戛纳还经常有人提起，引为这个地方的光荣和骄傲。

那位法国朋友告诉我去年四五月间，在这法国南部的滨海胜地，曾经举行了盛大的第九届戛纳国际电影节，参加比赛和展览放映的国家共有三十五个，我国的美术片"乌鸦为什么是黑的"和"神笔"，也参加了展览放映，获得了一致的好评①。我们在巴黎看过的法国彩色艺术片"静静的世界"（描写海底情景，非常有趣），曾经得到这次国际电影比赛评判委员会所授予的金质棕榈树枝奖。听说在那半个多月中，这儿不但很热闹，而且

① 今年戛纳国际电影节，我国代表团因抗法国同时邀请台湾蒋介石集团的代表参加，拒绝出席。

充满着艺术的气氛和国际友爱的精神，可惜我们到得晚了一步，没有赶上参加这样一个难得的盛会。

晚上八点多钟，我们离戛纳回巴黎去，在火车上，我回顾这个夜色迷蒙中的滨海小城，犹如海市蜃楼，蓬莱仙境；本是灿烂耀目的灯光也惝恍迷离，显得遥远而且神秘。火车一路沿着地中海岸疾驶，因此随时都能看见蓝得可爱的海湾和整洁幽静的城镇；这一带的沿海景色，的确是很迷人的。

经过了一夜的旅行，第二天上午八时三刻我们才到达巴黎。我们这次在巴黎只逗留了两天，并没有正式组织游览，我们就又取道瑞士回国了，因此戛纳实际上是我们那次访问法国的最后到达的一个地方。有人说，最初的印象和最后的印象总是特别深刻的，我们对于巴黎和戛纳，也有这样的感觉。

访问瑞士 *

洛桑一日

我们是在去年 5 月 31 日早上到达洛桑的，当天晚上就离开这里到日内瓦去，因此我们事实上只有一天的逗留。这天上午我们参观了洛桑大学，并且和两位洛桑大学文学教授一道去访问了一个社会民主党人办的出版社。这个出版社出版了很多装订异常精美的外国古典文学作品，在瑞士的出版界颇负声誉。我们互相交换了介绍外国文学作品的意见，出版社主人表示愿意出版中国的文学名著，但又担心中国文字太难，恐怕翻译是一个不容易解决的问题。我们告诉他可以从其他国家的译本转译，他也表示这或者还是一个比较切实可行的办法。

下午我们去游览著名的古堡——犀隆。这个古堡离洛桑有几十公里，就在日内瓦湖的旁边，风景异常优美。

我们出发的时候，天气起了变化，忽雨忽晴，但也正因为如此，日内瓦湖更显得妩媚多姿，变幻莫测。当阳光照耀在万顷晶波上的时候，我们可以清清楚楚地看到起伏连绵、重峦迭嶂的远山，但一下雨，就只见整个湖面上都是迷迷蒙蒙的一片，其他什么也看不见了，仿佛连我们自己也被包裹在浓雾之中似的。在半途上，瑞士朋友一定要我们下车喝点葡萄酒。他们带我们走进了一个古老的地窖，四面都是很大的酒桶，芬芳的酒香迎面扑来，使人垂涎。有几个善于喝酒的同志一连喝了好多杯，我自己也尝了一点，的确是清醇可口，在离开酒窖以后，还好久地觉得舌头甜腻腻的，

＊ 选自《旅欧随笔》，中国青年出版社 1957 年版。

留下了浓烈的酒味。

快到犀隆的时候，我们经过了一个虽小却很别致的市镇，街道平坦广阔，有无轨电车，两边的商铺也很热闹；由于这是游览胜地，旅馆很多，因此被称为"旅馆城"。在市镇后面的小山上，树木异常茂盛，看过去真是一片苍翠，在雨后特别显得美丽。山上的所有房子都很豪华，据说大部分都是英国资本家的别墅，他们把在印度和其他地方掠夺得来的钱在这里修盖房子，穷奢极欲地过他们的悠闲生活，殖民主义者就这样把自己的幸福建筑在殖民地人民的血汗上面的。

犀隆的建筑非常雄伟和庄严，但也有几分阴森可怕，由于我们进去的时候外面正在下大雨，所以特别感到一种沉重的压迫。这个古堡大约建成于十四世纪初期，以后就没有什么太大的变动，不过由于住过好多封建统治者，所以不断地增加了一些内部的装饰——壁画、挂毯、雕塑，以及美丽的天花板，但现在除了一个大公的房间和小教堂以外，在其他地方的墙壁上却都是光秃秃的了。

我们进了这个古堡以后，首先看见的就是一个地窖形的监狱；这里的光线只靠从很少的几个窗子里进来，幽暗而潮湿，真可以说是一个地牢。听说以前曾经有很多政治犯或其他犯人关在这里，死了以后就被拖出去抛入日内瓦湖里。拜伦于1802年曾经到过这里，并且写过一首很有名的诗"犀隆的囚徒"，歌颂那个在文艺复兴时期曾经为了争取日内瓦的独立自由而牺牲了个人自由的日内瓦人佛朗索亚·庞尼瓦。卢骚也曾经把这个古堡当做他的小说"新哀洛依思"（1760）的背景，因此很多人都知道这个古堡的名字，经常有人来游览。

接着我们一连参观了古堡里面的武器库、卫兵室、大公的卧室、接待室、餐厅、钟楼、吊桥等等，出来时已经不早了。

在回洛桑的时候，天气还是晴雨不定，我们一路欣赏着那秀丽动人的湖光山色，都感到十分愉快。

在日内瓦

6月1日上午，我们就开始了日内瓦的参观访问。我们首先访问国际高等学院。这个学院是1927年正式成立的，和日内瓦大学有密切的关系，名义上虽然独立，实际上却是日内瓦大学的一个政治科学院。我们参观了它的图书馆，里面的藏书并不太多，连杂志大约只有二万五千册左右，但该院学生可以充分利用日内瓦图书馆（列宁曾经在这里写了很多著作）、日内瓦大学法学院、经济学院、社会科学院的图书馆，并且可以向大学图书馆、联合国图书馆、国际劳工局图书馆自由借书。我们的访问，受到了该院师生的热烈欢迎和接待。

中午我们在一家中国饭馆里吃饭，觉得特别有滋味。这个饭馆的主人以前原是伪大使馆的厨师，在国外已有三十多年，现在娶了一个瑞士女人。他自己和他的瑞士夫人对我们都很热情，由他亲自烧菜，夫人招待，菜也做得特别好吃，第二天他们还特地请我们代表团里的三位女同志吃了一顿午餐。华侨对于祖国的热爱，就在这种地方也可以看出。

下午三点钟，我们去访问红十字国际委员会。这个委员会于1880年正式成立，离现在已有七十多年。它在政治上一向标榜"中立"，但事实上却并不尽然。

新闻及外国友谊协会在晚上为我们举行了一个盛大的招待会，到的人很多。举行招待会的地址是雅典艺术厅，里面有很多优美的陈设和绘画，据说四国首脑会议在日内瓦开会时，日内瓦州的州长曾在此举行宴会。

在招待会上，我曾经和一个瑞士的自由职业者谈话，他在联合国担任西班牙文的翻译，并兼做私人的法文教员，但他却总觉得自己没有前途，常常感到矛盾和苦恼；他也认为资本主义这条路是再也走不通了，可是要走什么道路呢，却不知道。他认为社会主义在中国或许是合适的，但瑞士却不一定需要也走这么一条道路，可见他的思想是多么矛盾。招待会快要结束的时候，我又遇见了一个年纪很大的乔治亚人。他告诉我他离开乔治亚已有四十多年，和列宁、斯大林都认识，据说列宁在世时曾经劝告他回去，现在苏联也要他回国。我问他为什么至今还不回去，他却回答说："回去自由，出来可就不自由了。"我很疑心他说话另有用意，但又不好驳他，因此我就站起来和他告别，谈话也就算不了了之。

第二天（6月2日）上午，我们首先参观了美术历史博物馆。这个博物馆规模相当大，有古典的绘画和雕塑，也有近代和现代的作品，还有一个钟表陈列馆，而这正是这个博物馆的一个特色，因为瑞士的钟表业原是驰名全世界的。在古代的绘画和雕刻中有些很好的作品，但在近代，特别是在现代的一部分中，却有不少离奇古怪、简直看不懂的东西，大概都是现代没落资产阶级的艺术作品。

中午日内瓦市政当局在阿拉巴马大厅举行招待会，欢迎我们。据说在这个大厅里曾经签订过日内瓦公约和英国承认美国独立的条约，是一个有历史性的建筑，同时也很富于艺术趣味。

晚上我国总领事馆为中国文化代表团在波利瓦饭店举行招待会，到了三四百人。这个饭店在日内瓦很出名，听说在日内瓦会议开会时，我国代表团就住在这里。

在招待会上，歌唱家郎毓秀同志作了精彩的表演，热烈的掌声在那华丽的大厅里此起彼落，不绝地回响。日内瓦虽然是一个国际都市，国际机构很多，一年内举行的国际会议也很多，但很多瑞士友人和华侨却都认为这次招待会是最令人难忘的一个盛会。在会上我们遇见了曾经到过延安的美国记者斯坦因，他热烈地对我们表示了祝贺，并且还善意地批评了我国的某几部新文艺作品。

6月3日是我们在日内瓦的最后一天，也是最愉快的一天。这一天我们参观了国联大厦，还游览了全世界著名的日内瓦湖——莱芒湖。领事馆特别为我们雇了一只汽船，在湖面上兜了一个大圈子。这个湖的湖水似乎特别清澈，在阳光的照耀下得深蓝而且略带金色。湖的两岸都是整齐的房屋和葱茏的树木，又阔又长的白朗峰桥（亦称白头山桥或白山桥），像一条长虹似地横贯在湖面上，桥上的行人、电车、汽车，往来如梭，非常热闹，但在广阔的湖面上，却并不觉得嘈杂。特别美丽的，是那个高达一百二十公尺的喷泉，它在莱芒湖上日夜不停地喷涌着，简直像一根银色的、雾一样的水柱，有时还显出五彩缤纷的奇观，十分灿烂可爱。从湖面上远望法国境内的、高达四千八百一十公尺的白朗峰（白山），也是一件很有趣的事情。白朗峰是阿尔卑斯山的最高峰，终年积雪，可惜我们开始游湖时没有注意，等到想起的时候，湖面已经雾气迷蒙，连近处的房屋也似乎浮在梦里一样了。

莱茵河边的一个城市——巴塞尔

我们在瑞士工业城市——巴塞尔的参观访问，是从巴塞尔大学开始的。这个大学成立于1459年，据说是瑞士最古老的大学之一。在参观大学之前，我们还同巴塞尔作家协会的主席和一位大学的文学教授作了一次亲切的谈话。

下午我们在市政当局的陪同之下，尽兴地游览了莱茵河，并参观了那个设备完善的水闸和几个规模宏大的码头。

莱茵河的景色也很秀美。介乎大小巴塞尔之间，横跨着五条古老的大桥，桥的两头都有精美的雕像。河水有的地方流得很急，不时可以看见无数大小不等的美丽的漩涡。沿岸除了古老的房屋和翁郁的树林以外，还可以看见礼拜堂的尖塔和工厂的烟囱。在离城稍远的地方，就是瑞士和法国以及德国的交界处，我们站在船头上，既可以看见法国，也可以看见西德。有位瑞士朋友指给我们看一座小山上的一幢房子并且笑着说："你们看，那幢房子的东半边是德国，西半边是瑞士，一家人从东边走到西边或从西边走到东边，就算是越过了国境，却用不到护照或签证，比一般人出国要方便得多了。"在大家的愉快的笑声中，他又接着说："在二次大战时希特勒曾经想封锁这条国际的河流，可是，你们想怎么封锁得了？"

由于这条河流的秀丽无比，很多诗人都曾歌颂过它，其中特别著名的是拜伦，他在他的杰作"恰尔德·哈洛尔德游记"中称它为"欢愉而丰满的河"，曾经很细腻地生动地描绘了它那明媚可爱的风光，并且热情地歌颂了它：

> 慈母般的大自然啊！
> 谁能像你一样，
> 在秀丽的莱茵河岸，
> 显得如此丰满？……

在游览了莱茵河以后，大家虽然都觉得有些倦意，但还是鼓起余勇来去参观了巴塞尔动物园。这个动物园规模很大，设备很好，里面有不少奇禽异兽，都是我从未见过的。

5日上午自由活动，我和李霁野、劳辛同志决意利用这个时间去参观巴塞尔美术馆。由于没有向导，我们东找西找，走了很多冤枉路，最后才找到了，但因此我们也比旁人多游览了一些地方，有些僻静的小街小巷和百货杂陈的菜市场，特别使我们感兴趣。

美术馆里的绘画和雕塑也不算少，但好的似乎也并不太多。在绘画中，我们最喜爱的还是十九世纪著名瑞士画家安喀尔的作品；这是一个卓越的现实主义画家，他那丰富多采的风景画和人物画，特别是那些表现儿童生活的作品，在瑞士的人民中和艺术界都享有盛名，几乎没有一个瑞士的其他画家能够超过他的。在雕塑部分，我们则最欣赏罗丹的作品。绘画部分也有毕加索的几幅画，但除一二幅外，也都是离奇古怪，使人不容易理解的，其他那些超现实主义的绘画，就更用不着说了。

在瑞士的首都——伯尔尼

伯尔尼是瑞士的政治中心，是联邦议会和联邦政府的所在地，各国大使馆也都设在这里。虽然在瑞士的城市中，它并不算很大，如果以人口来说，它还少于苏黎世、巴塞尔、日内瓦，只有十五万多人口，工业和商业，也不及以上这些地方，但它却还是很重要的一个城市。

我们在伯尔尼的访问虽然也只有两天，可是我们访问意大利和法国来回都经过这个城市，而且每次都有好几天的逗留，因此，事实上我们在这里足足住了半个多月，比对瑞士的其他任何城市都熟悉；我国大使馆设在这里，更其使我们感到亲切。

我们每次过伯尔尼都住在美景旅馆，这是伯尔尼的第一家旅馆。这个旅馆叫作"美景"，确是名副其实的，因为它的下面就是风景优美的亚拉河。这条河的水流很急，特别是在大雨的日子里，似乎所有附近的山水都汇集到这条河里，使它流得更快更急，远远地都可以听到河水互相冲击的声音。平时它的水色是深蓝的，但一到雨天，就变成浊黄，好像我国黄浦江的水色；这种浊黄的水色，和沿岸那些苍翠的树木不但很调和，而且还显得特别鲜艳和醒目。

横跨亚拉河的是一条很长很宽也很高的大铁桥，我们就经常在上面散步。在桥上来往的电车和汽车是很多的，但两边的人行道都很宽敞，因此散起步来并不觉得紧张和局促。在桥上既可以远眺阿尔卑斯山的积雪，也可以俯视亚拉河的流水，如果在星期六和星期日的晚上，我们更可以看到一种很美的夜景——大教堂的倒影；这是因为在这两个晚上，大教堂的内外都灯火通明，装饰在尖塔上的电灯尤其灿烂夺目，那些灯光倒映在亚拉河里，就仿佛是闪耀着满天的繁星。

5月22日，我们参观了伯尔尼的美术馆，在这里，我们看到了很多幅真正富于瑞士乡村特色的风景画。据美术馆的馆长说，联邦政府为了维持美术家们的生活，特别把建筑税里面的一部分用来购买美术家的作品。一位瑞士画家陪我们游览市区，首先参观了市立医院。这个市立医院设备很完善，环境也很优美；特别引起我们的注意的，是它的楼梯上、廊道上和礼堂里，都挂了不少美术照片和画幅，使病院不致显得那么枯燥和乏味。

最使我们感到兴趣的，是两所小学。一所小学里附设有幼儿园，我们随便走进了一个教室去参观，这时孩子们正在做着剪纸手工，看到我们进去都举起小手来热烈地向我们招呼。墙上贴满了孩子们的成绩，中间还钉着一幅一个中国小女孩的照片，那大约是从画报上裁下来的。在另一所小学里，我们参观了小学生们的上课情形，有一位男教员似乎很有耐心，也很能启发学生；孩子们很有兴趣地在练习着德文发音，大家抢着回答老师的问题。当我们离别的时候，孩子们都紧紧地围住我们不放，大家都欢呼着、跳跃着，要求我们抱他们，亲他们的手，我们走到哪里，他们就追到哪里，哄笑和吵闹的声响，震动着整个学校。呵，可爱的孩子们！

中午，联邦政府政治部（即外交部）请我们到伯尔尼近郊别格伦的巴伦旅馆午餐，沿途都可以看到茂密而且整齐的苹果树。这时苹果虽然还没有结果，也没有看见苹果花，但那些满树椭圆形的、带锯齿的绿叶，也很美观，而且还发散出一种特别浓郁的、沁人心脾的清香。

这家旅馆很别致幽雅，主人的招待也特别殷勤。这是一个肥胖而随和的人，肚子圆得像个鼓。在我们吃到半途的时候，他拿出一本非常厚重的签名簿来要我们签名，上面贴着一张从报上剪下来的我们的照片。他指着照片对我说道：

"你们到来之前，我早已认识你们了，喏，这不是您吗？"

他对于自己的话仿佛很得意，在我回答他以前，他早已自己笑得合不拢嘴了。

回到伯尔尼，我们特别去看了一看主人们曾经一再提到的几只大熊，因为"伯尔尼"就是熊的意思，伯尔尼州把熊作为州徽，对这种动物是非常尊敬的。

下午四点钟，联邦政治部部长彼蒂彼埃在联邦大厦接见我们，谈得非常融洽。彼蒂彼埃属激进民主党，曾任联邦主席，在瑞士政界极有声望。他对我国的态度，在日内瓦会议、四国首脑会议和四国外长会议以后，已经有所改进，曾积极要求把我国公使馆改为大使馆，和我国进一步地加强外交关系和贸易关系。四点半钟，联邦公共经济部部长也接见了我团副团长冀朝鼎同志和大使馆的商务参赞。

第二天上午，我们访问了科学研究国家基金委员会，接着又去参观了伯尔尼大学的生理学院（其中有个医学化学研所，设备很好）。在生理学院里有几位教授对中国的医学非常重视，认为中国的内科和针灸很好，还给我们看了几册他们保存的中国医书，可惜我们对医学都是外行，不能圆满地答复他们提出的很多问题。

下午三时，瑞士作家协会主席汉斯·兹别登先生在一个咖啡馆里招待我们，作家爱尔文·海尔曼教授也出席作陪。兹别登先生已经六十多岁，曾得伯尔尼市的文学奖金，对中国艺术很感兴趣，听说已经出版了一本"中国画选"，现在正在选印第二本。海尔曼教授也曾经获得伯尔尼州的文学奖金，在瑞士文学界颇有地位。

这个咖啡馆不大，却很精雅，在里面静静地谈话，确实是很愉快的，兹别登先生详细地询问了中国目前的文艺界情况，对于我们的答复感到十分满意。据他告诉我们，瑞士作家协会的会员有五百左右，很多作家都有其他职业，有的是教授，有的是记者，有的是商人，有的是官员，因为在瑞士仅仅靠写作也不能维持生活。作家协会已有三十年历史，有好几个分会。总会和分会的主要工作是讨论作家的职业问题，作家和书商的关系问题，书价问题，作家和批评家的关系问题，作家的救济问题等等。戏剧家的地位最高，其次是小说家。奖金一般是五千瑞士法郎，也有较少或较多的。他们也有创作年，据说在此时期，作家可以不做任何其他事情。

晚间，伯尔尼州、市政府举行招待会，会后就在一个很别致的地下室中便餐。在席间有一位伯尔尼大学化学教授很有兴趣地谈到我国的文字改革，他认为中国文字一改为拼音，外国人学习汉文就不会像现在似的困难了。另一位瑞士朋友也参加了我们的谈话，他告诉我们瑞士自己的影片很少，主要靠进口，1955年进口五百多部影片，其中美国一百九十多部，西德九十多部，法国八十多部，意大利七十多部，今年西德的进口增加，美国却减少了。他并且告诉我们，瑞士市上出卖的书籍，大半也是在别的国家出版。1954年瑞士一共出书三千六百多种，其中文学六百多种，艺术四百三十多种，以瑞士这样的一个小国来说，数量似乎不算少，可是质量高的并不多……像这样坦白而亲切的谈话，我觉得对于我们是很有帮助的。

此外，我们有些同志还参观了伯尔尼的音乐学院、大教堂、植物园，并且还在歌剧院里看了华格纳的歌剧，都感到相当满意。

银行和工业的中心——苏黎世

苏黎世是瑞士最大的一个城市，有四十万九千多人口（全瑞士也不过四百九十多万人口），是一个银行和工业的中心，商业也很繁华。

5月24日上午，我们先到离苏黎世一个多钟头火车路程的温脱萨尔去游览。这是一个小城，整洁而又幽雅。在一家饭馆里吃了午餐以后，我们又到附近去参观一些私人收藏的名画。这一天整天下雨，但在乡间游览和参观，雨天比晴天似乎更有趣味，景色也显得更美。晚间我们在苏黎世湖边的音乐厅里听了莫札尔脱的交响乐，觉得很愉快。这个音乐厅规模很大，建筑很新，几乎苏黎世所有较大的音乐会都是在这儿举行，据说在瑞士全国也是相当出名的。

第二天天气不大好，觉得还有些冷意。这天上午，瑞士联邦高等工业学校校董会主席汉斯·普尔曼教授亲自陪我们参观这个著名的学府。据说联邦政府能够直接领导的就只这一个大学，其他大学（瑞士一共有九个大学，苏黎世另有一个苏黎世大学）都归各州管理，可见瑞士各州的独立性是很大的。这个高等工业学校已有一百零一年的历史，去年举行一百周年纪念，我国曾经派了一位北京大学教授和一位清华大学教授去参加，影响很好。

汉斯·普尔曼教授除了详尽地介绍该校历史和情况以外，并且一再向我们表示：该校的经费来源虽则是联邦政府和私人资本家，可是绝不受政府的约束和资本家的牵制，这当然是不足为信的。此外，他又一再地告诉我们爱因斯坦和其他几个得过诺贝尔奖金的科学家，都曾经在这儿学习和教书；他说这些话时，脸上不断地闪耀着骄傲的、愉快的笑容。

下午我和李霁野同志一同去参观国家博物馆，里面的陈设相当丰富。参观完了以后，一位苏黎世大学的哲学教授坚约我们谈话，告诉我们他要写一本关于中国哲学的著作，并且把他描绘的一些八卦、太极图之类的东西拿给我们看。

五点三十分，我们全团都去参加苏黎世州、市政府的招待会。在招待会上，郎毓秀同志的歌唱博得了热烈的掌声，其中"桂花开，幸福来"、"康定情歌"、"白毛女插曲"、"催眠歌"等尤其使瑞士的朋友们感到兴趣，一再要求重唱。我们团里一位画家的绘画也同样地博得了极大的赞誉，在他开始表演绘画以前，一位苏黎世老画家特别作了详尽的介绍，并且说了很多他自己对于中国画的看法和理解，解释非常生动，譬喻尤其巧妙，有时竟说得大家捧腹大笑。市长对于这样的场面，似乎非常满意，在我们等车的时候，还特别带领我们上楼下楼地参观了一通各个办公室里的挂毯和绘画。

晚上八点半，在苏黎世的华侨陆续地到我们住的旅馆来了。这些都是科学技术专家，离开祖国已经很久，在瑞士都有职业，生活相当安定，而且大都有妻子儿女，但他们对于祖国的社会主义建设还是非常关怀。在简单朴素的茶话会上，谈话活泼而生动，一直继续到十一点多钟大家才依依不舍地告别。在谈话中他们陆续地提出了许多问题，对于文字改革也很感兴趣。我们劝他们回国看看，他们表示很愿意，我们也相信他们终有一天会携妻挈子，欣然地回到祖国的怀抱中来的。

苏黎世湖也是一个有名的瑞士湖泊，看过去一片汪洋，仿佛大海。我们虽因限于时间，没有特别去游览，但曾经不止一次地在它的旁边经过，有一次是夜晚，有一次是清晨，还有一次是正在下着大雨，因此所看到的景色也很不同。它在夜晚显得沉静而朦胧，在清晨显得明朗而愉快，在雨天却显得暴躁而喧闹，但是不论在什么时候，它都是吸引人的。除了大风雨的、非常恶劣的天气以外，在这广阔的湖面上，总是游艇往来如梭，如果遇到天气晴朗，游人尤其多得不可胜数。有一次，一位苏黎世朋友曾经对我吐露了他对这个湖所特有的强烈感情：

"如果有人问我在苏黎世什么最可爱，那我可以毫不迟疑地回答他：苏黎世湖。如果有人问我在苏黎世什么最值得夸耀，那我也可以毫不迟疑地回答他：苏黎世湖。这个湖是这么重要，苏黎世人几乎一天也少不了它，好像一个孩子一天也少不了他的母亲似的。瑞士有许多著名的湖泊，例如莱芒湖、纽沙都湖、琉森湖、卢加诺湖……但我们苏黎世人总觉得这个湖最美，你们中国的西湖也许和它差不多罢？……"

说完以后，他担心地看了看我，看到我并没有嘲笑他的意思，他才如释重负似地、真诚地笑了起来。

游卢加诺

在到卢加诺以前，有人告诉我们这个地方的风景比日内瓦更美，我们还不大相信，但到了那里以后，我们也觉得这样说并不是没有道理的。

我们是在 5 月 26 日上午从苏黎世到卢加诺去的，恰巧碰上了一个特别美好的天气。离开苏黎世以后不久，我们的火车就进了阿尔卑斯山的山谷，一忽儿上坡，一忽儿下坡，一忽儿又来了一个大转弯，道路之曲折崎岖，宛如我国的黔桂铁路，沿路不但很多湖泊，而且也很多隧道，其中最长的一条就是圣哥达，它的长度有十六公里，仅次于被称为世界第一条大隧道的新普伦（全长二十公里），要花十二分钟的时间火车才能通过。听说德国伟大诗人席勒曾经在靠近铁路不远的一个地方住过，但我们都不知道地名。

由于我们曾经下车参观圣哥达隧道和用午餐，所以到达卢加诺的时候已经傍晚了。

一出车站，我们就看见了这个纯粹南欧式的城市静静地躺在我们的脚下，因为车站的地位很高。我们迅速地走下一个很陡的斜坡，又穿过一条整洁而清静的街道，然后到了美丽的湖边。

这时湖上已经铺上了一层灿烂的阳光，原来是蓝宝石似的湖水，逐渐地变成了琥珀的颜色。湖边的群山，被夕阳照得通红，它们的倒影，也好像是一团团的火焰似地在湖水底下浮动。密茨凯维支曾经用"山顶燃烧着"这样的诗句来描绘夕阳笼罩下的加特尔·达格山峰，我想或者也可以借用来形容这儿湖边的群山。

一个瑞士朋友笑着对我说：

"这儿的天气确实是很好的，一年到头，阳光都非常充足。为了证明这一点，有人特别做了这样的统计：即使是在 12 月到第二年 3 月这几个最寒冷的月份里，这儿平均也有五百四十多个小时的太阳，巴黎只有三百三十多个小时，柏林只有二百四十多个小时，伦敦更少，只有二百三十多个小时，还不及这儿的一半。

"那末这儿的花木也一定更容易生长了？"

"那当然，这儿几乎什么亚热带和阿尔卑斯山区的花木都有：含羞草、山茶花、夹竹桃、杜鹃花、龙舌兰、栗子树、棕榈树、桂树、丝柏、柠檬、无花果……"

晚上，我们到离旅馆不远的一个地方去听音乐。这个音乐会是在露天举行的，据说天气一暖和，每个星期六晚上都有。广场四周都是露天咖啡座，有大半的人到这儿来是为着喝咖啡或者啤酒，听音乐只是附带的事情，并不是他们主要的目的，因此人声嘈杂，仿佛谁也不理会乐队正在演奏着什么乐曲。

从广场回旅馆的时候，我们又特意绕着湖边走，因为这时湖边又是另一种景色。在温暖的芬芳的夜空中，湖水显得特别深蓝，天上的星星，仿佛在窥探着湖水的秘密，不住地眨着眼睛。微风吹拂着湖面，使湖水发出呢喃的声音。不知哪里传来了柔和的提琴声和少女的歌声，在夜空中轻轻地荡漾。沿湖和山麓，都闪耀着辉煌的灯光。对面高山上有一条登山电车道，它两旁的路灯，远远看去就像悬挂在半空中的火龙。

第二天上午，我们到离卢加诺不远的法佛丽塔别墅去参观画廊。这个别墅也在卢加诺湖边，从售票处到画廊门前，有一条非常优美的林荫路，两边尽是高大的丝柏。据瑞士的一个画家说，这个画廊不但在瑞士，就是在欧洲也是颇有声誉的，因为它的收藏很丰富。的确，我们在里面看到了不少欧洲各国的名画，几乎从中世纪到十九世纪的欧洲著名画家，都在这儿占有了他的一席地位。

参观了画廊以后，我们就坐着汽船游湖。这个湖的妙处是在湖中有湖，不像有些湖泊似地容易使人感到平淡和单调。它四周围的群山也是山外有山，峰峦重迭，简直看不到一个尽头。其中有一个山峰黑越越地伸在天外，显得特别巍峨。记得几时经过浙江建德，曾看到城外一座叫做乌龙山的高山，平地突起似地耸峙在富春江边，仿佛也是这样的突兀峥嵘，气势磅礴。在半途中，我们看到一个靠湖的小镇，据说那面就是意大利，这个小镇也是意大利的地方。……

在莫尔柯脱吃了午餐以后，我们本来想去游览后山和参观山上教堂的，但以时间关系，只得就回卢加诺，因此大家好像还有些游兴未尽似的。

登吕琪山

琉森是瑞士中部高原的一个城市，四周高山环绕，海拔一千四百多尺，地势很高。这个城市大约只有六万五千人，但因交通方便，游客很多，所以市面也相当繁华。城内似乎还有不少的中古建筑，除了十四五世纪遗留下来的一段城墙和几个古堡以外，还有一条横贯琉森湖的木桥也相当出名。但最吸引游客的，还是在它附近的吕琪山，因此我们决计不游览市街，以便养精蓄锐地到吕琪山上去登高远眺。

在开往吕琪山麓的汽船上，我们看见在远远的一个岛上有一座白色的房子，据瑞士朋友说，那是德国歌剧作曲家华格纳的故居，现在已经辟为纪念馆，可惜我们没有时间去参观。

吕琪山的登山电车，是从维兹诺开始上山的，这儿只有四百多公尺高，但到电车的终点却有一千八百公尺，从山脚到那里，大约需要三十多分钟的时间。这条登山电车道据说是欧洲最早的一条，建成于 1871 年，到现在已有八十五年。电车道其实并不能到达最高顶，有一小段山岭是要走路的；但这段山路也铺得相当宽敞平坦，因此爬起来倒并不觉得怎样吃力。

在山顶远眺，确实是一种奇观。朝北望去，只见千山万壑，连绵不断。一个个戴雪的山峰，仿佛兽脊似地在厚重的白云下汹涌着、翻腾着，变幻出各种各样的、奇特古怪的形状，一望无际的黑色森林，像一片汪洋大海，可怕的风，在这些原始森林里不断地呼啸着、怒吼着，使人不禁想起大海上的狂风暴雨和惊涛骇浪……我想如果能够到这儿来看日出和夕落，无疑地可以看到更其动人心魄的景象。

但这只是一方面的景色。在另一方面，如果朝南望过去，那你也可以看见平静如镜的琉森湖在五月的阳光下闪耀着，仿佛正做着甜蜜而酣畅的梦，就是突然有暴风雨袭来，也不能惊醒它似的……

中午的时候，琉森州州长招待我们在半山腰的一个旅馆里午餐，大概是由于爬了山的缘故罢，大家都吃得特别香甜。席间有几个瑞士朋友要求我们把他们的名字译成中文，并且把它们写在他们的名片或请柬上面。

"今天的游览，不知怎么使我想起儿时在家乡的重九登高，虽然今天并不是重九，我也不是只身在异乡作客，可是，却总觉得已经离开祖国很久了似的。你有时也有这种感觉吗？"我轻声地问一个坐在我的隔壁、正在低吟着"风急天高猿啸哀"的同志。

他点了一点头，不禁微微地笑了。

纽沙都湖边的漫谈

纽沙都在瑞士西部，是茹拉山区的一个小城，由于它靠近纽沙都湖，风景优美，被人称为茹拉山区的一颗珍珠。

我们到达纽沙都的那个晚上，已快十一点钟，但街上还是很热闹，有的地方还扎着彩坊，纽沙都湖边灯火灿烂，人声鼎沸，尤其显出了一种节日的气氛，据说这天正是这儿的一个什么纪念日。

第二天早晨，纽沙都大学校长到湖边旅馆来向代表团致敬，并且陪同我们去参观大学的生物学院、物理学院和天文台。参观完了大学以后，他又和我们一道去游览了一个古堡。这位大学校长年纪已经很大，但精神却很矍铄，谈起话来非常愉快，似乎还有一些青年气。他使我们想起了洛桑大学的校长，那也是一个这样精神饱满、令人欢喜的老人。

下午三点钟，州政府在湖边的一座古老房子前举行招待会，吃喝的东西非常简单，但三五成群，临湖漫谈，倒也别有风味。这时纽沙都湖静静地躺在我们面前，显得特别温柔可爱。湖边有不少葡萄园，还有一些杨柳一类的树木，有几个农民正在整理着葡萄藤，还有几个则在树荫下休息，嘴里含着烟斗，喷出一团团的烟圈。对岸有一条细长的浅滩，再过去就是碧绿的田野。在远处的所有高山上面，都浮动着白色的云朵。

有时平静的湖上突然会出现一片帆影或几只水鸟，但它们的出现不但不会打破湖面的寂静，相反的倒使这种寂静显得更加深沉了。有人说这是一个引人遐想和使人入睡的湖，特别富有魅力，大约是不错的。

我们一面喝着葡萄酒，一面随便地谈着话，大家的声音都很低，仿佛在这里高声谈话，也会打破湖面的寂静。

有一位瑞士朋友跟我谈起瑞士的文学，他说瑞士文学受外来的影响特别大，在法语区主要是受法国文学的影响，在德语区主要是受德国文学的影响，在意大利语区则同时受到意大利文学和法国文学的影响；但德语区最大，法语区次之，讲意大利语的人只有6%左右，因此，德国文学在瑞士的影响也比较大些。我告诉他我国已经翻译了高特弗利·凯勒的"乡村里的罗密欧与朱丽叶"，他连忙说：

"这很好，凯勒确实是一个伟大的作家，他的作品很值得介绍。"

他接着说："瑞士虽然不大，但人才却也不少，得过诺贝尔奖金的人也很多。"

接着我们又谈到十四世纪初瑞士人民反抗哈布斯堡王朝的故事和威廉

退尔枪杀总督的传说。据说威廉退尔是一个勇敢的猎人，也是一个神枪手。当时代表哈布斯堡王朝统治瑞士地区的总督非常暴虐无道，甚至强迫瑞士人民对他的礼帽行礼；威廉退尔拒绝服从这样的乱命，总督就罚他用猎枪射击他自己儿子头上的一只苹果。威廉退尔居然一枪就打下了那只苹果，连他儿子的头发也没有触动一根，这神奇的枪法更激怒了那个毫无人心的总督，因此威廉退尔就把那个总督杀掉了，而这就成为瑞士人民反抗哈布斯堡王朝的武装起义的导火线，威廉退尔也成为瑞士人民心目中的理想英雄，虽然事实上恐怕并没有这么一个人。

那位瑞士朋友对我们有声有色地描摹着这位传说中的英雄人物，显然他自己也被激动了。

晚上，郎毓秀同志在我国工艺美术展览会里举行音乐会，情况也同其他地方一样的热烈。

在沙路通

沙路通只是个一万多人的小城，可是市容相当整齐。由于地方小，所以我们采取了步行游览的办法。这儿砌石子的狭街小巷特别多，房子很多是古老的，墙上爬满了粗大的藤萝，不少窗户只是打开它的百叶窗，玻璃窗却是整天关闭着，窗子里面还挂着厚重的窗幔，但窗台上的盆花却在阳光下开得很茂盛，可见里面还是有人住的。在一个教堂和小菜场旁边，我们看见了一个古老的咖啡馆，里面喝咖啡的人很少，冷冷清清的，和其他地方的一般咖啡馆情景大不相同。当我们进去的时候，一个女侍者无精打采地招呼我们，仿佛刚刚睡醒了午觉似的。穿过城中心的一条河，也流得非常缓慢，显出懒洋洋、漫不经心的神气。……总之，在这儿无论你走到什么地方，都可以感到一种安静的、闲适的、古朴的情趣，它使我记起了一位西班牙作家曾经在他的出色散文中描写过的西班牙小镇……

　　从州政府出来以后，我们就去参观兵器博物馆。这个博物馆分楼上楼下两层，分门别类地陈列着各式各样的武器和军服。一个引导我们参观的瑞士女人，告诉我们各种陈列品的名字。她说瑞士已经长期没有战争，瑞士人民也不需要战争，因为和平带给瑞士很多好处。

　　在我们去参观州议会的时候，州议会正在开会，议会主席特别宣布休会几分钟，对我们致了欢迎词，并且请我们旁听。中午州政府在一个旅馆里招待我们饭前酒和午餐，并由市长介绍了这个城市的历史和目前的情况。

　　下午三时，我们就在市长的陪同下去参观迈耶·斯底特利表厂。这个表厂制造的罗米欧表，现在我国也有进口。它创建于1888年，已有六十八年的历史。刚开始的时候，据说只有六个工人，但现在已有一千多人员在里面工作（女工居多），每天大约可以制造三千只表。我们一进工厂大门，就看见有一些人在等着迎接我们，还唱了一个欢迎我们的歌。有一个工厂职员特别陪我们参观，很详尽地讲解着各种机器的性能和操作的技术，但我们想问问他工人的生活情况，他的回答却不但简单，而且含糊。他陪着我们穿梭似地上楼下楼地参观了一通车间以后，又带我们去看了一下幼儿园和工人食堂，这些设施看起来都还不错。

　　在离开表厂以后，我和一位同车、曾在瑞士住了很久的同志谈着话。在不知不觉之间，迈耶·斯底特利表厂已被我们远远地抛在后面，沙路通城也正在逐渐地缩小和模糊下去……好，咱们再见罢。

| 第三编 |

杂 文

老成与幼稚 *

青年人曾经走过一段好运。机关里纷纷地用起青年人来了，"行新政用新人"的口号也越叫越响了，对于青年政工人员和所谓青年"文化人"，大家都刮目相待，就是有些鬓发斑白的龙钟老翁，甚至也极力表示自己已经"返老还童"，以青年人自命。因为，在前一些日子，据说只有青年才是国家的栋梁，社会的中坚，不是青年就不足以表示前进，就不容易在抗战建国的岗位上插足……总之，青年干部的确大大地时髦过一时，竟像是"天之骄子"。

可是不知怎样一来，青年人又不时髦了，又开始走上了倒运的道路，而且被冷落，被歧视，被嘲笑，被轻蔑，被排挤，被制裁，什么"幼稚""鲁莽""过火""危险"之类的咒语，又像符箓一样的贴到青年们头上，竟至到处是责备，到处是痛骂，因此，意志较为薄弱的青年就开始动摇了，彷徨歧途了，流离失所了。别说一批曾经自命为"老青年"或者"青年之友"和"青年保护者"的人又忽然摇身一变，"返童还老"，恢复本来面目，就是有些本来谨慎持重的中年或者已经学会明哲保身的"本位青年"，也很快地摆出老气横秋的面孔，对较有生气的青年人大大不满，避之唯恐不及，或者同海涅在"论吉诃德先生"中所写的那些聪明人似地回过头来，向本来同辈的青年蔑视地"耸耸肩头"：

"……他们为自己资本的利益着想的多，为人类着想的少；他们让自己的小船安闲地浮下生的沟渠，不大肯去顾念那在大海上和波浪战斗的水手。或者他们用着百折不挠的毅力，爬上了高位要津，这才对着那些被大风狂

---

* 选自《冒烟集》，文献出版社 1941 年版。

雨从名誉柱上冲下来的英雄人物耸耸肩头，于是他们或许就会告诉人，说他们自己在青年时代也曾如何碰过壁，但是后来他们和那墙壁妥协了，因为那墙壁是绝对的存在，且因其存在，故即是合理……"

是的，青年确实是骄子，是硬碰壁的家伙，既不知享受安闲，也不能爬上高位，窃据要津，更不愿苟且妥协；要他们承认什么绝对的权威，崇拜什么神圣的偶像，相信什么天定的命运，那尤其是万万不能；他们只相信真理，只热爱奋斗，逢迎阿谀，卑躬屈膝，和他们根本无缘。青年就是青年，在时髦的时候用不到假装冒充，把招牌挂在额角，到处去招摇撞骗，在倒运的关头也不愿改头换面。幼稚不要紧，只要有进步，傻劲不要紧，只要是真诚，热烈不要紧，只要能约束，牺牲不要紧，只要死得其所，不苟活着做一具走肉行尸，甚至为了肉体的享乐而出卖灵魂，觍颜做奴才……"聪明人"摇头的他们偏要苦干，不论是血战，是苦斗，"老成人"激赏的他们偏不愿做，不论是荣华，是富贵。过去是这样，现在是这样，将来也还是这样，这是不容怀疑的。

大凡以前曾经一度自称最爱护青年，或者混在青年队伍中冒称青年，以博一时声誉的人，虽则会要点手腕，会顺风转舵，可是不论名誉怎样大，地位怎样高，威风怎样足，身份怎样阔，如果仔细检查起来，也不过是些上了油漆的饭桶，鼓胀着的气泡，只是一批最空虚最无聊的东西，惯于出卖同样的犹大的子孙。在"英雄与英雄崇拜"中，嘉莱尔曾经说过一段话：

"……你们且观察那种人，只因为不能爬过别人发着亮光，就会觉得愁苦起来，就到处去显现自己，心痒痒地切盼着得到他的报酬和要求，挣扎着强迫大家承认他是个大伟人、奉他做个人类首领，仿佛为着'神'的缘故在恳求一切人；这种生物，真是光天化日之下最苦痛的东西！能说他是个'大伟人'吗？只是一个病态的，贪婪的，空虚的人罢了……"

现在那些目空一切，睥睨一世，骂青年为幼稚无知的人，为着增高自己的声价，提高自己的地位，尝尝领袖滋味，一方面固然是在天天摇着尾巴恳求人（却并不是一切人），恳求那些比他更有地位更有权威的人来扶植自己，包庇自己，做尽所谓的"向凶兽显羊相"的媚态以求欢，一方面却也是天天摧残人，毁谤人，侮蔑人，排挤人，攻击人，用种种卑劣残酷的手段来扫清自己显贵腾达的道路，而在这些被摧残被毁谤被侮蔑被排挤被攻击的人们中，青年无疑的是首当其冲，是得最先拔去的眼中钉。可是青年人并不是羊，始终是倔强的，最不容易收服的，最不可能用为私人工具的——自然除了少数的例外，决不怕狰狞的凶兽相；因为这些厚着脸皮斥责所有青年为幼稚无知的"生物"，也终于只能装装耀武扬威的丑角，成为一个光天化日之下最可怜，最贪婪，最空虚的"废物"，实在连对青年开口的资格都还没有，别说不知自量的嘲笑和辱骂了。

本来对这种人用不到费劲理睬，但在有些必要的时候，青年人也得更利害一点，即使他们是两面派，多面派，喜怒无常，捉摸不定，也不必害怕，只要能严密察看，留心防范，加强警惕，随时暴露其奸计，揭破其面具，显示其空虚，捣毁其偶像。如果看到岸然的道貌，听到吞吐闪烁的大言，就信以为真，就以为他们真个老练通博，自己真个幼稚愚鲁，不禁肃然起敬，而感觉到畏缩犹豫，不敢放胆无情地战斗，那才是上当不少啊！

信徒·先知·救世主 *

闲坐无聊，忽然想起一些关于信徒们的琐事。

首先我想起"托尔斯泰主义者"。

大家知道，虽则托尔斯泰是一个出身贵族和笃信基督教义的痴汉，是一个充满着矛盾的人物，虽则他那不抵抗主义的说教，对革命非常有害，可是他是一个伟大的艺术家，却是无可否认的。

但自称或被称为"托尔斯泰主义者"的一些人物，却大都是贫弱空虚，庸俗无聊，懦怯而且自私，愚蠢而且自大，特别善于矫揉造作，沽名钓誉，简直是些最无人格的骗子。高尔基曾经描绘过他们的嘴脸：

"这是奇妙的，看见莱翁·尼古拉维奇在所谓'托尔斯泰派'的中间。这仿佛是耸立着一座庄严的钟楼，钟声不倦地震响着全世界，而它的周围，却奔窜着一群纤弱的胆怯的狗，向着钟狂吠，而且互相怀疑地怒目横视，好像说：究竟'是谁吠得最好呀？'——这班'托尔斯泰的信徒'，和飘流在俄国各个角落里，把随身携带的狗骨当作圣骨，出卖'埃及的黑暗'和'圣母的眼泪'的托钵僧，颇有其相似之处——"

就是托尔斯泰自己也很明白这些人的价值。有一次，在一个所谓"信徒"也者的人当面恭维的时候，他就屈身向高尔基的耳边轻声的说：

"这流氓是时常说谎的，他不过用这些话来取悦我而已。——"

当然，这些托尔斯泰的信徒，经不起时代巨轮的碾压，已在无声无臭中慢慢绝迹了，真正继承托氏遗产的，倒是并非"信徒"的苏联公民。

可是，在我们中国，我却直到如今还看得见托尔斯泰主义信徒们的化

---

* 载《野草》1941 年第 2 卷第 4 号。

身。这些人的特征也是狡猾，懦怯，虚伪，卑鄙，阿谀奉迎，钻营吹拍，尽管是满口仁义道德，却不妨满腹男盗女娼，旧俄的托钵僧不过只能把狗骨当成圣骨，把假药当成真药，而我们目见耳闻的信徒们，却更其巧妙，他们只消弄到一张特许的护照，就可以到处横冲直撞，不但是阴暗的角落里和家乡僻壤中，就是在光天化日之下和通都大邑，他们也可以用利诱，用威胁，用命令，用布告，用传单，用标语，使人家相信他所贩卖的假货就是真货，毒药就是仙药，自己的狗骨就是什么圣骨。

最使人吃惊和叹服的，还是此辈的顽固专横，这决非托尔斯泰主义者所能企及；如果允许我穿凿附会，那末也许古代自称为犹太教正统的法利赛人，或者差可比拟于万一。其实他们的故步自封，墨守成规，排斥异己，妄自尊大，就是上帝特选的子民怕也望尘莫及，而不得不叹为"飞跃的进步"。

犹太教创立之初，本来是很单纯的，崇奉者虽则原始，却大都一往情深，礼仪亦至为简朴，摩西十诫中并且禁止雕刻偶像。可是后来献祭越来越多，仪式越来越繁，固有的宗教精神和宗教热情，荡然无存，教义也变成了教条，了无生气，自称忠实的信徒们只知死守律法，互相欺诈，尤其是法利赛人，竟以为只有他们才能赎罪，只有他们才可以进天国，因此个个都是把上帝当作自己的背景，自己的靠山，把传教当作自己的法宝，自己的专利，真可谓气焰万丈，盛势凌人。但上帝也颇有良知，托尔斯泰称自己的信徒为骗子，同样的，耶和华也憎恶自己信徒的伪善与无赖。例如在"以赛亚书"中，他就借着先知以赛亚的口，说过如下的一段话：

"尔守节期，又复为恶，故我不悦，——尔曹杀人，虽举手祷告弗辍，我心不俯闻，而遐弃尔——"

可见宗教的真精神也是在实践，在言行一致，决不是挂了一块金字招牌或者戴了一顶老虎帽子，就可以随便吃喝，擅作威福，百无禁忌；其实，把教义当作教条，当成符咒，当成法宝，当成工具，当成万灵药膏和无可抗拒的金钢箍，或者捧一个伟人，视同偶像，视同傀儡，视同菩萨，视同大成至圣和无攻不克的"坦克车"，都是最愚蠢的事。

只有经得起一再的试验，才能称为真正的信徒，光靠欺诈的法术和威迫的手段，纵然能得志于一时，却总有一天会被拆穿西洋镜，看透纸老虎，露出真面目，显出原形来。

因此，在说过法利赛的保守与专横以后，请再听我讲几个可尊敬的信徒——所谓弥赛亚（即基督）的故事。

原来在十六七世纪，犹太人正在水深火热中过活，不是受压迫，受裁判，受侮弄，就是被驱逐，被流放，甚至被强制着佩带特别的证章，以便恶棍们的嘲弄侮辱，因此连走路上街也会成为众矢之的，没有一点生命和自由的保障，甚至躲在自己家里的地窖中也会祸从天来，随时都有横遭抄没财产被殴辱的危险。所以他们日夜梦想总有一天会见到光明，会再度见到弥赛亚的降临。

于是大大小小的骗子就出现了。他们自称为圣子，为先知，为上帝的代表，为惟一的真正的弥赛亚。这些巫师们大都是来去无踪，神秘莫测，他们到处念符咒，玩魔术，耍把戏，谈魔鬼，算命运，总之是用各种各样的方法来哄骗犹太人。其中有一个名叫萨巴泰的犹太青年，尤其特别，他装出十足古怪的狂态，在大众面前鞭打自己故意饿瘦了的身体，高声的唱歌，口中不断的念念有词，一面散发着荒谬的传单，一面宣讲着他自己的福音。

犹太人盲目地信仰他，崇拜他，仿佛大家都着了迷似的。到处说着萨巴泰，到处写着萨巴泰，到处歌颂着萨巴泰，在他们的心目中，萨巴泰就是救世主。可是，在这时候竟有另一个弥赛亚出来争风夺霸了，于是他被告密而且立刻给带到土耳其王的面前受审，因此，纸糊的灯笼一下子戳破了，一切的真相都给揭穿了，这位自称耶和华惟一和真正的信徒的萨巴泰，为着保全自己的狗命，竟摇身一变而为回教徒，若无所事地除去犹太人的头巾，戴上了土耳其的包头。

这一消息开始竟使全体犹太人大为震骇，有的惊惶失措得无所适从，有的因为发现自己的受愚而羞愤以死，有的却还执迷不悟，以为萨巴泰改教只是一种奋斗的特殊方法，仍然是上帝的意志，至多也不过是这位救世主一时的挫折，可是在事实证明他只是一个最无耻的骗子，只是一个最卑劣最无赖的俗物以后，人们终于纷纷的掉头不顾，不再受他的欺骗了。

自称再生的萨巴泰，而结果也和萨巴泰一样无耻地变节的佛兰克，也是如此。

其他不计其数的所谓弥赛亚，也莫不如此。

我们现在有没有这种类似萨巴泰和佛兰克的政治骗子呢？

有的，而且还多着。

已经叛变了的汪精卫，便是典型。

这种人手段是"很高妙"的，技巧是很灵活的，经验是很丰富的，他生有一双铁腕，一对贼眼，两副嘴脸，两种心肝，在某种时候，这里开一张支票，那里许一个大愿，奔走，呼号，宣誓，演讲，通电，广播，他有的是甜头，有的是幌子；慷慨激昂的时候他也会痛哭失声，英武奋发的时候他也会欢呼叱咤，因此很容易赢得一个什么英雄的美名，所以汪精卫在未叛变以前，居然也受过人家的颂扬，崇拜，拥戴，青年们当然更其热狂，几乎视之若神明，尊之如父兄，个个都是趋之惟恐不及，满望在他的领导下有所报效，有所贡献，有所牺牲。

不幸这一切都是骗局。

因为，托尔斯泰所说这一类"为自己而不是为别人的苦行者"，当然是只顾自己超升的，因此，在必要的时候，为着扫清一切自己飞黄腾达的障碍，这些英雄或好汉也会马上放下笑脸，举起屠刀，给你实地的"教训"。

被欺的人们和青年，开始时也许会和古犹太人一样的惊惶失措，一样的失望苦闷，一样的悲观动摇，一样的彷徨迷乱，可是这只是一时的困惑，不会长此的混沌下去。

枷锁尚且可以粉碎，何况教条？上帝尚且可以捣毁，何况偶像？——

托尔斯泰主义者如今在那里呢？法利赛人又在那里呢？还有自称救世主的弥赛亚们又在那里呢？汪精卫固然不必说了，就是他的徒子徒孙们的前途，又在那里呢？

继承托尔斯泰的并不是他的信徒，而是苏联的公民，真正能够发扬犹太教精神（如果承认这种精神真个是伟大的爱）和指出建造地上乐园之路的，也不是法利赛人和真假的弥赛亚们，却是并不以什么先知和信徒自命的卡尔，至于汪精卫们，却不但不能保国卫民，反而堕落到叛党卖国，摇身而一变再变，终于变成狗彘不如的虫豸。

这正是历史的悲剧。

绝路与生路 *

好久没有收到三妹的来信，忽然接到了，当然是很高兴的，可是拆开来一看：

"大哥：尽管坐着发呆，还不如来告诉大哥；时局的变迁，是不能预测的。近几日来，浙东局势骤趋紧张，诸暨，绍兴，相继沦入敌手，先锋队进抵排头，一边抵浦江，时局大为混乱，同学有哭的，终日差不多都在愁闷中过去。唉！大哥！处在如此的局势中，真是难堪，只有活日算日，得过且过，可是一个青年，假使如此的过去，实在太觉可惜了……依校长和先生们的报告，如安华一失守，学校就立刻搬家，先迁往永源，山盆，再慢慢移入松阳，啊！如此长途的流浪，我真不敢想象，以后又不知会漂泊何省？我希望这流浪的厄运永远不要光临到我的头上来，永远不听见这刺耳的名字，不离开亲爱的父母姊妹弟们！不过，这厄运是否会临到我头上来呢，那只有靠我的命运了。现在只有等待命运的转变和决定……唉，大哥！这或许是妹妹的最后一封信了，想到这里，热泪不禁夺眶而出，眼睛已看不清什么，只得让这封信在模糊中结束了吧……"

彻骨的寒冷，使我丧失了再读第二遍的勇气，我感到难过，忧伤，愤慨。对于妹妹我固然是失望，同时更替她担心，我料不到她竟会这样扰乱，迷惑，悲观，甚至委身于个人的命运。读完她的信，我好像看见一个可怜的受难者，在等着受末日的审判，又像听见一头软弱的羔羊，在被屠戮前凄哀地悲鸣。她原是我于抗战开始那年带往上海读书的，但在自己匆促地离开以后，就把她委托给一个朋友照料，使她继续在法租界的一间私立中

＊　选自《冒烟集》，文献出版社 1941 年版。

学里求学，直至去年她才间道回到家乡，在县立初中毕业以后又进了高中。现在抗战已经好几年，她也是一个十多岁的中学生了，可是对抗战的认识竟是这样模糊，这样错误，对战局的变化竟是这样的没有把握，没有一点自信与毅力，真正是出我意料之外。

而更使我惊奇的，还是素称文化之邦的浙江，在抗战几年之后竟还存在着这样的中学，这样的校长与教员，这样经不起暴风雨侵袭的中学生！我不知道平日所高呼的抗战教育到那里去了，平日所自豪的战时训练又到那里去了，我也不明白这样的教育有什么用，这样的学校有什么用，这样的校长教员有什么用，这样的学生有什么用？我更不懂得，这样的教育和平时的教育有什么差别？

这样的教育只配点缀太平，只配歌功颂德，只能蒙蔽麻醉，只能逃难苟安，只是变相的亡国教育！

不用说，抗战几年来什么都有进步，教育文化方面也是如此，可是多年来的奋斗过程中还有一些倒退和停滞，黑暗和落后，教育文化方面自然也不能例外。因此我们要大声疾呼，要真诚指摘，要亟图改进！

直到现在还有人怀疑战时教育的实施，不肯切实的在生活和工作中来锻炼儿童青年，否认一些儿童青年团体对于生活教育和集体教育的贡献，对于新的教育内容和教育方式的贡献，而仍然固执地迷信课堂和课本，迷信填鸭子式的注入教育，因而理论与实践脱节，工作和学习分家，生活与技能对立，矛盾，混乱，空虚，懦弱，无知，愚昧，因而青年只得彷徨犹豫，张惶失措，苦闷悲观，听其自然，委之天命……

这实在是教育的绝路，国家的不幸，我们是求生，是要活，用不到装潢门面，粉饰太平，因此我们所要求的也是活的教育，动的教育，韧的教育，战斗的教育！

苦够了没有*

在目前的环境中，要生活过得舒服当然是困难的。只要不是投机操纵的奸商，舞弊营私的贪污，走私漏税的败类，凡是同胞很少不在米珠薪桂的生活重压下喘息，感到切肤的痛苦，亟待解救。

可是，我们究竟苦够了没有？

我是认为还离得颇远的，至少对于一般机关里的公务人员。

在苏联革命的时候，外受帝国主义的环攻，内遭一切反革命分子的捣乱，富农们在蔓延全国的饥荒中，也屯积居奇，垄断操纵，伊里奇称之为吸血的蜘蛛和吸血鬼，痛恨得切齿，在这样残酷的战争和无情的饥荒之中，却有一个小女孩向伊里奇和约瑟夫要求糖果吃：

娜托莎拉着伊里奇的衣袖。"伊里奇，给我糖果！"

"糖果？"伊里奇可烦恼了。"可是那里有糖果啊！"

娜托莎又对约瑟夫说：

"你有没有？"

约瑟夫给窘住了。

"没有……真是抱歉得很，没有……乌拉基米尔·伊里奇，这就可以见得，我们两个合起来也得不到一颗糖果哩。"

反观我们自己，却无论怎样还不致苦到这步田地，窘到这个境界，当然，在敌人直接统治的敌后和一些接近沦陷区的劳苦大众，他们不但更易受到屠戮，压迫，与奴役，就是日常生活也的确已经到了相当苦的状况，即在广东，汕头，浙江宁波一带原来相当富裕的区域，也今非昔比，可是，

---

* 选自《冒烟集》，文献出版社 1941 年版。

我们却还没有苦够，除非能把敌寇即刻赶走和把所有的汉奸即刻肃清！

不但不应该垂头叹气，而且要认清更艰苦的前途，咬着牙齿，立定脚跟，准备苦干到底，从非人的痛苦中挣扎出一条血路：创造崭新的幸福的人的生活。现在，虽则已经抗战了几年，但我们公职人员以及一般的薪水生活者，终还能粗衣淡饭，过得日子的多，无需两个人合股，就只一个人也还买得起一颗糖果。至于有些身居高位的公务人员，更还可以花百金吃一顿西餐，终天酒食征逐，歌舞升平，国难愈严重，他们的生活愈豪奢，积富愈容易，……当然，我这样说也有一个例外，就是除了一部分的确在出生入死和冒险犯难的英勇战士。

所以，千万不可随便说：

"唉！唉！我们真的是苦够了，怎么生活下去啊！……"

因为，听到这样垂头丧气的叹息，谁也会猜想你的下文一定还有：

"还是不再抗战了吧。"

半风月谈之一*

不论古今中外，所谓上等人一向是轻视下等人的，从不把他们放在眼里，一开口，总是骂之为"猪"，为"狗"，为"牛"，为"马"，为"贱骨头"，为"贱胚子"……骂之不够，则拳足交加：痛施鞭挞，如果还不痛快，则更可脚镣手铐，掷之缧绁，把他慢慢的凌迟处死，而美其名曰维持秩序，安定社会。

可是一到秩序真正混乱，社稷真正频于毁灭的紧急关头，所谓上等人也者总是首先张惶，首先逃窜，首先"另觅生路"，而素被轻视与虐待的下等人，却往往于危难时见其风骨，不贪生，不怕死，不摇尾拜受新衔，不觍颜侍奉新主，其凛然的正气，往往长存于天地之间：人家如果看过"长生殿"的，总不禁感叹雷海清的"骂贼"，高渐离的"击筑"；看过"桃花扇"的，总不禁钦羡苏崑生的胆识，柳敬亭的义勇，而于明皇之荒淫，贵妃之纵佚，国忠之专横，禄山之跋扈，力士之狡狯，弘光之昏庸，大铖之无耻，士英之奸佞，文骢之势利，朝宗之懦弱，却无不感到可耻可恨可怜可叹可杀，尤其是那自称名流，其实是最无人格的阮胡子。

这阮胡子会逢迎，会专权，会收买，会挑拨，会阴谋，会献计，会摧残忠良，会压杀文运，在平日高官厚禄，享尽荣贵，在乱时更会卑躬屈膝，开门迎敌——

大铖：（向士英耳语）北兵一到，还要迎敌吗？

士英：不迎敌，还有何法？

大铖：只有两法。

---

* 选自《冒烟集》，文献出版社 1941 年版。

士英：请教！

大铖（作拉衣）跑！（又作跪地）降！

天下无耻的事，实在无过于此了，而这狗彘不食，猪犬不如的阮大铖，却也自命为士流，也列名家，也是"上等人"，他的"燕子笺"，直到如今还有人为之入迷，其风流厚颜，和目前的汪逆精卫，倒是可以先后辉映，互相媲美的。

三年来，尤其可以证明"下等人"的忠烈，英勇，坚决，强毅，不论是工，是农，是兵，都是确确实实的在前线敌后粉身碎骨，为国家民族尽忠尽孝，虽则他们大多数也是素被视为愚暗卑贱。

建立新的国家和社会，其实正是需要这些"贱骨头"的，他们是真正的英雄，真正的主人。他们已经有了新的觉悟和力量，不再向个人来表示愚忠，而且现在究竟不是唐朝和明朝的天下，要想在这空前伟大的浪潮中，利用"下等人"的血肉来替自己建筑名利的殿堂，而又忘恩负义的反过来加以奴役，剥夺他们的自由和生命，怕不是很容易的事了。

无可比拟的损失 *

在伟大的作家高尔基死后不久，我们又接连地失去了鲁迅先生，这种损失的巨大，真是无可比拟的。尤其是鲁迅先生的逝世，这对于我们，简直可以说是"如丧考妣"，我想谁也不能用简单的言词表示出自己的哀悼。

很多的报纸上，都登载着鲁迅先生的亡故，是左翼文坛的一个损失，因为他是中国左翼文坛的一颗巨星。可是这是偏狭的，不完全的解说。究竟谁能否认鲁迅先生不但是最大的左翼作家，而且是最大的中国作家，不但是最大的中国作家，而且是最伟大的中国文化人，不单是最伟大的中国文化人，而且是最伟大的中国人之一。他是属于全中国的，并不限于文化界，更不限于小小的一个文艺部门——左翼文坛。凡是中国人，对于鲁迅先生的死，都轮得到他的一份悲哀。

的确，鲁迅先生是中国的伟人之一，他是一个能够真正代表中国国民性的典型。他刻苦了一生，彷徨了一生，呐喊了一生，战斗了一生，从十二岁的幼年起，他便经历着艰难无比的生活，体味着辛酸苦辣的滋味，而他就在这种坎坷颠沛的过程中教养自己，锻炼自己，使自己成为一个发扬民族优点，暴露和攻击民族缺点的战斗员，一个始终不屈不挠地，在文化界工作的民族英雄。

高尔基在苏联，他的伟大绝不单单因为他是一个卓越的文人，不单单因为他留下很多的杰作，而是因为他也是足和伊里奇约瑟夫并驾驰驱的，最伟大的革命英雄之一。在这苏联领袖莫洛托夫以及法国作家罗曼罗兰和纪德等等的演词中或哀悼文中，都可明白地看到。同样地，鲁迅先生所以

---

* 选自《冒烟集》，文献出版社 1941 年版。

写作，所以和一切艰苦奋斗底目的，决计不是如一般时下的大小作家似的，只是想造成自己的地位，想使自己留芳于后世。他一贯的精神，就是在为中国同胞谋幸福，他一生的努力，也就是为的实现他所坚决抱定的主张。他留学日本，所以学医的缘故，一方面固然是因为他的父亲之死深深地刺激着他，一方面却特别是因为他"知道了日本维新是大半发端于西方医学的事实"，他想用医学来救不幸的中国人，来救快要灭亡了的中国。

"我的梦很美满，预备卒业，救治像我父亲似的被误的病人的疾苦，战争时候便去当军医，一面又促进国人对于维新的信仰。"

这个医药救国的美梦，虽则因为自己的考试成绩被曲解以及战事画片的刺激，毫不容情地粉碎了，可是他并不灰心，依然以满腔的热情，来继续的奋斗：

"……所以我们的第一要着，是在改变他们的精神，而善于改变精神的，是我那时以为当然要推文艺，于是想提倡文艺运动了。"

从此一直到他生前的最后一刻，鲁迅先生都是一直在文艺领域内锲而不舍地劳动着，同时也是一直在为中华民族的解放决不妥协地奋斗着。他曾经筹划出版杂志"新生"，直接间接地参与各种反满的革命运动；他不断地奔走，呼愿，吃苦，受难，被迫，逃亡，无非想启发已被悠久的传统所腐蚀了的国民精神，无非想激励已被万恶的专制政体所束缚着的奴隶们起来反抗敌人，拯救自己。在他饱经忧患的三十年间，以他个人的遭遇说。（例如怕落浙督的毒手而逃南京，因反对北洋军阀和它御用的教育总长而离北京，在厦门大学的横受毁谤和排挤，在"革命策源地"所受的患难和困苦，在五个青年作家被杀时的携妻挈孥地仓皇出走，以及以后所受的一切压迫摧残……）完全是一首英雄奋斗的史诗，以他所经历的时代而言，也是一个最伟大的可歌可泣的时代，国内的从推翻帝制，五四，五卅，一九二五至一九二七的大革命，一直到最近的民族存亡的最后关头；国外的从世界大战，苏联革命，意德的法西斯登台，一直到最近的和平与战争的最后关头……在这黑暗和光明激烈地斗争着的历史舞台上，如果更评价得具体和公正一点，鲁迅先生实在不但是中国的伟人，而且也是世界的伟人，因为他攻击的旧社会和旧制度，他所揭穿的卑劣、懦怯、无耻、虚伪而又残酷的刽子手和奴才们的假面具，无疑地是有利于中国的解放，进步，壮大，同时也有利于世界的和平和繁荣。这在他"从进化论进到阶级论，从绅士阶级的逆子贰臣进到无产阶级和劳动群众的真正友人，以至于战士"以后的努力中，尤其可以看出他的伟大不但是民族性的，而且是国际性的。他是中国劳苦大众以及一切爱国民众的代表，也是全世界一切被侵略民族和被压迫民众的挚友，他一方面憎恶和痛恨人吃人的组织和虚伪的秩序，一方面却以最大的热情爱护和援助新思想和新运动，他是今明之变的巨人，是黯空中的一颗特别耀目的明星！

如今这颗巨星已是殒落了；这位中国新文学运动之父，这位最富于战斗性的中国人，除了沪西郊外万国公墓中的一撮黄土以外，在这血腥的世界上，已经不剩下一点痕迹。可是鲁迅先生的精神和他的几十种著作，将永远的被继承，永远的被传诵。我们以及我们的后代，将永远的记到他，学习他，谁能说鲁迅先生不是永远活着？在他伟大而且艰苦的战斗过程中，鲁迅先生无疑地犯了许多错误，可是他的错误也是出于赤诚和真挚的愿望，是由于迫切的不容或缓的要求。高尔基和巴比塞都走过错路和枉路，可是谁能否认他们的伟大的完整？鲁迅先生一生都不忘文化，都不忘工作，即在弥留前也还记到木刻，记到新文字，记到大小未完的事业，直到最近还有人看到他所整理和出版的"海上述林"，换句话说，直到最后他还在为着人类的前途奋斗着。法国前进作家安得烈·马洛（Andre Malraux）曾经说过很深刻的一段话："当有人告诉我们'我爱民众'的时候，我们笑他而且是笑得对的。但在伊里奇死后，克鲁柏师喀雅说：'伊里奇爱护民众，'这些字眼就有一种全然不同的意义了，因为已有伊里奇的一生。"这赞词也可以移赠给鲁迅先生，因为他的辉煌的一生，铁一般的证实了他的坚贞和伟大，千千万万的群众的崇仰决不是偶然的。

如果就在伊里奇死后，高尔基的死是个苏联的最大的哀痛，那末在孙中山先生死后，鲁迅先生的弃世，在中国无疑的也可说是最大的损失——这绝不是一些小报评论所污蔑的"捧场"或"过誉"。那些他在历年战斗和剧烈转变中所得的可宝贵的经验，他在笔端流露出来的经过精炼和融化的教训，在这日本帝国主义者日益加紧进攻，民族生命已经不绝如缕的今日，对于不愿当亡国奴的我们，尤其值得学习和发扬光大。我们应该学习他的战斗精神，训练自己的能耐，我们应该宣扬他的现实主义，反对无补实际的空谈，我们更应该保持他那始终如一的情操，决不因了私人的名利而出卖投降，背国叛民，更具体地说，我们应该牺牲一切来从事救亡工作，来建立更广大更巩固的联合战线，和章乃器先生所说似的，来展开一个大规模的全民族的鲁迅运动！

否则，纪念和哀悼鲁迅先生直是侮辱了鲁迅先生……

关于国防文学 *

一

在这个时候提出国防文学来，无疑地是有极大的意义，但有人竟怀疑到国防文学的建立，说"可怜"我们只有"国难文学"，不能不认为"海外奇闻"。

这是毫无理由的悲观，不是愚昧就是恶意的歪曲。这种悲观主义就是政治上的失败主义，也就是无力抵抗主义。自从一九三一年秋天的事变以后，这般别有用心的野心家就制造出"中国今日特有的民族哲学"，说中国人积弱已久，任何力量都不能与人比较，所以只能"暂且埋头，屈以待伸"。

可是残酷的现实，早已打破了这种可耻的欺骗。在步步退让之下，敌人的进攻已使得我们就连"暂且埋头"也不可能，但在另一方面，一九三一年春天的抗战却已显示出我们真正的力量，使他们永远记到大中华民族之不可轻侮。

真的，谁说我们没有防卫自己的能力？我们有这样大的土地，这样丰富的出产，这样多的人民和资财，这样久经内战的陆军……只要我们立下决心，扫除光一切障碍，我们不但有国防，而且这种国防一定是个坚强无比的力量。

我们没有一年没有国难，已是妇孺皆知的事实，所以目前的问题，并不在单单使人认识国难，而是在如何雪耻，如何实行自卫。

实行自卫是目前最主要的任务，这个严重的责任要求每一个人分担。

---

* 选自《冒烟集》，文献出版社 1941 年版。

上海文化界救国会的宣言中已经明白表示这点，在跟政治人物息息相关的文学领域积极地提出这个问题，是谁也不能加以漠视的。

但竟有些文学上的败类，无视于我们广大同胞的力量，忘了他们迭次的牺牲与英勇的抗战，居然说我们不够资格提倡国防文学，却只能提倡痛哭流涕的国难文学！

谁都知道国难文学和国防文学并不是对立的，把"国难"与"国防"勉强地分开，像有些人把"爱国"和"救国"分开一样，单提"国难"而怕提"国防"，无疑地只是消极的，懦怯的，奴隶的，屈辱的掩饰，在这民族危机迫在眉睫的生死关头，每个有远见有决心的知识分子都主张武装自卫，难道一个作家独独应该例外吗？如果说我国太弱，一定要经过"十年生聚，十年教训"以后才言抵抗，才实行自卫，才够资格谈国防和国防文学，以为要像苏联那样强大才能有对马（tsushima）那样的作品，才能提倡那样的文学，难道不是很明显的取消论调吗？

就如这次悲壮热烈的学生运动，虽则不是在战场上的直接抗战，像东北角的那些民族英雄一样，但这轰轰烈烈的救国运动无疑地也是民族自卫的一部分，它反对在外人操纵和国内汉奸出卖之下的独立，主张一致对外。那些"战场上的大学生"在"大刀，竹棒，冷水，手枪"等武器之下奋不顾身地忍受摧残，而不稍动摇，不稍畏缩，这种由"国难"而起的自卫和抗争，谁能说不是最现实的，最可歌可泣的，最伟大的画卷之一？以这类真正英勇的历史事件为题材的文学，谁能说不是国防文学的一种？

"以土事敌，土不尽，敌不餍"，这是真理。现在的确已到了生死存亡间不容发的关头，这次学生运动不论它的成败如何，都不容抹杀它的伟大的意义。不提别的文化人，即章太炎先生也说："学生请愿，事出公诚……"那些以为我们"只有国难文学"的人们，根本不信我们有力量自卫，当然更不相信国防文学的任务和它的前途，让他们提倡的"可怜的"国难文学——不，可爱的"奴隶文学"去。他们尽可以卑躬屈膝，逆来顺受地描画他们眼中的所谓"国难"，可是一班稍有血性和天良的人却是要求自卫，要求国防。他们并不像伊特勒共和国的勃兰台男爵以及他辖下的那些"混蛋"一样，专为逢迎他们的保护者欧品登将军才来假造国防，而是为了保护民族，国家和他们的家庭财产。他们决不会轻易受骗，决不致恬不知耻的在敌人面前投降称臣。

<h2 style="text-align:center">二</h2>

国防文学的基础问题，是很重要的，我早已想写这样一篇文章：在看了徐行先生的文章以后，我尤其觉得不能不对这个问题有所阐明。

徐先生是反对国防文学的，他根本否认了国防文学的建立，可是最严重的问题，还是他根本否认了广泛的"全民"战线。

张尚斌先生那篇登在"火炬"上的原文，我没有看见，因此我也不能多说什么话；可是，如果徐先生的引文不错，那末帝国主义者"并不满意于中国民族工业的买办性"这句话，显然是有很大的语病的，因为帝国主义者对于"买办性"不但不会表示不满，而且很欢迎，他们所不满意的，却是"民族性"。

可是我的着眼点，却在徐行先生这种机械的，甚至可以说是犯了取消错误的论调，他这种论调，照我的理解，不但是文学本身的问题，而且是民族解放运动中的政治认识的问题。

徐先生所持的最大理由，是中国的民族布尔乔亚因为买办性非常浓厚，他们的利害是和帝国主义者完全相一致的。这实在是一个错误，因为民族布尔乔亚的利害，虽则和帝国主义者有其共同点，却决不是完全一致。目前的事实，尤其很清楚地指明政治形势的特点，是一个对于我们有特殊利害关系（存亡关系）的帝国主义，想用种种方法（最主要的当然是傀儡政权），把我们整个民族独占，把它从半殖民地化转到完全殖民地化。因此其他各帝国主义对于这个帝国主义利害冲突，也一天天的紧张和尖锐起来。

中国的买办们，是代表各帝国主义集团的不同利益的，因此他们无疑地也有互相间的矛盾。在目前这样危急的关头，别说"民族性"较为显著的民族工业家，就是不是代表这个特殊帝国主义的利益，而且跟它利害刚刚相反的买办们，即使不直接的或公开的参加救亡运动，至少也会采取赞成，同情，中立，或者不积极地表示反对的态度。虽则这种参加或拥护是个别的，暂时的，不诚意的，动摇的，可是却不能完全抹杀这些部分的影响和作用。甚至在某种特殊的场合，军阀，官僚，地主（尤其是中小地主），富农，也有这种可能性，至于小布尔乔亚，进步的知识分子，以及下层的士兵等等，当然更是民族抗战中的最可靠的同盟者了。

我们决不否认主要的和领导的救国力量，是出卖劳力的大众（仿佛徐先生连农民也不承认是基本的救国力量），可是单靠这一力量，却是不够的。我们一定要联合一切不愿当亡国奴的"中国人"（除了卖国贼汉奸）共同起来组织抗敌救国的"全民"阵线，换句话说，我们一定要设法实现"工农商学兵"的联合阵线，才能完成这个历史的任务。

徐先生并不会了解这一特点，却很肯定地武断说："我们决不幻想'阶层的目前利益和全中国民族的利益恰恰是一样的'"，这简直是根本反对"不问派别，阶层，团体，个人，宗教，信仰，只要是赞成和拥护救亡运动的，都可以而且应该联合起来"——这个正确的号召。

我认为国防文学主要内容，就是抗敌和反汉奸，凡是和这有关联的，都可以说是它的题材。因此它的范围很广泛。它的社会基础就是每个"中国人"都要参加的，"全民"的救国运动。它表现每一件值得表现的救国运动，描写每一个值得描写的民族战士（当然不是脱离群众的英雄）。如果称这种文学为"全中国民族的文学",难道有什么错误吗?难道因为张尚斌先生犯了一点语病,我们就可以根本否认广大民众的战线,根本反对适应现阶段的政治号召的国防文学,而且竟随便加人以一顶"民族资产者的辩护士"的帽子吗?

| 第四编 |

文艺评论

告青年作家[*]

一

性近文学而与有所创作的青年们！你们第一应该丰富自己的生活。你们的生活，是要多方面的，复杂的，错综变化的。你们同那些专门研求科学者不同，他们终天埋首实验室，除了研求真理以外，差不多没有旁的变化。但是你们，要听细微轻妙的音乐，要听粗嘈悽厉的歌声；要看窈窕娇美的年青女子，要看囚首垢面的呻吟病苦的穷家妇人。……你们要较人家欢乐，你们要较人家忧苦。你们既善放声痛哭，你们又能引吭狂啸。你们一方不满于人生不满于社会，一方对于人生对于社会却又抱着异常热烈的希望。你们的思想，或许是矛盾的；你们的人格，或许是二重的。因为文学家都是社会的产物，他所表现的全是社会的真相。你们试想，现在的社会，何事不是矛盾？何处不是冲突？你们所应负的使命，是在表现社会，易移社会，改造社会。你们对于实际的社会，当然是感到苦闷的。由苦闷而失望，由失望而诅咒，由诅咒而愤怒，由愤怒而反抗。你们将由这种反抗的炎炎的火焰，表现出你们的伟大的"创作之力"。朋友！你们要想不给因袭的规律所困转吗？你们要想不给传统的思想所拘囚吗？那请把自己的生活丰富起来，坚实起来。在丰而实的生活中，尽量地发挥你们的"生命之力"！

第二，你们应该养成伟大的人格。人格低落的人，绝不配称真正的文学家。真真的文学家，莫不嫉视世间的虚伪；然而他们绝不是遁世者流，

---

　　*　载《学蠡》1928 年第 1 期。

他们宁愿尝透人世的滋味。他们的强烈率真的态度，煞像一盆熊熊的猛火；他们的温柔平和的情感，又似多情多爱的慈母。能赴汤，能蹈火，他们不怕任何权威的压迫，所贵重的只是一颗赤实纯洁的良心。他们摆脱一切浅薄的道德观念，所尊崇的就是自然流露狂放激荡的热情。他们敢说庸人所不敢说的话，他们敢做庸人所不敢做的事。他们忠实地，在表白自己，在表白社会，在表白人类！他们的行动勇敢，他们的意志坚决；光明，磊落，啊，他们的人格确是这样的伟大！他们博爱着全人类，所着眼的都是全人类的利益。但那阻碍社会进化罪恶贯盈的不肖，他们却是不愿轻易的放过，总要想出多种方法，施以极强烈的攻击。所以，真真文学家也就是真真革命家。用笔时候用笔，用枪的时候用枪。绝不像现在一般人的误解，以为：革命家和文学家是立于对敌地位的，他们绝对不能相容，革命家轻蔑文学家的无补于社会，文学家怨恨革命家的惊醒了他们的美梦。……朋友！你们已经了解我的话了吗？我是绝端地相信，真真文学家和真真革命家，都是社会改造者，人类的明星，他们确有伟大的人格，不挠不屈的精神，先知先觉的才能，他们确有惊人的力量，领导我们向着前进。那些专事苟合取容沽名钓誉的人们，那能冠以"什么文学家""什么文学家"的神圣头衔呢？第三，你们应该去掉文学较科学哲学为易的谬误观念。因为这种似是而非的观念，实足陷你们于绝境，诱你们走入末途，而文学本身亦致蒙受其害，现在有许多青年，（我不敢说是全体）以为文学是很容易造就的；所以年来投考文科的，往往要较别科为多。其实，文学那是真的如此容易？怀这种观念的人，大都是些浅尝即止的浮薄青年。他们只学一点毛，就会心满意足，沾沾自喜，可怜亦复可笑。"随随便便"，学文学的都作如是想，难怪现在的中国文坛，要被他们弄得乱七八糟一团黑暗荆棘丛生鬼怪百出了！！随便写两行，就算是诗；真率地记了一件事情，就算是小说；什么剧本，什么杂作，更其不成东西。这样，像这样，中国的文学家都是如此堕落，如此自暴自欺，又何怪乎外界的鄙弃和社会上的苛刻批评？所以一班有识者，都为中国的文学界危，都为中国的文化前途悲。有望的朋友们！我们还不觉悟吗？我们应该猛醒，不学无术的人断难成为伟大文学家。我们要有深刻的科学与哲学的修养，才能去了浅薄无聊的通病。

第四，你们应该扣紧自己的心弦，捉着时代的精神。我们都很觉得，感情冲动时的情绪，都是异常紧张的。你们应该时时刻刻把心弦扣紧，不可任其宽弛，不可任其平静，那末你的作品，定是"心的深处"弹奏出来的哀调；不但可以兴奋自己，且能感动别人。再，你们也须明瞭，文学是时代精神的反映。一时代有一时代的特异精神，这种可贵的特异精神就寓乎可贵的文学之中。文学也可说是人类自然的呼声，想入非非的无聊作品，只能供给有闲阶级的酒后茶余的欣赏资料。那是游戏的趣味的文字，并不是文学。所以我们务要明瞭时代潮流的趋势，我们要依我们内心的迫切的需求。

二

过去的文学家：浅薄，枯蔽。他们都是特殊的阶级，他们都是象牙宫中的骄子。他们没有"离开案头便到街头""离开街头便到案头"的才能。他们只能卧沙发上，睡在新月中，做恋爱的梦，想爱人的事。他们唯一的能事，就是写几个肉麻字眼"花呀，爱呀，老七老八呀……"。他们只图个人的享乐，虽然社会上的哀郁沉怨的呼声，也会吹进他的耳鼓；虽然社会上的黑暗龌龊的现形，也曾送入他的眼帘；但都引不起他们的丝毫的同情，些微的回应，他们的生命，好像真是上帝所赐与的，他们同社会已经完全脱离了关系。他们厌听一切社会的呼声，恐怕这种粗杂雄壮强大的呐喊，要把他们的"个人梦"打破了。其实，他们已经走近"死的王宫"了，他们上断头台的时候，已经快近了。新的文艺斗士已经出现，不日就将代替了他们的地位。啊！他们不是自绝于社会吗？他们的创作日就稀少，因为他们的创作的源泉已成干涸了，他们的生命也随之而枯老了，枯老了。他们差不多已被人家所忘掉，他们已是过去了，过去了，的确已是成了过去的废物，历史上的陈迹了。

新的文学家，心情无不真实而热烈。他们脱去感伤主义的灰色衣裳，他们最却弃的就是老文学家所最尊崇的"个人主义"。他们立脚在大多数的民众上面，他们所表白的并不局于自身的忏悔与追忆。他们混入"平凡"的队伍里，所赞誉的不是英雄，更不是天才，乃是"平凡""平凡""平凡""伟大的平凡的团结力！"

朋友们！前面只有两条大路：一是尾随旧文学家永远地堕落，一是跟着新文学家常新地努力。你们喜欢向后退呢？还是喜欢向前进呢？决定罢，赶快决定罢！在现在的时候，只有这两条路可以任你选择了。不到那边去，就过这边来！爽爽直直，不必犹豫疑惑。

三

"你们要睡在新月里面做梦吗？"

这是很甜蜜的。

但请先造出一个可以睡觉的新月来。

你们要在花园里面醉赏玫瑰花吗？

花国是荒废了，酒是酸败了，玫瑰花是凋谢了。

不要追念往时春天，请先造出一瓶美酒，一座花园罢。

你们不消说是要有一个爱人，而且要把她藏在金屋里面的罢！

但是世间上的爱人通同藏在别人的金屋子里面去了；

你们最好还是先把金屋子夺来，再来做藏娇的事罢。

请分析你们的爱人的梦：

……宝石……丝袜……高跟鞋……时袋……金山苹果……
巧克力糖……汽车……钢琴……跳舞场……波斯兽毯……
鸭绒被……钢丝袜……

你为你的爱人实现她的梦罢。

爱奢华是人的本性。

理想的世界是人欲横流的世界。

造出一个人欲可以横流的世界来罢。

愿天下有情人都能够实现他爱人的梦。

——麦克昂英雄树

朋友！我们是人，当然富有人欲。但在目下这样畸形的社会里，能够舒展你们的人欲吗？我可武断说，这是万万不能的。你们要想得到你们所热烈希望的，惟一的方法只有实际参加革命。提起革命，你们不是又要大动悲愤吗？说什么革命不革命，结果只是革了自家的小命。但是朋友，你们不要灰心罢，革命原要经过许多挫折的，断无一条捷径可走。只要我们努力，那怕不达目的。不过，我并不说你们必定要到前线去参战，只要你们深入民间去，体验出民众的痛苦。用艺术的手段，大胆地描写出来，昭告我们的同志。虽然我们的力量，是这么的微弱，是这么的不能胜任。但我们的希望总能督促我们的前进，鼓励我们表现这个伟大的时代。朋友！我们愿意生存世上全赖希望心的维系：

"暂时是黑暗的，希望在前途，在远处的前途。也许你永远不能得到，然而耐烦地等待着罢。"

朋友！这就是我们据以为生的一大信条。我们不能因偶然失败而即心灰志懒，这正与我们不能因人生毕竟是虚幻而不努力去生活是一样的。你们不听"革命的印贴利更追亚团结起来，革命的印贴利更追亚团结起来"这种雄壮的狂喊吗？……

> 在宇宙上驰出我的死的思想去，
>
> 如干枯的树叶，来鼓舞新的诞生！
>
> 而且，仗这时的咒文，
>
> 从不减的火炉中，灰和火星似的，
>
> 向人间撒出我的许多言语！
>
> 经过了我的口唇，向不醒的世界，
>
> 去作豫言的喇叭罢！啊，风啊，
>
> 如果冬天到了，春天还会远吗？
>
> ——雪莱寄西风之歌。（据鲁迅译）

朋友！我们都向不醒的世界去作豫言的喇叭罢！在虽然还是万象萧条的冬天，但那欣欣向荣的春天已经可以隐约看到了。

四

最后，我还要说点关于革命文学的话。何谓革命文学？我们首先要问的当然就是它的定义。但是人人言殊，莫衷一是。究竟应该如何说法，实在还没这种依据。

现在姑且拿成仿吾氏的话来解释一下。他说：

对于人性积极的一类，有意识地加以积极的主张；而对于消极的一类，有意识地加以彻底的屏绝。这样的文学，就称为革命文学。

他又用公式来表示：

真挚的人性＋审美的形式＋热情＝永远的革命文学。

所谓真挚的人性或永远的人性，是不受时代效力所影响的人性。如真理爱，正义爱，邻人爱等，又可统一于生之热爱。他又说：

我们须要热爱人生，而维持自我意识的时候，还须维持团体意识；维持个人感情的时候，还须维持团体感情。

的确，我们万万不可专着眼于个人，应得注重团体，拥护团体。按之以往，一般文学家的团体意识实在太不浓厚了。性情孤僻，行动浪漫。戴起颜色眼镜，落落难合世人。若痴似癫，证会上往往以"神经病者"目之。他们以为万事不闻不问，就是什么颓废诗人了。他们以为"喝酒谈女人，吟风弄新月"，就是什么浪漫诗人了。萎靡不振，落拓不羁，只顾自家，不管人家；因此无论什么团体，都怕文学家加入，恐怕加入之后，不但不做事情，反而动辄捣乱。高唱自由，实行败坏，不问什么是纪律，只趁与之所至……

朋友们！我想你们总是不甘堕落的。你们应该认识时代，接近时代；切不可忘却时代，远离时代！因为，你们一与时代隔联，时代的力量马上会来征服你，淘汰你，使你不能有所成就，甚至郁郁失志而倒败。警惕罢，朋友！勉励罢，朋友！

"文人相轻"，这是最堪悲痛的现象。

我们应该携手同行。

思想是生活指路碑。

你觉得有点郁闷吗？

那请出来旅行一番。

你怕迷途失路吗？

那请先读几本旅行指南。

你知道旅行指南的真名吗？

那是叫做社会科学的。

这是很有趣味的，它会告诉你许多奇异的事体。

不过，你不要看了旅行指南就把旅行的计划打破了

知道吗？

旅行指南只能稍稍指示你一下。

实在的风味，还须亲历其地。

丑猥的个人主义早已过去了。

你觉得有点痛惜吗？

那只有请你去做鲁滨逊第二。

但在事实上恐已不能做到了。

醒罢，永远做梦是要睡出大病来的。

不要迷恋骸骨，不要唏嘘往昔。

请即把我们自己的个人思想枪毙了。

读契诃夫"套中人" [*]

　　在契诃夫的短篇小说中，"套中人"（又译"装在套子里的人"，写于一八九八年）是脍炙人口的作品之一。里面的主要人物——别里科夫，已经是一般读者所熟悉的。批评家常常爱把这个人物作为说明典型的例子。我们今天所处的时代和环境虽已完全不同，但阅读这个作品，仍然可以得到很多启发。它不但可以帮助我们理解当时的俄国社会，而且可以帮助我们克服自己的旧思想意识，帮助我们革除过时了的生活方式和生活习惯。

　　别里科夫是一个俄国高等学校的希腊文教师，是一个性情孤僻、思想保守，就像缩在壳里的蜗牛一样的可笑的家伙。他出门永远是穿着套鞋和大衣，带着雨伞，即使在顶晴朗的时候也是这样，因为他生怕会突然发生什么事情，生怕会突然下起雨来或结起霜来，使他淋湿或受寒。平时他把什么东西都包得严严的，装在灰色的盒子或套子里，连他的那张脸也老是藏在翻起来的衣领中，从不露在外面。他一生戴着黑眼镜，穿着厚绒线衫，还用棉花塞住耳朵。坐马车总要命令马车夫支起车篷来。他的卧室很小，也像一个盒子。床上一年四季挂着帐子。睡觉总要穿上睡衣，戴上睡帽，还把脑袋蒙在被子里。房里不论怎样闷热，他也不敢打开门窗。就是像这样地躲在被子底下，他还是战战兢兢，生怕会发生什么乱子，生怕他的佣人会谋害他，生怕小偷溜进来，因而睡不着觉或通宵做着恶梦，仿佛受了极大的刺激似的。

　　他禁忌很多，也很虚伪。大斋的饮食不合他的胃口，他又怕人家说他不持斋，不敢吃肉，于是吃牛油炸的鲈鱼，他认为这东西固然不是大斋的

---

　　* 载《语文学习》1954 年 8 月号。

食物，可也不能叫做肉。他不用女佣人，怕人家说他坏话，于是雇了一个六十岁的老头子——从前当过勤务兵的阿发纳西。

古怪、胆怯、虚伪、孤僻，这是别里科夫性格上的特征。他还有一个特点，就是一切新鲜的事物他都害怕。一切事情他都怕它越出常轨，就是新设立一个茶馆，一个阅览室，或者一个戏剧俱乐部，他对它也惊惶万分。他逃避生活，脱离现实，歌颂过去，喜欢空想。事实上他所有的一切——套鞋、雨伞、大衣、绒线衫、黑眼镜、塞耳朵的棉花、马车上的车篷、睡衣、睡帽、被子、门窗、各式各样的禁忌，甚至他所教授的希腊文，都成了保护他免受外界刺激和侵犯的甲壳。像这样保守落后的人物，必然要被群众抛弃，被历史淘汰，成为时代的渣滓，最后归于灭亡。

据契诃夫的弟弟米哈·契诃夫说，别里科夫这个形象是以契诃夫故乡大岗罗格初级学校的教员兼学监亚历山大·狄诃诺夫为模特儿的。这个狄诃诺夫，在三十年的长时间中，竟没有丝毫变化和发展，每天教着同样的书，说着同样枯燥乏味的话，过着同样平凡而灰暗的生活，他根本没有什么理想和远大的目标，仿佛纯乎是一架机器。他也永远穿着套鞋，带着雨伞，连好天气里也是这样。

然而作者不是限于摹写现实人物，记录现实生活，而是经过广泛地观察许多具有狄诃诺夫一类性格的俄国知识分子，深刻地分析研究了他们的生活习惯和思想特征，经过科学的抽象和概括以后，把别里科夫这个人物创造出来。在艺术的加工过程中，狄诃诺夫这个人物无疑地是被契诃夫有意识地夸张了，这才成了艺术的形象，成了一个这样充分而突出地表现当时俄国知识分子的本质的典型。从这里，我们可以看出契诃夫是站在现实生活中间，用敏锐的眼光来观察和分析客观事物的。因为这样，他的描写才能够这样真实，批判才能够这样深刻。

他插入了别里科夫差点儿结婚一段故事，对于刻画这个典型是有帮助的。有了这个生动的插曲，这个人物的性格就显得更突出，现实生活中的矛盾也发掘得更深入，这样也就帮助了小说的主题思想的表现。这一段故事的情节是这样的：这个了无生气的高等学校里，忽然来了一个新的史地教员密哈衣·沙维奇·柯瓦连科和他的妹妹华连卡。这两个都是健康、活泼、勇敢、自由不羁的青年，因而他们的到来，仿佛是在死水池里投下了一颗石子；华连卡的歌声和笑声更仿佛是空谷中的足音，惊醒了那些麻痹了的灵魂，唤起了他们对于生活的渴望。总之，大家都被她迷住了，连别里科夫也在内；甚至在经过了大家的怂恿以后，别里科夫居然决定和华连卡结婚。他差不多天天都同她出去散步，把她的照片供在桌子上，而且经常找人谈家庭生活，认为婚姻是终身大事，还经常到她家里去看她。这表明什么？这表明就连这个脸色苍白、身躯矮小，不问什么天气总是穿着套鞋、带着雨伞、翻起衣领，睡觉总要挂上帐子、蒙上棉被、关严门窗的好笑的人也是有"爱情"的，也是有生活的欲望的。爱情与生活，就连别里科夫这样的人也能够征服，使他成为俘虏。这也表现了契诃夫的乐观主义，见得契诃夫对于生活是怎样热爱，对于人是怎样充满着信心。

　　可是别里科夫无力改变自己的生活方式和思想意识，他不能丢掉自己的套鞋和雨伞而爬出自己的甲壳，不愿意丢掉自己的阴郁和古怪。他虽然也想结婚，但华连卡和她哥哥的生活习惯、思想意识和性情都和他格格不入，婚后应负的义务和责任也使他十分害怕，惟恐日后惹出麻烦，闹出是非，打破他那死水般的腐臭的生活。因此，不管旁人怎样怂恿，他还是一股劲儿地拖延，始终不正式求婚。而柯瓦连科呢，却是从心眼儿里蔑视别里科夫，常常公开表示厌恶，骂他是爱进谗言的家伙，骂他是蜘蛛，是该死的东西。在这样矛盾的情况下，结婚当然是不可能成为事实的。

　　然而这是不是证明爱情和生活没有力量呢？不是的，绝对不是的。这恰恰证明当时俄国的知识分子由于阶级限制，由于本身的软弱和胆怯，一方面固然是无力抗拒爱情和生活，一方面又无力真正地接受爱情和生活，在爱情和生活前面表现迟疑和动摇，畏缩和退却；而对爱情和生活的逃避，也就注定了这些人的毁灭和死亡。从这个意义上说，别里科夫这个人物的命运确实反映了他自己的阶级的命运，反映了当时俄国历史的真实。

他们彻底破裂的原因，说起来也很好笑，甚至荒唐得使人难以置信——在五月节郊游的时候，别里科夫忽然看见柯瓦连科骑着自行车来了，后面还跟着华连卡，她也骑着自行车。他们兄妹俩都兴高采烈，闹闹嚷嚷，因为这正是春天，而且那一天的天气又特别可爱，他们的心里都洋溢着无比的欢乐。这都触犯了别里科夫的道德观念和传统思想。他大为吃惊，脸色从发青变成发白，呆呆地站住，好像忽然成了化石。他认为高等学校的教师和小姐骑自行车不合规矩，不成体统，是不能容许的。

这件事使他非常烦恼，他竟病了。第二天他连午饭也没吃，傍晚就到柯瓦连科家里去访问他们兄妹俩，一方面解释一下一张漫画里画的事情（那张漫画画着别里科夫打着雨伞，穿了套鞋，卷起裤腿，臂弯里挽着华连卡）跟他毫无关系，完全是坏人的恶意攻击，声明他自己在各方面都称得起正人君子，一方面告诉柯瓦连科像骑自行车这样的消遣，对于青年的教育者来说，是绝对不合宜的。柯瓦连科反问"怎么见得"，他回答说：

"这当然是用不着解释的，密哈衣·沙维奇——这道理当然是不说就很明白的！如果教师骑自行车，那还能希望学生做出什么好事来？他们所能做的就只有倒过来，用脑袋走路啦！既然这种事情还没有得到明白的批准，那就不该做。我一看见您的妹妹，我的眼前就变得一片漆黑。一位小姐，或者一位姑娘，却骑脚踏车——这真可怕！"

接着，这位"正人君子"还发出了更稀奇古怪的论调：

"我所要做的，不过是忠告您，密哈衣·沙维奇。您是年青人，您前程远大，您的举动得十分小心才成，而您却这么马马虎虎，唉，这么马马虎虎！您穿着绣花的衬衫出门，人家经常看见您在大街上拿着书走来走去；现在呢，又骑什么自行车。校长会听说您和您的妹妹骑自行车的，然后，这事又会传到督学的耳朵去。这是没有好下场的。"

这样的话反映了俄国贵族地主阶级的封建思想，也反映了俄国资产阶级的保守思想。比较胆怯一点的人也许会吓倒的，可是，柯瓦连科用来回答这个道德家的说教的，是诅咒："谁要是来管我的私事，就叫鬼逮了他去！"

这真使别里科夫恐怖起来，他声明为了防止别人偷听了他们的谈话，他要把谈话内容去报告校长。报告校长，是吓不倒柯瓦连科的，柯瓦连科骂他"该死的东西"，一把抓住他的衣领，使劲一推，别里科夫就连同雨鞋一类东西一齐乒乒乓乓地滚下楼梯去。

这时恰巧华连卡带着两位女朋友回来了，这在别里科夫，简直比摔断两条腿和拧断脖子还可怕，因为他不愿意成为取笑的对象，生怕这样一来就会闹得满城风雨，连校长和督学——他的上司们也会知道，说不定又会有个什么促狭鬼画张漫画，到处传送，到头来说不定还会闹到奉命退休呢。

别里科夫的狼狈相使她忍不住哈哈大笑。就是这个笑声结束了预期中的婚姻，也结束了别里科夫的人间生活，——过了一个月，这渺小的人物就死了。从此他永远装在套子里，终于实现了他的最高的理想！

契诃夫以生动的笔墨描写了这个可笑的人物和他可悲的命运，使这个可笑的人物永远成为人们嘲笑和憎恶的对像。这个艺术形象的塑造充分地显示了契诃夫的讽刺天才。

别里科夫所以写得这样成功，主要是由于作者通过对这个人物的讽刺深刻地体现了一种思想。苏联作家安东诺夫的话是很有道理的：

即使你很久没有重读"套中人"，而且忘记了别里科夫所发生的一切事情的详细情节，你只要想起这篇小说的思想，只要想到站在生活外面的人们，一个穿着套鞋和翻领大衣、微微曲着背的胆小的人立刻就会在你的眼

前浮现出来。（论短篇小说的写作）

由于契诃夫对这个人物极端憎恶，他才能这样无情地嘲讽他、鞭挞他，最后终于把他永远埋葬了。这个故事的讲述者布尔金所说的话——"我老实说，埋葬别里科夫那样的人是一件很快活的事……啊，自由啊，自由！只要有一点点自由的影子，只要有可以享受自由的一丝希望，人的灵魂就会长出翅膀来！"——实际上表达了契诃夫自己的思想情感，表现了契诃夫自己的立场和观点。

对于柯瓦连科兄妹，特别是柯瓦连科，契诃夫是用赞美的语调写的，在所有这些人物中，他们敢说敢笑，敢大声唱歌，敢骑自行车，敢在大庭广众间吵吵闹闹，兴高采烈，毫不掩饰地表示自己的真实情感。只有他，柯瓦连科，才敢批评当时的俄国高等教育，认为那些高等学校并不是什么学府，而是警察局，里面弥漫着一股沉闷的、腐败的、酸臭的气味，认为那里的教员不是导师，不是教员，而是一些芝麻大的小官僚，他表示宁愿到乡间去捉捉龙虾，教教小孩子，不愿意在这阴暗的环境中死气沉沉地尽呆下去。他当面驳斥死守旧制度、反对新事物的别里科夫，嘲笑他，痛骂他。他显然有了新的思想和新的倾向，是渴望自由、追求真理、富于生命力的人物。

至于像布尔金一样的高等学校教师们，虽然受过屠格涅夫和谢德林的陶冶，虽然也有一点点自由民主的思想，但他们缺乏勇气，容易屈服和妥协。他们虽然厌恶别里科夫，却什么事情都迁就他，无故减少学生的品行分数，无故禁闭学生，开除学生，甚至同全城市的人一样地不敢大声说话，不敢随便写信，不敢自由行动，他们只是忍气过着雨天的生活，过着套子式的生活，过着在泥塘中挣扎呻吟的生活，在烦闷得无可奈何的时候，最多只能玩玩牌戏，说说废话，混日子，其他事情是一点也干不了的。在这样的一些人物中，这个老是穿着套鞋、带着雨伞的可笑的人物当然可以统治整个高等学校，而且竟统治了十五年之久。像这样，他们和那些因为怕给别里科夫听见而不敢在礼拜天组织私人演戏的虚伪、胆怯、庸俗、鄙陋的太太们和教士们，又有什么区别呢？

对于这样的知识分子，契诃夫虽则带着同情和怜悯的眼光看着他们，可是毫不容情地批评他们，讥笑他们。任何庸俗、胆怯和虚伪，契诃夫都是不能忍受的。

"是啊，有思想的正派人读过屠格涅夫、谢德林、勃克尔等等，可是他们却低声下气，忍受这种事——事情就是这样的。"

借兽医伊凡·伊凡尼奇的嘴说出来的这些话，难道不是契诃夫自己对于当时俄国资产阶级知识分子的批评吗？

当然，在当时的俄国，庸俗和愚蠢的人是到处都有的，例如村长的老婆玛尔娃就是这样的一个女人。她一生都没有离开家庭和炉子，从没有见过城市和铁路，虽然健康，却很愚蠢，她的生活和思想也都是深深地藏在套子里的。在当时的俄国到处都有套子式的生活和别里科夫式的人物，这种人物正像布尔金所说，虽然埋葬了一个，却还有千千万万个存在，而且还会继续产生。

而这就是当时俄国的现实生活。

"不成，不能照这样生活下去了。""套中人"的兽医伊凡·伊凡尼奇这样说。可是要怎样生活下去呢？十九世纪后半期的大部分俄国知识分子是还不能明确地回答这个问题的。他们虽然厌倦于沉闷无聊的生活，憎恨丑恶平凡的现实，梦想美好的未来，却不懂得怎样才能实现他们的梦想。

契诃夫揭露了他们的无力和无能，揭露了他们的空虚和庸俗，特别是无情地抨击了像别里科夫这样卑鄙、胆小、保守、落后、反对新鲜事物、拥护既成秩序和崇拜统治阶级的人物；然而，同时他又指出了改变生活要依靠大家的勇气和决心，依靠大家的行动和力量，指出了必须彻底推翻旧制度和改变旧的生活。

这正显示了契诃夫的伟大。这篇小说的主题思想的深刻性，别里科夫这个人物形象的艺术价值也正在这里。

"套中人"的表现技巧很高，也正如契诃夫的其他作品一样，不论是人物的刻画也好，故事情节的结构也好，文学语言的运用也好，都是干净细致，充分显示出契诃夫特有的风格；在整个作品中，每一个句子都是那么朴素而生动，那么自然地吸引读者的注意。

作者写别里科夫的形象，这个装在套子里的人在戏院里出现时，"一个伛偻着的矮子，看上去好像刚用钳子从他的住处夹出来的一样"。我们想想，这刻画得多么深刻！

用简短的文字，他往往能够创造很高的意境，优美的情调和气氛，例如在写了兽医伊凡尼奇请求高等学校教师布尔金听他讲一个很有教育意义的故事以后，他就这样简简单单地写：

"不，现在也该睡了，"布尔金说，"明天再讲吧。"

他们走进谷仓，在干草上睡下来。他俩盖好被子，刚要昏昏睡去，忽然听见轻轻的脚步声——巴搭，巴搭……有人在谷仓附近走着，走了一忽儿站住了，过了一分钟又是巴搭，巴搭。……狗汪汪地叫起来。

"这是玛尔娃，"布尔金说。

脚步声消失了。

这些具体生动的描写如果和前面描写风景的那一段联系起来一想，就仿佛可以感到午夜的寂静，可以闻到谷仓的香味。这简直是诗。对于这样的作家，难怪托尔斯泰要称为"散文中的普式庚"了。

从"套中人"中，由内容到形式，我们都可以学到很多东西。——这便是我读过了这篇小说后的感想。

1954 年 8 月

吴敬梓和他的《儒林外史》*

一

　　《儒林外史》成书于十八世纪四十年代，可以算是我国古典文学中最早的一部讽刺小说。在这部小说中，作者吴敬梓对于封建社会的不合理的事物进行了尖锐的批判，表现了他的可贵的带有民主主义色彩的思想和他的卓越的艺术成就。这是一部具有人民性和现实主义精神的杰出的古典作品，是我们民族的珍贵的文学遗产之一。

　　吴敬梓（1701—1754）出生在安徽省全椒县的一个封建地主家庭里面。他的祖先做官的人很多，但他的祖父在功名上并不得意，他的父亲也只是一个"拔贡"，做了几年县教谕以后丢掉了官，从此家道就衰落了。由于他轻视功名，无意"上进"，又性喜交游，轻视钱财，在父亲死后，他很快地就把家产花光，穷的连饭也吃不上，要依靠卖文和朋友的接济过活。这种剧烈的生活变化，正是使他比较能够接触现实社会和保持清醒头脑的重要条件之一。

　　但是，要了解吴敬梓表现在作品中的带有民主主义色彩的思想和在艺术创作上的现实主义精神的来源，仅仅从他自己的家庭出身和生活变化着眼，那还是不够的，而必须更进一步去分析一下他所处的历史环境和社会环境，同时还必须知道他在当时所受到的思想影响。

　　大家知道明朝已是中国封建社会的后期，在这一时期，一方面是封建统治者的贪欲日增，对于农民的经济剥削和政治压迫日益残酷，农民身受

---

　　* 选自《一年集》，作家出版社 1955 年版。

官僚地主和高利贷者的重重剥削和压榨，陷于极端贫困和痛苦的境地，因而与统治阶级的矛盾日益尖锐化，不断起来反抗，多次地举行起义。另一方面是工商业逐渐发达，除家庭工业及独立的手工业者以外，全国并普遍地存在着各种作坊和手工工场，据古籍的记载，明万历时期已存在着原始资本家和完全脱离农业生产而依靠出卖劳动力过活的织工、染工和矿工——雇佣工人。与工业发展有密切关系的科学研究著作，如宋应星的"天工开物"等，在明末也已开始出现。商业随着工业的发展，自然也日益繁荣起来，全国大都市计有三十多处，对外贸易也日渐发达，特别是广州一个港口。

自然，由于中国社会发展的不平衡，当时东南沿海地区的工商业虽然迅速发展，但大陆腹地，特别是西北地区，经济还是十分落后，所以当时社会的主要矛盾，仍然是广大农民与地主的阶级矛盾。然而除了这个主要矛盾外，我们却也不可忽视当时封建社会内部已经显示出来的另一种矛盾，即城市市民与封建主之间的矛盾。对于新兴的经济势力和逐渐增长起来的资本主义因素，封建统治者是十分害怕的。它一方面利用封建特权进行垄断（当时大规模的工商业，都是官办的，为皇帝所有），加重工商业税，严禁下海通商；另一方面还对工商业者进行直接的掠夺。这自然引起了工商业者的愤恨和反抗，因而不断发生了城市市民与封建官僚地主阶级的冲突。

这些社会矛盾的发展，特别是农民的起义，大大动摇了中国封建制度的根基，而明末李自成的起义，甚至一举灭亡了明朝。

清朝统治进关后，为了镇压中国人民的反抗，在初入关时是到处烧杀劫掠，形同匪盗，因而田园荒芜，城市空虚，农业和工商业都遭受了毁灭性的破坏；以后社会的生产力虽逐渐恢复，但清朝统治者又对农民加紧了剥削和压榨，对工商业者实行了严密无比的垄断政策和闭关政策，以延长和巩固它的血腥统治和垂死的封建制度。然而汉族人民的反满斗争，却从来没有断过。在康熙年间，除郑成功、李来亨、朱一贵等人领导的大规模斗争以外，还有不少零星的武装起义；雍正和乾隆年间反满斗争继续发展与扩大；特别是在下层群众中产生了许多的秘密结社，如"三合会"、"哥老会"、"白莲教"等，都是为大家所熟知的。

总之，明末清初的中国社会，是充满着尖锐的矛盾和冲突的，特别是在清朝统治了中国以后，阶级矛盾和民族矛盾结合了起来，更显得斗争的剧烈。在激烈的社会斗争和民族矛盾中，出现了一些杰出的政治思想家，如顾炎武（亭林）等，在他们的著作中，充分地反映了当时社会的矛盾与斗争。他们反对宋元以来的理学家只尚空谈，不重实践，而提倡"身体力行"；他们反对民族压迫，反对科举制度，认为八股的流毒比秦始皇的焚书坑儒还要厉害得多，因而他们的思想中是包含着明显的民主主义因素的，这在当时来说，当然是一种进步的思想。同时，他们又都是民族斗争的实际参与者，而且是很英勇坚决的战士，始终都不会被清朝政府所收买和利用；他们那种凛然的民族气节，在当时发生了相当广泛而深刻的影响。

农民反对封建斗争和中国人民反满斗争的日趋激烈，资本主义因素的日渐增长，封建社会的日益腐朽和动摇，有进步内容的学术政治思想的奋起和发展，自然都在某一方面或多或少地影响到吴敬梓的思想；他那样地仇视封建社会的不合理的事物，反对科举制度，憎恨八股时文，轻蔑功名富贵，那样地不满清朝的官僚统治和文化政策，都不是偶然的，正是表现了他的民主主义和爱国思想，表现了当时进步思想对于他的影响。

明白了吴敬梓的家庭出身、时代背景以后，我们才可以进一步来分析"儒林外史"的思想性——人民性，因为"儒林外史"原是当时时代的产物，是当时阶级矛盾和民族矛盾的历史产物。

二

"儒林外史"的思想性和艺术性都是很高的，充分显示出了作者观察生活的深入和讽刺的天才，它所要接触的面很广，对于封建社会的黑暗和腐烂，对于清朝统治者的残暴和阴险，对于当时士大夫阶级中科举、追求功名的丑态，都进行了无情的暴露和有力的抨击，但是他主要的揭发对象和攻击目标，却还是科举制度及其所形成的社会风气。鲁迅先生说吴敬梓"秉持公心，指摘时弊，机锋所向，尤在士林"，实在是很概括地说明了吴敬梓的主要战斗方向和"儒林外史"的中心思想。

吴敬梓所以选取这个主题，是因为清朝统治者由于害怕汉人反抗，极力要扑灭人民的民族思想和爱国精神，所以对于读书人除了实行高压政策和恐怖政策——焚毁书籍，大兴文字狱以外，还提倡程朱理学，奖励考据学派，开设博学词科，编纂大部头书籍，以及实行八股取士的科举制度，藉此来收买人心，笼络士子，统制文化，阻止进步思想的发展和传播，而其中为害最大，流毒最深，收效最著的羁縻政策，就是罪恶的科举制度。

科举制度就是以八股取士的考试制度。清朝统治者为了缓和尖锐的阶级矛盾和民族矛盾、维持和巩固自己的罪恶统治而采用了这种考试制度，而吴敬梓就以此为对象进行揭露和批判，来唤醒人民和教育人民，可以说是抓住了一个极重要的问题。除此以外，他还在"儒林外史"中提出其他在当时说来都是富于现实意义的问题。因此作者虽然主观上没有很多地直接联系人民，但他对当时现实的看法，却在客观上使他接近了广大的人民，符合于人民的思想感情和利益。我们不应该把古典文学的思想性——人民性看得过于简单、狭隘和机械，不应该只从形式上来判断古典作品，而不着重分析作品的精神实质。例如托尔斯泰的作品中直接讲到农民的地方并不多，但列宁却是那样的赞美（当然也加以批判），说托尔斯泰的作品里表现出了俄国十九世纪农民群众的长处和短处，力量和软弱，反映出革命运动的某些本质的方面，把他看成一面俄国革命的镜子，把他和他自己显然没有了解、而且显然有意躲避的革命联系起来。同样，大家知道马克思和恩格斯对于巴尔扎克都是推崇备至的，认为他是一个伟大的现实主义者，可是巴尔扎克在"人间喜剧"中写到法国劳动人民生活处境的地方也并不多。

文学的思想性和人民性首先是表现在真实地反映现实生活和深刻地揭示社会矛盾上，一部作品的真实性和思想性原不可分；如果从这个角度来看"儒林外史"，那么这部作品无疑地是具备了这个特点的。

在康、雍、乾三朝，一般读书人只重视八股文章，把这当成做官的唯一法宝，其他学问，一概轻视。"儒林外史"中周进斥诗词歌赋为"杂览"、"杂学"，鲁编修说八股以外都是"邪魔外道"或"野狐禅"，卫体善说从一篇文章中不但可以看出作者的富贵福泽，而且可以看出国运的盛衰；马二先生对蘧公孙和匡超人发表的一番议论——特别是后者，尤其可以代表当时社会的风气和一般读书人的思想：

"……奉事父母，总以文章举业为主。人生世上，除了这事，就没有第二件可以出头。……只是有本事进了学，中了举人、进士，即刻就荣宗耀祖。这就是'孝经'上说的'显亲扬名'，才是大孝，自身也不得受苦。古语说得好：'书中自有黄金屋，书中自有千钟粟，书中自有颜如玉。'而今什么是书？就是我们的文章选本了。……假如时运不好，终身不得中举，一个廪生是挣得来的。到后来，做任教官，也替父母请一道封诰。……"

作者通过周进和范进这两个鲜明的形象，极深刻地鞭挞了当时的知识分子，批判了当时的科举制度。他们两个人都考了一辈子，到暮年才考场得志，青云直上。在没有考取的时候，他们都受尽了物质上和精神上的百般痛苦，任何人都轻视他们，随便地可以侮辱他们，难怪周进在进了贡院时，看见两块号板就要眼里一酸，伤心得一头撞去，乃至撞死在地下，救醒后又一直哭到口里吐出鲜血来；也难怪范进一听见中了举人，就要高兴得昏厥过去和发起疯来。

科举制度本身就是不合理的制度，而当时考官的昏庸糊涂，尤其荒谬可笑，例如周进开始很不喜欢范进的文章，觉得实在不成话，但由于有心要取他，所以再三地看了又看，最后却忽觉得是"天地间之至文"，"忙取笔细细圈点，卷面上加了三圈，即填了第一名"。这种考试制度，使当时一般读书人名利熏心，纳贿作弊，奔走钻营，简直不顾羞耻。科场的黑暗腐败，明清两朝大略相同，而清朝更甚，因此八股取士，实在是等于作弊取士。"儒林外史"中对这种情形有极真实的描写，深刻的揭露。例如暴发户金东崖的儿子金耀一字不通，却想考秀才。因此通过杭州巡抚衙门的差役潘三贿买匡超人替他代考；又如鲍文卿父子受向知府之托去巡视试场，看到应考的童生代笔的代笔，传递的传递，人人作弊；又如虞博士巡场时发现有人夹带，而且不小心把夹带一道送上堂去了。……

八股时代的士子大都是迂腐而又空疏，没有一点真才实学。在这方面"儒林外史"的作者也写得很多，加以无情的嘲笑和讽刺。例如著名选家马二先生就是傻里傻气，呆头呆脑的迂儒，他曾受差役的愚弄，道士洪憨仙的欺骗，游西湖时整天乱跑，到处乱吃，而对景色则毫无会心。至于浅薄无知，那更是当时士子们的一个特色。例如周进竟把"玫"字的偏旁"玉"字认成"王"字；范进根本不知道苏轼是什么人；荀玫不懂"同门"的意思；匡超人甚至把"先儒"误解成"先生"；张静斋对汤奉信口开河地把刘基和朱洪武的故事乱说一顿等等笑话，都是富于典型性的。

除了科举制度养成一批醉心功名富贵的士子以外，封建社会还制造出了一批招摇撞骗无所不为的帮闲文人和假名士。对于这样的人物，吴敬梓所给与的挖苦也是十分辛辣的。例如"儒林外史"中所写的杨执中、权勿用、牛玉圃、匡超人、景兰江、赵雪斋、浦墨卿、支剑峰、辛东之、金寓刘等人，无不是吹牛拍马、阿谀逢迎的骗子；像虚设人头会的张铁臂，假冒中书的万里和冒人姓名的牛浦郎等，则更明显的是道地的无赖。当时，甚至有些盐商、戏子、"婊子家掌柜的乌龟"也居然戴起方巾来，冒称儒生，假充斯文了。

但是作者讽刺和鞭挞得最厉害的，还是像严贡生那样的豪绅恶霸和严监生那样的守财奴。严贡生自称"为人率真，在乡间从不会占人寸丝半粟的便宜"，可是事实上却是敲诈勒索，无恶不作，完全是封建社会地主豪绅的典型；吴敬梓写他如何侵夺寡妇财产和硬赖船钱的无赖行为，真是刻画得入骨三分，读了以后，令人异常痛恨。严监生却是一个胆小如鼠，视财如命，连临终时家里多点一根灯草也不肯断气的地主阶级中的吝啬鬼，可是他们兄弟两个，却也居然是儒林中人！

除了严峻地抨击科举制度及其流毒和当时士子们醉心功名的丑态以外，"儒林外史"还深刻地揭露了清朝吏治的腐败和残暴（如写高要知县汤奉的枷死回民老师夫，彭泽知县的乱打盐船水手和舵工，江都知县的贪赃枉法，杭州抚院衙门差役潘三的包揽词讼，官成解差的敲诈勒索）；揭露了清朝统治阶级的文化恐怖政策（如卢信侯的因藏"高清邱文集"而坐了监牢，蘧公孙因王惠的一个枕箱和几本残书而险遭杀身之祸）；揭露了封建婚姻制度的罪恶和妇女在旧礼教压迫下所受的痛苦（如王玉辉女儿的"殉节"，沈琼枝的受辱）；揭露了当时盐商（如宋为富和万雪斋）的骄奢淫逸与卑鄙下流；揭露了清廷对当时"有功"将领（如萧云仙和汤镇台）的猜忌和赏罚不明。

此外，吴敬梓还通过庄征君辞官回家途中所遇见的老人和虞博士所救起的佃农，真实地反映了当时农民的穷困和痛苦；通过鬻儿卖女，依靠修补乐器糊口的倪老爹，反映了当时下层知识分子的遭遇和小手艺人的悲剧；通过牛、卜两位老爹的友谊和甘露寺僧对牛布衣的交情，表现了他对于下层人物的深厚的同情。

在"儒林外史"中的正面人物，最引人注意的自然是杜少卿。这是一个襟怀冲淡的名士，在作者的心目中，杜少卿虽然有缺点，但无疑是把他肯定的。其他一些真儒和名士如王冕、虞育德、庄绍光、武书以及隐居市井的四个高人等，也显然都是作者所倾慕或同情的人物。作者所以同情和赞美以上这些人物，主要是由于他们都是反对八股时文，轻视功名富贵，不肯和当时一般利欲熏心，堕落无耻的人们同流合污，不愿替清朝统治者帮闲帮忙。因而从这些人物的言行上，我们也可以充分看出作者自己的理想和抱负，看出作者的一定程度的民主主义思想。

一部作品是否富有思想性——人民性，除了要看它是否真实地具体地历史地反映了生活以外，还要看它是否有完整的艺术形式充分而有力地表达出它的思想内容，要看它的形式和内容是否一致。从这一点来看，"儒林外史"的艺术成就无疑是很高的。

"儒林外史"的艺术特点，主要是在于它有高度的真实性和完整性，有高度的概括性和明朗的形象性。除了少数的例外，整部小说都是通过具体的人物和真实的情节来表现典型的生活和人物，文字朴素而生动，绝没有连篇累牍的说教和枯燥乏味的叙述；所写的主要人物，都有突出的性格和清楚的面目。鲁迅先生在"中国小说史略"中说到"儒林外史"的艺术力量时有这么几句话：

……既多据自所见闻，而笔又足以达之，故能烛幽索隐，物无遁形，凡官师，儒者，名士，山人，间亦有市井细民，皆现身纸上，声态并作，使彼世相，如在目前……

他还举出马二先生关于制艺如何可贵的一段议论（第十三回），说明"儒林外史"如何通过一个人物的语言概括地表现了当时读书人的精神世界和对于学问的见解；举出马二先生游西湖的一段记述（第十四回），说明"儒林外史"如何真实地描写了当时读书人的迂腐可笑；举出范进为了表示守制尽孝，不肯用银镶杯箸和磁杯象筷，一定要用白颜色的竹筷才肯吃饭，但却不避荤腥，在燕窝碗旁捡起大虾圆子来就吃的一段穿插（第四回），说明"儒林外史"如何运用极细微的情节和洗练的笔墨深刻地揭露了当时读书人的虚伪和愚妄，他认为"儒林外史"的文辞是"婉而多讽"和"感而能谐"的，是一种真正的讽刺艺术。

所谓"婉而多讽，感而能谐"，就是说"儒林外史"主要的是通过具体的形象和真实的描写来批判人物，指摘时弊，文字含蓄，意味深远，因此才能做到"无一贬词，而情伪毕露"，使狙击和暴露更为有力。作者对当时的政治和社会，特别是科举制度和醉心于功名富贵的八股文人，是非常仇恨，十分痛心的，但他却能以幽默诙谐的笔墨，作深刻无情的讽刺，这种讽刺显然正是对于封建社会不合理的事物的尖锐的批判。这种批判十分有力，实际上充分揭露了封建社会内部的腐朽。

"儒林外史"里面人物，大都在当时实有其人，所记情节，也有不少在当时实有其事。这些事曾为作者所亲历和见闻，这些人也为作者所熟识或相知，然而我们千万不可根据这点，以为"儒林外史"仅仅是一部某些人的传记或吴敬梓的自传，这样就会把这部卓越作品的艺术价值降低，因为凡是经过作家艺术概括和艺术加工的人物和生活，往往要比真人真事更集中，更典型，更理想，更完美，更带普遍性，能更充分地、突出地表现一定社会力量的本质。"儒林外史"当然也是经过吴敬梓艺术概括和艺术加工的作品，否则决不可能成为一部卓越的现实主义作品。

三

然而，表现在"儒林外史"这部小说中的吴敬梓的民主思想却并不彻底；而其原因，是由于他的思想不但受他自己的阶级出身和所受教养的限制，而且也受了历史条件的限制。他那"提倡礼乐，复兴名教，挽救人心，振兴世风"的理想，就正是正统的儒家思想，无疑的属于封建主义思想的范畴；他所肯定的人物——真儒和名士，虽然他们的言行不同于当时的世俗，却也无非是一些洁身自好、逃避现实的人。事实上，在当时那样激烈的阶级矛盾和民族矛盾中，不但一般劳动人民——特别是广大农民投入了反对封建压迫和民族压迫的斗争，即杰出的知识分子如像顾炎武等人也都是民族斗争的积极参加者。但吴敬梓却注意不到这样的情形，创造不出这样的人物；而这正是反映了吴敬梓的民主思想和爱国思想还是不够彻底的。

至于第三十八回写郭孝子寻亲，第三十九回写郭孝子劝导萧云仙不要作侠客，却要替朝廷效力，以图封妻荫子，青史留名的一席话等等，则简直是替清朝朝廷宣扬功德，不过是反映了作者思想上的落后一面，反映了作者思想中的封建传统观念——忠君爱国的残余，反映了作者民主思想的不彻底性。

"儒林外史"的组织结构，一般读者都觉得不够严格，认为虽然全书都贯穿着反对科举制度和反对功名富贵的思想，但头绪究竟太多。鲁迅先生也曾说过这样的话："惟全书无主干，仅驱使各种人物，行列而来，事与其来俱起，亦与其去俱讫，虽云长篇，颇同短制……"足见这部小说，实在是有这么一个缺点的（当然，要说它是特点也无不可）。这缺点虽然掩不住全书的现实主义精神，但作者思想的局限性，使作者比较缺乏更高度的概括力量，恐怕也有关系。

然而，"儒林外史"纵有一些缺点，但基本上却是一部卓越的现实主义作品，是一部古典讽刺文学中的杰作。如果我们对它有正确的评价和足够的重视，那么一定可以从它里面学习到一些对我们有益的东西。首先，我们可以学习到很多历史知识，使我们更好地懂得明清两朝——特别是清朝康、雍、乾三朝的社会面貌。其次，我们阅读了这部作品以后，可以增加我们对封建残余势力、封建传统观念，一切落后的、保守的、腐败的、虚伪的、庸俗丑恶的社会现象进行斗争的决心。最后，我们还可以从这一部卓越的作品中培养我们对于中国古典文学的阅读兴趣，提高我们对于文学艺术的欣赏水平；而有志于文艺工作的青年，还可以从中学习一些文学艺术的表现方法，锻炼和提高自己的写作技巧。

总之，"儒林外史"是一部古典文学中卓越的现实主义作品，是一份宝贵的文化遗产。我们必须珍视它，研究它，学习它，批判地接受它；必须坚决反对像俞平伯那样把"儒林外史"看成作者发牢骚的作品，以及其他一切有意识或无意识地歪曲这部作品的资产阶级观点。

1954 年 12 月 1 日

鲁迅的小说[*]

一

鲁迅从一九一八年四月到一九三五年十二月的十八年中间（事实上只有十年，因为其中有八年根本没有写小说），陆陆续续地写了三十二篇小说，计收入"呐喊"中的十四篇，收入"彷徨"中的十一篇，收入"故事新编"中的八篇，都是短篇（其中最长的"阿 Q 正传"也只有二万八九千字），三个集子算起来，一共也不过二十多万字，因此在数量上说，是不算多的，但在质量上说，这些小说却无疑地都是我国现代文学中的杰作，特别是最著名的"阿 Q 正传"。

鲁迅正式开始写作小说，是一九一八年的事情。这时他已有三十七岁。他写的第一篇白话小说，就是著名的"狂人日记"。在这篇最先表现了"文学革命的实绩"的小说中，鲁迅深刻地揭露了家族制度的本质和旧礼教的弊害，愤怒地控诉了封建社会的不合理和腐朽黑暗。他借用一个曾经受到严重迫害的精神病患者的嘴说道："我翻开历史一查，这历史没有年代，歪歪斜斜的每页上都写着'仁义道德'四个字。我横竖睡不着，仔细看了半夜，才从字缝里看出字来，满本都写着两个字是'吃人'！"他猛烈地诅咒凶残、卑怯、狡猾的吃人者——封建统治阶级，相信将来总有一个容不得人吃人的时候，因而他大声疾呼地要求大家起来"救救孩子"。大家都把这篇战斗性非常强烈的小说看成反封建的宣战书或檄文，实在是很恰当的。

鲁迅的短篇小说——"药"，也是一篇很有意义的作品，它的主要内

---

* 选自《鲁迅作品讲话》，长江文艺出版社 1959 年版。

容是写一个茶馆掌柜华老栓夫妇迷信人血可以治病，因而把他们历年做买卖积蓄起来的钱，都拿去向刽子手高价购买浸透着人血的馒头来治儿子的肺病，而这个馒头上的鲜血，却是一个青年革命者——夏瑜的血。夏瑜为着革命而牺牲了自己的生命，但他的血却被愚昧无知的群众拿去当作药料，可见当时我国群众是如何地缺乏觉悟，而革命者又是如何地脱离群众。这一种情况，正是我国辛亥革命终于失败的原因之一。从此也可以知道，我国的资产阶级是没有能力领导革命取得胜利的，因为它在政治上和经济上都很软弱，不能同封建主义和帝国主义宣告决裂；他们脱离群众，害怕群众，不敢发动群众起来进行坚决彻底的民主革命。鲁迅写作这篇小说的时候，虽然对于这个道理还不可能有很明确的认识，但显然已经深切地感到了这点，因而对于中国的前途也特别感到焦虑和悲愤。可是，鲁迅对于中国革命的前途并没有悲观绝望，他在夏瑜坟上有意添上了一个花环，正是表示他对于革命前途还怀着希望，相信将来总有人会记起这位英勇的革命战士和不幸的牺牲者。

从鲁迅写于一九二一年一月的"故乡"中，我们可以看出他对于故乡是很热爱的，因为在那里，他度过了他的童年，熟悉那里的人民和生活。可是他那可爱的故乡，却在帝国主义和封建势力的层层剥削之下，变成荒凉了，人们的生活越来越艰难，他的童年朋友闰土，就是这些被穷困生活所压倒的人们中间的一个。这是一个勤劳、纯朴、善良的农民，但在中国农村急剧破产的情况之下，可怕的贫穷不但摧残了他的肉体，而且也戕害了他的精神，把他从一个勇敢机智、活泼愉快的小伙子，慢慢地折磨成了一个麻木冷淡、拘谨胆小的"木偶人"。肉体上的痛苦还是有形的、可以感觉到的，但精神上的痛苦却是无形的、看不见摸不到的，有时甚至连被侮辱被损害的本人也不容易觉得，更不容易引起人们的注意和同情，因此很多人就是这样独自带着精神上的痛苦，麻麻木木地一直到死。鲁迅在"俄译本'阿Q正传序'"里也曾说过：中国的黑暗社会不但使人感觉不到别人肉体上的痛苦，"并且使人不再感到别人的精神的痛苦"。鲁迅是一个伟大的人道主义者和爱国主义者，对于这种情形当然是不能不特别感到痛心的。他热烈地希望将来能够改善这种痛苦而且麻木的生活，认为我们的后代"应该有新的生活"，不再"辛苦辗转而生活"，也不再"辛苦麻木而生活"。他相信这种希望一定可以实现，因为他认为"希望是本无所谓有，无所谓无的。这正如地面上的路；其实地上本没有路，走的人多了，也便成了路"。

此外，在这篇小说中，鲁迅也表现了这么一个思想，就是：知识分子和人民群众互相隔离是很可悲的。小说中的"我"和闰土在童年时本来是很要好的朋友，曾以哥弟称呼，但隔了二十多年以后相见，闰土却恭恭敬敬地称他为"老爷"。这可悲的隔膜使他非常痛苦，连"美丽的故乡"也觉得渺茫，没有什么可以留恋了。他说："我只觉得我四面有看不见的高墙，将我隔成孤身，使我非常气闷……"当然，这种和广大人民的隔离，凡是不满于当时的中国现状、不断地探索着中国前途的进步知识分子，都是会感到苦闷的，却很少有人能够和鲁迅一样地感受得这么深刻，这么急急地想改变当时中国的现状和这种极不合理的人与人的关系。

"阿Q正传"是鲁迅最重要的小说，也是我国"五四"以来最杰出的作品。阿Q原是一个毫无土地、完全靠出卖劳动力维持最低生活的雇农。他在劳动上是一等把手，什么短工都会做，"割麦便割麦，春米便春米，撑船便撑船"，但他的思想却很落后。他讳疾忌医，保守健忘，自欺欺人，自轻自贱，吹牛摆阔，排斥异端，欺软怕硬，麻木狡猾，常常用各种可笑的所谓"精神胜利法"来报仇雪恨，使自己"转败为胜"……他的这种落后思想和可笑性格，被人们称为"阿Q精神"（也即所谓"阿Q相"），直到今天还常常被引用来讽刺那些缺点很多，却又不敢正视缺点、改正错误，反而千方百计地想办法为自己掩饰的人。可见这个人物是有极其广泛的代表性的，确实是中国现代文学中塑造得最出色的一个艺术形象，可以同我国文学和世界文学中任何一个著名的典型互相媲美。

通过这个典型，鲁迅有力地讽刺、鞭挞了无数像阿Q这样的人，并不只限于落后的农民；如果把阿Q精神或阿Q性格仅仅看成我国过去农民所特有的弱点和缺点，那就会大大地缩小这个人物形象的典型意义。

在"阿Q正传"中，鲁迅对于辛亥革命的不彻底性也进行了无情的揭露和尖锐的批判，指出辛亥革命只是换汤不换药的革命，除剪了一些辫子和改换了一些招牌以外，什么都没有"异样"，封建阶级的代表人物举人老爷、赵老爷、钱太爷、赵秀才等等，仍然骑在人民的头上，作威作福，为所欲为。阿Q本来也想参加革命，但以"假洋鬼子"为代表的、和封建势力有千丝万缕的血肉联系的中国资产阶级，却不准他参加革命，而且给了他一个十分悲惨的结局——游街示众之后枪毙（即小说中所称的"大团圆"）。这是一个惨痛的教训，鲁迅无疑地是怀着很沉重的心情来写的。至于关于阿Q究竟是否会参加革命的问题，则在鲁迅在世时就曾经有过一些争论，鲁迅自己作了完全肯定的回答（见"〈阿Q正传〉的成因"）。可见他对于最受压迫和最贫苦的中国农民必然要起来革命这一基本道理，无疑是很了解，而且具有无限的信心的，他绝对没有轻视阿Q，没有忽视中国贫雇农和中国革命的血缘关系。他对于中国农民的深切了解和深切同情，使他不但看到了他们的缺点和弱点，而且也使他看到了他们的优点和特点，看到了他们的革命性和反抗性，而这原是一个伟大的革命民主主义者的本色。

对于国外读者，也许阿Q的结局未免显得过于悲惨，即在我国，也曾经有人觉得鲁迅写得太过，或者认为可以给阿Q安排另外一种较好的结局，言下之意，明显地是说鲁迅写得不合情理，不够真实。对于这点，鲁迅自己也曾经在"〈阿Q正传〉的成因"中作了很好的解答。他说："其实'大团圆'倒不是'随意'给他的；至于初写时可会料到，那倒确乎也是一个疑问。我仿佛记得：没有料到。不过这也无法，谁能开首就料到人们的'大团圆'？不但对于阿Q，连我自己将来的大团圆，我就料不到究竟是怎样。……但阿Q自然还可以有各种别样的结果，不过这不是我所知道的事。"接着他又这样地说道："先前，我觉得很有写得'太过'的地方，近来却不这样想了。中国现在的事，即使如实描写，在别国的人们，或将来的好中国的人们看来，也都会觉得grotesk。"在"华盖集"的"忽然想到"（九）里，他也说过，在旧中国是什么离奇古怪的事情都会有的；他认为在未庄出抢案时，即使在土谷祠外除了架起机关枪以外，再添上一个混成旅和八尊过山炮来捉拿阿Q，也不会"言过其实"。确实，在黑暗的旧中国，阿Q的命运实在并不足奇，比他死得还要悲惨、还要痛苦、还要莫名其妙的人也不知有多少；而在国民党匪帮的法西斯统治之下，在杀人方面，特别是在杀害政治犯方面，则比历代封建主和北洋军阀统治中国的时代还要更野蛮、更残暴，常常有大批大批的革命者被活埋、被屠杀，或死在其他难以想象的酷刑之下。

我们知道，伟大的现实主义者鲁迅是不断地在研究、分析解剖着当时的中国统治阶级和处在尚未觉醒状态中的人民的弱点的。他像一个伟大的医生一样，经常揭露他们的弱点。但这种揭露，对旧中国的统治阶级和尚未觉醒的人民还是有所不同的：对旧中国的统治阶级来说，是对他们进行深刻的批判和无情的鞭挞，对于尚未觉醒的人民来说，则主要的是希望借此唤醒他们的警惕和反省，治疗他们的痼疾，使他们振作起来探索自我解放的道路，创造合理的、光明的、幸福的生活。在写于1925年5月间的"俄译本'阿Q正传'序"中，他就曾说过这样的话："我虽然已经试做，但终于自己还不能很有把握，我是否真能写出一个现代的我们国人的魂灵来。……要画出这样沉默的国民的魂灵来，在中国实在是一件难事……我虽然竭力想摸索人们的魂灵，但时时总自憾有些隔膜。在将来，围在高墙里面的一切大众，该会自己觉醒，走出，都来开口的罢，而现在还少见，所以我也只得依靠了自己的觉察，孤寂地姑且将这些写出，作为在我的眼里经过的中国的人生。"

从这一段话中，我们可以看到鲁迅对于中国人民的爱是多么热烈，他的爱国主义精神和人道主义精神是多么崇高！

在"呐喊"中，还有几篇小说是值得我们特别注意的，这就是"风波"、"社戏"和"一件小事"，特别是"一件小事"。因为，从这篇异常简短的小说中，我们可以看到鲁迅除了热爱农民以外，同样也很热爱城市里的劳动人民。这篇小说的主角是一个极其不凡的人力车夫，是一种我国过去在城市里随处可以看到的"苦力"，但这个普通的劳动人民却有纯洁无私的高贵品质。对于这个车夫忘我地帮助一个老太婆的事，使鲁迅感到无限的钦佩和尊敬。他像这样地歌颂道："我这时突然感到一种异样的感觉，觉得他满身灰尘的后影，刹那高大了，而且愈来愈大，须仰视才见。而且，他对于我，渐渐的又几乎变成一种威压，甚而至于要榨出皮袍下面藏着的'小'来。……几年来的文治武力，在我早如幼小时候所读过的'子曰诗云'一般，背不上半句了。独有这一件小事，却总是浮在我眼前，有时反更分明，教我惭愧，催我自新，并且增加我的勇气和希望。"

二

继"呐喊"之后，鲁迅又出版了他的第二个小说集"彷徨"。这个集子里的第一篇小说，是写于 1924 年 2 月 7 日的"祝福"，最末的一篇是写于 1925 年 11 月 6 日的"离婚"，前后不到两年的时间，鲁迅一共写了十一个短篇。在这一时期以内，鲁迅除了这些小说以外，还写了不少散文和杂文，分别收集在"坟"、"华盖集"、"野草"等等集子中，所以在这两年中，他的写作也是不算少的。不过有一点值得我们特别注意的，就是在这几年内，鲁迅的处境特别困难，他的思想情况也特别复杂，一方面他日益感到进化论的"偏颇"和无力，另一方面却又还没有树立起科学的马克思主义的世界观，因而不免时时为苦闷的感觉所侵袭，使他感到彷徨和孤寂。他有一首旧体诗"题'彷徨'"——"寂寞新文苑，平安旧战场；两间余一卒，荷戟独彷徨"——就是这种心情的真实的写照，虽然这首旧体诗还是1932年才写的。他这种心情也部分地反映在他的创作——主要是小说和散文，特别是散文集"野草"中。可是，纵然如此，他在这一时期中却没有消沉，而是恰恰相反，比过去更其迫切地探索着中国民族的出路，他在"彷徨"前面引用"离骚"中的诗句——"路漫漫其修远兮，吾将上下而求索"，正是表明了他这一种可宝贵的努力，而他在这一时期中的大部分著作（包括杂文在内），也是很好的证明。有人根据"题'彷徨'"和鲁迅在"'自选集'自序"中的一段话（在这段话中他说"彷徨"的技巧虽比"呐喊"较为成熟，但"战斗的意气却冷得不少"），把"彷徨"中的所有作品都看成为阴暗的、伤感的作品，而不对每一篇小说作具体细致的分析，是不妥当的。

因此，让我们来看看这个集子中的几篇主要作品。

"彷徨"的第一篇小说"祝福"是这部作品中的代表作，拥有广大的读者，我国根据这篇小说拍制的彩色艺术片，也受到了广大观众的欢迎。凡是看过这部影片的人，都深深地为女主人公的命运所激动。

这篇小说的女主角祥林嫂虽然一生都很勤劳、善良、诚实、纯朴，希望能够在最低微的生活中平平安安地度过一生，但她最后却在贫困无告的乞食生活中悲惨地结束了自己的生命。可是，祥林嫂的痛苦却也决不仅仅限于生活的贫困，她在精神上所受的创伤，事实上还远远地超过物质上的贫困和肉体上的痛苦。她曾先后丧失了两个丈夫，还失去了一个惟一的儿子，孤苦伶仃，毫无依靠，全靠自己的一双手过活，受尽了豪绅地主鲁四老爷的剥削，长期挣扎在寂寞而又艰难的人生旅途上。但她的痛苦，却丝毫也引不起周围人们的同情，她所遇到的，只是无情的冷淡和残忍的嘲笑。

在中国的旧社会里，妇女守寡原是很不幸的，如果再嫁，那就更容易受到排挤和歧视、轻蔑和污辱，往往被认为伤风败俗，违背礼教，连过年过节时祀神祭祖也不准插手，因为嫌她们"不干不净"，亵渎或冒犯神祇。祥林嫂在鲁四老爷的家里，就曾在祭祖时一再受到了这种精神上的打击和人格上的侮辱，以致神经失常，几乎发疯。她为了救赎自己的灵魂，洗刷自己的"罪恶"，免得自己死后在阴间受苦——被阎罗王锯成两半，分给生前的两个丈夫，同时也为了恢复自己在鲁四老爷家里的"地位"和信用，竟听信了一个善女人柳妈的劝告，把自己辛勤劳动和长期积蓄所得的十二元鹰洋，全部送给土地庙里的庙祝，捐了一条门槛，想把它当成自己的替身去给"千人踏，万人跨"。在捐了门槛以后，她一身轻松，满怀高兴，总以为自己的"罪孽"已经洗清，可以和过去一样地参加祭祀时的劳动了，但结果却使她大失所望，鲁四老爷和四婶依然不准她接触祭祀用的供具。这一下，简直是等于宣布了她的死刑：

> 她像受了炮烙似的缩手，脸色同时变作灰黑，也不再去取烛台，只是失神地站着。……这一回她的变化非常大，第二天，不但眼睛窈陷下去，连精神也更不济了。而且很胆怯，不独怕暗夜，即使看见人，虽是自己的主人，也总惴惴的，有如白天出穴游行的小鼠；否则呆坐着，直是一个木偶人。不半年，头发也花白起来了，记性尤其坏，甚而至于完全忘却了去淘米。

从这里，我们也可以看到鲁迅的刻画人物，决不仅仅以表面的描写为满足，而是要更进一步地分析人物的内心活动，刻画出人物的性格特点和精神世界。因此，他总是尽可能地探索人物的灵魂深处，浅尝即止的描写是和他完全无缘的。祥林嫂的真正悲剧，显然是在于虽则受到封建礼教的压迫和宗教迷信的毒害而毫不自觉。她也和人家一样地觉得自己有罪，而且无法救赎，不但在人间不能做人，即在地狱世界里也要受到永劫不复的惩罚，甚至她那两个死了的丈夫也不会饶恕她的罪过，可见封建礼教和宗教迷信的毒害，简直是深入骨髓了。毛泽东同志在其著名的"湖南农民运动考察报告"中曾说束缚旧中国人民，特别是旧中国农民的四条绳索，是封建地主阶级的政权、族权、神权、夫权，如果不推翻地主阶级的政权，那也无从动摇族权、神权和夫权。祥林嫂就是被这种无形的绳索活活地勒死的，而她的命运，也正是旧中国广大农村的劳动妇女所共有的命运，只要封建地主的政权一天没有消灭，这些劳动妇女就随时都有走上毁灭道路的危险。"祝福"这篇小说所告诉我们的真理就是如此，它的社会价值和教育意义也就是在这里。

"在酒楼上"、"孤独者"和"幸福的家庭"，都是写旧中国的知识分子的。由于篇幅的关系，我在这儿只能简单地谈一谈。"在酒楼上"这篇小说中的主人公吕纬甫，在年轻时也曾有过远大的理想和勇敢的行动，反对宗教迷信和封建文化，主张输入新文化和改革一切不良的旧习；显然是一个"五四"时代的人物，是一个民主主义者和反封建的战士。可是，由于他脱离人民、脱离实际，采取了个人奋斗的道路，这个本来是生气勃勃、颇想有所作为的知识分子，却终于在冷酷的生活现实和社会环境中，很快地丧失尽了蓬蓬勃勃的朝气，变成了一个庸俗、颓唐、萎靡、消沉、随波逐流、暮气沉沉的"零余者"。他有时也偶尔想振作一下，做一点较有意义的事情，想找另一种较好的生活方式，但结果却总是遭到失败，正如他自己所说，最多只能绕一个小圈子，却不能勇敢、坚决地一直走向理想的新生活。他说：

我在少年时，看见蜂子或蝇子停在一个地方，给什么来一吓，即刻飞去了，但是飞了一个小圈子，便又回来停在原地点，便以为这实在很可怜。可不料现在我自己也飞回来了，不过绕了一点小圈子。……

既然远走高飞不成，于是他又只得继续走他的老路，照旧"敷敷衍衍，模模糊糊"，毫无目的、毫无意义地苟活下去，至于以后怎么过日子，他简直连想也不愿意想，或者简直不敢想……像这样经不起生活考验、很容易被灰色生活所吞没的知识分子，在旧中国是很多的，因而吕纬甫这个人物也有很大的代表性，也是一个很真实、很生动的艺术典型。通过这个人物的遭遇，鲁迅不但异常深刻地批判了我国旧知识分子的缺点和弱点，而且也很有力地控诉了我国半殖民地半封建社会的黑暗和冷酷。

此外，在"彷徨"中还有几篇写得很成功的小说——"伤逝"、"离婚"、"长明灯"、"肥皂"、"高老夫子"和"弟兄"，而其中的"伤逝"和"离婚"，尤其写得深刻和出色，值得我们特别注意。

在"伤逝"中，鲁迅接触到了一个"五四"以后长期为人们所注意的社会问题——自由恋爱和自由结婚的问题。在"五四"以后，接受了资产阶级民主革命思想的我国青年知识分子，都纷纷起来反抗旧礼教的压迫和封建家庭的束缚，努力争取恋爱自由和婚姻自由，争取独立的人格和个性的解放。经过了个人的奋斗，有些人自然也能得到暂时的胜利，但由于这种脱离整个社会解放运动的个人奋斗究竟是软弱无力的，容易为旧势力所打败，因此，他们往往又会很快地就丧失尽一切理想和勇气，重新回到老路上去，素来最受压迫的中国妇女，自然更容易走上这样的回头路。鲁迅很早就已注意到了这一种可悲的现象，曾经在"娜拉走后怎样"（1923年12月）一文中指出："像娜拉那样的女性虽则反叛了家庭，走到了社会上，但问题并未解决，因为她在社会上毫无独立的经济地位，她最后的出路，不是被迫回家，就是被迫堕落，再没有旁的办法。"这几句话，就好像是"伤逝"的注脚。我们在这篇小说中可以看到，当子君和涓生恋爱的时候，两个人都很勇敢坚决，尤其是子君。她的确有"大无畏"的精神，敢于不顾父亲的阻挠和叔父的干涉，也不怕任何其他人的破坏和轻蔑，坚决地和涓生相爱，而且实行同居，因为她认为"我是我自己的，谁也没有干涉我的权利"！可是，在他们同居以后，生活却很困难，在涓生失业以后，尤其困苦，就连她自己非常心爱的几只小油鸡和一只爬儿狗也无力饲养。在生活的重压之下，她的思想日益迟钝，精神日益颓唐，意志日益脆弱，除了平庸而琐碎的家庭生活以外，她已没有任何其他的生活兴趣，更没有什么远大的目标和理想；他们之间的爱情也日益淡薄起来了，最后不得不互相分手，各走各的道路。结果子君终于在家里忧郁而死，而涓生也只好再搬回空虚寂寞的会馆里，一个人勉强地生活下去。虽然他也知道"世界上非没有为了奋斗者而开的生路"，很想趁自己的翅膀还未忘掉如何扇动的时候，在"新的开阔的天空中翱翔"，可是他却不知道究竟应该怎样才能跨出第一步去。他的希望是渺茫的、不可捉摸的，正如他自己所说：

　　有时，仿佛看见那生路就像一条灰白的长蛇，自己蜿蜒地向我奔来，我等着，等着，看看临近，但忽然就消失在黑暗里了。

　　对于盲目的恋爱，鲁迅是认为应该加以否定的，在这篇小说中，一直都贯穿着这一种思想。他认为爱情"必须时时更新，生长，创造"，必须一刻也不疏忽其他"人生的要义"，因为"人必生活着，爱才有所附丽"。这自然是一种非常切实正确的思想，对于当时那些盲目地追求爱情，不把爱情建立在生活和斗争的可靠基础上，而将它建立在半空中或沙滩上的男女青年，实在是一个尖锐而有力的批判。

在"离婚"中，鲁迅通过女主人公爱姑的离婚悲剧，有力地暴露了旧婚姻制度的不合理，真实地描写了旧中国妇女的痛苦，同时也深刻地揭示了小生产者反抗封建压迫的软弱无力。爱姑原是一个泼辣、倔强、富于反抗性的农村妇女，她因受不了丈夫的欺凌和公婆的压迫，不得不回到娘家，准备依靠父亲和弟兄的力量，和夫家大闹一场。她有六个亲兄弟，她的父亲又是一个"高门大户都走得进的""沿海的居民对他都有几分惧怕的"富裕农民，因此她很胆大，连当地豪绅慰老爷她也"不放在眼里"，认为那也"不过是一个团头团脑的矮子"，没有什么足怕的，她的父亲甚至以为这个慰老爷简直"不足道"。可是，他们在那个曾经和知县换过帖子的七大人面前，却都"挺"不起来了，就是明明觉得七大人袒护"老畜生"和"小畜生"，不讲人话，他们也毫无办法，他们感到七大人的"威光"像有魔力一样地压迫着他们，使他们不敢"放肆"，终于无可奈何地同意了离婚。从此可以知道，在中国旧社会，特别是在旧中国的农村里，封建势力是多么可怕，劳动妇女又是多么的没有地位！

三

最后，让我们再来比较概括地考察一下鲁迅创作中的几个特点。

第一，我们可以很明显地看出，鲁迅写作都是严格地遵循着现实主义的创作原则的；他根据现实生活的逻辑，客观地处理小说的主题，安排小说的情节，刻画小说的人物，因而他所写的小说，都有高度的真实性和现实意义，能够反映生活的真实面貌。鲁迅曾经称自己的作品为"遵命文学"，说是因为当时的革命主将不主张消极，所以他也要采取积极乐观的态度，有时还有意地用些曲笔，在自己的作品中"删削些黑暗，装点些欢容，使作品比较的显出若干亮色"，例如他在"药"的夏瑜坟上就平空地添上了一个花环，在"明天"里也故意不叙单四嫂子没有做到看见儿子的梦。据他自己说，这样做的目的无非是为了借此"慰藉那在寂寞里奔驰的猛士，使他不惮于前驱"（参看"自选集"自序和"呐喊"自序）。但他这样做的结果，并没有丝毫减损他那些作品的真实性，反而更增加了它们的现实主义深度，使它们更显明地显示出了乐观主义的色彩和战斗的气息。从此也可以知道，鲁迅的现实主义是有其深厚的思想基础的。如果鲁迅只有丰富的生活经验，而没有进步的世界观和战斗的人生理想，不把自己的作品当成改造社会的武器和工具，不把自己的文艺工作服从于政治的需要；如果他看不清历史的趋势和革命发展的前途，不能敏锐地、正确地、深入地发掘社会的本质和人物的灵魂，那他的现实主义决不可能有这样的深度和广度，不可能有这样的丰富的社会内容和政治意义，也不可能超过一般的批判现实主义。修正主义的文艺理论家和批评家们企图否认世界观对于创作方法的决定作用和重大的影响，片面地夸大世界观和创作方法之间的矛盾，但鲁迅的创作道路，却无疑地给了这种荒谬的所谓"理论"以有力的驳斥。当然，鲁迅早期还只是站在革命小资产阶级知识分子和人民大众的立场上，还没有站在工人阶级和社会主义的立场上，他的思想认识还有很大的历史局限性，还包含着不少矛盾，不少唯心主义成分和消极因素，但他的主导思想却还是积极的、战斗的、进步的，和他的现实主义创作方法基本上一致，不过在他的后期（一九二七年以后），即在抛弃了"进化论"的思想，树立起了共产主义的世界观以后，这种一致性表现得更为明显，而他的彻底的批判现实主义也随着发展成为社会主义现实主义罢了。在这之间，并没有一条不可逾越的鸿沟。因此，企图根据鲁迅早期的创作来证明作家的世界观和他的创作方法无关，无疑的也是一种可笑的幻想。

第二，在创造人物方面，我们也可以看出几个鲁迅创作上的显著特点，而这首先是表现在高度的艺术概括上。为了说明的方便，仍请以阿Q为例。我们知道，这个人物的性格虽然非常复杂，但其最突出的性格特点却是"精神胜利法"。这种消极而且可耻的现象，并不是落后农民所特有，因而它的代表性非常广泛，既可以应用在尚未觉醒的被压迫、被剥削阶级的人物身上，也可以应用在没落剥削阶级及其政治代表——统治者们的身上；既可以应用在被压迫民族或附庸国家的傀儡们身上，也可以应用在帝国主义分子杜勒斯之流的身上……当然，由于阶级、民族和时代的不同，阿Q精神的表现也不会一致，例如杜勒斯及其殖民地走狗们的阿Q精神，一定带着十足的流氓气，而且他们根本没有办法可以克服这种可笑而且可憎的致命的弱点，除非他们进了坟墓；可是被压迫的落后的人民虽也可能有阿Q精神，但可以随着觉悟的提高而逐渐得到改造，以至于完全摆脱，即在他们还处在落后状态中的时候，他们的阿Q精神也极少带有流氓气，像鲁迅自己所说似的，最多也不过是沾上了一些"游手之徒的狡猾"，和杜勒斯之流的带着十足流氓气，是很不相同的。由于这样，阿Q这个人物不但具有鲜明的阶级性和民族性，在他身上有着浓厚的中国农民的色彩，而且"精神胜利法"这个最突出的性格特点还具有了更巨大的概括性和典型性。这个人物的塑造，显然是鲁迅长期观察生活和长期研究历史的结果，是进行了高度的艺术概括的结果。鲁迅在其他几篇小说中所写的几个著名人物——孔乙己、闰土、祥林嫂、吕纬甫、子君、爱姑等等，虽然没有阿Q这样广泛的代表性和不朽的典型性，但也是个性鲜明，有血有肉，而且都有程度不同的典型意义，可以代表一部分类似的人物。鲁迅写人物从不仓卒从事，而往往是在经过了充分准备和长期构思以后才来动笔（据鲁迅自己说，阿Q这个人物在他的心里一连酝酿了好几年，直到"晨报"副刊编者一再向他索稿，他才把他写出来），而且他写人物从来不是孤立地描写人物的个性，抽象地刻画人物的内心活动，而总是尽力写出人物的历史背景、社会关系、阶级地位、生活状况，写出他与周围环境的联系和他的性格变化，因而他的人物能够写得这样成功，这样富于性格特点和典型意义，决不是偶然的。

其次，鲁迅写人物并不是用一个现实人物，而是取很多类似的现实人物做模特儿。他曾经先后在"我怎么做起小说来"、"答北斗杂志社问"和"'出关'的关"中，谈到他自己创造人物的方法，说他小说中的人物是在看得多了以后，把很多人的特点"拼凑"起来的，也许嘴在浙江，脸在北京，衣服却在山西，可是，鲁迅不排斥专用一个人做模特儿的创造人物的方法，他不过是说他自己不用这样的方法罢了；他认为专用一个特定的现实人物做模特儿是比较简单、比较容易的一种方法，而且，就是采取这种方法，也还是必须在这个模特儿上进行必要的艺术加工，使其变成小说中的人物，决不可能再和现实人物完全一模一样，而读者在阅读作品的时候，也决不会念念不忘地把那个现实人物记在心里。关于这一点，鲁迅曾经有过很深刻的说明：

> ……然而纵使谁整个的进了小说，如果作者手腕高妙，作品久传的话，读者所见的就只是书中人，和这曾经实有的人倒不相干了。例如"红楼梦"里贾宝玉的模特儿是作者自己曹霑，"儒林外史"里马二先生的模特儿是冯执中，现在我们所觉得的只是贾宝玉和马二先生，只有特种学者如胡适之先生之流，这才把曹霑和冯执中念念不忘的记在心儿里：这就是所谓人生有限，而艺术却较为永久的话罢。（"且介亭杂文末编"："'出关'的'关'"）

过去有人认为创造人物可以完全凭作者的虚构，不必用现实人物做模特儿，这当然也是一种极端错误的意见，容易把作者引入非现实主义的迷路，因为写人物肯定是要用模特儿的，问题只是在于采取一个人物做模特儿或是采取很多同一类型的人做模特儿。关于这一点，鲁迅也说过几句极深刻的话："纵使写的是妖怪，孙悟空一个筋斗十万八千里，猪八戒高老庄招亲，在人类中也未必没有谁和他们精神上相像。有谁相像，就是无意中取谁来做了模特儿，不过因为是无意中，所以也可以说是谁竟和书中的谁相像。"从这句话中，我们也可以看出鲁迅是多么坚定地坚持着现实主义创作的原则。

再次，在写人物的外表方面，鲁迅也是非常注意抓取特征的，他认为不是这样，就不可能把人物写活，最多只能勾画出一个一般化、模糊不清的人物轮廓。他说：

> 忘记是谁说的了，总之是，要极省俭的画出一个人的特点，最好是画他的眼睛。我以为这话是极对的，倘若画了全副的头发，即使细得逼真，也毫无意思。我常常在学这一种方法，可惜学不好。（"我怎么做起小说来"）

鲁迅说他学不好这一种方法，当然是谦虚，因为事实上他所创造的几个人物的外形，都写得异常简洁和洗炼，富于特征。例如阿Q，鲁迅只着重地写了他的癞疮疤和黄辫子，特别是癞疮疤，但阿Q的外形却已被描写得异常突出和鲜明。这种外形描写并不是孤立抽象的、可有可无的描写，而是和阿Q的性格特点密切地结合着的、是完全必要的，其实也是性格刻画的有机的一个部分，是阿Q的弱点的一种象征，因此一提到阿Q的癞疮疤和黄辫子，我们就会自然而然地联想起阿Q的性格特点和可笑行动，而当我们想起阿Q的性格特点和可笑行动的时候，又会自然而然地联想起那些阿Q最忌讳的癞疮疤和那一根常常被人揪打的黄辫子。王胡也有癞疮疤和一根辫子，但他身上的这两种东西，都显然与在阿Q身上的作用不同，或者说，没有像在阿Q身上那么显得重要，而在他的身上显得更重要的，倒是那一部为阿Q所看不上眼的络腮胡子，不过王胡在"阿Q正传"中并不是主要角色，因而鲁迅也用不到特别着重地来描写这部胡子。描写外形其实是不容易的，在鲁迅在世的时候（1934年），就有人根据"阿Q正传"改编剧本，而且曾经上过舞台，但阿Q的形象却走了样子，给了他一个很古怪的外表，因此鲁迅只得来详细地说明阿Q的性格和他的外形：

> 在这周刊上，看了几个阿Q像，我觉得都太特别，有点古里古怪。我的意见，以为阿Q该是三十岁左右，样子平平常常，有农民式的质朴、愚蠢，但也很沾了些游手之徒的狡猾。在上海，从洋车夫和小车夫里面，恐怕可以找出他的影子来的，不过没有流氓样，也不像瘪三样。只要他的头上戴上一顶瓜皮帽，就失去了阿Q，我记得我给他戴的是毡帽……（"且介亭杂文：寄'戏'周刊编者信"）

在"阿Q正传"发表以后，曾经有不少人疑神疑鬼，认为这是影射自己或讽刺某人某人的，因而很愤憾，骂鲁迅刻毒，其实这不是对鲁迅的无心误解，就是对鲁迅的有意歪曲和诬蔑，因为阿Q只是一个鲁迅精工细镂地创造出来的艺术典型，并不是某一个现实人物的翻版。如果不了解这一点，那也决不能了解鲁迅的创作。

第三，我们可以明显地看到，在鲁迅的小说中，也表现了他所特有的讽刺天才和幽默风趣。像"彷徨"中的"肥皂"和"高老夫子"则简直可以称为讽刺作品。中国人民本来是善于讽刺和富于幽默感的人民，但长期的封建压迫和愚民政策，却渐渐地使他们丧失了讽刺的能力和幽默的心情。鲁迅在"论语一年"中曾说："皇帝不肯笑，奴隶是不准笑的。他们会笑，就怕他们也会哭，会怒，会闹起来"；他认为在北洋军阀和国民党反动派统治之下，虽然法律上没有国民必须哭丧着脸的明文规定，但真正的幽默是不可能有的，更不容许有激烈的抗争和尖锐的讽刺。鲁迅却以惊人的天才，在他的著作中恢复和发展了我国这种可贵的民族传统，使他的作品都成为政治性很强烈的战斗武器，这不但他那些号称"匕首"和"投枪"的杂文如此，就是他的小说和散文也是如此。不过我们在这里必须特别指出：他的讽刺都是以现实生活为基础，以真实为生命的，并不是谵画化的东西。同时，我们也应该特别注意：鲁迅运用讽刺的态度是看对象不同而不同的，正像毛泽东同志在延安文艺座谈会上所说，他从来不曾嘲笑和攻击革命政权和革命政党，从不曾乱用讽刺这一有力的武器。这在他的小说中也看得很清楚。例如在"阿Q正传"中，他对于举人老爷、钱太爷、赵太爷、赵秀才、假洋鬼子、地保等等的讽刺和对于阿Q的讽刺绝对不同，就是一个很好的例子。我国早已经完成了所有制方面的历史变更，并且已在政治战线上和思想战线上取得了空前伟大的、决定性的胜利，出现了全国大跃进的局面，人民的社会主义、共产主义觉悟已大大地提高，社会主义、共产主义道德已普遍地树立起来，但决不能说，旧社会留下来的一切恶习都已肃清，广大人民和国家干部的身上已没有任何缺点，特别是主观主义的毛病；不，这是不符合实际情况的空想。因此，我们也还必须不断地运用批评和自我批评，用整风的方法来改造人们的思想意识，在必要的时候，自然也可以使用讽刺这一种方法，但也正像毛泽东同志所说，必须废除讽刺的乱用，因为这种讽刺并不是对付敌人，而是对付人民内部的，目的是在揭示被讽刺者的缺点和错误，促其省悟，从此改善，并非像鲁迅所说似地要捺他们到水底去，所以必须满怀热情，与人为善。过去曾经有人主张不问对象地乱用讽刺，混淆敌我界限，而且美其名曰"鲁迅笔法"，实在是有意地曲解和污辱鲁迅。

第四，从以上介绍过的作品中，我们还可以看出鲁迅确是语言的大师，他在这方面的素养确是很高的。他不但能够博采口语，吸取人民的精华，而且能够自由运用还有生命的文言和外来的语言。由于当时环境的限制，他的有些作品（例如某些杂文和散文）不得不取比较曲折隐晦的写法，但只要可能，他总是努力把文字写得生动流畅和朴素简练，这种特点在他的小说中看得特别清楚。他反对有意的雕琢和无聊的卖弄，主张毫无粉饰的"白描"。为了极力使自己的作品写得流利畅达，他不惜苦心删改，再三推敲，正如他自己在"我怎么做起小说来"中所说："我做完之后，总要看两遍，自己觉得拗口的，就增删几个字，一定要牠（它）读得顺口；没有相宜的白话，宁可引古语，希望总有人会懂，只有自己懂得或连自己也不懂的生造出来的字句，是不大用的。这一节，许多批评家之中，只有一个人看出来了，但他称我为 Stylist。"在"答北斗杂志社问"中，他也说过他总要"竭力将可有可无的字、句、段删去，毫不可惜"以及"不生造自己之外，谁也不懂得的形容词之类"，可见他的运用语言和处理题材一样，也是非常严肃认真的，因为他理解形式和内容必须同样完美，艺术性和思想性必须有高度的统一，不然就不可能成为真正的现实主义文学作品。

第五，鲁迅的小说（散文和杂文也是一样）是富于民族色彩的，不论是内容或形式，都有浓郁的中国风味。虽然他从不拒绝外来的语言，也常常运用外来的表达形式，他的短篇小说，很明显地可以看出确是受到了东欧和北欧，特别是俄国十九世纪的作品的影响，但是他所选用的题材是直接来自生活或间接从生活中吸取而来，充满了生活的气息；他所塑造的人物，是从现实人物中概括而成；他的描写方法，也符合于中国的文学传统；语言也是纯朴自然，符合中国人民的语言习惯……总而言之，鲁迅作品是有鲜明的民族风格的，而这正是他的作品所以不但为中国人民所喜爱，而且也为世界进步文学界所热烈欢迎的重大原因之一。

最后，我们还得指出，鲁迅作品的题材是相当广泛的，他写农民，写妇女，写知识分子，也写城市的劳动人民；写成人，也写儿童；写今人，也写古人（"故事新编"），像这样的情形，在"五四"以后的作家中还是很少的。鲁迅一生受压迫，行动极不自由，生活圈子受到很大的限制，不能深入群众和实际斗争，但是由于他能够充分地运用丰富的历史知识、社会知识和生活经验（包括他的亲身经历和所见、所闻），他的作品没有取材范围狭窄的缺点。当然，如果鲁迅能够生在现在的中国，那他写作的题材无疑地会广阔得多，丰富得多，不承认生活和时代对于鲁迅创作的局限，也是不符合实际情况的；鲁迅曾经想写红军长征的小说，但终于因为缺乏这种生活的经验和知识而作罢，就是一个有力的证明。

以上所说的一些特点，当然是互相密切地联系着，结合着的，我们不能把它们机械地割裂开来或互相孤立起来，但其中最主要的特点，则是第一个，因为鲁迅写作既然严格遵守现实主义的原则，那就自然要使用讽刺这个特别有力的方法来暴露旧中国的黑暗社会，抨击压迫中国人民、阻碍中国社会进步的统治阶级及其爪牙，同时也揭示和批判人民身上的缺点和毛病；自然要求以最高度的概括能力来创造真实生动的艺术形象；用最单纯、简练的语言来表达深刻的思想感情……而这种创作上的特点，也自然而然地形成了鲁迅那一种朴素，清新刚健、泼辣、富于民族色彩和中国气派的艺术风格。

我对于鲁迅小说的介绍，就到这里为止。现在我们可以肯定地说，鲁迅的小说确是具有丰富的社会内容和历史意义，确是最深刻地反映了中国民主革命时期的真实面貌，思想性和艺术性都很高的现实主义作品。虽然由于前期受到了思想认识的限制，后期又几乎完全失去了行动的自由，鲁迅在自己的小说中没有直接表现我国工人阶级的生活和斗争，但它们都无疑地是包含着很丰富的社会主义因素的，它们和由中国工人阶级领导的民主革命有着血肉相联的关系，它们在我国现代文学史中的崇高地位，是谁都不能否认的。因此研究鲁迅小说，继承和发扬鲁迅小说中的现实主义传统，始终是我国文艺界的一个重大的任务。

鲁迅的散文和散文诗 *

1924年至1926年，正是我国民族危机和社会危机都很严重的时期。美、英、日帝国主义对我国加紧侵略和掠夺，封建军阀在帝国主义的支持下进行连年不断的混战。当时南方的革命形势运动正在中国共产党的领导下迅速地发展起来，北方几省则因是封建军阀的巢穴，黑暗势力大大超过南方，革命运动的发展较南方迂缓曲折，常常遇到一时难以克服的困难和严重的挫折。三一八惨案以后，国民军被迫退却，奉直军阀重新盘踞了整个北方，革命的前景一时显得黯淡。

当时鲁迅正在封建军阀统治中心的北京。他一方面坚决地和黑暗的封建势力斗争，一方面又深深地感到封建势力的强大和孤军作战（事实上他并不是孤军作战）的无力，因而产生了苦闷和彷徨。这是因为他在这时还没直接得到中国共产党的领导，还没和工人阶级建立直接的联系，还没认识工人阶级的革命力量和中国革命的发展方向，而他的思想也还没建立起共产主义的世界观和人生观。虽然这种苦闷和彷徨并没使他消沉，放弃反帝反封建的斗争，可是这种心情不能不影响到他的一些作品，如小说集《彷徨》和散文诗集《野草》。特别是《野草》里的一部分作品，带有明显的阴暗色彩和悲观情绪，鲜明地反映了当时环境的黑暗腐朽和他自己的思想矛盾。这是革命风暴即将来临的预兆，也是他自己的思想将要来一个大转变的征象。他的这个时期的思想情况，他在写于1932年的《〈自选集〉自序》中曾经提到：

后来《新青年》的团体散掉了，有的高升，有的退隐，有的前进，

---

* 载《语文学习》1959年3月号。

我又经验了一回同一战阵中的伙伴还是会这么变化，并且落得了一个"作家"的头衔，依然在沙漠中走来走去，不过已经逃不出在散漫的刊物上做文字，叫做随便谈谈。有了小感触，就写些短文，夸大点说，就是散文诗，以后印成一本，谓之《野草》。得到较整齐的材料，则还是做短篇小说，只因为成了游勇，布不成阵了，所以技术虽然比先前好一些，思路也似乎较无拘束，而战斗的意气却冷得不少。新的战友在那里呢？我想，这是很不好的。于是集印了这时期的十一篇作品，谓之《彷徨》，愿以后不再这模样。

"路漫漫其修远兮，吾将上下而求索。"

这一段话很重要，它告诉我们，这个时期的鲁迅确是感到孤寂和苦闷的，和写《呐喊》时期的心情不同，而这种心情明显地影响到他的写作，使他在这一个时期中所写的一部分作品少了一些"战斗的意气"。但是他并不安于一个人"在沙漠中走来走去"，更不愿意长期做散兵游勇，而渴望找到一些新的伙伴和战友，一同作战，虽然他当时还不知道新的战友在哪里，还不知道新的战斗方法和新的战斗道路，还需要"上下而求索"。

我们不可以把鲁迅这个时期所感到的苦闷和烦恼仅仅看成他个人的苦闷和烦恼，事实上这种苦闷和烦恼也是当时那种动荡不安的社会生活的反映，是进步知识分子在时代剧变的大风暴中还没认清和确定前进方向时所最容易产生的一种思想情绪。这是一种具有典型意义的思想情绪，决不止鲁迅才有，不过在他的身上表现得特别明显突出罢了。由于鲁迅一向站在人民的立场上，不断地探索中国民族解放的道路，当他感到前进方向不能确定时，他的痛苦和烦恼自然要比一般人大得多，深得多；但他一旦突破了这一关，他的战斗精神就比一般人更蓬勃、更焕发、更昂扬，更能毫无反顾地大踏步向前迈进。而且他就是正当感到苦闷和彷徨的时候，也仍然在进行着韧性的英勇的斗争，毫不妥协，而这正是为什么我们在《野草》中也能看到一些富于战斗性和乐观主义精神的作品的缘故（《彷徨》中也有和这类似的情形）。

《野草》中的作品，悲观失望情绪表现得比较突出的是《影的告别》《希望》《死火》《失掉的好地狱》《墓碣文》和《颓败线的颤动》等等。无庸讳言，虽然这些作品都包含复杂的感情，其中也有若干积极的因素，不可不加分析地一概否定，但就总的倾向说，无疑地都是消极之作，应该批判地接受。可是这些作品却只能使我们看到鲁迅当时思想情况的一个方面，而另外的一些作品，如《秋夜》《复仇》《雪》《好的故事》《过客》《这样的战士》《聪明人和傻子和奴才》《淡淡的血痕中》和《一觉》等等，却可以使我们看到当时的一个积极的、乐观的、顽强的、战斗的鲁迅，而这一部分散文诗在《野草》中不但篇幅较多，而且也占更重要的地位，因为它们更能表现鲁迅的一贯的韧战精神。

鲁迅自称为"有感于文人学士们帮助军阀而作"的《这样的战士》，简直是一篇对反动统治阶级及它的御用文人们的宣战书。鲁迅所描写的战士虽然只是单力匹马作战，而且只用一支"脱手一掷的投枪"，但他走进敌人的营垒后，就以无比的英雄气概和孤胆精神，左冲右突，如入无人之境。他不管敌人"头上有各种旗帜，绣出各样好名称"或"头下有各样外套，绣出各式好花样"，也不管他们对他"一式点头"或同声立誓，说"他们的心都在胸膛的中央，和别的偏心的人类两样"，而且他们胸前还有护心镜，也不管是否有人骂他为"戕害慈善家等类的罪人"，总而言之，不管敌人使用什么阴谋诡计，玩弄什么花样，他都举起投枪，猛力掷去，决不妥协和放松。这种不屈不挠、毫不让步的韧战精神，是只有像鲁迅这样忠心耿耿于人民事业的战斗者才有的，他在思想战线上的全部战斗历程就是最好的证明。当然，鲁迅这时的战斗主要的还是个人的战斗，因此，他在这时所表现的战斗思想也是有一定的历史局限性的。

我们看《淡淡的血痕中》，一定会联想起《记念刘和珍君》那篇著名的散文，因为这两篇东西都是为了纪念三一八惨案的牺牲者和控诉封建统治者而写的。在《记念刘和珍君》的结尾，鲁迅充满信心地作过这样的预言："苟活者在淡红的血色中，会依稀看见微茫的希望；真的猛士，将更奋然而前行。"在《淡淡的血痕中》里，他更用无比的热情歌颂那些勇于自我牺牲的，甚至天地也要在他们眼中变色的"叛逆的猛士"：

> 叛逆的猛士出于人间；他屹立着，洞见一切已改和现有的废墟和荒坟，记得一切深广和久远的苦痛，正视一切重迭淤积的凝血，深知一切已死，方生，将生和未生。他看透了造化的把戏；他将要起来使人类苏生，或者使人类灭尽，这些造物主的良民们。

这一段暴风雨般的言词充分地表现了鲁迅当时那种渴望旧社会毁灭和革命迅速到来的急迫的心情。

《一觉》是在奉直战争的时候写的。在那个军阀混战、民不聊生的时候，在那个风沙颕洞、寂寞荒凉的环境中，鲁迅却抱着无限的热情，怀念起勇敢有为的青年们来：

> 是的，青年的灵魂屹立在我眼前，他们已经粗暴了，或者将要粗暴了，然而我爱这些流血和隐痛的魂灵，因为他使我觉得是在人间，是在人间活着。

革命的热情表现得更明显的是《野草》的"题辞"。在这里，鲁迅虽则肯定了自己的过去生活"还非空虚"，但是他情愿让他过去的生命死亡和腐朽，并以最大的热情预告和欢迎新的革命风暴："地火在地下运行，奔突；熔岩一旦喷出，将烧尽一切野草，以及乔木，于是并且无可朽腐。但我坦然，欣然。我将大笑，我将歌唱。"他"希望这野草的死亡与朽腐，火速到来"。

这"题辞"写于1927年4月，当时他正在白色恐怖（继四一二之后的一次大屠杀——四一五惨案）的广州，"被血吓得目瞪口呆"，因此，他写这个"题辞"时候的心情特别愤激。

总之，"野草"是思想性和艺术性都很高的散文诗集，虽然其中有的作品思想比较阴冷、文字比较晦涩，但也有思想和文字都十分明朗，刚健清新，富于战斗性的作品。我们读这些作品，必须细致地、具体地分析，哪怕是对同一篇作品也必须这样，不然，我们就不能得出正确的评价。

现在，我们来看一看鲁迅的散文集《朝花夕拾》。

根据《朝花夕拾》的"小引"所记，他的这些散文是在九个月中间陆续写成的，其中有两篇写于北京的寓所，有三篇写于医院和木匠房，有五篇写于厦门大学。这些散文都在《莽原》上发表过，原来叫做《旧事重提》，1927年编成单行本的时候才改成《朝花夕拾》。他在"小引"中感慨地说："带露折花，色香自然要好得多，但是我不能够。便是现在心目中的离奇和芜杂，我也还不能使他即刻幻化，转成离奇和芜杂的文章。"而这就是他所以把这个集子叫做《朝花夕拾》的缘故。他在"小引"中又说：

我有一时，曾经屡次忆起儿时在故乡所吃的蔬果：菱角、罗汉豆、茭白、香瓜。凡这些，都是极其鲜美可口的；都曾是使我思乡的蛊惑。后来，我在久别之后尝到了，也不过如此；惟独在记忆上，还有旧来的意味留存。

这十篇就是从记忆中抄出来的，与实际容或有些不同，然而我现在只记得是这样。

对于过去美好生活的回忆，在处境特别困难，心情特别恶劣的时候，是任何人都会有的。然而鲁迅并不像有些人似地沉湎、陶醉于回忆中间，一味留恋过去，逃避现实，而是借此回顾自己的生活道路，纪念曾经在自己的思想发展上和生活历程上留下深刻印像、永远不能忘怀的人和事，并且借此歌颂劳动人民的优美性格和崇高品质，揭露封建制度的不合理和封建社会的黑暗腐败，抨击统治阶级和它的帮凶帮闲们的阴险卑劣。因此，这些散文不但是极优美的回忆文字，而且也是反封建的战斗武器。

《朝花夕拾》中一共有十篇作品，几乎篇篇都值得介绍。《阿长与山海经》主要是写鲁迅儿时的保姆长妈妈，同时也追述了他自己的幼年生活和对于绘画艺术的热爱。长妈妈是一个普通的、连真实姓名也不为人所知的劳动妇女。她相当迷信落后，身上还存在着一些旧社会劳动人民所常有的不良习惯，但她非常善良、纯朴、忠诚，凡是"别人不肯做，或不能做的事，她却能够做成功"，例如她就曾经完全出乎他意料之外地给他买了一部绘图的《山海经》，满足了他那爱美的幼小的心灵。这件事不但当时曾经大大地激动过鲁迅，就是以后想起，也使他感动异常。因此在这篇散文的结尾，鲁迅用满腔热情请求"黑暗的地母"使她的魂灵永远得到安息。

在鲁迅的童年时期，他家后面的百草园是他唯一的乐园。据他在《从百草园到三味书屋》中所写，那里有各种各样的草木虫鸟；冬天的百草园比较枯燥无味，但一下了雪，就可以捕鸟，而这也是孩子们最心爱的游戏，虽则他自己性子太急，又缺乏经验，往往只能捕到一些麻雀和"张飞鸟"（即鹡鸰）。鲁迅幼时经常在这个有着无限乐趣的园子里玩，对它有极深厚的感情，所以他在不得不去上学的时候，就感到一种茫然的怅惘和真诚的留恋：

　　我不知道为什么家里的人要将我送进书塾里去了，而且还是全城中称为最严厉的书塾。也许是因为拔何首乌毁了泥墙罢，也许是因为将砖头抛到间壁的梁家去了罢，也许是因为站在石井栏上跳了下来罢，……都无从知道。总而言之：我将不能常到百草园了。Ade，我的蟋蟀们！　Ade，我的复盆子们和木莲们！……

　　进了三味书屋以后，天真烂漫、爱好活动的鲁迅也仍然爱和小朋友们到书屋的后园里去玩，或者爬上花坛去折腊梅花，或者在地上和桂花树上找蝉蜕，或者捉苍蝇去喂蚂蚁……但他们在园子里一久，就会被老师发觉。这里，鲁迅真实地生动地描写了中国私塾的情形，形象地刻画了那位方正、善良，然而迂腐可笑的塾师的声音笑貌，同时，有力地批判了陈腐不堪的封建教育。

　　由于对旧社会的极端憎厌和对新思潮的热烈向往，由于家庭中落和世态炎凉的刺激，鲁迅决心"寻别一类人们去，去寻为 S 城人所诟病的人们，无论其为畜生或魔鬼"。他在十八岁那年毅然离开家庭，离开绍兴，到南京去进新式学堂，虽然"那时读书应试是正路，所谓学洋务，社会上便以为是一种走投无路的人，只得将灵魂卖给鬼子，要加倍的奚落而且排斥的"。但在江南水师学堂（即雷电学校）和矿路学堂里，鲁迅也学不到什么真正的知识，远远不能满足他的求知欲，因而不久他就又到了日本。这一段重要的生活经历，他在《琐记》中有很生动而详尽的记述。当然，鲁迅也没完全否定南京这个时期所受到的影响，因为在那里他接触到一些新的功课，初步接受了"进化论"的思想，但这种不切实际、徒有空名的洋务教育，究竟满足不了求知欲异常旺盛的少年鲁迅：

　　毕业，自然大家都盼望的，但一到毕业，却又有些爽然若失。爬了几次桅，不消说不配做半个水兵；听了几年讲，下了几回矿洞，就能掘出金银铜铁锡来么？实在连自己也茫无把握，没有做《工欲善其事必先利其器论》的那么容易。爬上天空二十丈和钻下地面二十丈，结果还是一无所能，学问是"上穷碧落下黄泉，两处茫茫皆不见"了。所余的还只有一条路：到外国去。

当然，鲁迅到外国去也只能受到资本主义的教育，找不到真正的出路，但在当时的历史条件之下，资本主义国家比起落后的、半封建半殖民地的中国来，在各方面还是比较进步的，特别是自然科学方面。至于上面引的一段话，则更明显地不但反映了鲁迅那种注重理论联系实际、实事求是的科学精神，也揭示了清末洋务运动的不彻底和它的改良主义性质。

在《藤野先生》中，鲁迅详尽地记述了他在日本学医时候的情形，同时还塑造了一个极鲜明的人物形象——藤野先生。鲁迅在仙台医学专门学校学习的时候，十分用功，成绩优异，因而引起了某些日本学生的嫉妒。他对于无故遭到学生会干事的检查和恐吓，感到异常悲愤，痛感做一个弱国人民的耻辱和痛苦；加之他又偶尔在银幕上看到日本军队枪毙中国人的镜头，而且周围还居然有一些麻木不仁的同胞在看热闹，因而他决计放弃学医，离开仙台，回到东京去搞文艺活动，企图借此来改变中国人的精神，医治中国人民的愚弱。但离开医学专门学校的骨科教授藤野先生，着实有些依恋和惜别，因为这是一个学识渊博、工作认真、待人诚恳、作风朴实、富于正义感和人道主义精神的学者。鲁迅非常感激他对自己的热心教育和鼓励，认为他虽则不为很多人知道，却有一个伟大的性格，因而他常常情不自禁地想念起这位异国的老师来：

只有他的照相至今还挂在我北京寓居的东墙上，书桌对面。每当夜间疲倦，正想偷懒时，仰面在灯光中瞥见他黑瘦的面貌，似乎正要说出抑扬顿挫的话来，便使我忽又良心发现，而且增加勇气了，于是点上一枝烟，再继续写些为"正人君子"之流所深恶痛疾的文字。

从以上简略的介绍中可以看出《朝花夕拾》中所写的虽则都是真人真事，但这些真人真事都有广泛的代表性，包含极丰富的社会内容和时代意义，使我们读了，可以通过这些事件和人物来了解当时的历史面貌和社会情况；因而这些散文不但都有很高的艺术性，而且也有很高的思想性，决不是一般专门记述身边琐事和发抒个人情感的作品可比。至于这些散文的语言，则都是朴素明朗，刚健清新，绝不晦涩难懂，和《野草》中的某些作品截然不同，特别值得我们认真地研究和学习。

在《朝花夕拾》之外，鲁迅还写了不少散文，只是没印成专集，而散散落落地插在他的杂文集中。其中特别值得注意的是写于1933年的《为了忘却的记念》（《南腔北调集》）和写于1936年的《写于深夜里》（《且介亭杂文末编》）。

鲁迅写了《中国无产阶级革命文学和前驱的血》（《二心集》）来纪念五位青年左翼作家——柔石、胡也频、白莽（殷夫）、冯铿和李伟森的被害，控诉国民党反动派的暴行。在《黑暗中国的文艺界的现状》（同上）及其它几篇杂文中，他也会非常悲愤地提到这五位青年革命者的牺牲，而《为了忘却的记念》则是专门为了纪念这五位作家而写的。这是一个异常深刻和激动人心的作品，几乎字字都闪耀着悲愤的火花，洋溢着痛苦的热情。在这里，鲁迅通过一些亲切的、零星的回忆，生动地写出了两个英勇战士——白莽和柔石，特别是柔石的鲜明性格，倾吐了他对他们的沉痛的哀悼。柔石那种忠厚纯朴、热情办事的忘我精神，尤其使鲁迅感叹不止，他说"无论从旧道德，从新道德，只要是损己利人的，他就挑选上，自己背起来"。

这五位青年作家是被国民党反动派秘密杀害的，事前谁也不知道；他们牺牲了以后，鲁迅才间接知道，当时他自己也正避难在一个小客栈里。他听到了这个消息，沉重地感到失掉了几个很好的朋友，中国失掉了几个很好的青年，于是在无限的悲愤中立刻写了一首和这篇散文同样著名的七言旧体诗，其中所包含的深厚的情感和丰富的思想几乎不是用普通的语言能够充分说明的，实在只有像鲁迅这样的战士和诗人才写得出来。

最使鲁迅悲痛的还是这些革命者年纪轻轻的就被屠杀，在这篇散文的结尾，他这么沉痛、悲愤而又充满信心地写道：

> 不是年青的为年老的写纪念，而在这三十年中，却使我目睹许多青年的血，层层淤积起来，将我埋得不能呼吸，我只能用这样的笔墨，写几句文章，算是从泥土中挖一个小孔，自己延口残喘，这是怎样的世界呢。夜正长，路也正长，我不如忘却，不说的好罢。但我知道，即使不是我，将来总会有记起他们，再说他们的时候的。

《写于深夜里》的一、二节是以杂文的形式写的，三、四节却采取了童话的形式，因为用这种形式，无疑地可以更生动地描绘国民党法西斯统治下的白色恐怖，更深刻有力地揭露统治者们的腐朽：

> 有一个时候，有一个这样的国度。权力者压服了人民，但觉得他们倒都是强敌了，拼音字好像机关枪，木刻好像坦克车；取得了土地，但规定的车站上不能下车。地面上也不能走了，总得在空中飞来飞去；而且皮肤的抵抗力也衰弱起来，一有要紧的事情，就伤风，同时还传染给大臣们，一齐生病。

据说这个国度里有特别的法院，特别的法律，特别的监狱，然而这些都不能扑灭革命的怒火，挽救这些统治者们于危亡，因而他们只得实行最残酷、最野蛮、最惨无人道的血腥统治——秘密逮捕，严刑酷打，屠戮活埋，但结果还是不可能改变他们的命运，巩固他们的统治，而是恰恰相反，更会加速他们的溃灭。这种恐怖的场面，在第五节（"一封真实的信"）里就有一段很真实有力的描写：

> 有谁要看统治者的统治艺术的全般的么？那只要到军人监狱里去。他的虐杀异己，屠戮人民，不惨酷是不快意的。时局一紧张，就拉出一批所谓重要的政治犯来枪毙，无所谓刑期不刑期的。例如南昌陷于危急的时候，曾在三刻钟之内，打死了二十二个；福建人民政府成立时，也枪毙了不少。刑场就是狱里的五亩大的菜园，囚犯的尸体，就靠泥埋在菜园里，上面栽起菜来，当作肥料用。

《为了忘却的记念》和《写于深夜里》都是在他思想发展的后期写的，因此更富于思想性和战斗性，更富于无产阶级的思想情感，可以说已经是社会主义现实主义的作品，不但和《野草》不同，就是和《朝花夕拾》中的散文比起来，也有一个很大的、飞跃式的发展。鲁迅在《〈守常全集〉题记》（《南腔北调集》）中曾经说过李大钊同志的文章是"先驱者的遗产，革命史上的丰碑"，在《白莽作〈孩儿塔〉序》（《且介亭杂文末编》）中，也盛赞白莽的遗作"是东方的微光，是林中的响箭，是冬末的萌芽，是进军的第一步，是对于前驱者的爱的大纛，也是对于摧残者的憎的丰碑"，这些赞语难道不也是可以用来评价《为了忘却的记念》和《写于深夜里》一类作品吗？

看了鲁迅的散文和散文诗，我们一定也可以感到一些显著的特点，特别是风格的多样化。

鲁迅的散文和散文诗不但内容和形式有高度的统一，而且有各种各样的写法，几乎每一篇都有独特的色彩，独特的风格。即以《野草》中的作品来说，也有的曲折隐晦，有的朴素明朗，有的柔和委婉，有的热烈奔放，有的深沉含蓄，有的慷慨激昂，……真可以说是五彩缤纷，极呈风格多样化的大观。当然，《野草》中有些作品的内容的确相当阴暗，读了之后不免有一种沉重之感，而文字的艰涩难懂，更增加了作品的阴暗色彩；可是前面说过，像这样的作品在《野草》中究竟只是一部分，而且就是在这一部分比较阴暗的作品中也仍然各有不同的表现方式，并不只有一个面目；这只要略加比较即可知道，用不到多加说明。因此，如果说《野草》的作品都是曲折隐晦、艰深难懂的，那显然不符合事实。对《朝花夕拾》和散见于杂文集中的其他一些散文，也可以作如是观。要笼统地用几个字来概括它们的风格，实在是很困难的。鲁迅自己也曾经说过：风格不但因人而异，而且因事而异，因时而异。我认为这个说明正适用于他自己的著作，特别是他的散文诗和散文。我们知道风格是表现每个人的精神面貌的，知识贫乏和思想浮浅的人所写的东西一定也是千篇一律，枯燥乏味；是非不明和爱憎模糊的人所写的东西一定也是不痛不痒，毫无特色。但鲁迅绝对不是这种人，他不但知识丰富、思想深刻、是非分明、爱憎强烈，而且有丰富的写作经验和很高的写作技巧，不论写什么题材，运用什么形式，都能得心应手，自由驱使，因而他的写作风格特别显得丰富而多彩，是毫不足奇的。

但是这决不是说鲁迅的作品根本没有一个基本的风格，因为事实上，这样的风格是存在的，简括地说，就是尖锐泼辣、刚健清新八个大字（这只有对《野草》和《彷徨》中的一小部分作品不尽适用），也就是一般人所说的"鲁迅笔法"。

鲁迅作品的富于风格特点和他的善于运用讽刺是分不开的，而这在他的散文和散文诗中也表现得非常明显。在《野草》的《我的失恋》、《立论》、《死后》、《狗的驳诘》、《聪明人和傻子和奴才》中，在《朝花夕拾》的《狗·猫·鼠》、《二十四孝图》、《无常》、《父亲的病》中，还有在《写于深夜里》等等作品中，都有很多辛辣的、无情的讽刺。例如《我的失恋》，这原只是一首为了讽刺当时一些把"肉麻当有趣"的所谓失恋诗而作的拟古打油诗，但它的尖锐泼辣、幽默诙谐，对于当时那些资产阶级或小资产阶级文人的无聊玩意和无病呻吟，真可以说是一针见血，入木三分。由于那些无聊的情诗经常有"啊呀阿唷，我要死了"一类虚伪而且肉麻的诗句，鲁迅就针对这种情形在《我的失恋》的结尾以"由她去罢"收场，向这些所谓情诗的作者开了一个大大的玩笑。像这样意味深远、一针见血的讽刺，在鲁迅的作品中是随处可见的，因而自然而然地形成了他的风格上的一大特点。不过在散文、杂文和小说中的表现形式，随着文体的不同而有所不同。

鲁迅的散文和散文诗的另一个特点是鲜明的形象性。这个特点，在人物刻画上自然表现得最突出，例如《聪明人和傻子和奴才》中的奴才和傻子，《阿长与山海经》中的长妈妈，《从百草园到三味书屋》中的启蒙老师，《父亲的病》中的庸医陈莲河，《琐记》中的衍太太，《藤野先生》中的藤野严九郎，《范爱农》中的范爱农，《为了忘却的记念》中的柔石和白莽，特别是柔石，都是性格突出，形象鲜明的，在短短的散文和散文诗里能够刻画出这样鲜明的人物形象，实在不容易。除了人物以外，这一特点还表现在动物和鬼魂的刻画上。显然，鲁迅是把动物和鬼魂也当成"人"来看待的，因而他采取了拟人化的写法。这种例子也很多，最突出的是《狗·猫·鼠》中的猫和鼠以及《无常》中的无常。无常在我国本来是被看成一个勾魂使者，一个人人害怕的恶鬼，但在鲁迅的笔下，无常被赋予了丰富的人性和可爱的性格，被描写成"鬼而人，理而情，可怖而可爱"，说在"一切鬼众中，就是他有点人情"。鲁迅幼年在迎神赛会和乡间演戏时最爱看这个动人的形象，欣赏他脸上的哭或笑，口头的硬语与谐谈。这个鬼魂的形象，只有他写于 1936 年间的《女吊》(《且介亭杂文末编》) 中的女吊（据他自己说，这女吊是绍兴人民在戏剧上创造出来的一个带复仇性的、比别的一切鬼魂更美更强的鬼魂；如果无常是"人生无常"的象征，那末女吊就是被压迫的妇女的化身，都是我国最富于特色的鬼魂）可以媲美。鲁迅这样描写这个爽直、诚实、活泼、诙谐、可以亲近的鬼魂在我国民间舞台上的形象：

> 在许多人期待着恶人的没落的凝望中，他出来了，服饰比画上还简单，不拿铁索，也不带算盘，就是雪白的一条莽汉，粉面朱唇，眉黑如漆，蹙着，不知道是在笑还是在哭。

因无常奉命"去拿隔壁的癞子"，见"阿嫂哭得悲伤，暂放他还阳半刻"，阎罗天子误解无常的人格——鬼格，疑心他受贿买放人命，将他捆打四十大板。鲁迅写道：

> 不过这惩罚，却给了我们的活无常以不可磨灭的冤苦的印像，一提起，就使他更加蹙紧双眉，捏定破芭蕉扇，脸向着地，鸭子浮水似的跳起舞来。

这样惟妙惟肖、出神入化的形象描写，实在使我们惊叹。

鲁迅的散文和散文诗中的再一个特点就是葱笼郁茂的诗意和深厚强烈的情感。例如《秋夜》这篇写鲁迅自己在秋夜的印象和感觉的散文诗，里面有真实，有幻想，有描绘，有抒情，有嘲弄，有歌颂；他运用他那特有的诗意的笔，先后刻画了枣树、细小的粉红花、夜半的笑声、苍翠精微的小青虫，使整个作品都充满了诗情画意，可以说是由浪漫主义和现实主义交织而成的一幅彩色画。又如在《雪》里，鲁迅以简洁洗练、饱含诗意的笔触对照地描绘了滋润美艳的江南的雪和如粉如沙的北方的雪，说前者"是还在隐约着的青春的消息，是极壮健的处子的皮肤"，而后者则是"蓬勃地奋飞，在日光中灿烂地生光，如包藏火焰的大雾"；此外，他还细致入微地描绘了江南孩子们塑雪罗汉的动人场面。又如在《好的故事》里，鲁迅几乎用了工笔画的方法，非常形象地描写了山阴道上的景色和那个理想中的"美丽，幽雅，有趣"、"许多美的人和美的事，错综起来像一天云锦"的、似乎永远看不见结束的故事，也十分令人神往。《朝花夕拾》中的文章也偶尔有片断诗趣盎然的回忆文字，像《从百草园到三味书屋》中一些片断就是最好的例子。收在他的杂文集里的一些散文中也有这样的例子，如《坟》里的《论雷峰塔的倒掉》。

也许有人会说《野草》既然称为散文诗，既然是抒情之作，当然是有诗意的。我们知道，我国五四以后有不少散文作家也写过散文诗（至少他们自称如此），然而能够像鲁迅写得这样意义深刻、诗意浓郁的却实在少见。有的作者虽然也能描写一些动人的情节或动人的风景和场面，但缺乏含蓄隽永的意味，一般的散文更不用说了。推其主要原因，我想是由于这些作者不能把对于风景、场面、情节等等的描绘和深刻的思想情感很好地结合起来，不能使形式和内容高度地和谐和统一，以致他们的描写显得浮浅和表面，整个作品也显得做作和不完整。这种现象，在各国的文学史中都可以看到，特别是在那些形式主义者或唯美主义者的作品中。因此，把鲁迅这种显著的艺术特点指出来，并加以适当的分析，我认为还是可以的。

至于情感特别强烈和深厚这一个特点，那更是明显，前面所介绍过或仅仅提到过的一些作品，例如《淡淡的血痕中》、《记念刘和珍君》、《父亲的病》、《藤野先生》、《范爱农》、《为了忘却的记念》等等都富有这种特点，其他例子还很多，真可以说是俯拾即是。为了说明的方便，这里顺便提出两个作品，就是《野草》中的《腊叶》和《且介亭杂文末编》中的《我的第一个师父》。在前一篇中，鲁迅通过一张压干了的腊叶，抒写自己对一些旧友的真挚的怀念（在《〈野草〉英文译本序》中，鲁迅即曾说过这是为爱他者而写的作品）；在后一篇中，鲁迅非常真诚地怀念着他的第一位师父——一个性格和作风都很特别、其实只是"剃光了头发的俗人"的和尚，一个极平凡但也极亲切可爱的人。鲁迅虽然在《野草》的《希望》中说他的心里"曾经充满过血腥的歌声：血和铁，火焰和毒，恢复和报仇"，而忽而都空虚了，可是这些话其实只适用于他的一时的处境和心情，只适用于他的一小部分的作品；因为事实上，在总的倾向上说，他的思想无疑地是一贯健康的，精神是一贯饱满的，他的作品也绝大部分都是富于现实意义和乐观色彩，富于思想性和战斗性，都有深刻的情感和强烈的爱憎的；他的绝大部分散文和散文诗，像《记念刘和珍君》、《为了忘却的记念》、《淡淡的血痕中》和《这样的战士》那样的作品，都是有力的例证。

鲁迅的散文和散文诗自然还有一些其他的特点，但主要的是这些，因而我的介绍也就到这里为止。

鲁迅的杂文 *

鲁迅的著作中，杂文是很重要的一个部分，它在我国现代文艺运动和思想斗争中起了伟大的作用。这是一种政治性的、文艺性的、评论性的、短小精悍的、轻骑兵式的文章，瞿秋白同志称它为"社会论文"——战斗的"阜利通"（Feuilleton）。鲁迅用这种特殊的写作形式，迅速及时地反映当时的现实生活和剧烈的斗争。从这些文章里可以明显地看出我国新民主主义革命时期的历史面貌和时代精神。这些杂文的政治性和战斗性特别强烈，同当时的民族斗争和阶级斗争的关系特别密切，对民族敌人和阶级敌人有很大的直接的威力，因此，引起反动统治阶级和它的御用文人们的极端仇视和憎恨，他们对鲁迅采取各种各样的诬蔑、诽谤、攻击和压迫，使这些杂文常常不能发表或横遭删节。然而鲁迅始终不屈不挠地用他那支尖锐泼辣、锋利无比的笔猛烈地刺向黑暗的社会和人民的死敌，"和读者一同杀出一条生存的血路"，表现出一个革命者的大无畏精神和英雄气概。有的人虽然不是像那些刻毒地讽刺他为"杂感专家"的正人君子们那样出于恶意的攻击，但也不了解他的杂文的社会意义和艺术价值，认为这样的东西没有什么艺术性和永久性，劝他不要再写。对这些人，鲁迅很干脆地回答：

> 我以为如果艺术之宫里有这么麻烦的禁令，倒不如不进去；还是站在沙漠上，看看飞沙走石，乐则大笑，悲则大叫，愤则大骂，即使被沙砾打得遍身粗糙，头破血流，而时时抚摩自己的凝血，觉得若有花纹，也未必不及跟着中国的文士们去陪莎士比亚吃黄油面包之有趣。

---

* 载《语文学习》1958 年 10 月号、11 月号。

对于文艺和政治的关系，鲁迅有极正确的理解。他认为文艺必须为政治服务，作家的写作应该服从政治的需要，对有害的事物必须立刻揭露和抨击，使自己的作品成为战斗的武器，成为"感应的神经"和"攻守的手足"，决不应该因为潜心于鸿篇巨制而忽视当前的政治任务，因为据他看来，"失掉了现在，也就没有了未来"。上面所引的那一段话就是这种思想的极深刻极生动的表达。更可宝贵的是，鲁迅不但富有战斗热情和战斗精神，而且很善于战斗，懂得战斗的策略和方法；不管敌人怎样玩花招，耍手段，用"公理正义的美名，正人君子的徽号，温良敦厚的假脸，流言公论的武器，吞吞吐吐的文字"来掩盖他们的阴谋诡计、鬼蜮伎俩，也往往逃不过他的眼睛，他总使他们那些隐蔽在麒麟皮下的马脚赤裸裸地暴露出来。因此，他们不但很恨他，而且也很怕他，常常觉得束手无策，不知道怎样对付他。

鲁迅杂文的题材很广泛。当时各种不合理的现象，他几乎都曾揭露和抨击，特别是文化界和文艺界的各种不良倾向，他从不放过批判和指斥的机会。鲁迅杂文大致可以概括为抒情小品、讽刺小品、文艺评论、社会评论和杂感随笔五大类，但体裁是多种多样的，有杂感、随笔、小品、政论、短评、论辩、传记、悼念、序跋、速写、寓言、讲演、通信、日记等，也有糅合各种文体于一炉，不能明确分类的文章。因此，每篇有每篇不同的形式和写法，有的婉转含蓄、曲折隐晦，有的明白晓畅、一针见血，真可以说是极尽变化之能事，集文章风格之大成。但它们有一个共同的特点，就是无不简洁洗练、尖锐泼辣，具有无比强烈的政治性和战斗性。

从数量方面看，鲁迅在五四以后的作家中也是写杂文写得最多的一个，前后一共写了十多个单行本，就是不从他写《摩罗诗力说》等等早期论著的 1907 年算起，而从 1918 年算起，他写杂文的历史也有十八年之久。他的杂文大致可以按照他的思想发展过程分成前期和后期（以 1928 年为分界）两大部分。自然，他在这两个时期中所写的杂文都是富于政治性和战斗性

的；可是他后期的杂文显然增加了很多新的内容和特点，最主要的就是都
贯穿着鲜明的群众观点和阶级观点、鲜明的集体主义精神和马克思主义思
想。它是鲁迅前期杂文的进一步提高，是他"从进化论进到阶级论，从绅士
阶级的逆子贰臣进到无产阶级和劳动群众的真正的友人，以至于战士"的
思想发展的具体表现和必然结果。研究鲁迅的杂文，应该特别注意这两个
不同时期的杂文的不同特色。

鲁迅前期所写的杂文都收集在《坟》、《热风》、《华盖集》和《华盖集
续编》中。在这些杂文集中，鲁迅猛烈地抨击着封建文化和封建道德，深
刻地揭露封建秩序的不合理和封建制度的腐朽黑暗，而攻击的主要对像就
是代表封建势力的"学衡派"和"甲寅派"以及与封建势力紧密地勾结着
的右翼资产阶级文人——"现代评论派"。学衡派以《学衡》杂志（1921年
创刊）得名，甲寅派以《甲寅周刊》（1925年创刊）得名。两个杂志都反对
新文学，拥护旧文化，它们的主编人和撰稿人都是顽固反动的复古主义者。
而以《现代评论》（1924年创刊）得名的现代评论派文人，则都是披着欧化
外衣的洋绅士——奴性十足的买办资产阶级分子，他们既是封建军阀的忠
实走狗，又是帝国主义的得力工具，一贯反苏反共，并且公开反对中国人
民的爱国运动和反帝斗争，反对中国人民争取自由独立的民主革命。在五
卅运动的时候，他们竟诬蔑"打倒帝国主义"的口号是"分裂与猜忌的现
象"；在三一八惨案发生以后，他们也曾恶毒地诽谤中国人民和爱国青年学
生，实在反动到了极点。鲁迅在前期所写的杂文中，对学衡派、甲寅派和
现代评论派的反动文人都进行不调和的斗争。他的斗争采取多种多样的方
式，主要地是运用"以子之矛攻子之盾"的办法，抓住敌人的矛盾和弱点，
迎头一击，即致敌人于死命。

鲁迅的杂文内容异常丰富，涉及面很广，而且都是有的放矢。他在《热
风》题记中就曾说过，他的所作有的是对扶乩之类的封建迷信而发，有的

是对所谓"保存国粹"而发，有的是对旧官僚的以"经验"自豪而发，有的是对当时某些恶俗的讽刺画而发……像这样能够洞察封建社会的各个方面而且给以无情的揭露和抨击的作家，在五四以后，实在只有鲁迅一人。而且他的反封建总是比任何作家都更富于特色，更深刻彻底，例如他在《忽然想到》之六中所说的一段话：

> 我们目下的当务之急，是：一要生存，二要温饱，三要发展。苟有阻碍这前途者，无论是古是今，是人是鬼，是《三坟》《五典》，百宋千元，天球河图，金人玉佛，祖传丸散，秘制膏丹，全都踏倒他。

这一段反对复古的话说得多么深刻，多么彻底，多么坚决！又如《二十四孝图》中的一段话：

> 我总要上下四方寻求，得到一种最黑，最黑，最黑的咒文，先来诅咒一切反对白话，妨害白话者。即使人死了真有灵魂，因这最恶的心，应该堕入地狱，也将决不改悔，总要先来诅咒一切反对白话，妨害白话者。

这一段反对提倡文言和复古运动的话又是说得多么深刻，多么彻底，多么坚决！

鲁迅这种反封建的深刻性、彻底性、坚决性，产生了著名的韧性战斗精神。这是鲁迅最可宝贵的一种性格，也是我国一个最可宝贵的革命传统；毛泽东同志在《新民主主义论》中所说"鲁迅的骨头是最硬的，他没有丝毫的奴颜和媚骨，这是殖民地半殖民地人民最可宝贵的性格"，也就是指的这种韧性的战斗性格和战斗精神。这种精神最明显地表现在他那篇写于1925

年12月间的著名论文《论"费厄泼赖"应该缓行》中。在这篇论文里，他生动地反复说明"打落水狗"的主张，认为打狗必须打到底，决不可中途而止，如果因为看见它们落水而可怜它们，不再继续打下去，那末它们一上岸，仍然要咬你；指出欧美资产阶级的人道主义和中国封建阶级的中庸之道都是虚伪的、反动的，不足为训。他把统治阶级的御用文人们比之为叭儿狗，即"虽然是狗，又很像猫，折中，公允，调和，平正之状可掬，悠悠然摆出别个无不偏激，惟独自己得了'中庸之道'似的脸来"，特别为"阔人，太监，太太，小姐们所钟爱"，真是再确切不过。由于这篇论文的概括性很高，有极丰富的思想内容和极深刻的政治意义，在我国思想界发生了很大的影响。鲁迅自己也曾经在《坟》的后记中说过这样的话："最末的论'费厄泼赖'这一篇，也许可供参考罢，因为这虽然不是我的血所写，却是见了我的同辈和比我年幼的青年们的血而写的。"

即在早期，鲁迅对于中国革命的复杂性和艰巨性也已经有明确的认识，他并不像当时一般知识分子似地幻想革命一个晚上就可以成功；他知道中国革命虽然难避免，但必须经过一段非常艰苦的历程。他在1923年12月间就曾说过：

可惜中国太难改变了，即使搬动一张桌子，改装一个火炉，几乎也要血；而且即使有了血，也未必一定能搬动，能改装。不是很大的鞭子打在背上，中国自己是不肯动弹的。我想这鞭子总要来，好坏是别一问题，然而总要打到的。但是从那里来，怎么地来，我也是不能确切地知道。

正因为这样，鲁迅很早就提出了"深沉的韧性的战斗"的口号，认为不论做什么事情，都必须有一口咬住就不放的"咬劲"，有"纠缠如毒蛇，执着如怨鬼"的精神。

鲁迅非常热爱和关怀青年，他把改革旧中国、创造新中国的希望寄托在青年们身上。虽然由于他这时候还不是共产主义者，还不能用阶级观点来分析出身于各个不同的阶级、代表各个不同阶级的利益的青年，有些看法未免笼统或甚至错误，但他的热情是极可宝贵的，他的基本精神也是很好的。在《灯下漫笔》这篇著名的杂文中，鲁迅认为旧中国只有两种时代："想做奴隶而不得的时代"和"暂时做稳了奴隶的时代"，而创造第三样时代，即新时代，却是青年们的使命；在同一篇文章的第二节中，他又指出"所谓中国的文明者，其实不过是安排给阔人享用的人肉的筵宴。所谓中国者，其实不过是安排这人肉的筵宴的厨房"，而"扫荡这些食人者，掀掉这筵席，毁坏这厨房"，也无疑是青年们的使命。因此，他号召青年破除迷信，抛弃偶像，要有"敢说，敢笑，敢哭，敢怒，敢骂，敢打，在这可诅咒的地方击退了可诅咒的时代"的勇气和胆量，要有"能做事的做事，能发声的发声，有一分热，发一分光"的热情和精神。而他自己，为了年轻一代人的前途和幸福，则宁愿"背着因袭的重担，肩住了黑暗的闸门，放他们到宽阔光明的地方去；此后幸福地度日，合理地做人"。可见鲁迅对于年轻的后一代是怀着多么真挚的爱和热情的希望！

在五卅惨案发生了以后，鲁迅虽然没直接参加政治斗争，却直接参加了北京女师大事件——这是一场非常剧烈的、新旧势力在教育阵地上进行的斗争。在这次短兵相接的斗争中，他写了很多锋利无比的杂文，猛烈地抨击封建官僚章士钊和他的爪牙们的罪行，并且无情地揭露了现代评论派陈西滢等人的阴谋诡计。

在三一八惨案中，反动的段祺瑞政府枪杀了很多徒手请愿的青年和群众，其中也有鲁迅的学生——刘和珍、杨德群。这次残酷的屠杀引起了鲁迅的无比愤怒和悲痛，文人学士们的流言蜚语特别使他感到人心的阴险和卑劣；他觉得青年的血已经洋溢在他的周围，窒息了他的视听和呼吸，他所住的似乎并非人间，而只是一个似人非人的世界。但他决不悲观绝望，因为他在"淡红的血色"中看见了"微茫的希望"，相信"敢于直面惨淡的人生，敢于正视淋漓的鲜血"的"真的猛士，将更奋然而前行"。在《无花的蔷薇之二》中，他更以愤怒无比而且充满信心的话语斩钉截铁地预言道：

> 这不是一件事的结束，是一件事的开头。
>
> 墨写的谎说，决掩不住血写的事实。
>
> 血债必须用同物偿还。拖欠的愈久，就要付更大的利息！

然而他不赞成徒手的请愿，因为在他看来，徒手请愿只是徒然的、无谓的牺牲。他在《空谈》中曾说"改革自然常不免于流血，但流血非即等于改革。血的应用，正如金钱一般，吝啬固然是不行的，浪费也大大的失算"；因此他极力劝导青年不要"赤膊上阵"，而应该改用"壕堑战"的战斗方法，认为"这并非吝惜生命，乃是不肯虚掷生命，因为战士的生命是宝贵的。在战士不多的地方，这生命就愈宝贵。……"

鲁迅在思想转变时期和他成为共产主义者以后所写的杂文，都收集在《而已集》、《三闲集》、《二心集》、《南腔北调集》、《伪自由书》、《准风月谈》、《花边文学》、《且介亭杂文》、《且介亭杂文二集》、《且介亭杂文末编》、《集外集》、《集外集拾遗》中。鲁迅本来是相信进化论的，在前期，他虽然是一个最勇敢、最坚决、最正确、最彻底的革命民主主义者，但他的思想基本上还是属于革命小资产阶级知识分子的范畴。第一次国内革命战争失败后的血的教训使他抛弃了进化论的观点，而代之以马克思主义的阶级论；这的确是他思想的一个大跃进。他自己也曾经在《三闲集》的序言中说过：

　　我一向是相信进化论的，总以为将来必胜于过去，青年必胜于老人，对于青年，我敬重之不暇，往往给我十刀，我只还他一箭。然而后来我明白我倒是错了。这并非唯物史观的理论或革命文艺的作品蛊惑我的，我在广东，就目睹了同是青年，而分成两大阵营，或则投书告密，或则助官捕人的事实！我的思路因此轰毁，后来便时常用了怀疑的眼光去看青年，不再无条件的敬畏了。

　　这种血的教训不但使鲁迅明确地认识了青年的阶级性，而且也使他学会了用阶级观点来分析一切社会现象，认清了中国社会的发展规律和中国革命的领导力量；他在《二心集》的序言中就曾说过，他过去虽然非常憎恶自己出身的阶级，毫不可惜它的溃灭，但后来由于事实的教训，才认识"唯新兴的无产者才有将来"。他一认识了这个真理，就锲而不舍，奋不顾身地掌握这个真理，不屈不挠地为无产阶级的革命事业战斗。为了更好地为革命服务，他认为必须认真地、彻底地改造自己的思想。鲁迅对于自己的要求素来是很严格的，他常常无情地解剖自己，鞭策自己，使自己能够克服"中产的知识分子的坏脾气"。他曾经把自己的介绍科学文艺理论比喻成偷窃火种，说是他的所以要偷窃火种，就是为了用这来煮自己的肉，意思也就是为了改造自己的思想，使自己能够脱胎换骨，成为真正无产阶级的作家和战士。他本来早想寻觅一种可以医治思想毛病的灵药，但很久没找到，直到现在才找到，而这就是马克思主义。在写于 1927 年的《革命文学》中，他非常明确地表达了对于思想改造的看法："我以为根本问题是在作者可是一个'革命人'，倘是的，则无论写的是什么事件，用的是什么材料，即都是'革命文学'。从喷泉里出来的都是水，从血管里出来的都是血。"以后在《非革命的急进革命论者》、《对于左翼作家联盟的意见》、《上海文艺之一瞥》和其他几篇文章中，他又更进一步地发展了他的这种看法。这几篇杂文中的基本论点，即在今天看来也是十分正确的。

在这时期中，鲁迅写了不少杂文直接抨击国民党反动派的黑暗统治，在《写于深夜里》的第二节中，他把国民党统治区域比拟成一个比但丁《神曲》中所写的地狱还要惨苦的、"谁也看不见的地狱"。在1931年2月左联会员柔石、胡也频等五人被国民党秘密杀害之后，他不避一切危险，一连写了几篇杂文和一篇散文——《为了忘却的记念》来悼念死者和抗议国民党的暴行，指出反动统治者的必然崩溃和无产阶级革命的必然胜利。在《中国无产阶级革命文学和前驱的血》中，他庄严地、充满信心地宣称："中国的无产阶级革命文学在今天和明天之交发生，在诬蔑和压迫之中滋长，终于在最黑暗里，用我们的同志的鲜血写了第一篇文章。"又说："但无产阶级革命文学却仍然滋长，因为这是属于革命的广大劳苦群众的，大众存在一日，壮大一日，无产阶级革命文学也就滋长一日。我们的同志的血，已经证明了无产阶级革命文学和革命的劳苦大众是在受一样的压迫，一样的残杀，作一样的战斗，有一样的运命，是革命的劳苦大众的文学。"

在对"新月派"、"民族主义文学家"、"第三种人"和"自由人"以及"论语派"等等反动文学派别的斗争中，鲁迅更进一步地发挥了他所特有的战斗天才，写下了很多辉煌的杂文。新月派的成员有的就是现代评论派的人物（如胡适、陈西滢、徐志摩等），有的是新参加的无聊文人（如梁实秋等），他们都是买办资产阶级知识分子，代表中国大资产阶级、封建地主和帝国主义的利益，因此，他们一直采取极端反动的、和革命文学阵营公开对立的态度，提倡什么"固定的普遍的人性"，反对文学的阶级性和党性，反对文学为革命服务，为劳动人民服务。针对着这种腐朽的资产阶级"人性论"，鲁迅在他的著名的《"硬译"与"文学的阶级性"》中驳斥道：

　　文学不借人，也无以表示"性"，一用人，而且还在阶级社会里，即断不能免掉所属的阶级性，……自然，"喜怒哀乐，人之情也"，然而穷人决无开交易所折本的懊恼，煤油大王那会知道北京捡煤渣老婆子身受的酸辛，饥区的灾民，大约总不去种兰花，像阔人的老太爷一样，贾府上的焦大，也不爱林妹妹的。"汽笛呀！""列宁呀！"固然并不就是无产文学，然而"一切东西呀！""一切人呀！""可喜的事来了，人喜了呀！"也不是表现"人性"的"本身"的文学。……倘说，因为我们是人，所以以表现人性为限，那么，无产者就因为是无产阶级，所以要做无产文学。

这种尖锐有力的驳斥真可以说是痛快淋漓，一针见血，使敌人无法招架。在《"丧家的""资本家的乏走狗"》中，他更加无情地揭穿了新月派文人们的真实面目，指出他们无非是大资产阶级的忠实走狗。

所谓"民族主义文学家"，都是法西斯分子和极端反动的文人，他们标榜"民族主义"，事实上却进行出卖民族利益的勾当，充当帝国主义的忠实鹰犬和走卒，替帝国主义侵略中国打掩护，开锣喝道，因此他们的反苏反共反人民也更为公开和露骨。这些人都不学无术，根本不懂什么是文艺，只靠国民党的指挥刀和大量的津贴来推销和维持他们所办的刊物，这真是一个对没落阶级的讽刺。在《黑暗中国的文艺界的现状》中，鲁迅无情地嘲笑道：

属于统治阶级的所谓"文艺家"，早已腐烂到连所谓"为艺术的艺术"以至"颓废"的作品也不能生产，现在来抵制左翼文艺的，只有诬蔑，压迫，囚禁和杀戮；来和左翼作家对立的，也只有流氓，侦探，走狗，刽子手了。

在《"民族主义文学"的任务和运命》中，鲁迅更明确地指出这些官场文人的没落运命，他们所能做的工作，无非是给垂死的统治阶级尽一点送丧的任务，说他们将"永含着恋主的哀愁，须到无产阶级革命的风涛怒吼起来，刷洗山河的时候，这才能脱出这沉滞猥劣和腐烂的运命"。

"第三种人"和"自由人"都打着"文艺自由论"的招牌，主张超阶级的文艺，反对文艺和政治结合，提倡所谓文艺的"自由创作"，毫无根据地埋怨左联的"干涉"使他们都搁笔不敢写作，但对于国民党的"文化围剿"却默不作声。因此，他们实际上是站在反动的立场上替统治阶级辩护，他们所唱的无非是没落资产阶级文人所已唱得烂熟了的调子，一点也没有新鲜的内容。鲁迅在《论"第三种人"》中有力地驳斥了"超阶级论"的荒谬和"自由创作"的虚伪，无情地揭露了这些论客们的反动的阶级本质。他说：

> 生在有阶级的社会里而要做超阶级的作家，生在战斗的时代而要离开战斗而独立，生在现在而要做给与将来的作品，这样的人，实在也是一个心造的幻影，在现实世界上是没有的。要做这样的人，恰如用自己的手拔着头发，要离开地球一样，他离不开，焦躁着，然而并非因为有人摇了摇头，使他不敢拔了的缘故。

在《又论"第三种人"》中，他也曾同样深刻而有力地指出文艺界绝对没有"第三种人"，平时好像不偏不倚，貌似中正，然而一到阶级斗争剧烈的时候，就会显出真面目，再也掩饰不住。

鲁迅对于以林语堂为代表的论语派的批判，也是值得我们特别注意的。他在《"论语一年"》中严正地指出林语堂们所提倡的幽默无非是为统治者公开帮闲和暗中帮忙，是企图"将屠户的凶残，使大家化为一笑，收场大吉"。在《小品文的危机》中，鲁迅除了指出当时小品文所面临的严重危机以外，并且正面地指出小品文必须是战斗的武器，"必须是匕首，是投枪，能和读者一同杀出一条生存的血路的东西"，即使有的小品文也能给人愉快和休息，然而决不是供人摩挲的、小巧精雅的"小摆设"，更不是麻醉人们意志的小玩意，它们给人的愉快和休息应该是"劳作和战斗之前的准备"。此外，鲁迅也不放松对复古主义者（例如汪懋祖）和其他反动文艺倾向（例如施蛰存提倡青年从《庄子》、《文选》中找活字汇）的斗争，而且每次斗争他都取得了完全的胜利。当时国民党反动派虽然用尽了方法，从各方面进行"文化围剿"，而且把鲁迅当成"围剿"的主要对象，但鲁迅在中国共产党的领导下和广大读者群众的支持之下，始终屹然不动，而且正如毛泽东同志所说的，他在国民党的"文化围剿"中终于成了文化革命的伟人。

鲁迅的终于由革命民主主义者成为共产主义者，和中国共产党的影响和领导分不开。他无条件地信任党的政策，拥护党的政策。党的领袖，特别是毛泽东同志，在他的心目中有无限高的威信，即在逝世前重病的时候，他也还是念念不忘于党的事业，表示他对于党的领导的无限忠诚和对于党的领袖的热情拥护；他在《答托洛斯基派的信》中说："那切切实实，足踏在地上，为着现在中国人的生存而流血奋斗者，我得引为同志，是自以为光荣的。"对阴谋挑拨他和党的关系、破坏抗日民族统一战线的托洛斯基派，他表示了莫大的憎恨。在这同一封信中，他用蔑视和嘲笑的口吻说："你们的'理论'确比毛泽东先生们高超得多，岂但得多，简直一是在天上，一是在地下。但高超固然是可敬佩的，无奈这高超又恰恰为日本侵略者所欢迎，则这高超仍不免要从天上掉下来，掉到地上最不干净的地方去。……你们的高超的理论，将不受中国大众所欢迎，你们的所为有背于中国人现在为人的道德。"这几句话虽然说得异常简单和含蓄，却已把中国托洛斯基派的汉奸面目完全揭露出来，使无耻的托洛斯基派以后再也不敢写信给他。鲁迅笔法的尖锐泼辣，于此可见。这种笔法，我们也可以在他的《答杨邨人先生公开信的公开信》中看到。在这封信里，他无情地嘲笑了小资产阶级的自私和动摇，嘲笑了这个革命叛徒的卑劣无耻。

鲁迅不但是一个伟大的爱国主义者，而且也是一个伟大的国际主义者，这特别表现在他对苏联的热爱和拥护上（据他自己在《答国际文学社问》中说，由于资本主义国家的反宣传，他对于十月革命本来有些冷淡，甚至怀疑，但以后苏联建设的伟大成就，终于使他完全相信苏联了）。在《我们不再受骗了》中，他彻底地揭露了反苏宣传的欺骗性质，坚决地保卫这个在世界上首先出现的社会主义国家，指出帝国主义是中国人民的死敌，他说："帝国主义和我们，除了它的奴才之外，那一样利害不和我们正相反？我们的痈疽，是它们的宝贝，那么，它们的敌人，当然是我们的朋友了。它们自身正在崩溃下去，无法支持，为挽救自己的末运，便憎恶苏联的向上。"又说："我们反对进攻苏联。我们倒要打倒进攻苏联的恶鬼，无论它说着怎样甜腻的话头，装着怎样的公正的面孔。"他还认为只有坚决地保卫苏联才有我们自己的生路。

在这个时期，鲁迅对于一些文艺上的重要问题——例如普及与提高的关系、大众语和拉丁化、民间文艺、文艺创作方法、文艺批评、翻译工作、接受文学遗产和利用旧形式等等，都有独创的见解，写下了很多精彩之至的文章，像《门外文谈》、《我怎么做起小说来》和《魏晋风度及文章与药及酒之关系》等等，都是脍炙人口的论著。此外，鲁迅还亲自参加了很多社会活动和革命斗争（其中最重要的是参加中国左翼作家联盟的领导），正像毛泽东同志所说，鲁迅不但是伟大的文学家，而且是伟大的思想家和革命家，是文化革命的主将和旗手。

除了从政治思想斗争方面、从思想改造方面、从对于党和苏联的态度方面观察鲁迅这个时期的进步以外，这里再举几个例子来补充说明一下在这个时期中鲁迅的思想究竟有哪些明显的发展。

首先谈一谈阶级观点。前面已经讲到，鲁迅在前期还是一个进化论者，虽然他的进化论并不同于欧美资产阶级学者的进化论思想，更不同于在资产阶级没落时期广泛流行起来的、为帝国主义服务的反动的"社会达尔文主义"，虽然他的进化论思想包含着极明显的发展观点和革命内容（主要是反封建内容），但是他当时没具备历史唯物主义观点，不能对中国社会各阶级进行具体的、科学的分析，因而他的阶级观点还是不很清楚的。他自己也承认前期思想中的这种缺点和局限性，前面引过的《三闲集》序言中他对青年看法的改变的说明，就是一个有力的证据。在过渡时期（1927年）所写的《文学和出汗》中，他就比较明确地反对资产阶级的人性论。他曾很幽默地讽刺和驳斥人性论者道：

> 譬如出汗罢，我想，似乎于古有之，于今也有，将来一定暂时也还有，该可以算得较为"永久不变的人性"了。然而"弱不禁风"的小姐出的是香汗，"蠢笨如牛"的工人出的是臭汗。不知道倘要做长留世上的文字，要充长留世上的文学家，是描写香汗好呢，还是描写臭汗好？

在1930年写的《"硬译"与"文学的阶级性"》和1932年写的《论"第三种人"》以及1933年写的《又论"第三种人"》中，鲁迅对于阶级性有了更明确的认识，这已在前面引用过几段话，这里不再重复。在1935年的《叶紫作〈丰收〉序》中，他的认识更有了长足的进步，例如他说：

> 地球上不只一个世界，实际上的不同，比人们空想中的阴阳两界还利害。这一世界中人，会轻蔑，憎恶，压迫，恐怖，杀戮别一世界中人……

他看清了世界上存在着两个敌对的阶级——压迫者和被压迫者，所以主张一个作家必须是非分明，爱憎强烈，站稳立场，划清界限，积极参加战斗，决不可敌我不分，采取调和妥协的态度；必须像"热烈地主张着所是一样，热烈地攻击着所非，像热烈地拥抱着所爱一样，更热烈地拥抱着所憎——恰如赫尔库来斯（Hercules）的紧抱了巨人安太乌斯（Antaeus）一样，因为要折断他的肋骨"。在《七论"文人相轻"——两伤》中，他还说"能杀才能生，能憎才能爱，能生与爱，才能文"。这些生动而且深刻的话十分明显地表现了他的战斗精神和坚定的阶级立场。

其次，谈一谈群众观点。在前期，鲁迅的群众观点也是比较模糊的。这自然和他当时的阶级观点不够清楚有密切的关系。在那一个时期中，他常常揭露所谓"国民性"的弱点和痼疾，有时他甚至认为中国人都是"不敢正视各方面，用瞒和骗，造出奇妙的逃路来，而自以为正路"的。他认为这就足以证明中国"国民性的怯弱，懒惰，而又巧滑"。而且还认为瞒和骗的国民一定会产生瞒和骗的文艺（事实上，当时大部分的文艺作品并不能反映中国广大人民的思想情感），但这样下去是不行的，因为世界日日在变，作家们也得取下假面具，真诚地、深入地、大胆地正视人生并且写出人生的"血和肉"，而这却有赖于几个凶猛的闯将来创造一片崭新的文场。事实上，鲁迅所说的"国民性"是抽象的、笼统的，他所指摘的缺点和毛病决不是中国人民固有的缺点和毛病，而是受了历代反动统治阶级长期欺骗麻醉和腐蚀的结果，是反动统治阶级长期实施愚民政策和威压政策的结果，也是封建社会和半殖民地半封建社会所产生的特殊现象。一旦经济基础和社会制度改变，广大中国人民就会获得思想上的大解放和精神上的大自由，不会再"陷入瞒和骗的大泽中"，而瞒和骗的文艺当然也无从再产生。可是鲁迅在前期显然并不是这样考虑问题的，因而他看中国人的"国民性"就难免看到缺点的方面多，看到优点的方面少；看到消极的方面多，看到积极的方面少；否定的多，肯定的少；这无疑地也是鲁迅前期思想中的一个缺点。但在后期就显然不同了。例如在 1933 年写的《沙》中，他就驳斥了"中国人好像一盘散沙"的谬论。他认为中国人民能够团结，而他们之所以好像一盘散沙，是被统治者"治"成功的，因为只有像沙，统治者才便于统治。而且这样，帝国主义者也才便于侵略。他还更进一步指出，真正自私自利、像一盘散沙的倒是大小统治者。又如在 1934 年写的《门外文谈》中，他极力为中国人民和民间文艺辩护，认为民间文艺刚健清新，比文学家的作品还要出色；他并且认为即使是"目不识丁"的文盲，也并不如读书人所推想的那么愚蠢。在《论"第三种人"》中，他也曾热烈地为中国民间文艺辩护，认为在连环图画中可以产生密开朗该罗和达文希（达·芬奇），在唱本说书里可以产生托尔斯泰和弗罗培尔。又如在《又是"莎士比亚"》（1934 年）中，他不但替近代和现代的中国人民辩护，而且也替罗马时代的人民群众热情地辩护，认为即使那时代的群众也不会像某些作家和批评家所想象的那么愚蠢，那么没有理性。他说：

> 真的，"发思古幽之情"，往往为了现在。这一比，我就疑心罗马恐怕也曾有过有理性，有明确的利害观念，感情并不被几个煽动家所控制，所操纵的群众，但是被驱散，被压制，被杀戮了。莎士比亚似乎没有调查，或者没有想到，但也许是故意抹杀的，他是古时候的人，有这一手并不算什么玩把戏。

从这些例子中可以明显地看到鲁迅在这时期已经有了明确的群众观点。

第三，谈一谈辩证唯物主义的观点。鲁迅前期基本上虽然已是一个唯物主义者，但他的社会思想还包含不少唯心主义的因素，思想方法也有不少形而上学的成分，看问题往往难免极端化和绝对化，好的是绝对的好，坏的是绝对的坏，还不能处处运用辩证法来观察事物。对于读中国古书和看中国旧戏，他就都有过不大正确的看法。例如在《青年必读书》中，他就曾劝导青年要少看或者竟不看中国书，而要多看外国书，虽然他也承认在中国古书中也有劝人入世的，外国书中也有颓唐和厌世的。在《论照相之类》中，他对于我国京剧名演员梅兰芳的评价是笼统的、近乎一概否定的，看了他的这篇短文，我们只会觉得梅兰芳的艺术只是在于他能"男人扮女人"。这些看法当然是不够全面、不大正确的，虽然也不能说它们完全不对或完全没有根据。当然，我们也必须看到这个事实，就是鲁迅之所以有这种极端的看法，同当时的环境有关，他是针对着当时的复古逆流和庸俗风气而发的，而就是在他对于这两件事情的态度中，我们也可以看出他的反封建精神。但在过渡时期以及后期所写的一些文章中，他对中国古典文学就有了全面正确的看法。例如在《魏晋风度及文章与药及酒之关系》中，他就对魏晋文学作了具体的分析，而且基本上肯定了"竹林七贤"特别是嵇康和阮籍的反抗旧礼教的倾向；就是陶潜这个隐逸诗人，他也认为对于世事并没遗忘和冷淡，并不是真正超然于尘世。在《"题未定"草》之六和之七中，他对陶潜更有深刻的分析，认为在陶潜的诗文中，除了闲适飘逸的作品以外，也还有想象大胆的文章和"金刚怒目"式的诗作，不能把他看成整天整夜飘飘然的诗人和作家。又如在《小品文的危机》中，他对于中国过去的小品文也作了极具体的分析和批判，并且肯定了唐末的小品——例如罗隐《谗书》、皮日休《皮子文薮》和陆龟蒙《笠泽丛书》中的小品，认为"几乎全部是抗争和愤激之谈"，或"正是一塌糊涂的泥塘里的光彩和锋芒"；同时，他也并不完全否定明末的小品，认为"明末的小品虽然比较的颓放，却并非全是吟风弄月，其中有不平，有讽刺，有攻击，有破坏"。在对中国旧剧以及梅兰芳的看法上，他在后期也有显著的不同，在1934年写的《略论梅兰芳及其他（上）》中，对于梅兰芳就有相当具体的分析了，他认为梅兰芳原来只是"俗人的宠儿",并非"皇家的供奉",但不幸被士大夫所"夺取",被他们"从俗众中提出,罩上玻璃罩,做起紫檀架子来",因而梅兰芳的艺术也就脱离人民,日渐衰退,他认为凡是被士大夫沾手的民间艺术都难免跟着士大夫阶级的日益消沉而渐趋没落和衰亡。这种看法不能不说是很正确的,也是符合梅兰芳个人发展的实际情况的,因为梅兰芳自从逐渐脱离人民以后,的确曾经冷落过一时,艺术上也没有更大的发展,直到我国全国解放以后,他才重新得到了艺术的生命。从以上两个例子中,也可以看出鲁迅在后期的确有了更多的辩证法观点,他的思想方法越来越正确。这是因为他在后期已经接受了马克思主义,接受了辩证唯物主义和历史唯物主义,不然是不可能有这种本质的变化和飞跃的进步的。

最后,简单地说一说鲁迅杂文的艺术性。鲁迅的杂文不但思想性很高,战斗性很强,而且也有很完整的艺术性。每篇都写得简洁洗练、尖锐泼辣,富有幽默的风趣、讽刺的力量、民族的色彩和独特的风格。有些片断,语言的精炼深刻和富有个性,简直像格言或谚语,十分耐人寻味。而特别值得一提的,则是鲁迅杂文不但有鲜明的形象性,而且有一定的典型性。瞿秋白同志在《〈鲁迅杂感选集〉序言》中最先指出它的典型这个特点,说鲁迅所写的陈西滢、章士钊等人简直可以当做普通的名词读——就是当做社会上的某种典型看,他们的叭儿狗性格有很大的代表性,在当时的统治阶级的御用文人中间是普遍存在的。这种御用文人卑劣无耻、虚伪残酷,是十足的奴才,鲁迅把他们有时称为媚态的猫,有时称为比它主人更严厉的狗,有时称为吸人的血还要预先哼哼地发一通议论的蚊子,有时称为嗡嗡地闹了半天,停下来舐一点油汗,还要拉上一点蝇矢的苍蝇,有时称为脖子上还挂着一个小铃铎,作为知识阶级的徽章的山羊式的文人……这些称呼虽则各个不同,但都有鲜明的典型性。这一点,鲁迅自己也曾经在《伪自由书》和《准风月谈》中先后谈到。在《伪自由书》的前记中,鲁迅说他论时事总是不留面子，砭锢弊常取类型，例如叭儿狗，他写作时虽系泛指，但凡是有叭儿狗性格的人却都疑心他是在讽刺自己，骂他是在对他们进行人身攻击；在《准风月谈》的后记中，则着重地说明他的杂文虽然所写的只是一鼻、一嘴、一毛，但合起来看，差不多可以看出一个完全的形象，如果再加上一条尾巴——"后记"，那这形象就会显得更完整。这些话，我认为也是对于鲁迅杂文具有典型性这个特点的很好的说明。至于鲁迅杂文之所以能够写得这么生动活泼，形象鲜明，则除了他的观察非常深刻以外，也由于他有高度的表现能力和写作技巧，善于作艺术的概括。他常常运用夸张、烘托、比喻、对照、反语、曲笔、重叠、反复、排比、对偶等等修辞方法和幽默、讽刺的笔调，而且运用得非常自然，和作品的主题思想密切地结合，使内容和形式达到高度的统一。

由于环境的限制和发表的困难，鲁迅有一部分杂文确是写得相当晦涩难懂，他自己也曾经戏称这些杂文为"奴隶文章"，说他的写作是"带着枷锁的跳舞"（他的有些杂文写得比较晦涩，同他的文章写得特别简炼和常用文言词文言句法有关，但主要原因是受到当时环境的限制）；可是他的有些文章（而且数量很多）却是明白晓畅，并不难解。有的人认为鲁迅的全部杂文都很曲折隐晦，不好理解，是不符合实际情况的。

鲁迅的"故事新编"*

一

"故事新编"中的八篇小说，都是取材于我国古代神话、传说或历史故事的作品，和鲁迅收在"呐喊"和"彷徨"中的小说不同，因为收在"呐喊"和"彷徨"中的小说都是取材于我国现代生活的作品，不论从内容上看，或从写作方法上看，"故事新编"都有自己的特点，应该作独立的研究。

在"故事新编"的序言中，鲁迅曾经说过，写历史小说必须博考文献，言必有据，是很难组织之作，说他自己写的这八个作品，大部分只能算是速写，不能称为历史小说。这其实是自谦之辞，因为鲁迅写这八个作品，显然是博考了文献的，在有的作品中，鲁迅虽然用了夸张的、浪漫主义的手法，在原有的神话传说或历史故事以外，还增加了不少想象和虚构，但基本上却是根据旧籍，并不真正像他自己所说似的"信口开河"或"随意点染"，而且不论从故事结构方面看，从人物刻画方面看，或从细节描写方面看，这些作品都具备着鲜明的短篇小说的特点，和一般速写显然不同。不过，这些作品却也不宜于称为历史小说，因为是否历史小说，绝不能仅仅以是否有旧籍做根据为标准，像"补天"、"奔月"、"铸剑"和"起死"这类作品，虽然都有旧书为根据，但它们所写的却只是我国古代的神话传说或寓言，并非史实，"理水"、"采薇"、"出关"和"非攻"中所写虽有一定的史实，却也杂糅着不少传说故事和作者自己的虚构，不能完全当作史实来看待。当然，写历史小说也并不是要作者照抄历史，不必拘泥史实，

* 选自《鲁迅作品讲话》，长江文艺出版社 1959 年版。

但是它所写的基本内容却必须是史实，而且还必须是可靠的史实，不能只是历史传说或故事，不然，怎么能够表现历史的精神，反映历史的真实面貌呢？

由于这种原因，鲁迅称自己的这些作品为"故事新编"，而不称为"历史小说"，是很有道理的，我们自然不必勉强给它们加上一个"历史小说"的称号；不过，如果因此而根本否认它们是小说，那又是走入另一极端了。

鲁迅写这些小说的目的，一方面是在于用新的眼光来解释我国古代的神话、传说、寓言或历史故事，另一方面也在于通过历史材料来揭露、抨击当前的黑暗社会和腐败政治，因而有其强烈的现实意义和战斗作用，这就是所谓"借古讽今"的写作方法。在"五四"以后，运用这种方法的人并不很多，而能运用得像鲁迅这么自然的尤不多见，正如茅盾先生所说："鲁迅先生这种手法，会引起不少人的研究和学习。然而我们勉强能学到的也还只有他用现代眼光去解释古事这一面，而他更深一层的用心——借古事的躯壳来激发现代人之所应憎与应爱，乃至将古代和现代错综交融，则我们虽能理会，能吟味，却未能学而几及的。"（"玄武门之变"序言）这一段话，我以为说得非常中肯，可以帮助我们理解鲁迅在处理历史故事或者神话传说寓言等等题材时的特点。

当然，鲁迅在写这些作品时，构思的过程是每篇都不同的，不一定首先就想到"借古讽今"，有的在开始写作时，原来不过是想用现代眼光来解释古代题材，例如他在"序言"中就曾说明，他的写"补天"，原先不过是想在古代神话中采取题材来写短篇小说，想用女娲炼石补天的神话来解释创造——人类和文学的缘起，直到写到中途，才因愤于胡梦华恶意抨击汪静之的"蕙的风"而写了那个在女娲两腿之间出现的古衣冠的小丈夫，借此讽刺当时那些顽固不化、阴险卑劣的卫道者，抨击当时的复古运动。在写"奔月"时，他大约也是首先想到夷羿这个神话中的人物以及他的遭遇，不一定首先就想到高长虹之流，虽然他曾对许广平谈到这事，说他写这篇小说，是和高长虹"开了一些小玩笑"，而且在逢蒙这个人物身上，也的确可以看出像高长虹那样卑劣下流的极端个人主义者的影子，因为逢蒙这个人物，在"奔月"这篇小说中毕竟并不是主角，他不过是因为有了夷羿才出现的一个人物。当然，要确定鲁迅写这些小说，究竟是首先想到用新的眼光来解释古代神话传说或历史故事，赋予古代神话传说或历史故事以新的内容和新的意义，还是首先想到的是通过古代神话传说或历史故事来抨击当世，讽刺时事，是不容易的，也是不重要的，因为重要的是这些作品的客观意义，是要明确认识不管作者的主观意图如何，这些作品在客观上是既然达到了运用新的眼光解释古代神话传说或历史故事的目的，又起到了"借古讽今"，为当时现实服务的战斗作用。

现在我打算把"故事新编"中最受人欢迎的五个作品加以简单的分析，说明一下它们的思想内容和写作特点。

二

请让我先谈一谈"奔月"。

这篇小说取材于嫦娥奔月的神话，其中的主要人物夷羿，原是一个我国古代传说中的英雄人物，据说很善于射箭，曾经射落九个太阳，并且射杀过封豕长蛇，为古代人民除了大害，立下了伟大的功勋。但他的处境却很艰苦，生活异常无聊，心情也异常寂寞，只能每天射射乌鸦、麻雀过日子，幻想吃了道士（原来的传说是西王母）的仙丹就可以白日飞升，用这样渺茫的幻想来寄托自己对于幸福的憧憬和渴望。在我国的旧社会里，真正的英雄往往无用武之地，而且处境坎坷、生活潦倒、终生郁郁的情形是很普遍的，因此夷羿这个人物的遭遇有其一定的代表性。鲁迅十分同情这个人物，他一方面极深刻地刻画了这个人物的寂寞心情，另一方面又极生动地描绘了这个人物的正直无私和英雄气概。夷羿很爱自己的妻子，只怕她受委屈，百般安慰她，处处替她打算，但她却是个自私自利的人，由于忍受不了生活的艰苦，竟背着他把仙丹偷吃下去，独自飞上月宫享福去了。这种自私的行为，引起了夷羿的巨大愤怒和憎恨，他甚至想把月亮射下来：

  ……他一手拈弓，一手捏着三枝箭，都搭上去，拉了一个满弓，正对着月亮。身子是岩石一般挺立着，眼光直射，闪闪如岩下电，须发开张飘动，像黑色火，这一瞬息，使人仿佛想见他当年射日的雄姿。

  嗖的一声，——只一声，已经连发了三枝箭，刚发便搭，一搭又发，眼睛不及看清那手法，耳朵也不及分别那声音。本来对面是虽然受了三枝箭，应该都聚在一处的，因为箭箭相衔，不差丝发。但他为必中起见，这时却将手微微一动，使箭到时分成三点，有三个伤。

  使文们发一声喊，大家都看见月亮只一抖，以为要掉下来了……

这是多么惊人的场面，多么惊人的气概！通过这种场面的细致描写，鲁迅很突出地刻画了这个人物的英雄面貌；从这种浮雕式的动作描写中，我们可以分明看出鲁迅的写作方法和独特风格。

在这篇小说中出现的逢蒙，相传是夷羿的弟子，也是一个古代的射箭能手。他从夷羿学得了很多本事，可是由于嫉妒心重，他竟阴谋杀害自己的老师；另一方面，他却又到处招摇撞骗，想把夷羿射死封豕长蛇的功劳占为己有。可见这是一个又卑鄙、又阴险的人物，他和自私自利的嫦娥一样，同正直、善良、勇敢、无私的夷羿正是一个鲜明而又强烈的对照。在我国的旧社会里，像逢蒙这样忘恩负义、反脸不认人的无赖也是很多的；在鲁迅当时的文艺界中，也不乏这样卑鄙无耻的极端个人主义者，他们在未成名以前，曾经受到鲁迅的积极帮助和热心关怀，可是，当他们一旦爬上了"文坛"之后，却就反过来用明枪暗箭攻击鲁迅，或用流言蜚语来诽谤鲁迅，中伤鲁迅，借此抬高自己。鲁迅非常轻视和憎恨这样的人，他借逢蒙这个人物，对这种人进行了无情的讽刺和鞭挞，这是显而易见的。但是，如果我们根据这点，就判定夷羿就是鲁迅的自况，逢蒙也只是鲁迅对于高长虹的影射和讽刺，那就无疑地会缩小这两个人物的典型意义，贬低这个作品的社会价值。在我曾经引过不止一次的"出关"的"关"一文中，鲁迅就曾对于那些以为"出关"中的老子就是鲁迅自己，而关尹喜之流就是当时某些刊物编的错误意见作了反驳，认为那种似是而非的评论，事实上是缩小了作品的意义。我觉得我在这儿还必须提醒这么一个事实，就是鲁迅所写的人物，虽然都有现实人物做模特儿，但不就等于现实中的人物，如果把现实人物和艺术形象混同起来，那就不可能真正理解和评价鲁迅作品中的人物。但有的同志往往忘了这点，因而作这样的一个提醒大约还不是完全多余的。

现在再让我谈一谈"铸剑"。

这篇小说取材于关于干将莫邪的传说，也是鲁迅早期的一个作品。鲁迅运用这个传说，突出地表现了中国人民对于封建统治者的强烈反抗，表现了中国人民反封建压迫的坚决意志，同时也尖锐地批判了麻木不仁、庸俗无聊的小市民。在宴之敖者（黑色人）这个人物身上，我们可以看见很多中国人民的崇高品质和英雄性格。他替眉间尺报仇，并不是为了要别人感激他、颂扬他，也不是为了想博得"义士"之类的美称，虽然他所做的是真正义士才能做的事情。他把别人的不幸看成自己的不幸，当任何人要他献身的时候，他都能当机立断，毫不犹豫地献出自己的生命，视死如归。鲁迅非常细致地刻画了这个人物的勇敢、坚决、机智、热情、纯朴、豪侠，而且为了增加传奇的色彩，他赋予这个人物以一种奇异的性格和一个奇异的外貌，连他唱的歌也奇怪得很，不容易懂得它的真实意义。有人极力想解释他唱的几首歌，结果都是徒劳。鲁迅曾经对一个日本友人特别提到这点，他说"在'铸剑'中并没有那么难懂的地方。不过希望加以注意的，即其中的歌并非都是意思很明了的。因为这是奇异的人和头所唱的歌，像我们这样普通的人当然不容易理解。"因此，我们在阅读这个作品时，尽可不必花费很多精力在勉强解释这些歌的意义上。

眉间尺的性格，在开始时原来是很优柔寡断的；鲁迅通过他对老鼠的感情——忽而憎恨、忽而可怜——的变化，非常细致地、巧妙地刻画出了他那种不冷不热、犹犹豫豫的、带着孩子气的性格。但由于对敌人的仇恨和对亲人的热爱，他终于很快地便下定了决心要替父亲报仇。可是，任何人的性格成长究竟是需要一定的时间和过程的，并不能一个晚上就完全改变，眉间尺自然也不能例外。他在城里的时候，由于顾虑太多，生怕自己的宝剑误伤了看热闹的闲人，一味退避，以致整整一天过去了，还是毫无结果，如果不是黑色人出来帮他的忙，他就报不了父亲的仇。受到了黑色人的激励以后，他才真正坚强起来，毅然决然地把自己的头颅和宝剑一同交给黑色人。从这种曲折而细致的描写中，我们可以更清楚地看出鲁迅的现实主义手法。

但这篇小说的题材究竟是一个传说，因此鲁迅在这篇小说中既运用了现实主义的手法，同时也运用了浪漫主义的手法，而且把这两种手法很圆满地结合在一起，不但使这个作品显得极其真实可信，而且也使这个作品富有浪漫的、传奇的色彩，关于黑色人、眉间尺和国王的头颅在金鼎中激烈地战斗的那些描写，就是最好的例子：

……他（黑色人）的头一入水，即刻直奔王头，一口咬住了王的鼻子，几乎要咬下来。王忍不住叫一声"阿唷"，将嘴一张，眉间尺的头就乘机挣脱了，一转脸倒将王的下巴下死劲咬住。他们不但都不放，还用全力上下一撕，撕得王头再也合不上嘴。于是他们就如饿鸡啄米一般，一顿乱咬，咬得王头眼歪鼻塌，满脸鳞伤。先前还会在鼎里面四处乱滚，后来只能躺着呻吟，到底是一声不响，只有出气，没有进气了。

黑色人和眉间尺的头也慢慢地住了嘴，离开王头，沿鼎壁游了一匝，看他可是装死还是真死。待到知道了王头确已断气，便四目相视，微微一笑，随即合上眼睛，仰面向天，沉到水底里去了。

在这里，鲁迅把黑色人、眉间尺和国王的头当成活人来写，使读者看起来并不是死人的头在作战，而是活人本身在作战，因而使这种惊心动魄的战斗场面显得特别神奇和不可思议，富有用其他描写方法所不能完成的艺术的魅力，从此也可以知道，鲁迅的想象力是如何丰富，描写手法是如何高明。

鲁迅的艺术手腕，在关于那些闲人和国王及其爪牙们的精彩描写中，也表现得非常明显。通过这些精彩的描写，鲁迅有力地鞭挞了小市民们的庸俗可笑、奴性十足，无情地暴露了封建统治阶级的残暴不仁、空虚无聊。

关于三个头不可分辨的传说，相传为魏曹丕所写的"列异传"中是原来有的，但只是简单的几笔："三头悉烂，不可分别，分葬之，名曰王冢。"可是，鲁迅却花了不少笔墨来渲染这段情节，写得异常细致生动，而且作了适当的改动——改分葬为合葬，因为这样更可以表现出封建统治阶级的腐朽无能和无可如何。在结尾，作者更曲折细致地描写了"大出丧"的情形，里面有一段是这样写的：

百姓都跪下去，祭桌便一列一列地在人丛中出现。几个义民很忠愤，咽着泪，怕那两个大逆不道的逆贼的魂灵，此时也和王一同享受祭礼，然而也无法可施。

这短短的一段文字，充分地表现出了作者的反封建精神和革命乐观情绪。

在鲁迅后期所写的五篇"故事新编"中，以"非攻"、"理水"和"采薇"为最著名，现在就让我们来看看这三个作品。

墨子是我国古代的著名思想家、实行家和伟大的人道主义者，他主张"兼爱""非攻"，有明确的反战思想和反战主张。在"非攻"这篇小说中，鲁迅曲折细致地描写了这个人物的坚强勇敢和机智灵活。楚王及其帮凶公输般本来是很阴险狡诈的，但墨子却以他的善辩和聪明，凭着他所站的正义立场和所持的正当理由，终于一步步地揭穿了他们的阴谋，使他们不得不放弃侵略宋国的企图；他最后回答楚王的那一段话，更明显地表现出了他的大无畏精神和对于和平必然战胜侵略的坚定信念：

> "公输子的意思，"墨子旋转身去，回答道："不过想杀掉我。宋就没有人守，可以攻了。然而我的学生禽滑厘等三百人，已经拿了我的守御的器械，在宋城上，等候着楚国来的敌人。就是杀掉我，也还是攻不下的。"

墨子又主张"节用""薄葬"，反对奢侈和浪费，不但他自己的生活异常刻苦，就是他的信奉者也无不如此。鲁迅在这篇小说中，也极力描写了他的这种刻苦精神。同时，对于墨子那种主张实际，反对空谈的实事求是精神，鲁迅也在小说中作了简单然而深刻的描写——他虽然只写了两件事情，就是墨子批评曹公子的讲空话，弄玄虚和嘱咐管黔敖积极准备，不要只希望他在口舌上的成功，但就是这样，墨子的实事求是精神却就被充分地刻画出来了。

鲁迅写这篇小说的那一年（1934 年），正是我国民族危机异常严重、阶级斗争也十分尖锐的一年。这时日本帝国主义者不但已经侵占了我国的东北和热河，而且已经逐步侵入了华北，想把我国完全变成任它掠夺的殖民地。腐朽透顶的国民党反动政府，竟丧心病狂地步步退让，采取卑躬屈膝的投降政策，而对我国人民的民族民主运动，则采取了坚决镇压的疯狂态度。但我国人民在中国共产党的领导之下进行了不屈不挠的抗日反蒋斗争，掀起了全国规模的民族革命运动高潮。在这种时候，鲁迅会想起墨子的非战思想，想到墨子不辞艰苦，不顾危险，亲入虎穴去说服楚王和公输般，止楚攻宋，终于拯救了弱小的宋国的历史故事，实在是很自然的。他借用这个历史故事，一方面热烈地歌颂了古代的反战义士墨子，抨击了古代侵略者；另一方面，他也通过了古人古事，深刻地揭露了国民党反动派的投降政策和欺骗政策。例如曹公子对宋国人民演说的那一段话，显然是对于国民党反动派的讽刺，因为国民党反动派虽则实行不抵抗主义，对日本帝国主义一再退让，而且残酷地进攻革命根据地，镇压革命运动，但因慑于全国人民的愤怒，不得不在表面上装腔作势，发出一些慷慨激昂的振作民气之类的空论，企图欺骗人民，缓和人民的反抗，这种可耻的反革命两面手法，也正反映了国民党卖国集团的腐朽无能。又如小说结尾那一段关于墨子归途上的遭遇，显然也是对国民党反动派的欺骗行为的无情揭露：

　　墨子在归途上，是走得较慢了，一则力乏，二则脚痛，三则干粮已经吃完，难免肚子饿，四则事情已经办妥，不像来时的匆忙。然而比来时更晦气：一进宋国界，就被搜检了两回；走近都城，又遇到募捐救国队，募去了破包袱；到得南关外，又遭着大雨，到城门下想避避雨，被两个执戈的巡兵赶开了，淋得一身湿，从此鼻子塞了十多天。

当时的国民党反动派就是这样一方面卖国投降，一方面却又经常策动它所御用的所谓"民众团体"举行募捐，名义上说是救国，实际上却是进行搜刮和欺骗。在"墨子"的"公输篇"中，虽有如下的记载"子墨子归，过宋，天雨，庇其闾中，守闾者不内（纳）也"，但经过鲁迅的生发和渲染，却就显得比原文的思想内容更丰富得多，深刻得多，这真是"借古讽今"或"古为今用"的绝好例子。

"理水"是鲁迅根据大禹治水的著名传说而写成的，其中还穿插着关于鲧治水的故事、关于奇肱国的传说、禹化为熊的传说、禹捉无支祁的传说和关于文化山的插曲，因而内容显得异常丰富。引用材料的广泛，我认为是"故事新编"的一个特色，这不但"理水"如此，就是"补天"、"奔月"等等也是如此。例如在"补天"中，鲁迅先后地运用了女娲抟土作人的神话、共工怒触不周山的神话、女娲炼石补天的神话。关于"女娲氏之肠"的神话，秦始皇和汉武帝找寻仙山的故事；在"奔月"中，鲁迅也先后运用了嫦娥奔月的神话、夷羿射日的神话和射杀封豕长蛇的传说，关于"啮镞法"的传说等等材料。鲁迅在其他各篇小说（除了极个别的例子，如"起死"）中，也都广泛搜集有关的材料，把它们有机地熔为一炉，以便更充分地表达他想要表达的主题思想。

在这篇脍炙人口的小说中，鲁迅塑造了一个古代治水英雄——大禹的形象（在这里，鲁迅是把大禹既当成一个劳动人民的领袖，又当成一个普通劳动人民来写的），热情地歌颂了我国古代人民英雄的忘我精神和伟大意志，同时也深刻地揭露了国民党反动派的腐败黑暗及其御用学者们的卑鄙空虚。

在"理水"中所描写的考察大员们，是中国官僚，特别是国民党官僚的典型。这些老爷们官气十足，却根本不做一点好事。他们到灾区视察，只是为了敷衍塞责，欺骗人民，甚至乘机敲诈，作威作福。鲁迅对于这些官僚，是切齿痛恨的，他用他那支犀利无比的笔，非常深刻地揭露了他们的丑恶嘴脸，下面所引的一段文字，就是一个典型的例子：

> 于是大员们下船去了。第二天，说是因为路上劳顿，不办公，也不见客；第三天是学者们公请在最高峰上赏偃盖古松，下半天又同往山背后钓黄鳝，一直玩到黄昏。第四天，说是因为考察劳顿了，不办公！也不见客；第五天的午后，就传见下民的代表。

在国民党统治时期，几乎每年都有严重的水灾，国民党反动政府经常设有水利局之类的衙门，以点缀门面，欺骗人民；水灾发生时，他们也照例组织治水救灾委员会和派遣考察专员或赈灾专员，并以赈灾为名，向帝国主义，特别是向美英帝国主义大量借款和对人民进行募捐，但是水灾越搞越重，人民的死亡越救越多，人民的财产也越救越大，只是更养肥了以搜刮中饱、营私舞弊著名的国民党官僚。这种情况，鲁迅在一篇叫做"我要骗人"（"且介亭杂文末编"）里也会痛心地谈到，此外他还曾愤怒地指出国民党军警以维持治安为名，竟用机枪扫射徒手灾民的惨无人道的滔天暴行。可见国民党的反动统治是多么腐朽，而过去中国人民所受的灾难又是多么深重！

国民党反动派的帮闲——"学者名流"们，事实上都是操软刀的屠伯，只不过他们经常戴着一个"文化人"的假面具，不容易识破而已。同时，这些"学者名流"们也是帝国主义的忠实奴才和鹰犬，买办性十足，因此很受帝国主义的赏识和宠爱，以胡适为代表的我国买办资产阶级知识分子，就是这一类人物。鲁迅对这些人一向恨之入骨，从"五四"时期以后开始，一直到他逝世为止，他几乎没有中止过对他们的斗争，这主要表现在他那些辉煌的杂文里面。在这篇小说中，他也对这些人物进行了尖锐的讽刺和无情的抨击，非常深刻地揭露出了他们的阶级本质和买办性格，这从关于那些"文化山"上的学者们的描写中，就可以明显地看到。

对于那个下民代表的看法，是可能有争论的，但事实上，这也不过是一个顺民，一个奴才。通过这个形象，鲁迅非常深刻而生动地鞭挞了这种奴才的性格：

……"吃的呢？"

"有，叶子呀，水苔呀，……"

"都还吃得来吗？"

"吃得来的。我们是什么都弄惯了的，吃得来的。只有些小畜生还要嚷，人心在坏下去哩，妈的，我们就揍他。"

大人们笑起来了，有一个对别一个说道："这家伙倒老实。"

这家伙一听到称赞，非常高兴，胆子也大了，滔滔的讲述道：

"我们总有法子想。比如水苔，顶好是做滑溜翡翠汤，榆叶就做一品当朝羹。剥树皮不可剥光，要留下一道，那么，明年春天树枝梢还是长叶子，有收成。如果托大人的福，钓到了黄鳝……"

伯夷叔齐的故事，见于"史记"的"伯夷列传"；鲁迅即主要根据"史记"的记载，并融合其他有关的故事而成。在这篇小说中，鲁迅突出地描写了伯夷叔齐的不幸遭遇。

像伯夷叔齐这样的人，在我国旧社会里，应该是为人所尊敬的人物。虽然他们的行径不免有些迂，但他们纯洁友爱，正直老实，骨头很硬，风格极高；他们始终忠于自己的主张，为着实行他们的主张，他们敢于不避危险，叩马直谏，敢于离开可以吃安稳饭的养老堂，毅然决然地走上首阳山，以吃薇菜来度过他们的残年，这在一般人是无论如何做不到的。最后他们因为听到了小丙君丫头阿金的话而绝食，以至于活活饿死，不但可悯，而且从中也可以看出他们宁死不食周粟的决心和勇气。当我们看到这里时，心情的确很沉重，特别是当我们看到他们死了以后，还遭到阿金之流的造谣侮蔑，说他们饿死是由于他们自己贪心，罪有应得，而且大加嘲笑的时候，更不禁对阿金一类谣言家的卑劣无耻表示无限的愤慨，而对伯夷叔齐的可悲命运表示无限的同情。

小丙君这个人物，完全是一个统治阶级的御用文人，他有大量的财物，大量的奴婢，大量的土地。这样的御用文人，当然要主张诗歌必须温柔敦厚，主张为艺术而艺术，反对有所为和在诗歌中发议论，因而当有人想替伯夷叔齐立一块石碑、刻上几个字、以留纪念的时候，他不肯写字，也是毫不足奇了：

> "他们不配我来写，"他说。"都是昏蛋。跑到养老堂来，倒也罢了，可又不肯超然；跑到首阳山里来，倒也罢了，可是还要做诗；做诗倒也罢了，可是还要发威慨，不肯安分守己"，"为艺术而艺术"。……温柔敦厚的才是诗。他们的东西，却不但"怨"，简直"骂"了。没有花，只有刺，尚且不可，何况只有骂。即使放开文学不谈，他们撇下祖业，也不是什么孝子，到这里又议讪朝政，更不像一个良民……

这难道还不明白，还待解释吗？这难道不是百分之百的御用文人的口吻吗？什么诗的"温柔敦厚"，什么"为艺术而艺术"，什么"文学的永久性"等等文学滥调的阶级本质，通过这种生动具体的形象描写，真可谓揭露无遗了。

关于小穷奇这个人物的描写，我认为也是有很深刻的意义的。其实这个人物在华山道上出现这件事情本身，就已经给了封建统治阶级以莫大的嘲讽，因为，周武王在"恭行天罚"得胜以后，终算天下太平了，再用不到兴师动众，可以"归马于华山之阳"和"放牛于桃林之野"了，可是，在大白天却居然还有像小穷奇这样拦路打劫的强盗出现！……

除了"非攻"、"理水"和"采薇"以外，鲁迅在后期所写的"故事新编"中，还有批判老庄哲学的"出关"和"起死"，都是写得异常深刻、值得再三阅读的作品，但由于篇幅关系，我就不再一一解释了。

三

以上所述的，是"故事新编"的主要内容和思想意义，现在再让我们来看一看这些作品的几个基本特点。

第一，我们可以看出，在这些作品中，都贯穿着强烈的政治思想和战斗精神。正如我在前面已经指出过似的，鲁迅不但用新的眼光重新解释了古代神话传说和历史故事，而且通过古代神话传说和历史故事，深刻地揭露了现代的社会，讽刺了现代的时事，起到了强烈的战斗作用。这在"奔月"、"铸剑"、"非攻"、"理水"和"采薇"中固然可以看出，就是在"补天"、"出关"和"起死"中也同样看得非常清楚。在"补天"中，鲁迅热烈地歌颂了以劳动者姿态出现的女娲，辛辣地讽刺了代表封建势力的卫道者们——"古衣冠的小丈夫"，充分地表现了他那强烈无比的反封建的战斗精神；在"出关"中，鲁迅除了批判老子以及他的无为哲学以外，还通过这个人物深刻地批判了当时那种无视民族危机和尖锐的阶级斗争、一事不做、徒尚空谈的知识分子，并且借用孔子和关尹喜之流的形象，无情地揭露了当时那些官场学者的阴险狡诈和"文化商人"们的市侩作风；在"起死"（这是一篇采取戏剧形式的作品）中，鲁迅除了批判庄子的虚无思想以外，还通过庄子这个人物，辛辣地嘲讽了当时那种圆滑随和、是非不分、自命超然、其实却也一心想投靠统治阶级的资产阶级文人，无情地揭露了这些人物的虚伪面目和反动本质……从此可以知道，鲁迅决不是为重编故事而重编故事，他所以要来改写古代神话传说或历史故事，无疑地是有其一定的政治目的的，不然，他的作品，一定不可能这样地富于思想性和战斗意义。

第二，我们可以看出，鲁迅是善于使用融会古今的方法的，他往往在古代传说或历史故事之中，巧妙地插入了现代的生活和语言，例如在"理水"中，他就整整地插入了一段关于买办资产阶级学者的描写，甚至用了不少的英语；在"采薇"中，小丙君的议论，可以说完全是一个资产阶级文人的滥调的翻版，在那个华山强盗小穷奇的身上，除了他拦路打劫以外，从其他方面的行动和语言看来，我们也可以很清楚地看出一个洋场恶少或市井无赖的影子；在"出关"中，在老子写完讲稿"道德经"以后，关尹喜给了他一包盐，一包胡麻，十五个饽饽，并且声明这是优待老作家，如果是青年作家，那么饽饽就只有十个，但以后账房先生却说如果他再回来著书，那时就可以把宗旨改为提拔新作家，两串稿子，给他五个饽饽就行，这种"海派"作风，完全是鲁迅生前那些出版商人们的真实写照，账房先生所说的话，也完全是当时那些洋场市侩们的口吻……这种"将古代和现代错综交融"的写法，无疑地是鲁迅独创的。鲁迅之所以要运用这种方法，主要的目的无非是为了使作品更富于现实意义和战斗精神。

第三，我们可以看出，鲁迅在这些作品中所采取的写作方法基本上还是现实主义的，但有的作品（例如"补天"、"奔月"、"铸剑"、"起死"），却无疑地富有浪漫主义的气息和色彩，这当然与他所运用的题材有关。"补天"、"奔月"、"铸剑"所根据的材料，原来就是神话或传说，"起死"所根据的材料，原来就是一个"庄子：至乐篇"中的寓言，因而它们本身就富有浪漫主义的色彩。在"理水"、"采薇"和"出关"中，鲁迅也很自然地运用了一些传说或神话。关于"理水"中引用的传说，我在前面已经提到，这里不再重复。在"采薇"中，鲁迅很巧妙地运用了伯夷叔齐由于一个女人的话而最后饿死的传说和关于鹿奶的传说；在"出关"中，鲁迅也很巧妙地运用了老子西走流沙和骑青牛过函谷关的传说。这种既根据一定史实而又杂糅以传说故事的写法，无疑地会给作品加上一种浪漫主义的气息和色彩。

第四，我们可以看出，这些作品中的人物刻画也是很成功的。不论是"补天"中的女娲，"奔月"中的夷羿，"理水"中的大禹，"采薇"中的伯夷叔齐，"铸剑"中的黑色人和眉间尺，"出关"中的老子，"非攻"中的墨子，"起死"中的庄子，都写得有血有肉，栩栩如生。他自己在序言中说他"没有将古人写得更死"，事实上是应该说他确实是把古人写活了，而这却是很不容易的，非有深刻的艺术构思和高明的艺术技巧不可。还有一点值得注意的是：为了增强讽刺、批判的力量或者突出被讽刺、被批判者的形象，鲁迅在这些作品中也常常运用夸张的描写方法，但他运用这种方法，却很有分寸，决不夸张到失去真实性，使人不能相信的地步。例如他对一事不做、徒尚空谈的老子是采取批判态度的，他认为像这样"心高于天、命薄如纸"、想"无为"而只好"无不为"的空谈家，连老婆也娶不成，在现实生活中，他那"哲学的头脑"实在是毫无用处，因而把他漫画化，毫不爱惜地把他送出函谷关了事。但鲁迅却反对在这个人物的鼻子上涂白，把他过分地丑化（参考"且介亭杂文末编：'出关'的'关'"）。这无疑地是一条鲁迅自己在长期创作过程中总结出来的现实主义的创作方法。

第五，我们还可以看出，鲁迅写这些小说基本上还是采用和"呐喊"、"彷徨"所用一样的、"五四"以来一般人所通用的短篇小说的写作方法。他没有采用中国旧小说的写法，不是那么原原本本、有头有尾地叙述故事，因而看起来，故事性是不太强的，但这却不足为病，因为纵使他所采用的不是这种方法，但因为他在组织结构上用了很大的工夫，每篇都布局严谨，情节清楚，即使有很多使人感到意外的穿插，但整个作品的线索却仍然十分清楚；同时，由于这些作品所用的题材都是大家比较熟悉的古代神话传说或历史故事，语言也都是精炼圆熟、流利畅达的中国语言，即他刻画人物的方法，基本上也仍然是中国的传统方法，因此，这部作品还是有其鲜明的民族风格，说这些作品缺乏民族风格或中国风味，是缺乏充足的理由和根据的。

总之，"故事新编"也是一部思想性和艺术性都很高的短篇小说集，它虽然和"呐喊"、"彷徨"的作用不同，但它却也有它自己的影响，应该加以重视和研究。在研究过程中，对于很多比较重要的问题，例如这部作品究竟是不是历史小说问题，对于某些作品的评价问题，鲁迅写这些作品究竟是否"借古讽今"问题，前后期作品的比较，特别是后期作品中有哪些社会主义因素，能不能把它们算作社会主义现实主义的作品问题、语言问题和叙述问题、民族风格问题等等，无疑地都会发生争论。争论不但不必害怕，而且应该欢迎，希望鲁迅研究者，尤其希望爱好鲁迅作品的青年同志们起来发表自己的意见。

至于我这篇文章，不过是一篇一般的"读书札记"，是对于这部作品的一个初步分析和解释，里面有很多问题没有接触到（例如前后期作品比较问题和后期作品究竟有哪些社会主义因素，能不能称为社会主义现实主义作品问题），即接触到的问题也说明得比较简略，没有加以充分的阐述和论证，这不但是由于这篇文章性质只是在于向青年读者作一个初步的介绍，而且和我目前的时间精力，特别是和我的现有水平有关，这实在是自己深感遗憾和抱歉的。

1958 年 12 月

茅盾的《春蚕》、《秋收》和《残冬》*

茅盾于1932—1933年写的《春蚕》、《秋收》和《残冬》，是互相联系、而又可以各自独立的三个短篇，它们的内容，都描写旧中国的农村生活。通过细致而又曲折的生活描写，它们深刻地表现了旧中国农民的贫困和痛苦，揭示了中国农民要获得解放、摆脱贫困，只有坚决地起来向反动统治阶级作斗争这一个颠扑不破的真理。因而是三个富有思想意义的现实主义作品。

老通宝一家，原来是比较富裕的中农，靠着养蚕，曾经在十年中间置了二十亩稻田和十多亩桑地，还有三开间两进的一座平屋。可是，由于连年受到了天灾人祸，受到了帝国主义的经济掠夺和军事侵略，受到了买办官僚资产阶级的残酷压榨，受到了地主和高利贷者的重利盘剥，这个本来相当富裕、为人所羡慕的中农很快地就贫困、衰败而且彻底破产了。

在《春蚕》和《秋收》中，我们可以看到老通宝一家如何为了育蚕和秋收而奋斗，他们全家都投入了劳动，不分昼夜地看守着蚕种和稻田，满望丰收可以减轻他们的负债。老通宝还顽强地相信只要辛勤地劳动，家道一定可以中兴。然而他们的幻想，却一次次地都在残酷的现实生活面前碰得粉碎。蚕花虽则大熟，可是，由于日本帝国主义进攻上海、发生了战争的关系，各处茧厂都不开门，茧子竟卖不出去；最后虽然忍受了资本家的残酷剥削，贱卖了大部分茧子，但他们却又添了一身新债，赔上了一块桑地，还使老通宝生了一场大病。秋收虽好，但由于粮商们的操纵，米价大跌，结果也是不但旧债还不清，而且又添了不少新债，使老通宝终于送了

---

* 载《文学知识》1959年第1期。

一条老命。诚如作者在《秋收》末尾所写，不论春蚕或秋收，对于身受其害的农民来说，都是极其惨痛的经验。这样的惨痛经验教训了落后的农民，终于使他们逐渐地摆脱了各种因袭的重担和传统思想的束缚，走上了坚决抗争的道路，就是最顽固落后的老通宝，在临终前也终于觉悟到他儿子多多头的主张原来是对的。

自然，作者在《秋收》中所写的农民斗争，还是比较原始的、自发的经济斗争。他们因为饥饿得活不下去，才不得不起来"吃大户、抢米囤"。但是吃大户运动一旦爆发了以后，就势如燎原，规模逐渐扩大，从百来人到五六百人以至上千人，而且竟和镇上军警发生了冲突，切断了一个市镇和邻近各个村镇的联络，使绅商们不得不对他们让步，开了一些"方便之门"，可见农民的力量是多么伟大。可惜他们没有得到更有力的领导，没有更有组织地、更持久地进行斗争，在统治者们的威吓和欺骗之下，抢米风潮很快地就平息下去。但是我们却决不能轻视这种自发的、比较原始的斗争，因为它不但表示了伟大的农民力量，而且的确也在一定程度上打击了统治阶级，取得了局部的、暂时的胜利。在《秋收》中，作者写了农民的武装斗争。虽然，作者在这里描写的，也还只是三个武装的农民，他们只有三把锄头，没有旁的武器，他们所解决了的也只是地方团队的三条枪，但我们也不应该轻视他们，因为在这三个青年农民——陆福庆、多多头、李老虎的背后，我们可以看到无穷无尽的觉醒了的农民，可以看到声势浩大的农民游击战争。

但是，在当时国民党统治力量最强的地区之一——浙江杭、嘉、湖一带要搞大规模的游击战争是不容易的，因而作者在《残冬》里只写了比较原始的农民武装斗争，只写了少数比较觉悟的农民的游击性活动，只写了大规模的游击战争的萌芽，是适当的。同时，他在描写了少数觉悟农民的武装活动的同一篇小说中，还用了比较多篇幅描写了虽然渴望解放、但还没有觉悟的农民，描写了黄道士的胡言乱语和农民们的迷信落后。这种描写也是真实的，符合当时当地的历史情况的，因为农民的觉悟程度不一，还没有觉悟的农民在感到活不下去的时候，常常寄托于自己的幻想和求救于恩神的援助，黄道士胡诌什么"真命天子"，其实也就是利用了落后农民们日夜希望翻身的心理。这种错综复杂、曲折细致的描写，正显示了这个作品的现实主义的力量。

然而，必须指出，这三个短篇的最大优点，也是作者所最着重描写和最善于表现的，却并不是农民们的反抗和斗争，而是农民们的贫困和痛苦，是农民们如何在帝国主义、封建主义和官僚资本主义的重重压迫之下，在洋人、买办、官僚、地主、高利贷者们的层层剥削之下，一步步地陷入了破产境地的过程。从作者在这三个短篇中所写的农民，特别是从老通宝一家人身上，我们很明显地可以看到这种过程；他们的贫困，他们的挣扎，他们的痛苦，有很大的代表性。这三个短篇合起来，的确就是一幅三十年代旧中国的农村的悲惨图画；它们生动地描绘了当时旧农村的情景，真实地反映了当时农民们的精神面貌，而这三个作品的社会价值，也主要的是表现在这个方面。我想，只要认真阅读这三个作品，就可以发现这个特点，用不到详细说明。

在这三个作品中，作者显示了善于刻画人物的才能。

老通宝这个人物是写得很好的，作者紧紧抓住了他那勤劳善良、却很落后古板的性格特点，一有机会就给以细致而充分的描写，使这个性格显得非常突出。对于他的大儿子阿四，作者则除了着力刻画他的老实忠厚以外，还着力地刻画了他的缺乏主意。这个老实的农民，似乎毫没有自己的主张，心地异常软弱，他常常觉得人家的话都对，不知究竟应该听信谁。由于作者抓住了这个性格特点，这个农民就和别的农民显得不一样了。但写得生龙活虎、大胆热情、精神饱满、特别令人喜爱的，还是多多头这个人物。这是一个年轻农民的典型。他没有一般农民，尤其是老一辈农民所有的幻想和忧虑，他懂得农民们在官僚、地主、债主、商人们等等吸血虫的层层剥削之下，即使做断背脊骨也翻不了身，必须另找出路，虽然他不明白出路在哪里，应该怎样找出路。他也隐约觉得在旧社会里人与人的关系是不正常的——大家对荷花看不起，把她叫成"白虎星"，以及荷花常常和四大娘、六宝吵嘴闹架等等现象，就是证明。虽然他也弄不明白为什么人与人的关系弄不对。他热爱劳动，却不迷信，对于老通宝那些莫明其妙的"鬼禁异"和不断的唠叨，常常暗中觉得好笑。他很富于反抗性，能够摆脱因袭的负担和传统的束缚；虽然老通宝一再严厉地禁止他和荷花说笑，他也毫不在意，对于以淘气著名的六宝，他更毫无顾忌地一有机会就和她调情，充分表现了他的活泼和大胆。在农民们上镇去"吃大户、抢米囤"的时候，他表面上虽然只是摇船，但事实上却是他村里的一个领袖。老通宝骂他"畜生！杀头胚！"，威胁着要活埋他，但他的回答却是：

杀头是一个死，没有饭吃也是一个死！去罢！阿四呢！还有阿嫂？一伙儿全去！

这回答又干脆，又大胆，又乐观，不是富于反抗性的农民是无论如何回答不出来的。

从多多头身上，我们还可以看到农民们的纯朴的阶级友爱。农民赵阿大害怕地主张剥皮因为坟园里被客籍人偷了一棵松树（其实这也只是推测）会连累本村人，提议到客籍人住的茅草棚里去"起赃"，即刻遭到了他的强烈的反对，他认为这不能怪客籍人，却是由于"张剥皮该死"。他对于自己的哥哥嫂嫂也很友爱，毫没有私心。阿四夫妇惟恐到镇上去帮佣小宝没有人照顾，他就很慷慨地答应照顾小宝，虽然他自己的生活也是毫无保障。

他认为已经失去了土地的农民根本不可能有什么家，因此，一听说四大娘迷恋家庭，不肯拆散，他就愤愤地说道：

> 哼，哼，乱世年成，饿死的人家上千上万，拆散算得什么！这年成饿死一个人好比一条狗，拆散一下算得什么？

像这样大胆勇敢、热情坚决的青年农民，以后会参加游击队，参加农民的武装斗争，是一点也不足奇怪的。

除了老通宝、阿四和多多头这几个人物以外，其他人物如四大娘、荷花、六宝和黄道士等等，性格也很鲜明，特别是四大娘，关于她的劳动情形，作者是写得非常细致的，充分表现了一个劳动妇女的可爱和可敬。在短篇小说中要写出这么许多具有性格特点的人物，实在不是一件容易的事情；因此作者如何刻画人物，值得我们多多揣摩和学习。

作者对于国民党反动派的地方武装，表现出了极端的轻视和憎恨。但他的轻视和憎恨，却用嘲弄的笔调来表达，这在《残冬》的结尾就可以看到。这一共只有三条枪，力量还远不及黄道士的三个草人的所谓"三甲联合队"，却无恶不作；他们所以要捉那个被落后农民看成"真命天子"的孩子，甚至还想去捉那个黄道士，无非是想借此领赏和敲诈，借此威吓农民和搜刮金钱。这样的描写，真是把国民党反动派地方武装的丑恶本质揭露无遗了。

在《春蚕》的结尾，作者则尽情地揭露了商人们的贪得无厌和唯利是图，深刻地反映了农民们所受的残酷剥削和切身痛苦。看起来，作者在《春蚕》结尾所写的茧厂，还不是普通的茧厂，而是一个跟买办官僚资产阶级和封建势力都有密切联系的茧厂，因为如果没有这种背景，那么在那种"乱世年代"，是不可能旁的茧厂都不能开门，而它却单独能够开门收买茧子的。就是《秋收》结尾所写的米铺，也决不是普通的米铺，而是有比较雄厚背景的米铺，因为普通的米商虽然也是贪得无厌和唯是利图，却不可能这样方便地垄断市场，压低粮价。对于这些杀人不见血的强盗，作者也是怀着无比的憎恨和愤怒的，虽然他没有在小说中直抒自己的感情，却显然可以在字里行间看得出来。

前面我已提到过，作者是很善于描写的，特别是善于描写细节，有些片段，看了以后简直不容易忘却，比如描写四大娘"窝种"，以及描写老通宝一家看守蚕儿做茧的那些片断，都是很好的例子，尤其是后者：

"山棚"下蒸了火，老通宝和阿四他们伛着腰慢慢地从这边蹲到那边。又从那边蹲到这边。他们听得山棚上有些屑屑索索的细声音，他们就忍不住想笑，过一会儿又不听得了，他们的心就重甸甸地往下沉了。这样地，心是焦灼着，却不敢向山棚上望。偶或他们仰着的脸上淋到了一滴蚕尿了，虽然觉得有点难过，他们心里却快活，他们巴不得多淋一些。

这一段像工笔画一样细致的描写，虽然文章不长，但已很生动地表现出了老通宝一家在看蚕时的紧张情形和他们渴望蚕花熟的迫切心情，是很富有艺术力量的。

除了上述的细节描写和心理刻画以外，这几个作品的结构严密和语言精炼也很突出，值得我们加以研究。但因为篇幅的关系，这些比较明显的特点，我就不再一一加以说明了。

1958 年 12 月 24 日

名副其实的短篇 *

——读"解放军文艺"七月号的十个短篇

近来在各种杂志上都发表了很多优秀的短篇小说，短篇小说特别落后，甚至被人忽视的现象基本上已经消灭了；后来居上，在大跃进的高潮中，我相信，短篇小说的成就不但一定可以赶上，而且很有可能超过长篇小说和中篇小说，因为这种短小精悍、最适宜于迅速及时地反映丰富多彩的现实生活的作品，无疑地能够得到更广大的读者的爱好和欢迎；由于这样，我也深信今后将从工人中间，农民中间，战士中间，知识分子中间，从一切体力劳动者和脑力劳动者们中间，不断地涌现出大批大批的新的短篇小说作家，使这一种文学体裁完全成为群众性的创作。

从"解放军文艺"七月号上发表的十个短篇中，我们可以看出这个明显的趋势和前途。为了说明的方便，我想谈一点自己读过这些短篇，特别是其中三个短篇——"秘密"、"小班长"和"连长"以后的感想。

这十个短篇最短的只有二千多字，最长的也不过四千左右字，真正是名副其实的短篇。过去常常有一些短篇小说动辄就长达一二万字，而且好像还没有把要写的材料写完，这显然是压缩而成的中篇或长篇；另外一种情形却恰恰相反，虽则字数多，篇幅长，但内容却极单薄空洞，软弱无力，这又显然是硬拉成小说的速写或特写，这两种情形都不太正常。可是发表在"解放军文艺"七月号上的十个短篇，却并没有这两种情形，每篇都写得短小精悍，意义深刻，有动人的情节，也有鲜明的形象，实在是短篇小说中的优秀之作。

---

* 载《解放军文艺》1958 年第 8 期。

现在让我先谈谈"秘密"。

这个作品通篇都用二班长张大山的自述口气写成，这就是通常所谓"第一人称"的写法。这种写法，一般人都认为较易驾驭题材，叙述故事，较易使结构紧凑，气势自然，却较难刻画人物，塑造形象，因为这种写法很容易使作者在不知不觉间直接发抒感情，用议论和说明代替描写和暗示，由作者自己去代替客观的人物。"秘密"的作者似乎很善于驾驭这种写法；他充分利用了这种写法的长处和方便，却避免了使用这种写法时容易犯的毛病和缺点。他通过张大山的内心活动，生动细致地刻画了这个人物的精神面貌，描写了这个人物思想转变的过程，同时也很好地衬托出了一班长赵树森的性格和风貌。在这篇小说中，和张大山比较起来，赵树森只是个次要人物，但他的形象却写得非常鲜明。作者始终都是运用对照的方法来写这两个人物和他们所体现的两种思想——集体主义和个人英雄主义，无产阶级思想和非无产阶级思想的对立矛盾，并且通过形象的细节描写，批判了个人英雄主义的严重错误，歌颂了崇高的集体主义精神和人民军队的优良传统。

当然，张大山这个人物也还是可爱的。但他使人觉得可爱是由于他能勇于认识错误和改正缺点，而不是"干劲"，因为他以前的那种"干劲"是引号内的干劲，是个人主义和本位主义的干劲，事实上也就是资产阶级思想的行动表现，不足为训；作者对于这种"干劲"显然也是取批判态度的，不过他不是用议论或说明的方法来进行批判，而是通过情节的发展和张大山的变化，即通过艺术描写的方法表现出来罢了。

"小班长"这个作品很受部队读者的欢迎，不是偶然的，因为它写得短，又写得真，而且很通俗易懂；因为它很生动地描绘出了人民军队的生活片断，刻画出了下级军事干部勤学苦练的坚毅精神和上下级的亲密关系。小班长由于自己体育不如战士，不能作人表率，内心非常焦急和苦恼，因此下决心勤学苦练，一个人也练，晚上也练，这种坚强的毅力和不怕困难的精神是可宝贵的。

"连长"比较长，但因为它的内容比较丰富，写法也比较细致曲折，较多变化和波澜，读起来并不觉得沉闷。其中有一大段倒叙，和上下文衔接得很好，结构十分紧凑；此外还有一些短的插笔，也都穿插得十分自然，毫不凌乱；整个作品都穿插着周波和高明的矛盾和纠葛，情节发展的线索非常清楚……可见在组织结构方面，作者确是用过一番苦心的。

当然，有些人还不习惯倒叙和插叙，因为这种写作方法在我国的古典小说和民间文艺中确实较少，还是"五四"以后才流行起来的，基本上是从外国交学作品中吸取来的一种写作形式；但只要多看多听，也就很快地可以习惯。我认为我们不应该轻易否定这种写作方法，因为它对我们有用；凡是对我们有用的东西，我们都应该加以利用，对有用的外来语法和词汇也是如此。鲁迅先生写短篇小说，就是既充分地运用了我国的民族形式和民族语言，而又适当地运用了外来的表现方法，也从不拒绝对他有用的外来语言。这是一种很正确的态度，值得我们学习。

作者把人物的内心活动和思想变化写得非常细腻，很像一幅工笔画。周波对于是否应该批评高明和如何处理搭在松林里的小席棚，煞费踌躇，真可以说是前怕狼后怕虎，很久都决断不下：他想命令高明马上拆掉，并且在战士面前公开批评，可是怕高明接受不了，或者使高明在战士中丧失威信；但在想起了政委的话以后，又觉得自己不这样处理是一个错误，因而终于下决心命令通讯员去叫高明来；在看到高明时，却竟忘了这是个下放干部，在下放期间只是一个普通的上等兵，差一点叫高明为"老首长"，当高明回连部来报告已经拆完席棚的时候，他又不觉失声地叫了一声"副科长"……这种精雕细刻的心理描写，确实是很生动的，能够一步步深入地展开人物的思想变化和内心世界，一步步深入地吸引读者的兴趣和注意力，并且可以避免把人物性格简单化的缺点。

作者也很善于把环境描写和人物的内心活动有机地结合起来，下面这段文字就是一个很好的例子：

> 周波轻松，愉快地迈开了大步，一面走一面习惯地攀拉着路旁的树枝，嘴里哼起家乡小调，忽然一只山鸡在一盘柳条根下拉着翅膀避雨，他顺手捡起一块小石子，掷过去，"下这么一点小雨，就把你吓坏了。"山鸡飞了，他也张开两臂要跟着飞起来似的："对，飞吧，不能向困难低头啊！"

这一段文字虽则很短，却把周波不满高明搭席棚和鼓励自己命令高明马上拆掉的复杂心情，活灵活现，绘声绘影地刻画出来了。

此外，作者还很善于运用前后呼应和互相衬托的手法：例如十年前周波搭草棚，遭到了高明的批评，十年后高明搭席棚，遭到了周波的批评；又如十年前周波搭席棚是由于怕战士淋雨受寒，十年后高明搭席棚是由于怕两个感冒的战士病垮；又如十年前周波犯这样的错误是在警戒的哨位上，十年后高明搭席棚是在战斗演习中，两个人的犯错误，都是由于关心战士，而两次错误的性质，也都是在敌人面前暴露了阵地；又如十年前高明看到周波拆了草棚回来后赤着一只脚，连忙把自己未婚妻寄来的一双新鞋送给周波，十年后周波看见高明拆了席棚回来后被雨淋成落汤鸡似的，也连忙把一杯热气腾腾的开水递给高明……这些鲜明的对照和紧密的呼应，使情节更其生动，使结构更其严密和更多变化，把主题思想烘托得更其明确。同时，这些前后呼应和互相衬托都写得十分自然，合情合理，并不是牵强附会的偶然的巧合。

高明这个人物，无疑地是很值得大家学习的。他很关心战士，爱护部属，但对于部属的要求却又极其严格，绝不含糊，因为在他看来，严格要求部属同关心部属原是一回事情。他送未婚妻寄来的新鞋给周波的那一个场面，实在写得很动人，充分地、集中地表现了人民军队干部爱护部属的精神和大公无私的崇高品质。至于他在战斗演习中由于想多关心一点战士而偶尔犯了错误，是情有可原的，也是实际生活中可能发生的，虽然他是一个有实战经验的师宣传科副科长；在复杂的实际生活中，谁能够一次也不犯错误或一点也没有疏忽呢？……

我上面只简单地分析了三个短篇，决不是认为在十个短篇中只有这三个写得好，而不过是我随手捡来的几个例子。其他七个短篇——"雷达连的指导员""小丽号""破浪前进""在雪坡上""汉江水""白石渡'护红'""采棉女"——也都同样是优秀的作品，值得向读者推荐。它们基本上都是结构谨严，情节自然，主题明确，语言生动，既有浓厚的生活气息，又有鲜明的人物形象，而且其中所写的人物——"雷达连的指导员"中的指导员，"小丽号"中的朱明章和王新，"破浪前进"中的郑立明，"在雪坡上"中的志愿军战士郑强和朝鲜老妈妈，"汉江水"中的朝鲜人民军战士朴永直，"白石渡'护红'"中的小号兵和炊事员老王，"采棉女"中的红玉姑娘，都是真正先进的英雄人物，他们的精神境界都很高，值得我们学习和仿效，从他们身上吸取精神的力量。一般说来，短篇小说的确更难于创造人物形象，而这些短篇小说的作者却都很好地克服了这种困难，实在是值得高兴的。

这十个短篇大部分都采取了第三人称的写法，采用第一人称写法的只有四篇；我认为这也是一个显著的特点。

显然，这十个短篇也还是有些缺点的，例如："雷达连的指导员"和"采棉女"的内容比较单薄，"汉江水"的写法不够新颖，"小丽号"的语言还不够口语化，有些交代也还不够清楚……但这些究竟只是次要的缺点，因而我也不再多加说明了。

最后，我也想附带地说一说短篇小说创作难易的问题。当然，短篇小说是不容易写好的，因为短篇小说需要写得更集中、更精炼、更匀称、更严谨，必须有更纯熟的写作技巧和剪裁能力，必须更善于运用文学语言。可是，我却也不赞成过于强调写作短篇的困难，因为这只是写作短篇小说的一个方面；而另一方面，由于短篇小说格局较小，究竟比较容易驾驭材料，安排结构，突出主题，推敲文字，片面地强调困难，甚至把它神秘化，说什么"越短越难"，不但容易使青年作者视为畏途，不敢问津，而且也不符合实际情况，因为事实上，中外古今确实有不少大作家是从短篇小说写起的，在写了很多短篇以后，他们才开始写中篇或长篇，这就是一个有力的证明。希望今后能有更多的年轻同志破除迷信，大胆地来尝试这种短小精悍、生动活泼、能够迅速及时地反映现实生活的文学体裁。

1958 年 7 月

略谈《林海雪原》*

    曲波同志的长篇小说《林海雪原》，确实是一部富于传奇色彩和民族风格、相当真实地反映了人民军队的英雄气概和崇高品质、激动人心、引人入胜的革命浪漫主义作品。不论在人物的刻画上，在语言的运用上，在情节故事的安排上，在自然景色的描写和环境气氛的渲染上，这部小说都有不少特点和优点。然而，不能否认，它也还有一些缺点和不足之处，需要加以研究。对于它的那些特点和优点，已经有很多同志谈到，做了适当而中肯的评价。我在这里并不打算对这部作品作全面的评论，而只是想谈一谈这部小说的某些弱点和不足之处，和作者商榷并就教于读者，因而那些旁人已经不止一次地谈到过的优点和特点，我就不再重复了。

    首先，我想指出，作者对于党的领导作用是写得不够的。在整部作品中，作者过分地渲染了少剑波个人的指挥才能，极力描写他的惊人智慧和果断坚决，描写他的运筹帷幄和神机妙算，有时甚至把他的个人作用夸大到了使人不能置信的程度。虽然作者也曾经借白茹的嘴告诉我们，少剑波是很谦虚的，他常常说小分队的一切胜利都应归功于党，归功于群众，但实际上，整个小分队和他们所曾接触过的群众，几乎都把一切功劳归于这位"少帅"的英明指挥，甚至把他的指挥天才加以"神化"：杨子荣在请求少剑波批准他化装土匪胡彪、只身深入威虎山的计划时，曾经夸大地说少剑波由于身经百战，指挥千军万马就像是挥动他自己的两只拳头一样方便；其他小分队的队员，特别是白茹，对少剑波尤其是赞不绝口；夹皮沟

---

    * 载《读书》1958 年第 12 期。

的群众，更把他看成一个"神人"。就是少剑波自己，也往往在无意间流露出，或甚至公开地表现出骄傲自满的情绪，以英明的指挥者自居，使他的谦虚显得异常勉强和虚矫。谁都知道，我们的部队里都有党的组织，即连队里也有支部，党的政治思想领导，始终是我们部队战无不胜、攻无不克的最大保证；在像小分队这样一支孤军深入林海雪原，既要和凶恶顽强、狡猾成性的敌人——土匪武装周旋，又要克服无数天险和严寒气候的小部队，自然更需要有坚强的党的领导，不然，要彻底战胜那些力量大我数倍的土匪武装简直是不可能的。因此，作者只着重地描写了少剑波的个人作用，而忽视了反映党的集体领导，不能不说是一个相当严重的缺点。诚然，在《夹皮沟的姊妹车》一章中，作者曾经写到少剑波为了夹皮沟群众的贫穷困苦而发愁着急，因为他觉得自己不但是一个共产党员，而且在当地还是一个"党的最高领导者"和"党的政策的体现者"，应该关心群众的疾苦和安全，尽快帮助群众脱离困苦的境地，而且把他们组织起来和武装起来，可是，即使在这种场合，我们也仍然看不见党的集体领导作用，看不见小分队中其他党员的作用，而只是看到了少剑波的个人作用，所以，归根结底，作者所突出的还是只有少剑波一个人，至于党的集体领导作用，恐怕他是很少想到的。这个缺陷，希望作者能够在《林海雪原》再版时加以适当的补救。

其次，我觉得在这个作品中也太少反映人民的生活和人民的斗争，太少反映人民的成长和人民的力量。在作者的笔下，人民群众的精神面貌是模糊不清的，就是作者着力刻画的几个人物——李勇奇、姜青山、蘑菇老人，也只有一些粗线条的轮廓，而缺乏生动的形象和鲜明的性格。更值得惋惜的是，作者为了突出敌人的残暴凶恶，渲染战争的残酷恐怖，有时还对群众的心理状态作了不适当的描绘。在《将计就计》一章中，就有这种例子。在这一章中，作者极力描写夹皮沟人民由于小分队久无消息而起的恐慌，涂上了一层阴暗可怖的色彩，据说即使小伙子们用"剑波同志神人一般，保险活捉座山雕"一类话来安慰夹皮沟群众，也改变不了全屯的紧张和恐怖；在一个小段落中，作者甚至用了一些极其陈旧的文言词句来形容夹皮沟的悲惨气氛和当地人民的绝望心情：

> 初七日早饭后，许多人还是站在车站上望，心里好像不是在盼望（小分队）回来，而是在遥遥地悼念。冷风飒飒，松涛凄凄，望的人悲悲切切，哭哭啼啼。

这未免把夹皮沟人民描绘得过于脆弱，过于容易为敌人所吓倒。即使事实上确是如此，我认为也不必如此描写，更不宜加油加醋地大事渲染，因为一个作者总要比事实站得更高，看得更远，对于选为题材的事实必须严加选择，不然就很难免有客观主义的缺点。

此外，我觉得《林海雪原》对于部队民主生活的描写也比较薄弱。虽然在这个作品中也曾有几次写到少剑波为了让大家开动脑筋，集思广益，召集战士开军事民主会；虽然表面看起来，少剑波对待自己的部下都很亲切、和气、谦虚，很容易接近，还时常和战士们在一起谈笑，参加他们的文娱晚会，和他们同甘苦，共欢乐，可是，在读完了整部作品以后，我们却感觉到这个小分队战士的集体智慧和集体作用还是写得不足，仿佛许多重大的事情，都只是取决于少剑波个人的智慧和才能，只由他个人决定就行。这个缺点，无疑地也是和片面夸大少剑波的个人作用分不开的。

政策思想表现得不够明确，我认为也是《林海雪原》的一个比较明显的缺点。

这主要是表现在俘虏政策上。例如，在审问特务刺客杨三楞时，姜青山喊他的猛犬赛虎扑到杨三楞的身上，并且威吓杨三楞说，如果他不老老实实，就要叫赛虎扒他的心吃，给他一个大开膛。当然，坚决与人民为敌的匪徒确实是罪大恶极、死有余辜的，和其他被俘的一般匪军不同，决不能随便给以宽容，而姜青山加入小分队不久，也可能不大明了我军的俘虏政策，不懂得分化敌人的策略；但问题不在这里，而是在于他的做法，根本没有得到应有的批评和教育。而这显然是一种错误，因为像姜青山这种违反政策的做法，不但不能使我们得到什么，而且反而会给我们自己带来损失和不利，增加敌人造谣的方便，影响我们瓦解敌人的工作：当匪首马希山和侯殿坤把一些已经疲惫不堪、几乎完全丧失了斗志的残匪驱回大锅盔时，侯匪就曾利用这点来恐吓匪徒，说如掉了队，就有被小分队挖眼扒心的危险，像杨三楞一样。当然，像这样明显的缺点，在这个作品里只是个别的现象，在其他几个接触到这个问题的地方，作者的描写基本上还是正确的。例如在《毁巢切屁股》一章中，作者曾经写到少剑波命令小分队释放俘虏的情形；在同一章中，作者也会写到少剑波及时地制止了姜青山要杀匪军家属的鲁莽行动；在《林海雪原大周旋》一章中，少剑波不但释放了匪首的家属，而且还发了几匹马和几支枪给她们，让她们在回家的路上不致受到猛兽的侵害……但是，即使只有这么一个缺点，我觉得也有指出的必要，因为正确地执行俘虏政策，也是我军取得胜利的一个重要保证，在写到它时，不应该有所含糊，以免模糊读者对于这个政策的认识，而造成不必要的误会。

关于少剑波和白茹（特别是白茹）这两个人物写得不够真实和自然，已有不少同志提出，我也不想在这儿重复。我只想简单地提出这么一点意见，就是作者所以会把少剑波写成这么一个儒将式的青年英雄和把白茹写成这么一个女侠型的年轻姑娘，而且把他们之间的爱情纠葛这样细致地加以渲染，恐怕是由于过多地受了旧小说的影响，因而不知不觉地落入了英雄与美人的俗套。因此这也是一个思想内容方面的缺点，决不仅仅是由于作者写作经验不足而产生的毛病。

关于鞠县长这个人物，我也有一些极不成熟的意见。

据作者自己在《关于〈林海雪原〉》一文中说，鞠县长这个人物是他加上去的，事实上他并没有这样一个亲姊姊。作者自己有没有这样一个亲姊姊，和少剑波有没有这样一个亲姊姊，原来是两回事情，因为少剑波也是经过作者加工创造出来的人物，我们这里自然可以不管它。我只是想在这儿指出：对于这部小说的情节结构和主题思想的发展来说，加上这个人物不但没有什么必要，不一定能够起什么积极的作用，而且反而容易产生一种副作用或反作用——损害少剑波的形象。显然，作者所以要加上这么一个人物，而且使她担任土改工作队队长的职务，替她安排了一个在杉岚站惨遭杀害的结局，目的原是为了企图借此加深少剑波对于匪徒血洗杉岚站、破坏土改的仇恨。然而作者的目的是没有达到的，因为，由于作者不能很恰当地结合"私仇"和"公愤"——个人仇恨和阶级仇恨，不善于表现骨肉感情和革命感情的一致性，而在不知不觉间过分地突出了少剑波由于姊姊被杀而感到的痛苦，相对地冲淡了少剑波的阶级仇恨和革命义愤，甚至容易使人感到少剑波对于群众的感情，远不如他对自己亲人的感情来得深厚，因而无形间贬低了这个人物的精神境界。作者似乎也早预料到了会有这种相反的艺术效果，因而在少剑波临出发到杉岚站去截击许大马棒的时候，他会借用刘政委的嘴嘱咐少剑波不要因为鞠县长是自己的亲骨肉而过于激动，特别需要镇定和沉着，可是，少剑波在杉岚站一听到鞠县长已经和全体土改工作队员一道牺牲了的消息，他就完全失去了冷静，甚至全身都感到了麻木。作者像这样地描写道：

> ……剑波的脑子顿时轰的一阵像爆炸了一样，全身僵直了，麻木了，僵僵地瞪着两眼呆了半晌："走！走！"他说出的声音已完全不像

是他自己的。……

当少剑波上了西山，看到了他的姊姊和工作队队员的尸首时，他更激动得不能控制自己的情感了：

> 剑波一看到这场惨景，眼睛顿时什么也看不见了，失去了视觉；头像炸开，昏昏沉沉，失去了视觉，就要倒将下来。高波一把扶住："二〇三！二〇三！"一面哭泣，一面喊。……

此外，作者还在其他几处地方极力描绘了少剑波对于姊姊的深厚感情以及因姊姊牺牲而感到的深刻悲痛，使人感到很不对劲，因为这种描写同当时少剑波所处的环境和他的性格都很不调和。当然，我这样说丝毫也不意味着想否认革命者的亲属关系和手足之情（特别是他的亲属也是革命者的时候），也不是要把革命者的个人感情和阶级感情机械地割裂开来或对立起来，因为这显然是不符合实际情况的，也是不近情理、荒谬绝伦的想法；我的意思不过是认为这二者的关系必须处理得恰如其分，必须使个人感情服从于革命感情，而不可把它们的关系颠倒过来，过分地突出个人感情。

我还想在这儿顺便提一提：虽然作者通过少剑波对于鞠县长的回忆，详尽地追叙了少剑波的童年生活和少剑波的成长过程，但对于少剑波怎样从一个剧团团员锻炼成为一个少年老成的军事指挥员，却并没有明确的交代，因而这个人物的成长过程仍然不够清晰。

杨子荣这个人物，无疑地是写得好的，也许是所有正面人物中写得最成功的一个，因为他的个性，比其他几个主要人物——刘勋苍、孙达得、栾超家等都要刻画得更鲜明、更突出，他的精神生活也比其他几个主要人物显得更充实、更丰富。看得出来，作者在塑造这个人物身上所花费的功夫，比起其他几个人物来更要多些。据作者说：这个人物是在威虎山的战斗中牺牲了，但作者却有意地回避了这样的结局，原因是由于他愿意自己所最敬爱的战友永远活着。这种感情，自然是很容易理解的。不过我想，如果作者按照事实本来面貌写出这位孤胆英雄的牺牲场面，也许可以比现在这样写法更动人，更能产生艺术效果。作者也许担心如果让杨子荣在威虎山的战斗中牺牲，在以后的战斗中就再不可能表现他的大智大勇，表现他那坚毅不屈的战斗意志和充沛的革命乐观主义精神，然而，这是没有多大关系的，因为杨子荣的英勇气概和崇高品质已经集中地表现在他深入威虎山的那几章小说中，以后即使曾经不止一次地让他再在战斗中出现，但都显得比较平淡，远远不及这几章中的活跃。

毫无疑问，作者在情节故事的安排上，在自然景色的描绘上，在环境气氛的渲染上，确实是有才能的。这些方面的特点，我在开头时就已指出。不过，我也觉得他在这些方面所花的笔墨往往过多了一些，而且不能随时注意把环境故事和人物性格的刻画有机地结合起来，正如有的同志所说，二者有时处于互相游离的状态（有几个穿插——例如关于奶头山的神话、关于韩荣华的故事、关于四方台的传说等等，本身虽然很动人，却写得过长，对情节发展和人物刻画来说都没有什么必要花这么多的篇幅），这就不能不影响对于人物的刻画。

至于语言方面的缺点（主要是旧词句太多，特别是在爱情和自然环境的描写上），因为看得很明显，我也就不再详细说明了。

以上那些意见，只是我读了《林海雪原》以后的一些感想。说得不妥的地方，希望作者和读者指正。至于这部作品的成就和价值，那是大家所公认的，我在这儿丝毫没有加以贬低的意思，不过"白璧微瑕"，在所难免，任何优秀的作品都多少有些缺点或不足之处。我们把这些缺点或不足之处指出来，决不等于否定这部作品。因此我这样做，想来也不致引起作者和读者的误会的吧。

1958 年 6 月 12 日

责任编辑：宰艳红

封面设计：石笑梦

图书在版编目（CIP）数据

何家槐集 / 温明明 编 . —— 北京：人民出版社，2023.12
（暨南中文名家文丛 / 程国赋，贺仲明主编）
ISBN 978 – 7 – 01 – 026134 – 8

I.①何⋯　II.①温⋯　III.①中国文学—现代文学—作品综合集
　IV.① I216.2

中国国家版本馆 CIP 数据核字（2023）第 230720 号

何家槐集

HE JIAHUAI JI

程国赋　贺仲明　主编　温明明　编

人民出版社 出版发行

（100706　北京市东城区隆福寺街 99 号）

北京盛通印刷股份有限公司印刷　新华书店经销

2023 年 12 月第 1 版　2023 年 12 月北京第 1 次印刷
开本：710 毫米 × 1000 毫米 1/16　印张：20.5
字数：260 千字

ISBN 978 – 7 – 01 – 026134 – 8　定价：78.00 元

邮购地址 100706　北京市东城区隆福寺街 99 号
人民东方图书销售中心　电话（010）65250042　65289539